KB265257

이 도서의 국립중앙도서관 출판시도서목록(CIP)은 e-CIP 홈페이지
(http://www.nl.go.kr/ecip)에서 이용하실 수 있습니다.
(CIP 제어번호 : CIP2013017510)

새해를 맞으러 뿌쉬낀으로 간다

글쓴이 / 이 종 희
펴낸이 / 孫貞順
펴낸곳 / 모아드림

1판 1쇄 / 2013년 10월 15일

서울 서대문구 북아현3동 1-1278
전화 / 365-8111~2
팩시밀리 / 365-8110
E-mail / morebook@morebook.co.kr
http://www.morebook.co.kr
등록번호 / 제2-2264호(1996.10.24)

ⓒ이 종 희
ISBN 978-89-5664-163-8



값 45,000원

# 새해를 맞으러 뿌쉬낀으로 간다

이 종 희 한·러 대역 시집

모아드림

2008년

쌍뜨 뻬쩨르부르그에 머물면서 한·러 대역시집을 내기로 마음 굳히고 그 상재를 기다리는 동안, 5년여의 세월에 250여 개의 e-mail과 70여 통의 전화가 국제선을 타고 난 오늘에야, 시집 『새해를 맞으러 뿌쉬낀으로 간다』를 맞이하게 되었다.

돌이켜 보면

일찍이 제1차 번역을 맡은 김 환 교수를 만나게 된 것이 천만 다행이었으나 제2차 번역자로 처음 만난 사람과의 인연이 11개월여 만에 깨어져, 두 번째로 귀인 블라지미르 쎼멘치크를 만나게 된 것이 2010년 11월이니, 그러니까 제2차 번역자를 만나는데 무려 2년의 세월이 걸린 셈이다.

블라지미르를 귀인이라 하는 것은, 저가 번역에 임하는 이유를,
'이 종 희의 시 작품이 좋아서'
가 전부라면서 제2차 번역을 마무리 지었기 때문이다.

주註 달기에 세심한 주의를 기울인 것은 러시아 독자들을 의식해서이다.

한 · 러대역시집 『새해를 맞으러 뿌쉬낀으로 간다』의 펴냄은, 두 타산지석 이 있었기에 가능했다. 타산지석의 역할 분담을 훌륭히 해준 두 사람의 고마움을 하늘에 띄우면서, 김 환 교수와 쎄멘치크 시인님에게 뜨거운 감사의 마음을 보낸다.

'시베리아에 숨겨진 푸른 보석' 이라 불리는 크라스노야르스크 시市의 문예지, 『ДЕНЬ и НОЧЬ 젠 이 노치/낮과 밤』(No.4/2012)에 「삶의 조각들을」을 포함 7편의 작품이 실리고

'극동러시아의 진주' 라 일컬어지는 블라디보스톡 ВлаДивосток 시市의 문예지, 『Рубеж 루베쥐/경계』(2012/12/874)에 「가방을 기다리며」와 더불어 21편의 작품이 그 평과 함께 15페이지에 걸쳐 집중 소개된 것을 흐뭇하게 생각한다.

2013년 가을에
이 종 희

# 차례

## 3부 하늘 길을 간다

**해설**



**발문**



**서평**

1부 거기서 살고 싶다

〈서 시〉

## 삶의 조각들을

사물의 속성과 부속물로
그 전체의 모습이나
자체의 뜻을 나나내는
대유법代喩法을 흉내내

삶의 조각들이 남긴 무늬를
어눌한 음성에 담았다

뭉게구름 바라보며
맨살로 흐르다가
거친 산자락 모퉁이를 휘돌면서
저대로의 아픔에 뒹구는 방언처럼.

《ДЕНЬ и НОЧЬ / 젠 이 노치》 No. 4 / 2012

# 가방을 기다리며

내가 기다리는 가방은
어디쯤 오고 있는가
그 속엔 무엇이 들어있을까

부채
부채였으면 좋겠다
여름날
할머니 손에 이끌려
솔솔바람 앞세우고
살랑살랑 배꼽 위를 오르내리며
단잠을 들이던

내가 바라는 가방은
어디쯤 오고 있는가
그 속엔 무엇이 담겨 있을까

불
불씨였으면 좋겠다
겨울밤
할머니가 다독이던
화로의 불손 아래 잿속에서
다소곳이 밤을 지키며

마실간* 식구를 기다리는
잉걸 같은.


《ДЕНЬ и НОЧЬ / 젠 이 노치》 No. 4 / 2012


* 마실가다 : 마을에 놀러가다.

# 가야산곡<sub></sub>伽倻山曲

고 　 운 　 산 　 뭉 　 게

구 　 너 와 라 면 　 름

맑 　 　 하 　 　 은

소 　 좋 아 라 　 리

시 　 원 　 한 　 바 　 람

# 가을에 살면서*

다람쥐
깡쫑거리는 오솔길

풀떨기에 내려앉은
알밤처럼
그리움 익으면

노오란 잎새 타고
훌쩍 달려가서

동산에
숨겨둔 마음
오순도순 나누고져

가을에 살면서.

지나간 것들은 모두가 그리움의 샘물입니다. 어릴 적 소꿉동무나 할머니 산소 근처의 오솔길에 솔솔바람 타고 미끄러지는 단풍잎들, 풀멸기에 내려앉은 알밤이 바로 그런 것들입니다.

살다가, 가끔은 돌아서서 저들을 손짓해 불러보지만 그리움의 강은 깊고 넓어서 아득하기만 합니다. 그래서 우리는 한恨을 안고 살아가는지도 모릅니다.

다람쥐 한 마리가 힐끗 뒤를 돌아보더니 깡쭝거리며 달려갑니다.

# 감나무
— 종 호를 생각하며


감꽃 목걸이 흔들며 내닫던
고샅길
주황색 가을이 파란 하늘과 만나는
초가지붕 위에서는
동그란 단내가
뒷동산의 솔바람을 타고
뚝뚝 떨어지고 있었다

봉선화 물들이며 기다리던
작은어머니의
기약 없는 세월 속에서는
봄볕 한뉘도 놓치지 않고
철따라 똑똑 떼어 주는
할머니의 정을 먹고 자란 아이가
6 · 25*에 짓눌려
납작하게 상기된 얼굴로
내려다보고 있는 할머니를
하루가 다르게 커 가는 키로 우러르고 있었다.

*6 · 25 전쟁/한국전쟁
1950년 6월 25일 새벽 4시에 북한군이 북위 38도선 이남의 남한을 기습적으로 침공함으로써 시작된 대한민국과 조선민주주의인민공화국 사이의 전면전으로, 북한을 지원하는 소련 · 중공과 남한을 돕는 미국 · 영국을 비롯한 16개국이 UN군으로 참전하여 1953년 7월 27일 휴전협정이 체결될 때까지 격전을 벌였으며 휴전 후 오늘날까지 남과 북이 휴전선을 사이에 두고 대치 상태에 있다. 이 전쟁으로 남북한 인구 중 250여 만 명이 사망했고(북한 : 인구의 11%인 113만 명) 미군도 5만 4천여 명이 전사했으며 그밖에 20만 명이 넘는 전쟁 미망인과 10여 만 명의 고아가 생겼고 45%의 공업 시설이 파괴되어 이후 사회적 · 경제적으로 큰 혼란기를 맞게 되었다.

# 거기서 살고 싶다

새벽을 여는
아낙의 물동이와
물지게의 흔들림 따라 근육은 솟아나고

동이 속의
파릇파릇한 얄랑거림과
저만큼
꼬리치는 누렁이의 졸랑댐이
시간의 파도를 타고 노닐 뿐

변혁도 양극화도 모르는 생존 조건이
지아비와 지어미의 포실한 웃음 우려내는
맑은 영혼들이 머무는 곳

나, 거기서 살고 싶다.

# 계백 階伯[1]


비극의 토양 위에
한恨의 뿌리를 내리고
우뚝 선 장부

온 백성의 비원悲願을
한 팔 장검에 모아
통한의 휘두름으로
먼저 처자妻子를 베었다

세 낮과 밤
네 차례의 싸움에서
오만 대병[2]은
오천 하나의 적수가 못 되고
열여섯 살 장수[3]의 돌격에
기특함을 높이 사는
아비의 정으로
연민의 한계를 분명히 했다

그러나
구천勾踐[4]의 오천 병에게 내린
천운은
다시 오지 않으니

황산벌[5]에
붉은 피를 뿌려
칠백 년 왕조의 석양을
진홍빛 갑옷으로 장식했구나

고빗사위에
두 눈 부릅뜬
무인武人이여
백제[6]의 혼백魂魄[7]이여.

1) 계백(?~660)
백제 말기의 장군. 백제의 마지막 왕인 의자왕 20년(660)에 나당羅唐 연합군 5만여 명
의 대군이 쳐들어오자 패전 뒤 자신의 처자들이 적국의 노비가 되어 치욕을 당하느니
죽는 것이 낫다는 비장한 각오로 자신의 손으로 먼저 처자를 죽인 다음 결사대 오천
을 이끌고 황산벌에 나가 신라 장수 김 유 신의 군사와 싸워 네 차례나 이겨 일만여 명
의 적군을 죽였으나 나이 어린 관 창(16세)의 죽음을 본 신라군들이 전의를 불태우며
노도처럼 밀려드는 것을 당해내지 못하고 패배, 장렬한 최후를 마쳤다. 이 싸움 끝에
백제는 멸망의 길로 들어선다.
2) 오만 대병
신라와 당나라의 연합군.
3) 열여섯 살 장수
신라 장군 품 일의 아들.
4) 구 천
오천 병력으로 오吳나라의 칠십만 대군을 격파한 월왕越王.
5) 황산벌
충청남도 논산시 연산면 신양리 및 신암리 일대.
6) 백제
한국의 고대국가의 하나. 기원 전후한 시기에 한반도 중부와 남서부를 차지하고 고구
려, 신라와 삼국을 이루고 있다가 660년에 신라와 당의 연합군에 의해 멸망함.
일본에 한학漢學과 불교를 전해주고 백제왕이 철제 칼 칠지도七支刀를 왜왕에게 하사함.
7) 혼백魂魄
魂은 정신적인 활동을 하고, 魄은 육체의 생명을 주관함.

# 그 하늘에 살리라*

― 노랫말

살피고 가꾸며 걸어온 날
삼십여 년
산하는 변해도
한 줄기 자국으로 남아
그때 그리워라
그 시절 아름다워라

보태고 채우며 살아온 길
이제
닻을 내려도
모나무들 숲으로 솟으니
나 그 청산에 살으리라
나 그 하늘에 살으리라
나 그 하늘에 사―ㄹ리라

산하는 변해도
한 줄기 자국으로 남아
그때 그리워라
그 시절 아름다워라
나 그 청산에 살으리라
나 그 하늘에 살으리라

나 그 청산에 살으리라
나 그 하늘에 사―ㄹ리라.

* 정년 퇴임을 소재로 한 노랫말. 이 준 복 작곡/바리톤 최 진 학 노래.

# 내 쉴 곳은*

내 편히 쉴 곳은

세월 저편
귀가 시간 무렵의
손짓하는 상념들

내 귀한 것 다 주고도
더 못 주어
안타까워하던 날들

우리[吾等]로 울타리 치고
고이 담아 쌓아두던
소중한 것들의 이름

들랑거리는 성城.

*《韓·中 詩集》 2006.10.15./한국현대시인협회.

# 내 슬픔은

날이 가고
달이 가고
해가 바뀌고

가고 또 바뀌어도
하릴없는 할머니를
먼산 너머로 우러르다가

새록새록 자라나는
〈시 온〉이의
코 밑에 점을 보고 있노라면

내 슬픔
하늘 닿은
그리움과 함께 스르르 녹아내린다.

# 네 요구는 주는 기쁨이 되니

너의 태어남은
무너진 기대 끝의 내침이었으나
넌 안쓰러움을 먹고 자라면서
우애와 봉사로 살이 찌니

네 눈은
핏발 맑히는 정갈한 호수요
네 얼굴은
더운 가슴으로 피어나
실개천 감싸주는 따사한 해님이며
네 몸에서는
청솔 바람이 일어
화목和睦을 영글게 하니

진정 너는
우리 집의 『라온』이로구나

너의 외출은
허전한 하늘과
기다림으로 가득 찬 숲이요
너의 귀가는
하뭇함이 밀려오는 바닷가

내 귀는
네 이야기를 듣기 위해 있고
네 요구는
주는 기쁨이 되니

너는 진정
내 『라 온』이로구나.


《РУБЕЖ / 루베쥐》 2012 / 12 / 874


＊라 온
'즐거움을 안겨주는 사람이 되라' 고 지은 셋째 딸아이의 이름으로 '즐거운' 이라는
뜻을 지님.

# 노란 잎새
— 은행 이파리


하나 둘
편편翩翩히 떠나가는 화려한 외출은


이웃과의 이별
생애를 마감하는 진한 서러움으로
조락의 계절 장식하는 유량嚠喨*한 합창


끊임없이 이어지는
유려한 몸짓들의 바쁜 행렬은


사념思念의 징검다리 지나
망각의 강 건너서 가는
영원한 본향으로의 들뜬 회귀回歸.


* 유량 : 음악 소리가 맑으며 또렷함.

!

둑
둑
왕족王族의 피
회한으로 차 번지는 흐느낌.

# 〈대금가든〉[1] 가는 길



황토마루 오르는 길은
숭림사崇林寺[2]
벚꽃 길에
그리움 묻어 두고 떠나는 길

황토마루 내리는 길은
뻐꾸기 키우는
함라산咸羅山 능선 자락에
한숨 걸어 두고 가는 길

황토마루 가는 길은
지는 해 바라보는 심정으로
지난 세월 돌아보는
후회의 시선
잠시 쉬었다가 바삐 뻗어 가는 길

함라산
황토마루 너머
〈대금가든〉 가는 길은
가르치는 일 넘겨주며
고추잠자리 꼬리에 내일을 묶어놓고

헤어지는
이윽고는 나도 가야만 하는 인생길.


1997. 8. 29

# 대통령 하나 갖고 싶다

내게도
이런 대통령 하나 있었으면 좋겠다

망명지
외로운 섬에서
고단孤單한 삶을 마친 대통령이 아니고

그렇다고
은밀한 안가安家 연회석상에서
여인들이 지켜보는 가운데
부하의 총에 숨져간 대통령도 아니요

독립전쟁[1]승리로 이끌어
아름다운 나라[美國] 세운 뒤
의회가 책정한 연봉 마다하고
두 번에 걸친
팔 년 동안의 임기를
보수 없이
청렴으로 살다간 대통령
내게도
이런 대통령 하나 있었으면 좋겠다

나도
이런 대통령 하나 갖고 싶다

워커[2]에 휘둘리던
허수아비 대통령이 아니고
그렇다고
은퇴 후에
교도소에 가야만 하는 대통령도 아니요

팔다리 찢기는 노예제도
인권의 높낮이
매임 없는 수평으로 다듬어
남북으로 갈라진 백성
하나로 감싸 안는
큰 지도력을 가진 대통령
나도
이런 대통령 하나 갖고 싶다

아니
이제는 나도
이런 대통령 하나쯤 가져야겠다

수갑 차고
포승줄에 묶여 가는 아들
우두커니 바라보는 대통령이 아니고

그렇다고
검은 돈 치마폭에 감싸는 집[3]
관저官邸에 두고
밖에는
달러dollar 박스 챙기는 아들과
호가호위하면서 이권에 개입하는
형과 조카사위를 둔
그런 대통령도 아닌

존경하는 대통령의 업적을
온 국민이 기리고 기념하는 날

내 사랑하는 〈시 온〉[4]이와 함께
대통령의 발자취를 둘러보며
그 생가生家 찾아가
참다운 리더십과 청백淸白을
가슴에 새기도록 기쁨을 안겨주는

그런 대통령 하나쯤
이제는 나도 가져야겠다.


1) 미국의 독립전쟁
1775년 영국의 새로운 간섭 정책에 반발하여 북아메리카의 13개 영국령 식민지가 일
으킨 전쟁. 프랑스를 비롯한 유럽 여러 나라의 재정적·군사적 지원을 받아 전쟁을
승리로 이끌어 1783년 파리조약에서 독립을 인정받음.
2) 워커walker : 군화. '군부' 의 상징.
3) 집 : 어느 대통령이 자기 부인을 가리킨 말.
4) 〈시 온〉: 세상에서 제일 사랑하는 손녀.

# 독도여, 독도여


비옥한 무산無山 천리요
호의호식의 낙토라는 말에
이고 눈물짓고
지고 한숨 딛고 일어서서
등 따숩고 배부르다는 만주[1] 바라고
만 리 길에 올랐으나
가난뱅이들에게 구걸하며
유랑하던 환위이민[2]들

빼앗긴 성姓과 이름 되찾고
짓밟힌 땅 도로 찾아
안팎으로 흩어졌던 부모형제
얼싸안고 춤추던 감격의 그날[3]

너는
울릉 아우와 막내둥이 제주[4]와 함께
어머니의 고운 모습을 보지 않았느냐

허리 꺾여 가슴 찢기는 세월을 사는데
마음까지 왜소한 놈들이
다께시마라는 이름을 들고 나와
당찬 동해의 문지기 자랑스런 너를

제놈들의 소유라고 내세우는 오늘을
너는 듣고 있느냐


너는
괭이갈매기들의 군무를 타고 올랐느냐
하이드레이트[5]를 발판으로 솟았느냐


이제는
허리 곧게 펴고
아시아의 강자로 군림하는 반도의 모습을
만방에 보여줄 때가 되지 않았느냐 독도야.


1) 만주
일제 강점기 때(1910~1945) 일본은 한반도를 저들의 손아귀에 넣고 한반도에서 나는
온갖 산물을 수탈해 일본으로 가져감으로써 우리 민족은 그야말로 초근목피로 연명
할 수밖에 없었다. 그러다가 견디다 못한 사람들이 압록강을 사이에 두고 마주보는
넓은 땅 만주를 바라고 정처 없는 유랑길에 올랐었다.
2) 환위이민換位移民
일제가 한반도를 강점하고 농지를 강탈한 후 일본인을 조선으로, 조선인은 중국 동북
지방으로 이주시킨 정책.
3) 조선이 일제로부터 해방되던 1945년 8월 15일.
4) 세 섬의 생성순 : 독도-울릉도-제주도
5) hydrate
메탄이 주성분인 얼음처럼 고체화된 양질의 천연가스. 독도 주변에 막대한 양이 매장
돼 있다 함.

# 떠날 때

살아온 날
쌓이는 것처럼
속울음 쌓이고

살아가는 날
늘어나는 것처럼
아둔하고 가증스런 세월에
가슴앓이 늘어
함께살이 버거울 때

우리
저대로 흘러왔다가
가버릴 바람이거든
이제 우리를 떠나자

살아야 할 날들
잦아지는 것처럼
아름차던 보람 삭아내리고

고달픈 인간사
안으로만 삭여야 하는
장승으로밖에

서 있을 수 없음에
살아야 할 까닭 희미해져
함께살이 버거울 때

우리
저대로 다가왔다가
흩어져야 할 소리이거든
이제 우리를 떠나자.


《ДЕНЬ и НОЧЬ / 젠 이 노치》 No. 4 / 2012

# 떨켜*

하얀 구름에 둘리고
검은 세월에 부대끼어
파리해진 체구의 처연한 혼백들

파란 노래 삼킨
육탈의 바람 타고
글썽이는 얼굴로 환절換節의 터널 지나
편편片片이 비명 흩뜨릴 때

새 하늘과 새로운 땅 열기 위해
지성으로 키운 사랑 모아
떠나간 자리
어김없이 지키는 정직한 파수꾼들.


《РУБЕЖ / 루베쥐》 2012 / 12 / 874


* 떨켜
낙엽이 질 무렵, 가지와 잎꼭지 사이에 생기는 특수 세포층으로 수분 통과를 막아 잎
이 떨어지게 하고 잎이 떨어지면 그 자리를 보호하는 역할을 함.

# 라이온 기념비[1]


우리
칠백팔십육 명의 용사
이국땅에 묻혔어도 후회는 없다

수심愁心 깊은 바람이
코끝을 스쳐가
고향집에 피비린내를 전하고

흩날리는 눈비 속에
그리운 이름들을
촉루에 새기며
거친 잠을 자도

1792년 8월 10일
튈르리 왕궁palais des tuileries에서
루이 16세[2] 일가一家와의 계약을
몸 바쳐 지킨 것으로
고달픈 세월을 견디리니

창은 부러지고 방패는 떨어졌어도
스위스 용병傭兵에게 비극은 없다.

1) 라이온Lion 기념비

일명 빈사의 사자상. 스위스 루체른Luzern에 있는 스위스 용병의 위령비로 덴마크의 조각가 토르발센(Thorvaldsen, Bertel. 1770~1844)의 작품임. 등에 부러진 창이 박혀 죽어가는 사자는 스위스 용병을 상징한다. 이 조각상은 프랑스 혁명(1789~1799)의 와중에 루이 16세 일가를 위해 '용병은 고용주를 위해 목숨을 바친다'는 신의를 지켜 시민 혁명군을 맞아 끝까지 싸우다가 죽어간 786명의 스위스 용병들의 넋을 기리기 위해 제작된 것임.

2) 루이16세(Louis ⅩⅥ, Berry. 재위 : 1774~1793)

우유부단하고 무능한 부르봉 왕가의 마지막 왕으로 왕정은 1792년에 무너졌고 왕비 앙투아네트Marie-Antoinette와 함께 반혁명 죄로 단두대의 이슬로 사라짐.

# 러시아[1]의 추위

모스크바의 추위는
일 미터 벽의 두께로부터 온다
그래서 러시아 사람들은
벽과 함께 추위를 공유하며 생활한다

쌍뜨 뻬쩨르부르그[2]의 추위는
머리로 들어와 감기로 자리잡는다
그래서 러시아 사람들은
멋 부린 모자를 쓰고
하이힐을 힘 있게 누르는
곧게 벋은 종아리 위의 건강한 히프로
뻬쩨르에서 뻬쩨르부르그의 거리를 오간다

뿌쉬낀[3]의 추위는
두툼한 외투 속에 숨어 산다
그래서 러시아 사람들은
외출에서 돌아왔을 때
오버코트와 모자를 베샬까에 매어놓는다

모스크바의 추위는
해를 잃어버린 하늘로부터 온다
그래서 러시아 사람들은

공무원이나 서비스업체 종사자나
음산한 날씨 속에서
표정 없는 친절로 하루를 보낸다

쌍뜨 뻬쩨르부르그의 추위는
바람 길을 막는 산이 없고
들쭉날쭉 튀어나오기를 꺼리는
작은 간판들이
벽면에 들어앉아 있어
쉽게 사람들에게 접근한다
그래서 러시아 사람들은
빠르게 다가오는 추위와 더불어
그날그날을 바쁜 걸음으로 살아간다

뿌쉬낀의 추위는
라디에이터들이 늘어서 있는 실내나
무장 경비원이 버티고 있는 상가에는
들어설 생각조차 하지 않는다
그래서
얼굴보다 큰 코를 가진 러시아 사람들은
모자와 외투 차림으로
밖에서만 사나운 추위를 만난다.

1) 러시아
정식 명칭은 '러시아 연방' 으로 행정구역은 46개 주, 21개 공화국, 4개 자치 오크룩, 9
개 크래어, 2개 연방시(모스크바, 쌍뜨 뻬쩨르부르그), 1개 자치주로 이루어져 있다.
2) 쌍뜨 뻬쩨르부르그
성 피터 대제의 도시라는 뜻의 러시아의 제2도시로 제정러시아 때의 수도였으며 소련
시대에는 레닌그라드로 불렸음. 러시아의 예술, 역사, 관광의 중심지이며 러시아 문
화의 수도. 러시아의 2개 연방시 중의 하나. 인구 470만 명.
3) 뿌쉬낀
러시아의 국민 시인 뿌쉬낀의 이름을 딴 쌍뜨 뻬쩨르부르그 근교에 있는 레닌그라드
주의 작은 도시. 인구 8만 4600명(2003년)

# 마곡사麻谷寺[1]에는

2004년 11월 10일에
영상과 선율이
태화산을 동행했다

이날
보철화상의 설법은 없었다
그러기에 바람은
불도들 아닌
삼대 같은 우정의 비를 몰고 와

수왕壽王[2]이
어떤 빛깔
어떤 음률로
목청을 가다듬어
그 처절한 흐느낌을
어느 곳에 뉘고자 하는지를 계측해서
콘서트피치[3]를 잡았다

못된 인연 찢어버리고
이태리로부터 귀국한
다섯 살 난 아들이
허허로운 하늘을 밴 빗방울로

나뭇잎에 앉았다가
당돌하게
'만남과 이별이 곧 호흡이 아니냐' 면서
개울로 뛰어들어
목청 높여 산사山寺를 휘감고

아비의
저 보고 싶은 것만 보는
어리석음이
허탈을 견고하게 키우고 있는 것까지도
멜로디와 이미지는
그것을 관용으로 감쌌다

그래서
마곡사를 오가는 길에는 유쾌한 관계가 흐르고 있었다.


1) 마곡사
충청남도 공주시 태화산에 있는 사찰. 신라 보철화상이 마곡사에서 설법을 할 때 신
도들이 삼밭의 삼대같이 많이 모여들었다 해서 절 이름을 麻谷寺라고 지었다 함.
2) 수왕
현종의 18째 황자로 양 옥 환(훗날의 楊貴妃)의 첫 남편. 여기서는 시 작품 〈수왕〉을 말함.
3) Concert Pitch : 연주회를 할 때 맞추는 오케스트라의 표준음.

# Masada, 다시는 빼앗기지 않으리라[1]


'갓난아이 토막내라던' 지혜[2]도 어두워져
그 영화榮華 사위어진 지 천 년
폼페이우스[3]에게 문을 연 예루살렘[4]은
치욕의 굴레 벗으려
굽혔던 허리 곧추 세우고
이글거리는 눈과 푸른 힘줄로
독립 쟁취의 불길 지폈으나[5]
사 년여 만에 '평화의 도시'[6]는 다시 불타고


사해死海 서쪽 사 킬로미터
유대 광야 동쪽 끝에
깎아지른 사백삼십사 미터의 벼랑으로
우뚝 솟은 바위 산
메마른 날씨와
먼지 섞이지 않은 맑은 공기 거느리고
일조량 줄인 서늘함 부리어
백 년 비바람에도 썩지 않게 갈무리한
엄청난 양의 식량과
일만 명이 갖추고도 남을 무기
차곡차곡 쌓아 축장蓄藏한 마사다는
일천삼백 미터의 굵은 띠로
엘리아자르 벤 야이르의 뒤를 이은

구백칠십육 명의 젤로트[7]들을 감싸 안았다

격전의 세월 다스리던 성벽
투석기[8]에 휘청거리다가
불화살에 무너지던 날
실바[9]는
장렬한 죽음의 밤
끝에 찾아올
적막한 아침을 맞기 위해
단잠을 청하고

넘치던 마사다의 투지
찢기고 으깨져 성벽 아래로 구르는
사나운 바람 앞에 선 엘리아자르는
성안의 장정들 모아

용사들이여
우리가 이곳 마사다에 모여
로마군과 맞선 뒤
죄 없는 동지들의 아내와 아이들
일만 팔천여 명이 다마스쿠스에서 목이 잘렸고
이집트에서는

동족 육만여 명이 목숨을 잃었소
이제 로마군은
우리를 사로잡아 노예로 부리고
우리 앞에서
성경을 찢으며 승전가를 부를 준비를 마쳤소

그러나 다행히도
이 밤
우리들의 손은 자유롭고
부끄럽지 않은 죽음 택하라고
옆구리에는 보검이 기다리고 있소
자 그러니
우리 다 같이
이 밤이 새기 전에
우리 스스로 수의壽衣를 입읍시다

마지막 결의 재촉하니

새날의 무서운 정적靜寂 보여주기 위해
눈물 훔치던 유대의 큰 손들
험준한 요새에서
넉넉한 식량과 무기를 가지고도

중과부적으로 싸움[10]에 져
스스로 목숨을 끊은 자신들의 죽음이
로마군에게는 승리의 영광을 비껴가게 하고
후세 사람들의 경탄의 눈을 크게 하기 위해

사랑하는 아내와의 긴 포옹과
서러움 쌓이는 아들딸과의 입맞춤 끝에
마사다를 적실 피의 강 열기 위해
목멘 칼 높이 들어
식구들과 세월 떼어놓고

열 사람의 용사
제비 뽑아
아내와 자식들의 주검 옆에 누운
동지들의 심장 찢어
비분의 핏줄기 솟구치게 하니

붉은 강물
백 년 성城을 가르고
주검을 떠난 영혼들
발 빠른 바람 되어
고향 산천 찾아가니

그리운 시절도 함께 흘러라


홀로 마사다에 우뚝 선 용사[11]
아홉 사나이 목 베어
끓는 피 순절의 강물에 보태고
먹을 것 떨어져 죽어갔다는 오해
남기지 않기 위해
두어 동棟 곡식 창고는 그대로 남겨둔 채
온 성 안에 불을 질러

올라라 올라라
괄게 훨훨 타올라라
풀 한 포기
나무 한 그루 자라지 않는 벼랑 위에서
찬물 더운물 가려 쓰던
헤로데 왕의 사치스런 궁궐[12]도 타오르고
용사들의 한 맺힌 유물도
모두 모두 타올라라
나도 이제 이 곤핍한 탈 벗고
뼈를 키우고 꿈을 키우던 산하山河
묻어 두었던 추억들을
마사다의 흙먼지로 날리리니

몸뚱이로 칼집 삼고 누워
'영웅들의 성지聖地' 완성하니
이 날이 서기 칠십삼 년 봄 사월 십오일 밤이어라


큰 살육전 계획했던 로마 장병들
소리소리 고함으로
새날의 장엄한 침묵 깨뜨려
죽음보다 더 큰 사랑을 안은
두 여인[13]을
지하 동굴로부터 일으켜 세우니
파르라니 떠는 입술
구백육십 명
작은 유대들의 '의로운 한 세상' 을 증언하고


다섯 아이들은
지난밤의 길고 길었던 이별을
끄덕이는 고개
허망한 눈망울로 알렸다.

1) 이스라엘의 청소년 전투부대 Gadna에 들어온 소년들이 Masada 꼭대기에서 외치
는 맹세.
2) '솔로몬의 재판' 에서
3) 폼페이우스
본명은 Gnaeus Pompeius Magnus(B.C.106~B.C.48). 고대 로마 공화정 말기의 장군·정
치가.
4) B.C. 65년.
5) A.D. 66년.
6) 평화의 도시 : 예루살렘은 처음 '우루살림' 이라 불렸는데 '평화의 도시' 라는 뜻임.
7) Zealot : 유태교의 한 종파. 열심당.
8) 투석기 : 25kg의 돌을 사정거리 400m까지 나르는 무기.
9) silver
A.D. 72년 9천 명의 로마 정규군과 6천 명의 유태인 전쟁포로를 일꾼으로 거느리고
Masada에 진군한 로마 정예부대 제10군단의 사령관.
10) 싸움
로마의 정예 제10군단의 9천, 유태인 전쟁포로 6천, 도합 1만 5천 명의 로마군과 유대
군 수백 명과의 싸움.
11) 홀로 마사다에 우뚝 선 용사
남은 열 사람의 젤로트 중에서 아홉 동지의 목숨을 끊기 위해 다시 뽑힌 마지막 한 사
람의 젤로트.
12) 헤로데의 사치스런 궁궐
헤로데는 로마에 기대어 유대를 통치했는데 유대인들은 호시탐탐 반란을 일으킬 기
회를 엿보고, 이집트 여왕 클레오파트라가 남편이자 로마의 실권자 안토니우스에게
유대왕국을 달라고 조르는 상황에서 헤로데는 언젠가는 로마가 자기를 배신할 거라
는 두려움에, 햇볕 드는 시간이 짧아 서늘하고 바람막이가 잘 되는 천혜의 요새인 마
사다를 피난처로 삼아 이곳에 성벽을 둘러 무기와 식량을 저장하고 별궁을 지었음
(B.C. 35년).
13) 두 여인
967명 중 살아남은 7명(어린아이 5명 포함) 가운데 두 여인. 남편이 너무도 사랑한 나머
지 죽이지 못해 살아남은 두 여자.

# 마오 쩌둥 毛澤東

권력을 향한 집착과
배신의 공포는
온 천지를 음모의 소용돌이 속에 몰아넣어
굴에서 뱀을 이끌어내고[1]

끝없는 야심은
수천만 명이 쓰러지고 아사하는
〈대약진〉[2]과 〈문화혁명〉[3]을 일으켜
지적 용량의 빈곤이 빚어낸 뒷들 용광로[4]가
주전자와 농기구를 삼키고 문짝을 뜯어먹는
황폐한 대지 위에서도

위대한 조타수操舵手는
노자老子의 교시에 따라 영계—鷄를 배설 없이 즐기면서[5]
살비듬을 뿌리고 찻물로 이를 닦는다

'깨끗한 물에서는 고기가 살 수 없다' 고
측근들의 부정을 눈감아 줌으로
주변을 떠날 수 없게 하고

신장결석의 아픔을
아내의 젖무덤에 얼굴 부비며 눈물로 달래던 국방부장[6]을

끝없는 검증을 통해 쿠데타를 일으키게 하여 제거하고

자식과 아내와 친구들의 무덤 위에
경제개발과 정치계획을 세우고
인민의 고통을 통제 수단으로 삼아
보안을 위한 편집증偏執症은
지방별장에서
목욕보다는 더운 물수건을
옷을 걸치기보다는
천을 걸치고 천으로 감싼다

인간이
정치적인 동물이라는 것을 실증하기 위해
서로가 서로에게 정치적인 위협을 가하며
스스로가 스스로를 부정하게 하고

국무원총리[7]는
자동차 사열을 설명하기 위해
지도 위에서
당주석 앞에 무릎을 꿇고
부주석[8]은
주석전용열차 여승무원[9]의 졸음이 깨기까지

대기실을 지키며


두 남자를 거쳐온
늘 해변을 불편해 하던 네 번째 부인[10]은
통치권을 넘겨받지 못한 분노로
정치적인 밀렵密獵을 위해 사인방四人幇[11]을 디자인한다


단편적인 지식의 조각들이 퇴적堆積된 이념은
힘센 관료제로 하여금
국가주석 대한
질병의 진료와 사고방식까지도 지배하게 하고


재산을 몰수해간 당黨을 노래하는
잔인한 세월 속에서도
생활 리듬은
시간괴 날짜를 고이게 해서


자정 이후에 길러 올리기 사십일 년만에
바쁘게 달려오던 불안한 길 다하니
찢어진 대지 사이
함몰하는 8341부대[12]의 애잔한 자태에 창백한 햇살이 꽂힌다.

1) 굴에서 뱀을 이끌어내고
공산당은 항상 유연과 강경을 동시에 구사하여 겉으로는 느슨하나 안으로는 조이고
한편으로는 풀어놓고 다른 한편으로는 압박하여 숨은 적을 찾아 제거했다.
2) 대약진
중국이 경제고도성장정책으로 펼친 전국적인 대중운동으로 1958년에 마오 쩌둥[毛澤
東], 1977년에 화 궈펑[華國鋒]이 추진했음. 대규모 수리시설을 건설하고 공업의 기초를
다지려는 운동이었다.
3) 문화혁명
1966년 5월부터 모택동에 의해 주도된 정치운동. 모택동은 지상낙원 건설을 내세워
종교, 지주, 자본가 계급을 타도의 대상으로 삼고, 10대의 어린 소년들에게 이들에 대
한 맹목적인 증오를 일으키게 하여 무자비한 공격을 하도록 했다.
4) 뒤뜰 용광로
 1958년 마오가 중국의 철강 생산량을 1년 이내에 두 배로 늘려, 15년 이내에 영국을
따라 잡겠다고 호언하면서 철강 증산 운동을 독려하자 농민들이 뒤뜰에 만들어 놓은
작은 용광로. 제철의 원료가 되는 철광석으로 철을 만들어내는 것이 아니라 철을 녹
여 조악한 철을 생산하기 때문에 인민들은 칼 냄비 주전자 문손잡이 삽 가래 등 철제
가정용품을 헌납하고, 용광로를 지필 석탄도 충분하지 않아 탁자 의자 침대 등의 목
재 가구로 불을 지펴야 했으므로 개인 재산은 그 탐욕스런 용광로의 아궁이를 채우기
위해 들어갔다.
5) 노자의 교시에 따라 …….
도교의 가르침에 의하면, 남성의 본령本領인 힘과 기氣, 장수의 원천으로 건강과 정력
에 필수 불가결한 양陽이 쇠퇴하면 젊은 여성의 분비물 즉 음수陰水를 보충해야 하는
데, 보다 많은 음수를 보충하기 위해서는 사정을 억제한 빈번한 성교가 필수적이라고
말하고 있다.
6) 린 뱌오[林彪]
1969년 마오 쩌둥의 후계자로 지명되었으나,1971년 쿠데타 실패로 소련으로 탈출 중
외몽골 상공에서 연료 부족으로 비행기 추락사.
7) 저우 언라이[周恩來] : 국무원 총리(1949~1976)
8) 부주석 : 화 궈펑[華國鋒] 당부주석. 마오 쩌둥 사후 주석이 됨.
9) 주석전용열차 여승무원
장 위훵[張玉鳳.18세(1962) 때, 69세의 마오 쩌둥에게 춤을 추자고 해서 1974년 주석의
기밀비서가 됨.

10) 쟝 칭[江靑] : 모택동의 부인. 사인방의 주도자. 오른쪽 발가락이 여섯 개라 발이 노출되는 해 변을 싫어했다. 1991년 자살.

11) 사인방四人幇

문화대혁명 기간 동안 무소불위의 권력을 휘둘렀던 4명의 공산당 지도자. 마오 쩌둥의 부인이었던 쟝 칭을 비롯하여 정치국위원이었던 야오 원위안[姚文元], 중국공산당 중앙위원회 부주석 왕 홍원[王洪文], 정치국상임위원 겸 국무원부총리 쟝 춘챠오[張春橋] 등을 가리킨다. 이들은 1976년 마오 쩌둥이 사망한 지 한 달만에 당주석 겸 당 중앙군사위원회 주석에 취임한 화 궈펑에 의해 쿠데타 음모 혐의로 체포되면서 문화대혁명은 막을 내린다.

12) 8341부대

마오 쩌둥의 친위대. 마오가 1935년을 기점으로 41년 간 중국을 통치하다가 83세에 운명한다는 점성가의 예언에 따라 붙인 이름이라고 함.

●

치졸한 삶
마치고
사념에 잠겨 있는

물방울.

# 묘비명 墓碑銘

저기 백러시아[벨라루스] 출신
젊은이가 오고 있는데 웬일이지
어서 오게나
러시아 연방 동쪽 끝 사할린 주에서 왔다고
이름이 블라지미르라고 했나
가볍게 부르는 이름이라고
그럼 정식 이름을 대보게나
〈블라지미르 블라지미로비치 쎄멘치크〉라
열여섯 자나 되니 꽤나 불편하겠구먼
마흔아홉 살이라고
반 백 년밖에 살지 않았으니 앞길이 창창한 젊은이로군

한국의 장묘문화 葬墓文化를 보러왔다고
그럼 먼저
내 묘소 앞의 묘비를 보게나
가로 뉜 네모진 오석 왼쪽에 십자가를 새겼으니
이곳에 머물고 있는 사람이 크리스천인 줄은 알겠지
이름자 옆
괄호 안의 숫자가 생몰 연대를 나타내는 줄은
가운데의 물결표를 봐서 알테고

내 아랫줄에 새겨진 사람은

셋째 줄의 ‘두 내외분 이곳에 잠드시다’ 라는 말로 봐서
두 사람의 관계를 짐작하겠고


이곳에 ‘잠들었다’ 는 말은
주主께서
호령과 천사장의 소리와
하나님의 나팔소리로 다시 오실 때까지
두 사람이 여기 쉬고 있다는 뜻이라네
육신이 겪으면서 쌓았던 일들을
영혼 가득히 채우고서 말이네


우리 두 사람은 이 주변을 거닐면서
세상 이야기를 즐겨 나누는데
이십이 년이나 세상을 더 산 아내이기에
나는 항상 듣는 편에 서 있다네


여보게 블라지미르
이젠
자네 바로 오른쪽의 묘와 비석을 보게나
봉분은 같되 비석이 다르지
사랑하는 내 아들 이 종 희가 세운
내 묘소의 묘비와 비교해 보게나

보는 바와 같이
봉분 앞에 세로로 세워진 비석이
머리와 몸과 받침돌로 된 것이 있는가 하면
머릿돌이 없는 갈碣[1]도 있다네

내 이곳에 자리 잡기 육십일 년
공공기관에서 세운 묘원에는
묘지 사용기간을 십오 년이나
또는 내 아들
이 종 희의 큰 아이가 살고 있는 스위스처럼
화장한 유골을 봉분도 없이 유골탑에 보관하는데
그것도 사용기간을 이십 년으로 제한한다네

그러나 우리같이
종중宗中[2]소유나 사유지私有地에 머무는 이들에게는

그런 규정이 없어 자유롭다네
그 덕분에 블라지미르 자네와도
이렇게 귀한 만남을 누리는 게 아닌가

여보게 블라지미르

세상은 참 많이 변했다네
내가 이곳을 찾을 때만 해도
나는 육신을 이끌고 왔네만
지금은 화장을 해서 매장하거나
수목장樹木葬[3]을 하는 사람들이 많은데
묘비조차 세우지 않는 사람도 있다네

내 아들 이 종 희는
훗날
사랑하는 손녀 〈시 온〉이가
저의 할아버지인 이 종 희를 생각하고
적어도 일 년에 두어 번쯤은
이곳을 찾을 빌미를 주기 위해서라도
매장을 해야 하고

사람들이 밟고 다니는 일이 없도록 하기 위해서라도
하와이 사람들처럼 평장平葬을 하는 것이 아니라
꼭 봉분을 만들어야 한다고 주장한다네
자네는 어떻게 생각하는가

아, 벌써 날이 저무는구먼
이제 갈 시간이 됐나

여보게 블라지미르
사랑하는 자네 처와 딸에게도
전주全州를 구경할 수 있는 기회를 주게나

다행히도 내 아들 이 종 희는
손님 대접하기를 좋아하는 편이라네
그럼 잘 가게나 블라지미르.


1) 갈碣
자연석을 갈아서 글을 새기고 위에 지붕돌을 얹지 않고 머리 부분을 둥글게 만든 작
은 비석.
2) 종중 : 성姓과 본관이 같은 가까운 집안.
3) 수목장
입지가 좋은 곳에 나무를 심어 가꾸고 그 뿌리 부분에 화장한 고인의 뼛가루를 묻는
방법. 이렇게 조성된 나무에는 시설물을 설치할 수 없으며 고인의 이름이 새겨진 나
무패를 나뭇가지에 걸어 놓는 것이 일반적이다. 일반적인 수목장에서는 나무 한 그루
에 두 분에서 여섯 분까지 모시고 있으며 공설 수목장의 경우 처음 15년 계약 후 한 번
갱신하는 것을 원칙으로 하고 있으며 사설일 경우에는 그 계약기간을 무기한 연장할
수 있다.

# 문화사
— 화장실의 변천

1
해면海面이 밀어 올린 태양이
미소 띤 얼굴로
아침 용변을 부끄럽게 하니
배설물을 그대로 방치하고 자리를 뜬다

숲 속을 산책하던 미풍
마뜩찮은 손짓으로
무더기에서 오르는
가는 줄기의 냄새를 흩뜨리면

자잘한 파도가
모래톱에 걸터앉아
나뭇잎이나 검불
또는 밧줄·흙·돌멩이 등으로
마무리하는 작업을 지켜본다

2

불란서 여인이
문에 햇살 무늬를 걸어놓고
야호夜壺를 안은 두 손을

너울너울 좌우로 흔들다가
창밖을 향해
'물 조심하세요' [1]라고 외치면

같은 시각
바다 건너
앵글로색슨Anglo-Saxon 여인은
'당신에게 자비가 있기를' [2]라고 말하고
반도의
이태리 여인은
'호롱불을 치워요' [3]라고 소리친다

이럴 때
매너 있는 남성들은
항상 여인의 왼쪽에 서서 동행함으로
위로부터의 봉변을 감수한다

3

긴 세월을 대가로 치르고 얻은
한 평 남짓한 [4]
신의 영역

나만의 전각殿閣에서

현대인은
일정 간격으로
바늘구멍을 정렬시킨
하얀 두루마리를 안고
말 잔등5) 위에 올라앉아
선인들이 사용하던
해면海綿·천 조각·거위 목털·옥수수 속 등을 돌아보다가

철따라
물과 바람으로
들어앉았던 색정色情을 건드리면
한결 느긋한 자세로 반쪽 본질6)을 정리한다.


1) 물 조심 하세요  2) 당신에게 자비가 있기를  3) 호롱불을 치워요.
근세 유럽 시민들은 옛 로마의 관습처럼 요강 속의 배설물을 창밖으로 쏟아 버렸는데
위의 말들 중 1)은 불란서,  2)는 영국,  3)은 이태리의 여인들이 창밖으로 요강을 비울
때, 창문 아래를 걷고 있는 사람들에게 주는 정중한 경고의 말이다.
4) 한 평 남짓한 : 약 3.3㎡ 조금 더 되는
5) 말[당나귀] 잔등
비데bidet의 어원은 말이나 당나귀를 가리키는 말이었다. 당나귀나 말을 탈 때처럼 그
릇 위에 걸터앉기 때문일 것이다.
6) 반쪽 본질 : '인간의 본질은 섭취와 배설이다.' 라는 말에서.

# 물어보련다


춘향의 맨살 더듬던
요천蓼川의 잔물결 만나
춘향의 몸매가
소문처럼 팔등신八等身이더냐고 물어보고

동천東天 트고
아침을 몰고 오던 새떼들 만나서는
춘향의 체취가
여뀌꽃 사이에서 나풀거리던
그 향기더냐고 물어보고

늘 푸른 기상과는 어울리지 않게
하늘하늘 가벼이 군다고 나무라던
댓잎 위의 한낮의 햇살 만나서는
비교할 대상 없어 외로웠던 코
큰 사랑[1] 출렁거리던 이집트 궁정은 아니지만
클레오파트라와 비교할 때
어느 코가 더 높더냐고 물어보고[2]

무리지어 내려오던
초롱초롱한 별빛 불러 모아서는

춘향의 눈빛이
노황제老皇帝로 하여금
하늘에서는 비익조比翼鳥가 되고
땅에서는 연리지連理枝가 되자고[3]
맹세하게 한 그 여인의 것처럼
진정 사랑을 돋구더냐고 물어보고


초생달 쳐다보며
가는 눈썹 그리던 날은
이도령의 눈찌[4]가
정말로
춘향의 옷고름을 풀어헤치더냐고 물어보고


고운 숲 걸치고
요천강蓼川江에 거꾸로 선 금암봉을
넋을 잃고 바라보다가
잰걸음으로 광한루원廣寒樓苑 대숲에 들어앉아
옛 세월을 안고 있는
솔솔바람과 마주 앉아서는
춘향이 어떻게
십장가十杖歌[5]의 올을 풀어

천년을

천년을 흐를 사랑을

요천강에 띄우더냐고 물어봐야겠다.


1) 큰 사랑 : 클레오파트라와 케사르, 안토니우스와 클레오파트라와의 사랑.

♣클레오파트라는 케사르와의 사이에서 카이사리온이라는 아들을 낳았고, 안토니우스와의 사이에서는 남녀 쌍둥이가 태어났다.

2) 어느 코가 더 높더냐고 물어보고

미인을 평가하는 기준은 얼굴과 몸매에 있는데 그 중에서도 코는 얼굴의 중앙에 위치해 그 사람의 인상을 좌우하는 커다란 요인이 되므로 예로부터 높은 코 곧 오똑한 코를 미인의 척도로 삼았다. 블레즈 파스칼(1623-62. 저서 : 팡세)이 클레오파트라를 가리켜 "그녀의 코가 조금만 낮았어도 역사는 바뀌었을 것이다."라고 한 말은 널리 알려진 명언이다.

3) 하늘에서는 비익조가 되고 땅에서는 연리지가 되자고

755년, 견우 직녀가 만난다는 7월 7석날 깊은 밤에 화청궁의 장생전에서 현종이 양귀비에게 속삭인 맹세. ← 長恨歌(백거이)

♣비익조 : 남방에 사는 새로 암·수가 함께 아니면 날지 않는 새.

♣연리지 : 두 나무의 가지가 맞붙어 결이 서로 통한 것.

4) 눈찌 : 흘겨보거나 쏘아보는 눈길.

5) 십장가

12잡가의 하나. 판소리 〈춘향가〉의 한 대목을 요약·개작한 것. 〈춘향전〉 중에서 옥에 갇힌 춘향이가 집장사령에게 매를 맞으면서 그 숫자에 맞추어 자신의 절개를 읊은 노래인데 〈춘향전〉의 판본에 따라 내용이 조금씩 다르며 판소리의 내용과 잡가의 내용이 차이가 난다.

판소리 쪽은 전체 이야기의 한 부분으로 존재하나 잡가 쪽은 그 자체로 완결된 형태를 가지고 있다. 잡가의 십장가는 구성이 서장 한 마루를 합해 모두 11마루이다. 음악의 짜임새는 6박자의 도드리장단에 〈유산가〉조와 비슷한 서도소리 음계로 이루어져 있다. 사설은 "전라좌도 남원, 남문 밖 월매 딸 춘향이가 불쌍하고 가련하다."로 시작하여

♣하나 맞고 하는 말이

일편단심(一片丹心 : 한 조각 붉은 마음이라는 뜻으로 변치 않는 참 마음을 이르는 말) 춘향이
가 일종지심(一從之心 : 하나를 좇으려는 마음. 여기서는 이도령만을 따르려는 마음) 먹은 마
음 일부종사(一夫從事 : 남편이 죽을 때 따라 죽겠다는 뜻으로 한 지아비만 만 섬긴다는 뜻) 하
겠더니 일각일시(一刻一時 : 짧은 동안. 곧 졸지에) 낙미지액(落眉之厄 : 눈썹에 떨어진 액이
라는 뜻으로 뜻밖의 재앙을 뜻함)에 일일칠형(一日七刑 : 하루에 일곱 번의 형벌을 받음.) 무삼
일고. 로 시작하여

♣열을 맞고 하는 말이

십악대죄(十惡大罪 : 불교에서 몸身 · 입口 · 뜻意의 삼업으로 짓는 열가지 죄악) 오늘인가 십
생구사(十生九死 : 열 번 살고 아홉 번 죽는 것)할지라도 시왕(十王 : 불교에서 저승에 있다는
열 명의 대왕. 죽은 사람의 생전의 죄를 심판한다고 함.) 전에 매인 목숨 십육 세에 나죽겠
소. 비나이다 비나이다 하느님전에 비나이다. 한양(서울) 사시는 구관자제舊官子弟 남
원 어사(御使 : 조선 시대에 지방관원들의 치적과 민생을 살피기 위해 왕명으로 비밀히 파견되
던 특사) 출또(암행어사가 지방의 관아에 이르러, 사무를 처리하기 위해 자신의 신분을 밝히는
일.)하여 요내 춘향을 살리소서. 로 끝맺는다.


〈시작 노트〉


지리산 맑은 정기는 산골짜기들의 물을 모아
요천蓼川으로 흐르게 하고 남원을 열었다
그리고 조선의 정절貞節을 가꾸기 시작했다.

# 미로迷路

하
귀살쩍다

밤夜을 들이는 안채眼彩와
팽창한 먼로[1]의 두 과일과
잡식성 하체下體들의
이글거리고 출렁거리며 요동침이

두 번째
〈천관〉[2]의 집을 찾은 화랑이
부푼 돛의 『메이플라워호』[3]에서
손을 흔드는 사람들을 쳐다보면서
안개 속의 아토스 산[4] 곁을 지나서 간다.

1) 마릴린 먼로Marilynmonroe(1926~62)
헐리우드Hollywood의 영원한 섹스심벌Sex symbol. 백치미의 극치로 불림.
2) 천 관 녀天官女
신라 진평왕(재위 : 579~632) 때의 기녀妓女. 화랑 김 유 신이 그녀에게 정을 붙여 그녀
의 집을 드나들었는데 유 신이 어머니의 꾸중을 듣고 다시는 그녀의 집에 가지 않기
로 맹세했다. 그런데 어느 날 유 신이 술에 취해 집으로 돌아가는데 말이 늘 하던 버릇
대로 그녀의 집 앞에 멈추었다. 정신이 든 유 신은 그 자리에서 말의 목을 베었다. 천
관 녀는 유 신의 무정함을 원망하여 〈원사怨詞〉를 지었다.
3) 메이플라워Mayflower호
1620년 종교의 자유를 찾아 나선 필그림이라고 불리는, 120명의 프로테스탄트 개척
자들을 영국의 식민지 아메리카 플리머스에 수송한 영국의 배.
4) 아토스Athos산
그리스의 칼키디키 반도의 동쪽 끝에 있는 높이 2,033m의 피라밋형의 땅. 963년 로마
제국 시대, 성 아타나시우스에 의해 수도원이 창설된 이래 여자는 물론 어떠한 암컷
도 들어온 적이 없다함.

# 바다는 알고 있다 1

바다는 알고 있다

폭풍주의보 속에
육지를 향하다가
임수도*도 못 가서 돌아온
사선私船에 대한
포말泡沫들의 떠들썩한 이야기를

엊그제 문턱세를 낸 이 선생도
고참이라 뽐내던 양 선생도
수영에 자신 있다던 박 선생도
강원도에서 달려오는 낭군과의
달콤한 상면을 그리던 권 선생도

하나같이
질린 얼굴에
두려움이 가득 고인 눈으로
넘실거리는 죽음을 바라보면서
뱃전으로 떠오르는 아내와 낭군을 부르던 모습들을.


* 임수도 : 격포와 위도 중간에 있는 돌섬.

# 바다는 알고 있다 2

바다는 알고 있다

〈서해 훼리호〉가 흘리고 간
그리움의 조각들을

파시波市 열던 조기떼들
머―ㄹ 리 간 지 오래고
삼치떼마저 버리고 간 삐걱거리는 섬을

상빈네도
병원네도
기갑이네도
공사판工事―이 나눠주는
어슴프레한 희망을 안고
해파海波에 삭은 얼굴
물기 머금은 눈으로

하나같이
아프게
아프게
고슴도치섬*을 떠나가던 모습들을.

* 고슴도치섬 : 부안군의 위도謂島 섬.

# 바다는 알고 있다 4


바다는 알고 있다

육지에 못 나간
비상근무조 선생들의 버거운 스트레스를

삼 주째
주말을 앗아간 폭풍주의보에 갇혀

섬마을을 맴도는 찌든 체취들의 부유가 역겹고
배꼽단추 누르는 공간 갖지 못한 하체下體들이
질척한 어둠과 몸을 섞어 타락하고파

하나같이
볼멘 얼굴에
퇴박하는 눈으로 어설프게 살아가는 모습들을.

# 2부 살만한 세상

# 바다는 알고 있다 6

바다는 알고 있다

해태海苔 나라
지주支柱 마을에 사는
포자胞子들의 소박한 삶을

물결 언덕에서
거품콩 주워 먹으며
따사한 햇볕에 젖은 몸 말리고
썰물 따라간 비오리가 그리울 땐
직바구리 산책로 따라
지지지 죠죠죠 쥬리이 노래부르면서

하나같이
고운 얼굴에
반짝이는 눈으로
별빛 받고 성숙해 가는 모습들을.

# 바람으로 흐르다가

바람으로 흐르다가
푸릇푸릇한 산하 달려가
할머니 눈 속에 담긴
초가지붕 엎드린 동네
들여다볼 수 있을까 서러운 마음으로

바람으로 흐르다가
풋고추 약차 오르는 터알 찾아가
세상 앗아간
아들 잃은 아픔
하늘하늘 내려와
고추 따는 손등에
투명한 살갗으로 앉은 손
어루만질 수 있을까 서러운 마음으로

바람으로 흐르다가
막내둥이 돌려주지 않는
사나운 세월 좇아가
밤 지나가는 소리
기다림의 촉수로 세시던
고단한 새벽
지켜볼 수 있을까 서러운 마음으로

바람으로 흐르다가
시름의 연기 따라가
큰며느리 잃은 아픔
꼬옥꼭 눌러
써럭초와 함께 대통에 담으시던
묵언默言의 공간에
들어설 수 있을까 서러운 마음으로

바람으로 흐르다가
재가한 며느리가 두고 간
어린 손자의
부끄럼에 자랑 섞어 내놓는
고추 보고
볼 부비며 흘리시던 눈물
흐르고 또 흘러
강 되어 흐르니
이제는 나도 저 강 따라
강으로 흐를 수 있을까 서러운 마음으로.

《РУБЕЖ / 루볘쥐》 2012 / 12 / 874

〈시작 노트〉

한 점
바람으로 흐르다가
초가지붕 엎드린 동네
들여다보면

　북쪽 종중산에는 할머니 앞서 세상 등진, 당신의 둘째 아들 내 아버지의 묘소
가 있고, 건넛뜰 사칸 접집에는 6·25 때 의용군으로 나가 거제도 포로수용소
에서 조카 편에 소식 한 번 띄우고 북쪽으로 간, 국민학교 선생 작은아버지의
체취로 가득 찬 곁방이 있고, 큰며느리 잃은 아픔 써럭초와 함께 태우시던 할
머니의 묵언의 공간에는 재가한 며느리가 두고 간 손자의 고추 보고 볼 부비며
흘리시던 눈물의 강이 있다.

# 바지랑대

파란 하늘
고추잠자리로 고인 투구
가볍게 흔들며
온몸을 휘저어
지아비 그리는
정결한 손짓들을 거느린 대장

잠자리가 낸
빠ー ㄹ간 길로
하늘까지 올라간 기다림은
애태워 지친 무게 못 이겨
체념의 비를 내리고

속살 저미는 격동의 세월을
팽팽한 버팀으로
안정시키던 의지는
멀어져 가는 일상에서
또 하나의 이별을 익힌다.

《РУБЕЖ / 루베쥐》 2012 / 12 / 874

# 백조의 호수*

여기저기서
옹달샘들이
고개 들어 아침인사를 나눈다

솟구침이 줄을 잇고
졸졸거림의 행렬이 뒤를 따르면
산책 나온 백조들이
의젓한 자태로
수계水界를 넓혀
숲의 싱그러움과 상쾌한 햇살을 펼친다

왕자의 성년 축제에
귀족과 부호들을 슓아 오는 마차들이
길을 메우고
장내는 춤의 물결로 넘치는데

석궁石弓을 선물로 받은
지그프리트 왕자는
신부를 찾기 위해 키운 날개로
백조들의 뒤를 따라 호수에 이른다

호수는

죄의식이 없는
악의 마술사 오스벌트의 왕국

어둠이 오고
별빛이 내려야
인간의 삶을 누리는
가엾은 오데트 공주와 소녀들을 위해
지그프리트 왕자는
아름다운 이 밤을
광명에 이르는 통로로 열치겠다고 맹세하나

왕자의 착시錯視는
흑조黑鳥 오딜을
신부로 정했노라는
경악으로 번지게 하고

왕자의 배신이 키운
오데트 공주의 성숙은
상처의 골을
침묵으로 건너뛰려 하는데

호수의 백조들은

멈춰버린 사랑의 시간 속에서
아픔을 어루만지는
위로의 향기를 뿌려
호수의 일상을 가꾼다

짙은 안개 속을
헤쳐 나온 왕자는

오스벌트와 오딜이
어떻게 자신을 속였는지를 알리고
영롱한 눈빛과
뜨거운 입술로
서로의 사랑을 확인하는데
이를 보고
분기충천한 오스벌트가
호수의 둑을 무너뜨린다

지그프리트 왕자는
소용돌이 속에 잠겨 죽음으로 말한다

"우리는
바람이 깔아 놓은 수면 위에

순결의 정으로 사랑을 새기고
고운 햇살로 사랑의 화원을 가꾸었노라고

그러나 이제는
보이는 사랑보다
더 큰 보이지 않는 사랑을 위해
침묵의 노를 저어간다고

그러니
차이코프스키여
흩어진 백조들 그러모아

부리로 물어 나르고
다리로 감싸 옮겨
둑을 쌓게 하고

옹달샘 줄을 세워
내면을 채운 다음
숲 향기의 코러스로 수면을 다듬고
잔물결 타고 흐르는
백조들의 발레로
큰 사랑 자아내는 호수를 열어

전해주시오
죽어서 사는 사랑의 전설을!"

*《백조의 호수》
1875년 모스크바 볼쇼이 극장의 관리인 베기체프가 고대 게르만 전설을 소재로 쓴
발레 대본 〈백조의 호수〉에 차이코프스키(1840−1893)가 작곡(1876)한 발레 모음곡. 요
정이나 천사처럼 인간의 육체를 초월한 존재를 창조하려고 하는 발레의 이념과 예술
가들이 발견한 여성의 숙명적 아름다움, 이 두 가지가 결합되면서 탄생한 것이 《백조
의 호수》라고 함. 1977년 모스크바 볼쇼이 극장에서 초연.

# 변전 變轉

교직에 발을 들여
한국어를 가르치며
세월 보내기 스물여섯 해

스트레스 쌓인다는
중간 관리자 교감으로
얼쑹한 놈 만나
밸이 꼴린 적도 있지만

교장 자리 지키다가
정년을 맞게 되니
온 세상이 눈물의 강이다
하기야 한 달여 동안에
십 킬로그램이나 되는 체중을 줄여
눈물을 보탰으니
강이 넘칠 수밖에

설움의 강
어렵사리 건너
〈기능대학〉 포구에 닿아서
고창으로

광주로
강의실을 찾아다니다가

이제는
간호사와
스페셜리스트를 바라보는
젊은 파편들이
소망의 결정체로 영글어가는
꿈꾸는 네모꼴
방화문을 돌아보면서

아저씨로
때로는
과분하게도 사장님으로
어쩌다가는 어르신으로 불리며
오늘도 계단을 오르내리며 광고지를 뗀다.

# 보릿고개

5월 긴긴 해가
한낮을 비껴 앉으면

피내린 주림을 토하는
아낙의 긴 한숨에
외짝 석쇠 방문 소리 없이 열리고

동네 아이들의
'진지 잡수셨어요' 인사말에
어른들
헛기침으로 체면 세우면

저녁놀 쏘시개로
춘궁을 지펴
나물죽을 끓이는 가는 연기

짓누르고 옥죄던 고개
가쁘게 넘어
한숨 돌릴 때면

구겨진 두루주머니
어설프게 부풀려 놓고

찌든 얼굴들 모아
십시일반+匙一飯 가르치는


한술 한술
식구들의 허기虛飢 먹고 배부른
좀도리 항아리.


《РУБЕЖ / 루볘쥐》 2012 / 12 / 874

# 비닐 하우스<sub></sub>VInyl house

많은 식구들
한 이름으로 살아가는 집

정직한 농부의 손끝 스칠 때마다
잎맥 따라 꿈을 키우던 가족들

성숙한 몸매로
그리던 도시 찾아
떼지어 떠나고 나면

텅 빈 가슴
긴 한숨에 패인 고랑에
삭은 몸으로 누어

창백하게
식은 땀 흘리는
대지大地의 신음소리를 듣는다.

# 사진을 찍어야겠다

내 언젠가
육신의 깨어짐으로
아득한 추락의 공포 끝에

보이는 것들
아쉬운 마음으로
보이지 않아 그리운 것들
서러운 마음으로
삶의 재고 정리를 마치고

낯설지 않은 영정影幀으로 앉아
"나는 이렇게 생각하고 행동하며 살았다."고
세상살이 들려줄 공간을 마련하기 위해
거짓을 떨쳐버린 얼굴로 사진을 찍어야겠다

빈소를 지키고 있는
사랑하는 딸들 중
눈물 그칠 줄 모르는 라 온이에게는
가까이 오라 해서
"어린 개구쟁이들의 싸움, 거기에 인생이 있다."고
넌지시 가르쳐주고

부의함에 봉투 넣는 조상꾼 중
자빠져도 그냥은 일어나지 않는
이마 벗어진 친구에게는
"모방이, 반드시 정상으로 향하는 길은 아니다."고
말해 주고


외로운 삶 이어가는 세 라에게는
"슬픔의 강이 때로는
척박한 삶을 옥토로 바꾸는 젖줄이 되기도 한다."고
북돋워 주고


친척도 아니요
그렇다고 이해관계가 얽힌 것도 아닌
정치한다는 친구에게는
"정치하는 사람은 정치인이기 때문에
정치적 위기에서
정치적 오판으로 몰락하는 것이
정치인의 숙명이 아니냐."고
말해 주고


이 핑계 저 핑계 대며
그리스도의 초대를 간단히 물리치던 친구에게는

루터*씨의 말대로
"그렇다면 너, 보다 적극적으로 죄를 지어보라."고
역설적인 경고를 던져 주고

쉴 새 없이 밀려오는 세월에
바쁜 삶을 살아온
그래서
하늘 같은 낭군의 죽음을 애도하기보다는
조문객들 앞에 내놓을 음식에
더 신경을 쓰고 있는 아내에게는
"어이 각시여, 그대는 이 시간
무엇을 위해 걸음을 재촉하고 있소."라고
평소에 묻던 대로 다시 한 번 물어보고

"시대를 이끌어갈
진정한 스승은 어디쯤 오고 있는가."고
먼 길 내다보는 젊은 친구에게는
사랑방의 장죽長竹 소리와
할머니의 수많은 잔소리가
조선朝鮮을 이끌어온 것처럼
"주름살 속에는
축적된 삶에서 솟아나는 지혜의 샘이 흐르고 있어

그것이
삶의 굽이를 올바른 방향으로 다스릴 수 있다.”고
분명히 말해 주고


그리고는 서서히
살아온 날들의 풍경을 돌아보며
장지를 향해 발걸음을 옮겨야겠다
저만큼에서
방을 빌려 쓸 사람들이 오고 있으니.


《РУБЕЖ / 루베쥐》 2012 / 12 / 874


*마르틴 루터(Martin Luther. 또는 Luder. 1483—1546)
부패한 로마 가톨릭에 대항해, 기독교 신앙에서의 『성서』의 유일한 권위와 하나님
의 은혜를 통한 구원을 강조한 종교 개혁가. 한국 루터교회에서는 말틴 루터라고 부
른다.
루터 자신은 스스로를 개혁자로 생각하지 않았는데 그 이유는 자기가 한 일들은 하나
님에 의해 이끌려 어쩔 수 없이 한 것들이기 때문이라고 말했다. 그는 복음주의자로
서 복음 전파에 온 힘을 기울였다. 그래서 자신은 개혁자가 아닌 설교자, 박사, 교수로
불리기를 원했다.
그러나 그의 삶 가운데 그가 행했던 많은 일들 곧 끊임없는 저작 활동과 설교 그리고
성서의 번역과 작곡들은 엄청난 결과를 가져와 그로 인해 교회가 새로운 모습으로 탈
바꿈했을 뿐만 아니라 사회가 변하고 역사가 바뀌고 잃었던 많은 것들이 되살아났다.

# 살 만한 세상

살 만한 세상을 원한다면
더불어 식사를 할 일이다

식탁에는
가슴을 열고 나오는
수평을 꿈꾸는 강이 있어

그것이
너와 나를 빗질해
우리[吾等]로 둘러
흐르면서
깨달음의 바다에 이르게 하기 때문이다.

* Internet portal site 〈naver〉, 〈daum〉의 '아침의 시' 에 수록.

# 서도리를 지나며
― 장 두 원을 그리다


전주발
광주기능대학[1] 가는 길목의 왼쪽 동네
서도리西道里의
서도 장씨西道張氏들
고샅고샅 후한 인심 뿌려
길손 맞은 밥상마다
넘쳐나는 인정으로 입맛 돋구던 곳

광주발
전주 어귀 오른쪽 마을에
나라 잃은 울분
지하에 가서 통곡함으로 선왕先王을 뵈리라
곡기 끊어 이십사 일만에 자진自盡한
충신 장 태 수張泰秀[2]의 후손들
그 빼어난 순국殉國의 정신
먹고 자라
온 마을에 민족정기 뻗쳐나던 땅

워커에 짓밟힌 나라
일으켜 세우기 위해
무등산無等山 자락에 흩뿌린 고귀한 피

그 붉고 뜨거운 혈기
식기 전에 어서 전해서
살육의 역사 멈추게
언론의 사명에 목숨 걸었던[3]
금구면 촌놈 서도리[4]장두원張斗遠.

1) 광주기능대학 : 한국폴리텍 5대학 광주캠퍼스(Korea Poly-technic College).
2) 장 태 수(1841~1910) : 경술국치에 식음을 전폐하며 일제에 항거하다 24일만에 순국.
3) 1980년 5·18 당시, KBS TV 뉴스 담당 편집부 차장으로 있던 장 두 원은 시간시간 발표되는 계엄사령부의 포고령 속에서 5월 21일 죽음을 각오하고 저녁 7시 뉴스에 광주민주항쟁 상황을 보도하게 함으로써 그 참상을 세상에 알렸다.
4) 서도리 : 전라북도 김제시 금구면 서도리.

# 서신동
— 새터


열쇠를 두고 외출했을 때
아내는 서신동에 가라고 한다
그래서 나는


짚불 아궁이에 들썩이는
쇠죽가마 바라보며 되새김질하는
외양간의 소와


소나기 끝에 고기잡이하는
전주천全州川의 여린 종아리들 지켜보며
빙그레 웃음 짓던 석양을 만나고


모기들 질식시켜 버리겠다고
방안을 자욱한 담배 연기로 채우다가
이른 아침이면 토끼몰이에 나서는
허례와 가식이 낯 붉히는 고등학교 시절을 살러
서신동 〈새터〉에 간다


열쇠를 두고 외출했을 때
아내는 서신동에 가라고 한다
그래서 나는

곤색 후레아 스커트에게 보내는
거친 숨결의 편지를 안고 키득거리는
우체통과

책가방 한쪽에
너도나도 가난을 넣고 다니던 때
짭조름한 정을 담아내는 자장煮醬이 생각나
두렁길 넘고 건너
설렘과 수줍음이 내닫는 고등학교 시절을 살러
서신동 〈새터〉에 있는 친구 집에 간다.

# 서울 코리아


조선을 열친
천년을 내다보는
정도定都의 혜안慧眼과


성저십리城底十里[1] 넓혀
삼만 식구
천여 만의 아들딸로 키워온
치열한 정기와


청계천[2]의 재롱 안은
한강[3]의 눈웃음이
반도의 아침을 여는 곳


섞이고 어울려 자아내는 맛으로
세계 오대 전통식품의 자리에 오른
김치[4]와
솟구친 십위권의 경제력이
빵과 복음福音[5]으로
온 천하의 영혼들을 교육하는
신앙대국信仰大國의 진원지


〈뽀롱뽀롱 뽀로로〉[6]와

〈겨울 연가〉[7]가
한류韓流[8] 를 타고
프랑스 안방과
일본 열도를 들뜨게 하고
〈대장금〉[9]이
아시아와 유럽과 아프리카로
춤추며 날아가 가슴을 파고드는

자연과 인간과 문화의 퇴적층이 짜내는
질박한 정情이
맵싸하게 곁어 있는 땅

퍼져라 서울이여
울려 퍼져라 땅 끝까지
날아라 서울이여
솟아올라라 하늘 끝까지.

1) 성저십리

서울의 도성 밖 십리 안의 지역. 서울의 행정구역으로 편입시켜 한성부에서 통치했음.

2) 청계천

서울특별시 종로구와 중구의 경계를 따라 흐르는 하천. 몇십 년 동안 복개되어 쓰이다가 자연 환경을 복원시켜 삶의 질을 높이며 역사문화를 복원한다는 취지로 2003년 7월부터 2005년 9월까지 2년 3개월에 걸친 사업 끝에 도심 속의 하천으로 개통함으로써 서울의 새로운 명소로 탄생했다.

3) 한강

태백산맥에서 발원해 강원도·충청북도·경기도·서울특별시를 거쳐 경기만으로 흘러드는 한반도 중부지역의 강. 유량을 기준으로 할 경우 남한에서 가장 규모가 큰 강.

4) 김치

소금에 절인 배추나 무 등을 고춧가루, 파, 마늘 따위의 양념에 버무린 뒤 발효시킨 음식. 재료와 조리 방법에 따라 많은 종류가 있다. 세계 5대 전통 식품 중의 하나.

5) 복음

기독교에서, 그리스도에 의해서 인류가 구원을 받게 된다는 기쁜 소식, 또는 그것을 전하는 가르침.

6) 뽀롱뽀롱 뽀로로pororo

아이코닉스ICONIX ENTERTAINMENT 기획, 오콘·하나로 텔레콤·EBS·북한의 삼천리 총회사가 공동 제작한 남·북 합작 full 3D animation. EBS 방송 당시 평균 시청률을 웃도는 5%를 기록했고 출판 및 완구, DVD 시장에서 돌풍을 일으켰으며, 특히 해외에 수출되어 프랑스에서는 56%라는 기록적인 점유율로 시청률 1위를 차지하는 기염을 토했다.

아이코닉스 엔터테인먼트는 2001년에 설립된 한국 최고의 애니메이션 기획, 제작, 마케팅, 출판 사업 등을 전문으로하는 엔터테인먼트 회사다.

7) 〈겨울 연가〉

일본명 〈후유노 소나타〉 총 20부작, 2002.1.14—2002.3.19 방영. 일본 열도를 뒤흔든 배 용 준, 최 지 우, 박 용 하 출연의 한국 KBS2 TV 종영 드라마.

이 드라마는 '첫사랑'이라는 운명으로 묶인, 세 남녀의 변하지 않는 사랑과 사람에 대한 이야기이다. 이 작품이 붐을 일으킨 것은 일본의 4·50대 여성들에 의해서인데 팬의 83%가 여성이고 그 중 74% 이상이 40세 이상이며 기혼자가 79%를 차지하고 있다.

일본 열성 팬들은 〈겨울 연가〉의 촬영지인 한국의 강원도 평창을 보기 위해 강원도 양양과 일본 오사카를 잇는 '〈겨울 연가〉 특별전세기'를 띄우게 했고, 주인공 배 용

준을 통한 이른 바 '욘사마 열풍'의 경제적 효과를 최소 3조 원(한국 1조 원, 일본 2조 원)으로 추정하게 했으며 일본의 공영방송인 NHK 방송은 무려 8시간에 걸친 한류 관련 특집을 방송할 정도로 돌풍을 일으킨 작품이다.

♣욘사마 : 일본에서 배 용 준을 높여서 일컫는 말.

8) 한류 열풍Korean Wave.

한국의 대중문화가 주로 아시아를 중심으로 한 외국에서 대중성을 가지게 되는 것.

9) 대장금

장금의 본명은 서 장 금徐長今. 총 56부작, 2003년 9월 15일~2004년 3월 30일 종영.

이 영 애(일본인이 뽑은 가장 예쁜 한국 여배우/일본 포터사이틀 라이브도어). 지 진 희 출연의 MBC 종영 드라마. 〈대장금〉도 한류 열풍을 타고 전 세계 60여 개국에 수출되어 한류 열풍 확산의 중추적 역할을 하고 있다. 조선조 의녀醫女 장 금의 성공담을 다룬 사극. 남존여비의 봉건적 체제하에서 집념과 의지로 궁중 최고의 요리사가 되고 우여곡절 끝에 조선 최고 의녀가 되어 내의원의 수많은 남자들을 물리치고 조선의 유일한 임금 주치의가 되었던, 실존 인물인 장 금의 일대기를 다룬 드라마. 조선조 중종 때 〈대장금〉이라는 칭호를 받음.

# 성묘길

한恨
뿌리며 가신 길
소풍 삼아 나섭니다

홀로
가신 길
는 식구랑 갑니다

땀으로
정으로 닦으신
십여 년
삼십 리 길

아스팔트 밑에 깔고
슬픔도
아픔도 없이
이십여 분에 왔습니다.

# 손수건


금빛 햇살이
잔누비로 다가와
꽃밭을 펼치면

비린내 타고 뒹구는 물결에
하늘하늘
곱게 흔들어

온몸으로 짜낸
푸르디푸른 해풍 벽에
아리게 새긴 추파가

열여섯 칸 골을 돌아와
사랑이 무엇이냐고 묻는다.

# 수왕 壽王[1]


본디
내해다마른
아ᅀᅡ늘  엇디ᄒ릿고[2]


1. 세상 사람들의 한탄


갓 맺은 십칠 세의 봉오리
비파와 춤과
관능으로 숙성시키기
오 년[3] 넘어서 피어난 보배


비껴간 황태자 책봉과
갑작스런 시어미의 죽음[4]으로
울적한 마음 달래려고
화청궁 華淸宮[5]축제에 젖어
구룡진 九龍殿 앞 언못가에서
풍치를 즐기던
스물두 살의 고운 양비 楊妃


긴 목에
홍수정 紅水晶 목걸이[6]를 걸었으니
엇디 ᄒ릿고

엇디 흐릿고
이 큰 일을 엇디흐릿고

불알 깐 놈의 말[7]에 귀 기울여
어사御使로
변방[8]을 다스리고 오라는
지엄한 영 내리니
화청궁에서 양비를 작별하고

두 신하[9]
이름 모를 산골에 묻으며
동지冬至 지나 여덟 달만에
광주廣州 땅에 당도하여
한 달여 동안
민정을 살펴 관기를 바로잡고

머나먼 장안長安
일 년 길
줄달음으로 칠 개월에 달려
신산한 몸과 마음
양비의 젖무덤에 묻혀 달랠 줄 알았는데

길 떠난 지 사흘만에
양비는 도사 양태진[10]이 되어
새로운 관계[11]를 맺고
장사의 탄식과 직언[12]을
역린의 죄[13]로 다스리니
저 큰 구멍 엇디ᄒ릿고
엇디ᄒ릿고 저 텅 빔을

쏟아지는 허탈
비애로 눌러 앉아
상처로 파이는데
새로운 인연[14]인들 무슨 소용이 있으리
차라리
억수로 무너지는 제방의
한 알갱이의 모래
한 낱의 물방울이었더라면…

2. 시인의 말

이 매李瑂[15]여
수왕 이 매여
그대는 왜 자신의 이름처럼

황제가 지니는 옥을 갖지 못하고
천자天子의 자리를 비껴
서글픈 역사 속에 숨었나요

누구보다도
부황父皇의 사랑을 받던
열여덟째 황자여
그대는 단지
더렵혀진 천륜을 먹고 돋아난 사랑을
무대 위에 올려놓는
비극적인 역할만을 짊어지고 등장한 인물인가요

그대가 성인成人이 되었을 때
궁중에서는
황후와 대우를 갖게 한다는 칙령과 함께
노황제의 총애를 독점하여
황태자 이  영李瑛을 포함한
세 이복 황자들을 죽음으로 내몰던
그대 모친 무혜비武惠妃의 잔인한 지혜와
환관 비빈들과 깊은 관계를 맺어
황실을 속속들이 들여다봄으로써
입에는 꿀

배에는 칼을 숨겨
십구 년 동안이나 재상의 자리를 누렸던
이 임 보李林甫의 간계로도
황태자의 자리는 어쩔 수 없었단 말입니까

파옥破獄을 결행한 의기의 검술劍術
뒤 소식 듣고자 하나
종남산終南山[16]은
그대들을 들인 후
침묵만을 고집하고 있으니

수왕이여
이 매여
안安사史의 난이 그녀를 휩쓸어 갈 때[17]까지
그대 그늘진 속세에 머물고 있었다면
나를 포함한 세상 사람들의 궁금증
숨겨진 역사를 들추어주오
충성스런
사나이 중의 사나이
소 삼 기蘇三己[18]의 이야기도 함께
죽어가는 그대에게
시詩는 힘이 못되었지만

시詩가 있기에
그대의 죽음은 의미를 갖게 될 것이요 수왕이여.


3. 수왕의 변辯


악의 꽃
모란의 제국[19]
종남산에 뿌린
천년의 고독을 안고
흩날리는 먼지 속에 황톳길을 걸어도
누구 하나 묻는 이 없었는데
장구한 세월 마다 않고
이웃으로 찾아 주니
고맙구려 진정 고맙구려
반도의 시인이여
그대 만나
한 많은 속내를 전하게 되니
그 더욱 반갑구려 백제의 후손이여


쉬잇, 저 서늘한 소리
— 이놈, 이 야밤에 무슨 뜻을 품고 모란 밭에 숨었더냐[20]
사신死神의 그림자가 오고 있소

피해야겠소
어서 이쪽으로 오시오
저 그림자가 다가오면
나는 몸 둘 곳이 없다오

후유— 자
죽음의 그림자가 갔으니
이제 이야기를 계속하겠소
그 일 이후

의리의 사나이 소 삼 기와 함께
종남산에 들어
한동안은
새로운 삶을 찾자는 생각과
더 이상 추해지지 말자는 마음이 오갔으나
어느 쪽도 분노를 잠재우지 못하고
갈등과 혼란은
무력과 자조自嘲로 이어져
다리는 후들거리다가 휘청거리고
마침내는 아무데나 주저앉고 마는
저주 받은 한낮을 보내면
밤이면 신음소리로 어둠을 쫓아야 했소

그러던 어느 날
옆에 처연하게 앉아 있는
소 삼 기를 바라보면서
이 충직한 사람도
이제는 제 삶을 찾아가야 할 것이라는
그래서 나는
철저하게 혼자가 될 것이라는 생각에
몸을 가누기조차 힘든
처절한 외로움에 떨 수밖에 없었소


아— 싫다 싫어
내 삶을 몽땅 흩어버린
양녀楊女가 싫어


한 땀 한 땀
진실은 봉합되고
폐하 곁의 양녀는
시간과 함께 미화美化되어
위수渭水로
황하黃河로
흐르고 퍼지는데

臨別殷勤重寄詞(임별은근중기사) 헤어질 때 간곡하게 다시 부탁하는 말
詞中有誓兩心知(사중유서양심지) 그 속에 두 마음만이 아는 맹세가 있
　　　　　　　　　　　　　　　었으니
七月七夕長生殿(칠월칠석장생전) 칠월 칠석날 장생전에서
夜半無人私語時(야반무인사어시) 인적 없는 깊은 밤에 은밀히 속삭일
　　　　　　　　　　　　　　　때
在天願作比翼鳥(재천원작비익조) 하늘에서는 비익조가 되고
在地願爲連理枝(재지원위연리지) 땅에서는 연리지가 되리라
天長地久有時盡(천장지구유시진) 천지가 영원하다 해도 다할 때가 있으
　　　　　　　　　　　　　　　려니와
此恨綿綿無絶期(차한면면무절기) 우리의 사랑의 한은 이어 이어 끝이
　　　　　　　　　　　　　　　없으리.
　　　　　白居易(772－846)의 〈長恨歌〉 중에서


양녀가 주는
통한을 살아야하는 오늘이
부끄러운 사랑에 대한
저주스런 고뇌의 몸짓이 싫어
가자 어서 떠나자
이 파렴치한 오늘을


저—기

사랑했던 양비와 함께 가꾸던 동산이 다가온다
작은 사랑 즐겨 안으며
양비만이 온 세상이었던 어제
어제가 부른다
어제의 끝자락이 오라고 손짓한다
그러니 가야 한다
어서 가야한다
이 저주받은 몸 벗어던지고
슬픔들 모여 사는 곳[21]으로 가서
무너진 숲 일으켜 세우고
등 돌린 솔바람을 불러와야 한다

그래서
되찾은 세월
다시 찾은 산하에서
하늘을 우러르고
땅을 굽어보며 시냇물에 발 담그고
상큼한 솔바람에
큰 슬픔 흩어 날리면서
하루하루를 살아가자

외치고 다짐한 끝에

소 삼 기에게 장검을 건네고
계곡이 내려다뵈는 바위에 앉아
고개 숙여
어른거리는 양비를 우두커니 바라보고 있었소.


4. 종남산 계곡을 불리는 새들의 눈물


하늘을 가른 장검 끝의
온 산을 울리는
소 삼 기의 통곡 소리가
스치는 바람의 가슴을 찢고
방울
방울
모란의 제국 적시는 새들의 눈물이
장검에 맺힌 핏방울을 씻어
종남산 계곡 물을 불린다.


《РУБЕЖ / 루볘쥐》 2012 / 12 / 874

1) 수왕
당나라 6대 황제 현종(재위 : 712－756)의 18 황자로 17세의 양환楊環(719－756. 27세에 귀
비가 됨)과 결혼하여 양비楊妃를 얻었으나 5년 후에 아버지인 현종에게 아내를 빼앗김.
2) 아ᅀᅡ놀 엇디 ᄒᆞᆯ릿고
향가〈처용가〉에서 인용. 서사 내용(처용이 역신에게 아내를 빼앗김)을 암시하기 위함임.
3) 오 년 : 양 환이 수왕의 비 곧 양비가 된(736) 뒤의 5년 세월.
4) 갑작스런 시어미의 죽음
현종의 총애를 받던 수왕의 어머니 무혜비는 737년 말에 40여 세로 죽음을 맞았는데
그녀의 죽음은 그녀가 죽게 한 황태자 이 영을 포함한 세 이복 황자들의 망령에 의한
괴롭힘이 원인이었다고 함.
5) 화청궁
여산에 있는 온천궁. 현종은 매년 10월이면 무혜비와 함께 이곳에 내려와 한겨울을
보내고 다음 해 배꽃이 필 무렵 장안으로 돌아갔다.
6) 홍수정 목걸이 : 현종이 항상 목에 걸고 지녔던 목걸이.
7) 불알 깐 놈의 말
내시 고 역 사高力士의 말－“폐하는 천자시니 범부凡夫와 같이 인륜人倫을 따를 필요
가 없사옵니다. 사가私家에서는 흉이 되는 일이 황실에서는 오히려 천도天道에 순응
하는 일이 되옵니다. 선제 고종황제(제3대)께옵서 부황父皇이신 태종황제(제2대)의 후
궁 무씨武氏를 황후로 모신 것도 천자이신 까닭이옵니다.” 고종(28세)－무황후(33세)
8) 변방
영남도호부가 있는 광주(廣州.지금의 광동). 장안에서는 왕복 2년이 걸리는 먼 곳. 재상
이 임 보와 환관 고 역 사는 현종의 뜻이 양비에게 있는 것을 알고 수왕을 광주까지 가
서 관기를 바로잡고 오라고 보낸 다음 양비를 현종의 후궁으로 입궁시킴.
9) 두 신하 : 수왕의 어사 임무 수행을 돕던 사람들.
10) 도사 양태진道士 楊太眞
수왕이 어사의 직분을 받아 임지인 광주로 떠난 직후 현종으로부터 양비에게 내려진 도
사의 이름. 이 법호와 함께 양비는 태진궁으로 거처를 옮겨 실질적인 현종의 후궁이 됨.
11) 새로운 관계
수왕의 비妃였던 양비가 시아버지인 현종의 후궁이 되니 수왕과 부부였던 관계가 어
머니와 아들의 관계로 되었다는 말.
12) 장사의 탄식과 직언
형주장사荊州長史 장 구 령의 말－“나라가 망했구나. 황제가 인륜의 도를 어겼으니 어찌
백성을 다스릴 수 있겠는가. 폐하, 하늘과 땅엔 천도天道가 있고 부자지간엔 윤도倫道가

있사온데 어찌 내 왕의 후后로써 후궁을 삼으시는 패륜지정悖倫之情을 맺으셨나이까?'

13) 역린의 죄 : 임금을 분노하게 한 죄. 교살형絞殺刑을 내림.

14) 새로운 인연

현종과 이 임 보는 서둘러 좌위중랑장 위 소 훈의 딸 위 사 화를 수왕의 새로운 비로 간택, 성례成禮를 시킴으로써 두 사람으로 하여금 부부의 연을 맺게 했다. 위 사 화는 온갖 정성을 다해 수왕을 섬기려 했으나 수왕은 그녀의 침소에 든 적이 없다고 함.

15) 매괴 : 天子所執玉(천자가 지니는 옥)

16) 종남산

당대唐代 궁성에서 가까운 산. 소 삼 기가 감옥에서 수왕을 구출하여 숨어든 산. 향적사 란절이 있음.

17) 안/사의 난이 그녀를 휩쓸어 갈 때까지

양 귀비가 安/史의 난(안 록 산과 사 사 명이 일으킨 난. 755-763)을 만나 촉주로 피란 가던 중 마외역의 조그마한 불당에서 고 역 사의 손에 의해 명주로 목 졸려 죽을 때(38 세/756)까지.

18) 소 삼 기

어릴 때부터 수왕 가까이서 시중을 들던 사람. 수왕이 장안으로부터 수만리 떨어져 있는 영남도호부를 살펴 관기를 바로잡고 오라는 어사로 명을 받았을 때 수왕을 도와 그 임무를 마치고 돌아옴. 그러나 양비가 현종의 후궁이 된 것을 알고 수왕과 더불어 분개하다가 수왕이 양 태진을 보기 위해 심향전 앞 모란꽃 밭에 숨어들었다가 잡혀 억울하게 시역弒逆의 누명을 쓰고 옥에 갇혔을 때 목숨을 걸고 파옥破獄을 결행, 옥졸 들을 처치하고 수왕을 구출하여 밤을 도와 종남산에 숨음. 검술과 궁술弓術이 뛰어남.

19) 모란의 제국

현종은 모란꽃을 사랑했다. 그래서 궁중은 물론 모든 관서에 이르기까지 널리 모란을 심도록 하고 모란이 피면 신민臣民과 더불어 호화롭게 놀았다.

20) 이놈, 이 밤에 무슨 뜻을 품고 모란 밭에 숨었더냐

수왕이 아버지인 현종에게 아내 양비를 빼앗긴 후 모란이 만개한 어느 날 양 태진을 보려고 꽃놀이 잔치가 벌어지고 있는 흥경지興慶池의 모란꽃 밭에 몰래 숨어들었다가 고 역 사에게 붙들려 현종 앞에 끌려왔을 때 현종이 수왕에게 한 말.

21) 슬픔들 모여 사는 곳 : 인간의 근원적 정서인 슬픔의 나라.


♣작품 〈수왕〉은 2007년 5월 8일 19시 30분『한국 소리문화의 전당 연지홀』에서 전 주시립합창단에 의해 칸타타로 20여 분에 걸쳐 연주된 바 있음.

지휘 : 구 천   반주 : 박 성 은   테너 : 이 영 석   바리톤 : 김 동 식   작곡 : 이 준 복

# 숲 속의 여인[1]

— 金丘苑[2]

원죄도 넘보지 못하는
호랑가시나무와 직박구리
어서 오라 손짓하며 부르고
휘파람새들
고운 노래로 감싸는 동산

영원을 우러르는
머―ㄴ 눈길의 가지 끝엔
아릿한 그리움이 맺히고

봉긋한 마음으로
받들어 섬기기를 염원하는
여인의 순결한 체취에서는

안으로만 다독이던
사랑의 응결이 걸어 나와
숨결마다 묻어나는
하얀 모시 입은
외로운 분신들을 둘러 세운다.

1) 금구원 조각공원의 Land mark 〈달빛의 숲〉에 새겨진 시.
* 나상의 조각 작품 : 받침대 높이 126㎝ 신장 650㎝
* 시 작품 : 가로 150㎝ 세로 65㎝
2) 금구원 조각공원
전라북도 부안군 변산면 도청리의 조각공원. 천연기념물인 호랑가시나무 숲과
휘파람새들의 소리로 둘러싸인 동산에 백여 점의 나상 조각 작품이 어우러진 곳.
조각가 KIM, O—SUNG이 세움.

,

흐르는 세월 바라보며

목적이 이끄는
삶의 계단에 이르게 하는 묵상.

# 슬·고·라·바*

앵두처럼
충만을 던져주던 눈엽들
손끝에서 여짓거리며
한 백 년 새살거릴 줄 알았더니
어느덧
우리가 둘이 되어
먼 길 끝에서만 관계의 빛을 발하고
석류 알 같은 상념들
아득히 흘려보내는
여윈 석양의 손짓에 부서지는 일상日常이
한강漢江 가를
머나먼 파나마 시가지를 서성거리는
곤한 내 사지四肢의
외로운 그림자의 키를 키운다

감나무 은행나무 심어
그 고운 빛깔
한 백년 머금을 줄 알았더니
이제는
산 넘고 물 건너오는 소리가 되어
음성으로만 관계를 정하고
천사들의 몸짓과 재잘거림

낮은 탑 위로 날려 보내는
저문 바람에
휘청거리는 지층이
낮선 금강錦江 가를 거니는 발걸음
뒤쫓아 가는
지친 내 영혼의
잘 포장된 꿈의 껍질을 벗긴다.


《РУБЕЖ / 루베쥐》 2012 / 12 / 874

*슬·고·라·바 : 네 딸 이름(슬기·고운·라온·바로미)의 첫 글자.

〈슬 기〉 Fischer Lee

오월 둘쨋날
이십사 년 중간 마디에
Fischer 성씨 새기고

파란 이야기들
아득한 강으로 흘러
떠난 자리
텅 빔으로 채워야 하는
덜컹거리는 세월 속에서도
〈슬 기〉는 항상 거기에 있다

거친 모래 날리는 허허 벌판에서
잎새들 잦은 떨림
살 속을 파고들고
새들 파닥임에
긴 한숨 덮고 누운
살갗 찢기는 아픔 속에서도
〈슬 기〉는 언제나 거기에 있다.

# 슬픈 날

한 몸이
하나이기를 거부하는
아뜩함 속에서
반쪽을 기다려야 하는
어이없는 세월
별들이 줄기를 내리는 날은
참 처량하다
신세가

분신이
본체를 인정하지 않겠다고
개체를 선언하는
하찮은 인간사
버리고 사는 법을
익혀야 하는 날은
허허벌판이다
가슴이

찢기는 과정에
길들여지지 않아
울음살이로 엮어가야 하는 때는
내 귀한 것 다 주고도

더 못 주어
안타까워하던 순간들이
터엉 텅
공空으로 메꾸고 허虛로 채운다
온몸을.

# 시간이 흘러가는 곳
— 〈하 영〉이에게

시간은
왜 머물지 않고 가는 거냐고
엄마한테 물었니

사랑하는 하 영아
숲 속의 다람쥐가
도토리를 주워 먹으면서
깡충거리며 살아가고
물이
낮은 데로만 흐르는
저 나름대로의 삶을 이어가듯이

시간도
멈추지 않고 가야만 하는
저만의 생리로 세상을 살면서
보다 살기 좋은 누리를 펼치고자 힘쓰는데

지난 과거는
바꾸거나 고칠 수 없어
어쩌지 못해
오늘도
과거와는 반대편에 있는

미래를 바라보면서 가는 거란다
하 영아.

# 〈시 온〉아!

시 온아! 라고 부르면
넌 자르르 저려오는 아픔으로 다가와
시 온이는 작은 아픔이야

떨어져 있으면
보고픔에 웅크려져
깊은 한숨 터뜨리면서 살아
시 온이는 긴 한숨이야

헤어질 때면
울음 삼킨 네 눈물의 무게에
그만 주저앉고 말아
시 온이는 커다란 눈물방울이야

네 눈 속에는
온갖 것이 다 들어 있어
엄마 아빠도 시 몬이도
카티아도 레이첼도
이 세상에서 제일 사랑하는
할아버지와 할머니도
호주와 타일랜드와 스위스도 들어 있어
시 온이는 미크로 코스모스*야

네가
할아버지! 라고 부르면
할아버지는
아득한 세월 거슬러 올라가
슬픔의 강 건너에 사는
할아버지가 시 온이를 사랑하는 만큼
어릴 적 할아버지를 사랑하시던
할아버지의 할머니를 만나
넌 참 좋은 길잡이야 시 온아.

* Mikrokosmos(독) : 소우주小宇宙

# 10월 10일

갈매기과 함께 가을을 익히던 파도가
서해훼리호[1]를 삼키던 날, 10시
율도국硉津島國[2]은 아비규환이 되고
그물을 치던 30여 척의 어부들
구리빛 손을 뻗쳐 온몸으로 생명줄을 당겼다

파도가 길면 사랑이 머물던 파장금波長金
다가오는 통곡할 절망을 바라보면서도
조난자들의 입술 빨기를 마다하지 않던 양호교사가
탈진해 갈 무렵
수중고혼들이 남기고 간 처절한 절규를
바닷새들이 바삐 전하고
뒤늦게 뉘우친 바닷바람도 유족들의 오열을
가쁘게 전했지만

진한 원망이 숨결에까지 밴
한 규 엄마의 사설 섞인 울음이
방안에서 마당으로 번질 때는
햇살도 일어서
전주 청주로, 서울로 청와대로
큰 슬픔을 부지런히 전했다

식도食島<sup>3)</sup>와 육지를 넘나들던 백 선장白船長의 허상이
조타실에서 침묵으로 답하고
일흔일곱의 주검을 안은 선체가
긴 세월이 침전된 벌흙을 딛고 일어서던 이레쨋날

파도의 잔인함에 분노한 낙조가
피를 태워 하늘을 끓이고
살아온 흔적과 해박한 지식이며
타락한 꿈의 찌꺼기들이 수면 위로 걸어 나와
환귀본처還歸本處의 진리를 설파할 때
섬마을은
이제껏 쥐고 있던 곡두와
아무것도 얻지 못했음을 찾은 발견으로 고개를 끄덕이고 있었다.


1) 위도와 격포간을 오가던 여객선.
2) 율도국 : 전설상의 이상향인 위도.
3) 식도 : 위도에 딸린 섬. 밥섬.

# 심곡을 걸으며[1]

— 무주리조트

나무
키우느라고
이른 아침부터 잎 잎에 내려앉아
수근거리는 볕들의 황금 의지와


둥지
틀게 하느라고
바쁘게 숲 속 드나들며
새들 날려 보내는
출렁거리는 바람의 따뜻한 배려와


설산雪山
은빛 길 오르내리라고
어깨 겯고
허리 굽힌 깃털들의 순결한 봉사와


고요함
드러내느라고
둘러친 어둠
포근히 감싸 흐르는 맑은 시내의 노랫소리와

심곡深谷

장식하느라고
철철이 녹의綠衣 홍상紅裳 갈아입다가
겨울이면
설화雪花에 상고대를 고집하는 덕유德裕

오늘도
저들에게서 성숙의 의미를 배우며
라 · 라 · 라 · 라 · 라[2]로
일상의 잔물결을 넘는다.

1) 전북 설천면 심곡리 〈무주리조트〉의 소재지.
2) 세상에서 큰 위안을 주는 소리가운데 하나가 혀끝을 윗잇몸 바로 뒤에 부딪혀서
'라라라라라' 라고 노래하는 소리라고 함.

# 아내의 손

안에서는
맵고 짭조름한 김치 담가서
입맛 돋우고

밖에서는
어린 싹들 살펴 가꾸며

한편으론
높고 화려한 음성 자랑하는 트럼펫을 비롯
트럼본·튜바·플루트·클라리넷·오보에·색소폰과
실로폰·키보드·드럼 들을 지휘하는

세 벌 손으로

이제는
집안의 삼권三權을 장악하려 한다
이만하면 나도
안해*가 아니냐면서

가쁘게 달려온 세월에 맺힌
서너 개의 잔주름을 앞세우고.

* 안해 : 집안의 해와 같은 존재. ←(一石 이 희 승).

# 앓아야 할 때

가을이다
앓아야 할 때다

하늘하늘 다가온
여린 사랑이
놀라지 않도록

안으로
안으로 아파야 할.


*서울시 중구 신당동 서울지하철 3호선 〈약수역〉에 게시.
*Internet portal site 〈naver〉 〈daum〉에 수록.


〈시작 노트〉

　가을 들길을 수놓는 청초한 코스모스를 생각하셔도 좋고, 코스모스처럼 가녀리면서도 아리따운 여인을 연상하셔도 좋습니다. 가을은 하늘하늘 다가온 여린 사랑이 있어 가슴 설레는 계절이기도 하지만, 한편으로는 하소연할 길 없는 사랑을 안으로, 안으로만 태워야 하는 안타까운 계절이기도 합니다.

# 오소서, 들으소서[1]


그리움
가락에 얹으니
대숲에서 춘향[2]이 걸어 나오고

격동의 산하
제자리표로 다독이니
매캐한 연기 사라지고
맑은 하늘이 가을과 만나네

어설픈 영상映像들 다듬고 어루만져
고운 선율로 인화印畵하니
선한 영혼들 손잡고
아픈 마음 감싸 안아
할머니[3] 찾아가는 길을 여네

아름다운지고 그대 손길이여
작찬 열매로
우리들의 동산을 충만케 하는.

1) 이 종 희 시에 붙인 이 준 복 작곡집 『물어보련다』의 서시.
2) 작자 연대 미상의 조선 시대 판소리계 소설 〈춘향전〉의 여주인공으로 재색을 겸비
한 열녀.
3) 세상에서 제일 좋은 분.

〈옥순玉順〉이

파르르 떨고 있는 입술
가는 실 피가 누런 이를 가르면
눈물 비벼 갈라진 손등 달래던

하늘 닿은 감나무가
발그레한 얼굴로 내려다보는
머—ㄴ 먼 외갓집에서도
시오리나 되는 두메에서
혼숫감 기약하고
짚신 신고 육십 리
부중府中으로 온 옥순이

어린 나이에 식모살이 서럽고
산나물 삶는 쌉싸래한 내
사립 열고 고샅으로 마실가는
산골 집이 그리워

시름시름 앓다가 찾아 나선
물총새
짝 찾아 날아간
긴 도랑으로 이어진 길.

《ДЕНЬ и НОЧЬ / 젠 이 노치》 No. 4 / 2012

# 위도국蝟島國

파장금波長金

파도가 길면
사랑이 머무는 곳

바람이 잿빛 하늘로 해를 가리면
객선가를 맴돌던 나그네는
목련꽃 흐드러진 밤길을 간다.

시름

밤夜을 날리는 텁텁한 해풍에
시름이 쌓이는 곳

사람은 바뀌어도
머리카락은 항상 점잖지 못하고
아낙네의 시름 담은 한숨에 고깃배는 떠난다.

진리鎭里

수군첨절제사水軍僉節制使[1]
서해를 호령하던 곳
정을 나누던 사람들은

망금봉望今峰[2]을 쌓아 올리고
사별死別을 거부하는 사람들은
초빈草殯[3]을 곁에 두고 저승을 넘나든다.


정금井金


물로 둘러싸여
물이 귀한 곳

황금 같은 샘물 있어
그 이름 정금井金이라
육지를 그리는 태공들
짧은 세월 두어 수首에 긴 영달榮達 엮는다.


벌 금


신씨·주씨 첫발 디딘
소금 벌 마을

천년 외로움일랑
포말의 몸부림으로 달래면서
조약돌 갈고 닦아
난가지락爛柯之樂[4] 누린다.

치도稚島

꿩의 산세山勢 뒤로 하고
성시盛市 이루던 칠산어장[5]

피동지皮冬至[6]의 담배 연기는
오늘도 피어오르는데
조기떼들 은빛 군무 사라진 지 오래고

말장抹杖[7]들
해조음海潮音에 맞춰 열병을 받는다.

대리 · 전막리

대저항大猪亢[8] 차려 놓고 태평을 빌고
살 엮어 고기 잡던 남쪽 마을 살막금[9]

오늘도
멸치 · 새우 풍어 속에 해가 지솟는다.

식도食島

고슴도치[10] 먹이 되어

섬마을 배불리던 밥섬

석태石苔들 고개 들고
잠방잠방
오색기 펄럭이며 배치기[11] 들려오면
큰아기들
만선滿船에 부푼 치마폭으로 총각을 낚는다.


1) 수군첨절제사 : 종3품 무관.
2) 망금봉
사랑하는 이가 '이제 오나' 하고 먼 바다를 바라보는 사람들의 발돋음으로 쌓아 올려
진 봉우리.
3) 초빈
사정상 장사를 속히 치르지 못하고 송장을 방안에 둘 수 없을 때, 한데나 의지간에 관
을 놓고 이엉 따위로 그 위를 이어 눈비를 가릴 수 있도록 덮어 두는 일. 또는 그렇게
덮어 둔 것.
4) 난가지락
바둑 두는 재미. 나무꾼이 바둑 두는 것을 구경하다가 도끼 자루 썩는 줄도 몰랐다는
이야기에서 온 말.
5) 칠산어장
위도와 고군산도에 이르는 해역에 형성된 서해 어장의 중심으로 조기를 비롯한 다양
한 어족 자원이 풍부함.
6) 피동지 : 피皮씨 성을 가진 사람으로 동지사冬至使 벼슬을 지냈던 사람.
7) 말장 : 말뚝. 여기서는 김을 양식할 때의 지주支柱을 가리킴.
8) 대저항 : 큰 돼지 머리. 대저항〉대항〉대리.
9) 살막금 : 어살을 쳐놓고 고기를 잡던 마을.
10) 고슴도치 : 고슴도치처럼 생긴 섬 위도.
11) 배치기 : 만선 때 어부들이 부르는 노래.

# 이 가을에는

이 가을에는
잘 익은 송이 속의
밤 같은 여정旅情을 위해
저녁노을 당겨
시詩의 촛대 위에 불을 밝힐래요

이 가을에는
목마른 대지를 사르는 단풍들의
'인간 사냥'에 대한 탄식의 열기 속에서
도스토예프스키*와의 대좌를 위해
서너 밤쯤 밝힐 긴 초를 챙길래요

그리고는
숲을 파고드는 쇄락한 바람처럼
'가을은 맑은데, 가을은 맑은데'를 외치며
서럽게 가을을 울기 위해
거듭되어도 좋은 며칠 밤을 준비할래요.


* 도스토예프스키—인간은 예측할 수 없는 동물성을 가진 동물이다.

# 이 유 3
— 머더 테레사


작은 테레사 수녀를
높이 우러르는 것은


외로운 영혼들의 울음
잠재우는
골 깊은 주름살 속
넘쳐흐르는 선한 강물과


쉬지 않고
백향목향 길어 올리는
마디 굵은 손과


스스로 낮아지기를
즐겨 사는
굽은 허리가


인간이
얼마나 아름다울 수 있는가를
극명히 보여주고 있기 때문이다.

# 3부 하늘 길을 간다

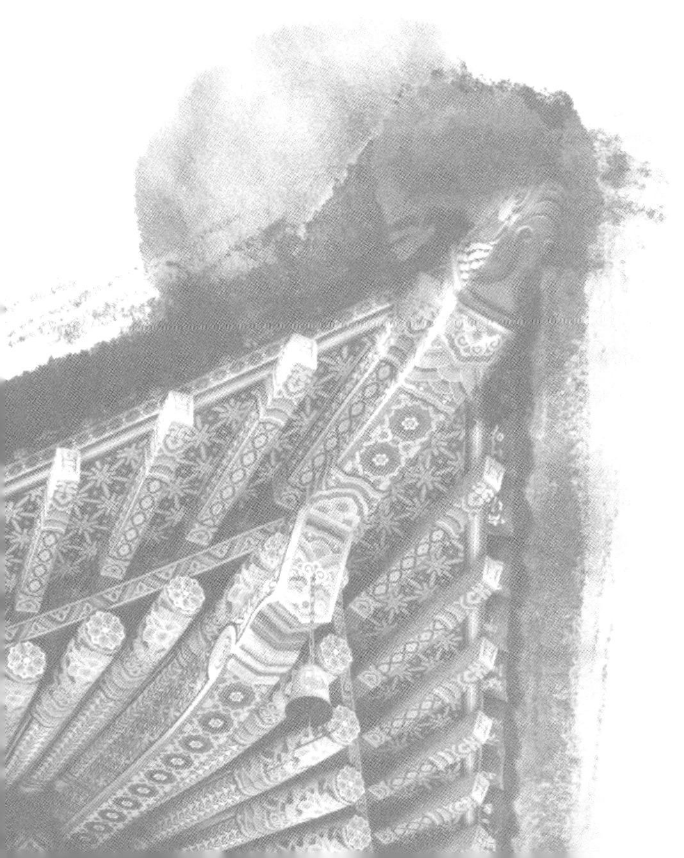

# 이 유 4
— 부자의 조건


70억 가진 사람*을
백만장자로 여기지 않는 것은


저가
부자가 갖추어야 할 필요충분조건인
부자가 존경받는 사회에
뿌리를 내리고 있지 않기 때문이다.


* 70억 가진 사람 : 어느 일간신문에서 제시한 한국 부자의 조건.

# 이 준 복 교수

안녕하시지요


계산된 여정이기는 하지만
38년 6일 동안[1]이 주는 고요와
내밀린 세상에서
떼밀려 오는 침묵의 소용돌이가
허허벌판에
부동의 자세로 서 있으라고 합니다


적막한 공간은 넓기만 한데
오우편 세서미Open Sesame[2]는 어디에 숨어 있는지
아직은 보이질 않습니다


지난 번 말씀드렸던
수왕壽王[3]을 동봉합니다
구상構想 과정에서의 메모들이
사족처럼 다가옵니다


어제는
〈중간 기술인〉 되겠다고 벼르며
웅성거리는 곳
쉰 살 학생이

강의실 한 구석에 버티고 있는
기능대학에서
몇 시간 이야기를 하고 돌아왔습니다

오가는 길에서는
귀를 간질이며 따라오는
들바람을 만나서 좋았습니다
또 소식 드릴게요.


2003년 3월 6일


첨기 : 봉투를 가지고 가는 여학생이 날더러 '아저씨' 라고 부르는데 이 말에 이순耳順
하기까지는 시간이 좀 걸릴 것 같습니다.

1) 38년 6일 동안 : 이 종 희의 교직 재임기간.
2) Open Sesame
열려라 참깨! : 난관을 빠져나가는 주문. 아리비안 나이트The Arabian Nights 중의 〈알리
바바와 40인의 도적〉에 나오는 이야기로, 도적이 동굴을 열 때 사용한 주문.
3) 〈수왕壽王〉 : 이 종 희의 시 작품.

# 2005년을 몰고 오는 아이가 있다
— 박 영 민 교장을 돌아보며

싫어
가난이 싫어

고랑과 두렁 사이로 넘실대는 가난이 싫어
남도 고향 멀리하고
온고을全州을 찾았던 아이가
2005년을 몰고 오고 있다

매서운 바람결
움켜쥔 신문 뭉치로 가르며
시리게 학비를 조달하던

맑고 밝은 모음과
크고 센 모음의 시어詩語들을
곱게 다듬어 창밖으로 내보내던 아이가

생일날 아침에
작은 정성을
호로록 호로록 말아먹던 아이가

졸업 선물로 받은
손목시계의 무게에

어깨가 한쪽으로 기울던 아이가


흔들리는 청아菁莪[1]의 산야에
정직한 기력氣力 불어넣기 위해


민들레[2]
함지박만한 민들레가 되어
2005년을 앞세워 오고 있다 지금.


1) 청아 : 인재를 양육하는 일(←詩經 小雅)
2) 민들레
끈질긴 생명력과 두루 감싸 안아 어우르는 미덕을 지닌 소박한 들풀로 어린잎은 나물
로 먹고 꽃은 산과 들을 장식하며 뿌리는 심신을 튼튼히 하고 기력을 왕성하게 하는
약재로 쓰임.

# 자호 〈부 연〉의 변

왜 사느냐는 물음에
세상 사는 핑계를

여름날
연꽃과 더불어
우리를 서정의 숲정이로 이끄는
연못 가운데 부들*에서 찾고

골방을 즐겨 살면서
새로운 세상 펼치는 이들을
연꽃으로 섬기며

함께
우주의 한 구석을
태깔나게 닦아
거기를
같이 있어 좋은 사람들과
하뭇한 눈으로 바라보면서
심상心象의 노를 저어가야겠다.


*포황
한방에서 부들 꽃가루를 포황이라 하여 지혈제 · 통경제 · 이뇨제 · 염증치료제로 씀.

<시작 노트>

여름날
깔끔한 성품 드러내는 매끈하고 정갈한 잎과 구부러짐 없는 곧은 줄기로
연꽃과 같이 지당池塘을 꾸미고 호숫가를 매만지는 수초 부들[香蒲]

길 가던 잠자리 하나 고동색 원주형 열매 이삭 위 뾰족한 줄기 끝에 앉아
한가로이 물속에 그림자를 드리우고 있을 때면
어느새 우리는 동양의 서정 속을 걷고 있는 것이 아닌가

내려 주신 달란트와 모습으로 주위 환경을 태깔 나게 가꾸다가
종내는 몸을 던져 인간을 이롭게 하는 다년초 부들[蒲黃]*.

# 인 연

땀에 젖어
별빛 바라보던 세월
가볍게 팽개치고
틈새 벌려 놓고 날아가는 새들은
토라진 겨울바람인가

끈끈한 체취만으로 유족했던 것을
등골에 얼음 꽃 새기고
순연한 눈빛
마구 흩뜨려 놓는 심사는
어느 어두운 그림자의 날갯짓인가

폭포 같은 울음 위에 떠서
섬이 된 날에
다
인연因緣이라 하니 잔일殘日이 서럽다.

《ДЕНЬ и НОЧЬ / 젠 이 노치》 No. 4 / 2012

# 장난이 아닌데

난자 생산 능력이 없는
아내를 위해

그래도
남보다는 처제가 낫겠다고
처제의 난자를 취해
체외 수정 시킨 다음
아내 자궁에 착상시켜
건강한 아이를 얻었는데

난제難題로고

누구를
아이의 친모로 올린단 말인가

난자와 자궁 중
어느 것을
중시 · 우선해야 한단 말인가

정말 장난이 아니네.

《РУБЕЖ / 루뻬쥐》 2012 / 12 / 874

# 장학사업

하늘에 쌓는 것이니
즐거운 게지
주렸던 시절의 눈물을 보상해주니
흐뭇한 것이고

나눗셈을 익힌 강이
숲을 안고 흐르니
숲속의 쉼터가 한층 아늑하고

작은 베풂이 큰 바람 일으켜
업業을 날려버리니
바람이 좋아, 그저 바람이 되고 싶은 게지.

# 재 회

만남의 기쁨, 그것은

파도 소리 그리워
내를 이루어 강으로 흐르면서
영토를 넓혀온 인간관계
어족魚族의 수장首長에게 보여준
포실한 비와

하숙집 아침밥 늦게 해
지각사태 야기한
연탄불의 실수 감싸주면서
벽안의 한국인
밀러*의 손길을 도와
천리포 수목원 가꾸던
따사한 햇살과

곤충채집상자 보며
삐딱한 교무敎務 감독
타산지석他山之石 삼아
앞을 내다보는 눈 뜨게 한
살을 말리던 만리포의 갯바람이

같이 있어 좋은 사람들
수평의 꿈을 펼치도록
십육 년의 세월 품어 산을 넘고


또 십육 년의 시간 타고
강을 건너
옷자락에 묻어온 지난날의 결과 함께


연초록 머금은 미소로
어서 오라 손짓하는
한갓진 만리포의 교정校庭을 거닐며


새로운 출발 펼치는
어느 이른 봄날의 해맑은 파동이었다.


*밀러
민 병 갈(Carl Ferris Miller. 1921~2002. 미국 펜실바니아주 웨스트피츠턴 출생). 오로지 식물에
대한 사랑과 열정으로 결혼도 마다하고 사십 년을 수목원 조성에 몸 바쳐 아시아 최
초, 세계 열두 번째의 아름다운 수목원으로 지정된, 〈천리포 수목원〉의 설립자.

〈시작 노트〉

　최 선생님
　여느 때 같으면 두어 번에 그치는 교정이 다인데, 이번에는 적어도 네다섯 번
의 퇴고 과정을 거친 뒤에야 어느 정도 마음이 놓였습니다.
　졸고 〈재회〉를 보내기 위해서는 삼십사 년 전의 세월을 불러와야 했습니다.
최 선생님을 생각하면 언젠가 만리포중학교에 내놓았던 선생님의 깔끔한 곤충
채집상자로 이어집니다. 그곳에는 연탄불의 실수를 인정하지 않는 고약한 교
감도 있었지만, 같이 있어 좋은 사람들이 몰고 오는 고운 저녁놀은 꿈결 뒤의
아침노을로 줄달았습니다. 그렇게 일 년 육 개월은 갔습니다.
　최 선생님 내외분이 이곳 전주를 떠난, 며칠 뒤에 청주의 이 선생님이 다녀갔
습니다. 서로의 얼굴에서 세월의 덧없음을 보았습니다. 전주를 찾았던 따님이
강릉에 정착했다는 이야기와 함께 최 선생님의 따님에 관한 야기도 들었습니
다.

# 전주천* 全州川

굳이
완산完山을 지켜 흘러온 그대여

옥류동玉流洞 한벽루寒碧樓의 풍류와
풋고추 달랑대며 물속에 잠기던
초록 바위·유연대油然臺·어은魚隱골의 아이들

빨래터 아낙들의
젖무덤 닦아주던
추천楸川의 맑은 모습 어디 두고
수척해진 얼굴로
아프게
아프게
만경萬頃 너머 서해를 보느냐

견훤왕[1]의
건도建都를 도와 흘러온 그대여

언제쯤
숨겨둔 냅뜰성으로
쥘부채에 묻어나는 청아한 멋과
버들 꽃 내리는 소리에
묵향墨香 띄워
풍치 뻗어 흐르게 하고

오목대梧木臺[2]잔치에서
제왕의 기상을 엿보고
오백 년 왕조[3]의 발상지를 굳히던 기개로
온 고을을 가꾸어
천 년을
새로운 천년을 흐르려느냐.


＊【2001세계서예전북비엔날레】－《아름다운 전북》
 전주의 풍남문 / 경기전 / 덕진 연못 / 전주천 중에서
 시詩 : 이 종 희  서書 : 송 하 경(조직위원장)  화畵 : 이 재 승


1) 견훤왕 : 후백제의 시조(?~936). 재위 : 892~935. 본성은 이李.
2) 오목대梧木臺
1380(우왕 6)년 삼도도순찰사 이 성 계 장군이 운봉 황산에서 왜구를 토벌하고(황산대첩) 귀경하는 길에 이곳에서 종친들을 모아 승전을 자축하는 연회를 열었는데 이 자리에서 이 성 계는 한고조漢高祖 유 방劉邦이 불렀다는 대풍가를 불러 흉중에 품고 있던 천하 제패의 꿈을 드러냈다고 한다. 1900년(고종37) 고종 친필의 '태조고황제주필유지太祖高皇帝駐驆遺址'를 새긴 비가 세워졌다.

大風起兮雲飛揚 대풍기혜운비양/큰 바람 일고 구름은 높이 날아가네
威家海內兮歸故鄕 위가해내혜귀고향/위풍을 해내에 떨치며 고향에 돌아왔네
安得猛士兮守四方 안득맹사혜수사방/내 어찌 용맹한 인재를 얻어 사방을 지키지 않
　　　　　　　　　　　으리

3)오백 년 왕조 : 조선왕조의 존속 기간(1392~1910)
＊이목대梨木臺
오목대 동쪽 70m쯤에 위치한 이태조의 4대조인 목조 李 安 社의 출생지로 전주이씨 시조 이 한공李翰公으로부터 목조에 이르기까지 이태조의 조상들이 살던 곳. 이곳에도 고종이 친필로 쓴 '목조대왕구거유지穆祖大王舊居遺址'를 새긴 비가 세워졌다.

# 전화번호를 지우며

형은
혼탁한 도심을 벗어나지 못하는 나에게
가끔은
수더분한 들바람을 담아주었습니다
그래서 나는
그 수더분한 바람으로
이웃을 대하는 마음을 열었습니다

형은
빡빡한 일정에 쩔쩔매는 나에게
가끔은
틈을 마련해 주었습니다
그래서 나는
그 틈을 확대시켜
세상을 보는 눈을 키웠습니다

형은
안정을 취하지 못하는 나에게
가끔은
여름날의 참외밭으로
때로는
가을 햇볕 즐기고 있는 감나무 밑으로

이따금은
물고기들 이웃을 찾아가는
냇가로 인도해 주었습니다
그래서 나는
그것들을 늘이어 시를 썼습니다

이렇게
가끔과
때로와
이따금에 담아
챙겨준 형의 배려는
내 일상의 신선한 동력이 되었습니다

그러나 이제는
형의 이름과 함께
전화번호도 지워야 할 때가 왔습니다

외로운 저승길
같이 가자고 했을 때
당신 먼저 가라시며 눈물 닦으시던
열무김치와 된장찌개에
산촌의 정을 담아주던 형수도

엊그제 가고 말았으니 말입니다

형님은 물으십니다
당신 이름과 전화번호에 그어진
두 줄의 의미가 무엇이냐고

그래서
말씀드립니다만
평행으로 된 두 선이
멀리서 소실점消失點으로 하나가 되듯이
형과 내가
같은 방향으로 나란히 가다가
하나가 되기 위한 과정이
바로
두 줄이 지니고 있는 속내라고 말입니다 형님.


《РУБЕЖ / 루볘쥐》 2012 / 12 / 874

<시작 노트>

쉴 새 없이 돌아가는 일상에
가끔은 '틈' 을 만들어
들바람을 안겨주던 형이
연전에
술을 벗삼아 저승길에 오르더니

열무김치며
풋고추 넣어 끓인 된장찌개로
산촌의 정을 나눠주던 형수마저
세상을 등지고 말았습니다

허허로운 몸으로 살다가
형의 전화번호를 정리한 것은
바로 엊그제였습니다.

# 정수암

완행버스 종점 지나
돌밭 길 반 십리

운장산 자락 끝
칠팔 집 인가人家에는
벽지를 들이지 못한 흙벽이 뒤틀리고 있는데

다랑논에 걸쳐진 노—란 호스에는
농약 나르는 문명의 소리 이어지고

이제 막
점심을 끝낸 쉰여덟 살 농부는
아내 떠난 십 년 세월을
훔치는 눈물
흰 구름 너머로 맞으면서

큰 자식 병 나아
공단工團 가게 해달라고
정수암 우러르며 허한 마음 달랜다.

# 〈정 주 리〉 박사 Julie Jeong PharmD

— 〈부연장학회〉 1호


정금 캐느라고
끙끙거리는 소리
태평양 건너 전주 Jeonju 에서도 들었고


주어 主語 세우고
서술어 펼치는 눈엽들의
연두 빛깔이 자아내는 문채 文彩
하늘 길을 통해 서울 Seoul 에도 퍼졌다


리버럴 liberal 한
코메리카 Komerica 의 지평선 넘나들며
체중을 야위던
VCUschool of pharmacy*의 기수 旗手
정 주 리 박사여
젊음을 '부연' 으로 깔아 보람의 세월 태워라.


* 미국 버지니아주립대학교 약학전문대학원.


부연
'못 가운데의 부들' 로 연꽃과 함께 주변을 태깔나게 가꾸다가 죽어서는 인간을 이롭
게 하는 수초.

# 제망매가祭亡妹歌

'94년 어느 해가奚暇에
비꼬인 해풍에 밀려
텅 빈 들에 서던 날

남은 세월 보이는데
갈림길은 다가와
더불어 갈 길이
함께 할 길이 없구나 누이야

시市·도道를 이은 가지
사납게 흔들어
구순하던 눈빛 간 데 없고
잡아야 할 손 보이지 않아
허공에 뜨던 날

상한 자리 핥아 주던
서럽지 않은 지난날을
하얗게 목이 쉬도록 불러도

뒤틀려
부풀어 오른 심장을 안기엔
작구나

가슴이 작구나 누이야

저문 세월 가라앉고
남은 길 다하면
설움의 강
건너가게 마련
누이야
그때야
다시 만나
허우룩했던 옛일을 펼쳐보자꾸나.

## 〈종 무〉에게

6 · 25 난리 통에
영양실조와 소화불량에 짓눌려
나무 그늘도 익히는 여름날에
'군산 아주머니' 등에 업혀
전농리 의원댁을
힘겹게 오가던 네가

허기로 볼록해진 배를
주름진 허벅지에 의지해
키 작은 찬장에 붙이고
식구들 몰래
짠 반찬으로 배고픔을 달래던 네가

도청道廳 한구석
방화수 탱크 가장자리에서
물방개와 놀다가
물방개 뒷다리 잡고
물속에 잠겼던 네가

소방수 아저씨의
발 빠른 응급처치도 마다하고
이모부가 데려온 일꾼의 자전거에 실려
우리 넷을 두고 떠나갈 때

너만을 보내는
아픔을 떠안기엔
중학교 2학년
열다섯 가슴은
버겁기만 했단다 종무야

지금은
멀어져 가는
너와의 일상日常을 되새기면서
방안에 걸어두었던 감가지에서
할머니 닮은 바알간 감을
두어 개 따서 먹게 한 것으로
텅 빈 가슴을 위로하고 있다만

너 잠들었던 공동묘지
신시가지란 이름으로 바뀌었으니
어디 가서
너 누었던 자리
네가 덮고 있던 잔디를 어루만져 볼거나 종무야.

《ДЕНЬ и НОЧЬ / 젠 이 노치》 No. 4 / 2012

• • •

선택 받은 이들에게
주어진
성찰省察의 순례 코스.

《РУБЕЖ / 루베쥐》 2012 / 12 / 874

# 쪽팔림에 대하여 1

홀로
낯 붉혀
들끓게 하다가
한 단계 높은 성숙으로 이끌어주는 고삐.


《РУБЕЖ / 루베쥐》 2012 / 12 / 874

# 쪽팔림에 대하여 2

어미의 도움으로
황제의 자리에 오른 네로[1]
그 어미와의 불화 끝에
자객을 보내 그녀를 죽이려 하자
"여기를 찔러라, 네로가 바로 여기서 나왔다."라고 말하면서
자신의 아랫배를 가리킬 때의 아그리피나[2]
아들에 의해 죽어가면서 그 어미의 쪽팔림이 어떠했을까

한반도의 북쪽
수려한 산천을 차지하고 사는 내 동족이
대만으로부터
육만 배럴이나 되는 핵폐기물을 들이고
독일과 스위스로부터는
광우병 우려가 있어 폐기 처분된 고기를
받아들인다고 하는 기사를 보았을 때
독일계 스위스 아이를 사위로 맞은 나는
정말 쪽팔려 견딜 수가 없었다

노황제[3]의 행신幸臣으로
양귀비의 속살까지 맛보았다던 안 록 산[4]
난을 일으켜 대연황제大燕皇帝라고 칭하다가
운수 사나운 날

아들 경 서慶緖의 손에 죽어갈 때
그 큰 쪽팔림을 어떻게 안고 갔을까

팔다리 없는 몸으로
휠체어를 타고 와세다 대학 정치학과를 나와
항상 눈부신 웃음을 선사하면서
장애물 없는 사회 건설을 위해 애쓰는
오토다케 히로타나5) 를 생각할 때
"어이, 팔다리 있는 사람들이여"라고
부르는 소리가 들리는 것만 같아
그가 떠오를 때마다 나는 쪽팔린다

정사는 돌보지 않고
곡수연曲水宴 잔치로 놀아나던 포석정鮑石亭에서
견 훤왕의 강요에 의해
스스로 목숨을 끊을 때의 경 애왕景哀王6)
왕비와 신하들 앞에서 얼마나 쪽팔렸을까

후삼국 중
한 때 가장 큰 세력을 떨쳤던 후백제의 견 훤甄萱7)
아들 신 검神劍에 의해 금산사에 유폐되었다가
가까스로 탈출

고려 왕 건王建[8]에게로 향할 때
그 쓰라림과 쪽팔림이 얼마나 컸을까

과부 며느리 다말[9]이
행음行淫한 나머지 임신한 것을 알고
그녀를 불태워 죽이려 하니
저가
"나로 하여금 임신케 한 사람이
해웃값으로 도장과 끈과 지팡이를 준 사람이오."
라고 말했을 때
그녀와 관계를 가졌던 시아버지 유다
그 쪽팔림을 어찌 주체했을까

조지 소로스, 워렌 버핏, 데이빗 록펠러 2세와
지구상의 최대 갑부인 빌 게이츠의 아버지
윌리엄 게이츠 2세 등
미국의
철학을 호흡하며 살아가는 부호들이
"부시 행정부의 상속세 폐지 기도를 분쇄하자."
라고 외쳤을 때
어떻게 하면 부富를 대물림하면서 상속세를 줄일까로
밤낮을 가리지 않고

분식회계粉飾會計에 매달리는
한국 재벌들의
자식 사랑하는 큰 심장을 바라보면서
한국인으로서의 나는 또 한 번 쪽팔린다.


《РУБЕЖ / 루베쥐》 2012 / 12 / 874


1) 네로
로마의 제5대 황제(재위 : 54-68). 클라우디우스 황제의 의붓아들이자 후계자였다. 방탕하고 사치한 생활을 하며 그리스도교를 박해하고, 확실한 증거는 없지만 로마시를 불태운 것으로 악명이 높다.
2) 아그리피나(小)
네로의 어머니(A.D.15-59). 첫 남편인 그나이우스 도미티우스 아헤노바르부스와의 사이에 아들 네로를 낳았다. 두 번째 남편인 파시에누스 크리스푸스는 49년에 죽었는데 아그리피나가 독살시켰다는 소문이 돌았다. 같은 해에 삼촌인 황제 클라우디우스와 세 번째 결혼을 하고 그를 설득해 황제의 친 아들 대신 네로를 후계자 겸 양자로 삼게 했다. 54년 클라우디우스가 죽었는데 아그리피나가 독살했다고 한다. 당시 네로는 16세에 불과했으므로 아그리피나가 섭정을 하려했으나 네로가 직접 정부를 통제하면서 그녀의 세력은 점점 약해졌다. 그러다가 아그리피나가 네로와 포파이아사비나와의 결혼을 반대하자 네로는 어머니를 죽이기로 작정하고 아그리피나를 바이아이로 초청하는 척하면서 그녀를 밑이 새는 배에 태워 나폴리만으로 보냈는데 그녀는 헤엄쳐 살아나왔다. 그러나 결국 영지의 저택에서 네로의 명령에 의해 살해되었다.
3) 노황제
중국 당나라의 제6대 황제 현종(재위 : 712-756). 치세 중 당나라에 최대의 번영과 영화를 가져왔다.
4) 안 록 산 : 당나라의 무장(703-757). 안록산의 난을 일으켜 대연황제라 칭했다.
5) 오토다케 히로타나 : 팔다리가 없는 장애인(1976- ). 작가. 교사.

6) 경 애왕

신라 제 55대 왕(재위 : 924－927). 후백제 견 훤왕의 습격을 받아 포석정에서 자살함.

7) 견 훤

후백제의 시조(?－736. 재위 : 892－935). 신라의 비장裨將으로 있다가 892년에 후백제를
세웠다. 한때는 후삼국(고려, 신라, 후백제)의 주도권을 장악하기도 했으나 930년 고창
(지금의 안동)의 병산에서 고려군에게 패함으로써 세력이 위축되었다.

이러한 열세 속에서 견 훤이 고려에 타협적인 태도를 보이자 아들 신 검 등이 반발했
고 이것이 왕위 계승을 둘러싼 내분으로 이어져 마침내 아들 신 검에 의해 금산사에
갇힌 바 되었다가 고려로 망명함. 936년 신 검이 일선군의 일리천에서 고려군에게 패
함으로써 후백제는 멸망함.

8) 왕 건

후삼국을 통일한 고려 태조(재위 : 918－943). 29명이나 되는 많은 후비를 두었는데 이는
혼인 관계를 통해 호족세력을 통합하고자 했기 때문이다. 불교를 호국신앙으로 삼음.

9) 다말

가나안 사람으로 유다의 장자 '엘'의 아내. 다말은 '종려나무'의 뜻. 시아버지 유다와
의 사이에 베레스와 세라를 낳음. 베레스를 통해 유다는 다윗의 10대조가 되고 예수
그리스도의 계보에 오름.


〈시작 노트〉


세상에
크고 작은 쪽팔림이 한둘이리오마는
나는 어느 한가한 가을날
턱을 괴고 앉아
역사의 한 고비를 장식했던
쪽팔림의 행렬을 바라본 적이 있다.

# 천 년을 수놓을
— 전주 한지


신분과 계급 뛰어 넘어
민족의 가슴에 큰 사랑 새기고
영원永遠이 된
완판본 『열녀춘향수절가』[1] 가
하늘에서 내려오고


머나먼 탐라[2]
가시 울타리 둘러친 곳[3]에서
세한歲寒에
송백松柏으로 곧은 의리 세울 때[4]


오롯이
맨살로 받고 온 몸으로 감싸
큰 사랑과
의리를 들려주던 그대


공예와
판화와
문서로
삶을 풍요롭게 하면서
민족 문화를 이끌어 오기
한 천 년

이제는
고성능 스피커 콘지[5]와
전자파 차폐지로
의료용 멸균지와
탈취 방음의 창호지[6]로
산업용 필터와
디지털 프린트지로
의상 문화의 신소재 한지 원사韓紙原絲[7]로
새로운 천년을 수놓을

그대 있어 선인先人을 보고
우리 또한
그대 통해 후인後人이 알지니

아흔 아홉 번 손질에
주인을 만나 빛을 발하는
한지의 본곳[8] 전주의 한지여.

1) 열녀춘향수절가

판소리계 소설. 고종(조선 제26대 왕 재위 : 1863 −1907) 초기 전주에서 한지로 펴낸 목판본. 전라도 방언이 잘 담겨 있음. 우아한 문체와 속된 문체가 조화를 이루어 〈춘향전〉의 이본 중 최고 걸작으로 꼽힘.

2) 탐라 : 제주도의 옛 이름.

3) 가시울타리 둘러친 곳

위리안치. 왕조 때, 외부와의 접촉을 못하게 귀양살이하는 곳의 둘레에 가시로 울타리를 치고 중죄인을 가두어 두던 일.

4) 완당 세한도阮堂歲寒圖.

국보 180호. 문인화와 추사체秋史體를 보여주는 지본수묵紙本水墨의 〈세한도〉.

조선 말기 문인화의 최고 정수를 보여주는 김 정 희의 대표작. 한지 바탕에 수묵으로 그린 문인화. 제자인 역관 이 상 적의 변함없는 의리를, 날씨가 추워진 뒤 제일 늦게 낙엽이 지는 소나무와 잣나무의 지조에 비유하여 1844년 제주도 유배지에서 그려 준 것.

5) 스피커 콘지 : 원뿔형의 확성기에 쓰이는 종이.

6) 창호지 : 문에 바르는 한지.

7) 한지 원사 : 한지로 만든 직물의 원료가 되는 실.

8) 본곳 : '본고장' 의 준말.


* 2005년 〈세계서예전북비엔날레〉 전북 8품 중 전주 한지.
  시詩 : 이 종 희   서書 : 김 두 경   화畵 : 오 병 기

# 촛불을 켜자꾸나

라 온아
이 시간에는
산 넘고 바다 건너에서도 볼 수 있는
큰 촛불을 켜자꾸나
한국에서 켜고
호주에서 켜고
태국에서도 켜면

사람들이
저들은 멀리서도
큰 사랑 안에 살았노라고 전해 주지 않겠니

라 온아
이 시간에는 살뜰한 생각들 둘러앉게
한 가운데에 촛불을 켜자꾸나
그 안에 우리의 기도가 모아지면

저들은
기도의 불빛을 에둘러 싸고
한마음 속에 살았노라는 전설을 남길 수 있지 않겠니

라 온아

이 시간에 촛불을 켤 수 없을 때는
북극성을 바라보자꾸나
거기에다 우리들의 맑은 눈물을 담으면

북극성은 한층 더 맑고 그윽한 눈빛으로
저들은 떨어져서도
눈물로 하나 되어 살았노라고 말해 주지 않겠니.

# 〈춘 복〉이[1]

— 산촌散村[2] 거멍굴의

1

이승과 저승을 넘나들다
불쌍놈[3]의 한恨이 육화肉化되어 나타난
에레서 애비 죽자
죽은 애비 뒷산 마루 묏동에다 파묻어 내비리고
자식새끼 팽개치고 밤도망 가
내지른[4] 어매 아배 덕이라고는
머리크락만치도 본 일이 없어
에미 애비 낯바닥도 모르는
산촌 거멍굴에 사는 춘 복이

내가 헐 수 있는 것이 머엇이겄소
그저 내 몸땡이 달린 것 갖고 할 수 있는
말배끼 더 있냐고요
속 터져 죽는 것보담
말이라도 퍼내고 사는 것이 안 낫겄냐고 못박던

내 손꾸락 내 발부닥 갖고
내 땀으로 논밭 농사 다 지었는디
내 앞에는 쭉쟁이만 노적가리[5]맹이로 쌓이고
손발 개고 앉었는 양반은

앉은 자리서 나락 섬[6]을 주체 못허는 시상
원통한 땅에서 서러운 하늘 바라보며 살면서
고황膏肓에 든[7] 사람들이 쇠털 같은디
왜 입 두었다가 말도 못허느냐고 따지던 춘 복이

상년 각시 맞어서 자식을 나먼
그놈이 커서
내 속 상허는 이런 시상을 또 살 거인디
무신 웬수로 신세 쳇바꾸를 돈다요
상놈 신세 나 하나로도 여한 없응게
나 같은 놈은 나 하나로 되얏다고
상놈 굴레 무게에 겨워 휘청거리면서도

상놈은 머 고샅에 돌팍이간디
이놈 저놈 아무나 오고 감서 밟고 댕기고
내키는 대로 집어 들어 팔매질을 허드라도
말도 못 허는 노무의 것
그런데 무신 요행을 바래고 자식을 낳느냐고 투덜대던 춘 복이.

2

각시도라지 연보라꽃 밭모퉁이에 피는

봄밤에는 한들거리며
목쉰 소쩍새 귀밑에서 검은 소리로 우는
여름밤에는 다무락의 흰 박꽃 하나 따 들고
도토리 상수리나무 마른 잎사귀들
쏴스르으 쏴스르으 바람에 스산하게 쓸리는
가을밤에는 종종걸음으로
문고리 손끝에 쩍쩍 들러붙게 추운
겨울밤에는 두 달음질을 치며

꼬막 껍데기 영락없이
골골이 줄 패인 초가지붕에
비딱하니 틀어진 소나무 기둥
금가고 갈라진 황토 흙벽이
누렇게 바랜 창호지 지게문짝 하나
눈구녁처럼 달고 있는
얼기설기 얽어 놓은 둥주리[8]
횃대[9]하나 덩그러니 걸려 있을 뿐
변변한 이부자리도 없는
떠꺼머리의 농막[10]을 찾아
배암과 나무 뿌랭이 뒤엉키듯이
찰지게 감겨들어 살을 섞으면서
요동치는 아랫도리의 풍성한 기교만큼이나

질척이는 소문을 자아내는 옹구네

손끝[11]만큼이나 입심도 야무져
화덕[12]같은 성질에
익어 터지게 화가 치밀면
붉은 쇠에 녹이 돋아나는 것처럼
일순에 푸릿푸릿한 기색이 번지고
도톰한 입술에 동그람한 얼굴로
눈시울을 차악 내리깔아
깎은 손톱같이 뜨고는
혀끝에 찰기 있게 힘을 주어
암팡지고 빈틈없이 차근차근 따지고 들 때는
온몸의 터럭을 곤두세우고 길길이 날뛰거나
허옇게 게거품을 무는 것보다
상대방을 더 질리게 하는 옹구네가
삶을 이어가는 즐거움이자
생生의 버팀목이기도 한 춘 복이에게

맘만 먹으면 엎어질 예펜네 공으로 챙게 두고
솔레솔레 꽂감 빼먹는 것도 복이라면 복인디
맨날 내 사정 봐주는 사램맹이로 그러냐고
강샘[13]을 하면

아닝게 아니라
나도 품삯 안주고 연장[14] 갈웅 게
좋기는 좋소 라면서 빙긋이 웃던
씨름으로도 이름난 춘 복이에게

이리 뜯어먹고 저리 발러먹고
공것잉게 맘대로 맛보라며
눈이 돌아가게 흘기던 옹구네.

3

체모는 남원 골에 쩌르릉 허는 양반 따님이
몸땡이는
큰 집 사촌 오빠와 상피붙어[15] 헌 것이 되야
온전헌 시집은 가지도 못헐
나이 먹고 오란 디 없는 신세가
원뜸 오류골댁 작은아씨 강 실이라는 옹구네 말이
가슴을 뚫은 화살이 되어 복판에 꽂힌 춘 복이가
무지한 곰도
하눌님 아들 만나서 인연을 지으면
곰껍닥을 벗고 사람이 되고[16]
나무꾼도

선녀랑 맺어지면
두룸박 타고 하늘로 올라간다는디[17]
나도 양녀良女와 혼인하여
종모법從母法[18] 따라 상놈 꺼죽 벗게낸 자식 낳을라고
그럴라고 지금끄장 살어왔다는

이야기 속의 선녀같이
보일 듯 말듯
이름만 입에 올려도 송구스러운 듯
우러러 섬기며
옹구네 조차도
숨기려 해도 숨길 수 없는
타고난 고운 태깔을 인정하고
시샘을 참지 못하던
언감생심[19]
거멍굴에서는 건너다보지도 못하게 감싸여져 있던
그러나 지금은 오도 가도 못하고
맥없이 앉은 자리에서 말라죽게 된
오류골댁 애기씨 강 실이를
이젠 기회를 훔치기만 하면 된다고
사무친 울음 숨죽여 토해내던 춘 복이가

건넛마을 쇠여울金灘에 사는
남편 잃고
혼잣손으로 논바닥에 눈물 거름 주며
황소 공출 뒤로는
서 마지기 논빼미를
모가지에 쟁기 걸어 가래질하던
마흔을 막 넘긴
억척빼기 타성他姓 사람 쇠여울네

웬수엣녀르 가뭄 땜새
딸자석 하나 있는 거
보리쌀에 팔아먹게 생겨
딸년을 팔어 먹느니 논을 팔자 허고
자식 파는 심정으로
나락 모가지 시퍼렇게 선 놈을 팔아
말라 비틀어진 일곱 살배기 살려내려 했는데
논 뺏기고 돈 못 받아
외아들 굶겨 쥑인 쇠여울네가

왜놈한테 성씨 받고 일본 놈 이름 따서
조상 팔아 사는 것은 너나 나나 마찬가진디
머어이 그렇게 잘났냐며

지엄한 종가댁[20]
선입견을 어긴
율촌 샌님 이 기 채의 대청마루를
미친듯이 쇠스랑으로 이리 찍고 저리 찍으며
욕사무지欲死無地[21]의 절통함을 증류시켜
창자 찢기는 통곡으로 몸을 에두를 때

뜻밖의 난리에
문중 사람들 창황히 모여들고
노복과 머슴들 진둥한둥[22] 고샅길로 몰려오며

거멍굴에서도
춘 복이와 함께 웅 구네와 평 순네가 달려왔지만
그 누구도 최여울네를 어쩌지 못하는데
눈 깜짝할 사이에
쇠여울네의 뒷머리를 후려쳐
신음소리 매안 하늘에 파문을 그리고
깡마른 몸땡이에
아랫것들의 뭇매를 쏟아지게 한 춘 복이가

내 것 뺏기고 몰매 맞어
병신 되고 동냥치로 쬐껴나는 심정일랑

죽어서도 섹히지 말고
살아서도 잊어 부리지 마시라며
목숨이 받은 수모에
풀길 없는 증오의 옹이가 박혀
새파랗게 날이 선 눈으로
안으로 안으로 피의 복수를 다짐하던 춘 복이가

거멍굴 산촌散村에는 거멍굴의 달이 돋고
고리배미 민촌民村에는 고리배미의 달이 뜨며
매안 반촌班村에는 매안의 달이 솟으므로
내 동네에 오르는 우리 달님이어야
밤마다 들여다본 내 속을 알아줄 것이기에
누구보다도 앞서
동산 꼭대기 바위 날망에 사나운 짐승처럼 서서
두 팔 벌려 '달 봤다아'를 외치며
보름달이 된 강 실이를 덩어리째 삼킬 때까지
무서운 기세로 흡월23)을 하던 춘 복이가

문중門中 누이 〈진 예〉를 마음에 두었다가
끝내 그 정을 가누지 못하고 병을 얻어
이승을 떠난 〈강 수〉가
이웃 마을 둔덕 너머

아느실 최문崔門으로 시집간 그녀 대신
깨끗하게 살다 죽었다는 어느 처녀의 혼백을 맞아
명혼冥婚을 치르던 날 밤
허수아비 신랑 신부가 불빛 아래 몸을 누일 때

담 넘어오는 징소리와 아득한 만수향 내 속에
사촌 오래비의 거친 숨결에 눌려
명아주 여뀌꽃이 등 밑에서 부러지는 소리를
아프게 들으면서
그 이름 강 모康模가
칼날처럼 몸 한 가운데를 꿰뚫고 지나가면서 남기는
가슴 찢어지는 통증을
비명 대신 머금은 눈물을 지그시 윽물어
흘러내리지 못한 눈물이
살과 가슴의 갈피갈피와
어두워 보이지 않는 골짜기까지
고이고 배어 삭아 내리는
천륜의 시험대에 오른 강 실이를

사립문에 기대어 보름달을 원망하며
하염없이 눈물 흘리다가
희푸른 달빛 아래 삭은 재 무너지듯

주르르 미끄러져 주저앉은 흰옷 입은 강 실이를

담장 밑에 몸을 숨기고
숨죽여 주변을 살피던 춘 복이가
잽싸게 둘러업고
발소리도 그림자도 남기지 않은 채
오류골 댁 뒤꼍 토담을 황급히 돌아
잎사귀가 무성해
엄동에도 하늘을 가려 달빛마저 보이지 않는 대밭
쌓인 댓잎과 들어찬 줄기들이 냉기와 바람을 막아주어
한기를 덜고 몸을 숨기기에 안성맞춤인 그곳에서
혼백이 되어 버린 양
무게도 부피도 감각도 없이 허옇게 구겨져
멀고 먼 아득한 세상으로 떠내려가는 강 실이를
부둥켜안고
얼어서 식은 여린 가슴에 얼굴을 묻은 채
울컥울컥 눈물을 쏟뜨린다

손발을 문질러 녹이다가
눈물 흘리는 언 뺨에 볼을 부비면서
작은 아씨
지 자식 하나 낳아 주시오 소원입니다

아씨 작은 아씨
이 불쌍헌 놈 소원 한 번 들어주시오
지 자식 하나만 낳아 주시오 작은 아씨
저며 들게 뇌면서
백지장같이 얇은 몸에 제 살을 덮어 비벼
반상班常의 준령을 넘고 팔천八賤<sup>24)</sup>의 강 건너 씨를 심는다

울어라 떠꺼머리여
떠꺼머리여 울부짖어라
대대로
켜켜이 누르고 조이던
족쇄와 굴레의 난바다에서
파도로 떠도는 눈물과 한을 걷어 올려
노비奴婢와 천민賤民과 상민常民을 모으던
사노私奴 만 적萬積<sup>25)</sup>과
사노지자寺奴之子 찬 규攢撲의 몸부림 끝을 잡고
훨훨 날아올라 먹장구름 되어
상놈 껍데기 베껴내는 소나기 삼형제<sup>26)</sup>로
강둑 넘실대는 억수장마로 내려
사천私賤의 설움 씻어내는 푸른 강으로 흘러라
떠꺼머리여 울어라
울부짖어라 떠꺼머리여

씨눈의 간절한 소망 잎눈을 낳고
잎눈의 꿈 꽃눈을 낳아
눈들 모여 풀꽃 일으키고
줄기 벋어 수국·모란 피우며
한쪽엔 대나무 숲 둘러쳐 파란 선 긋고

큰 그늘 늘어뜨린 정자나무 아래서
동네 사람들 한담설화[27] 나누는
귀천 없는 마을 찾아가는 길을 열어라 떠꺼머리여.


1) 춘 복이
최 명 희의 소설 《혼불》에 나오는, 산촌 거멍굴에 사는 불상놈. 사천私賤의 한恨을 발췌하여〈춘 복〉이의 캐릭터를 재구성한 것임.
2) 산촌 : 인가가 한 곳에 모여 있지 않고 드문드문 흩어져 있는 마을.
3) 불쌍놈 : 예의를 차릴 줄 모르는 아주 천한 상놈.
4) 내지른 : '낳은' 의 속어.
5) 노적가리 : 한데에 쌓아 둔 곡식 더미.
6) 섬 : 곡식·액체의 용량을 나타내는 단위. 약 180리터. 한 말의 열 곱절. 석.
7) 고황
'고膏' 는 심장의 아랫부분. '황肓' 은 횡경막의 윗부분을 뜻하는 말로 '사람 몸의 가장 깊은 곳' 을 이르는 말. 고황에 들다 : 병이 몸 속 깊이 들어 고치기 어렵게 되다.
8) 둥주리
짚으로 두껍고 크게 엮은 둥우리. 옛날에 밤을 지키던 사람이 추울 때 들어앉아서 망을 봤고, 또 말을 타고 가는 사람이 말 등에 얹어서 타고 들어앉았음.
9) 횃대 : 대나무의 두 끝에 끈을 매어 벽에 달아매어 두고 옷을 걸을 수 있도록 만든 물건.

10) 농막 : 농사짓기에 편리하도록 논밭 근처에 간단하게 지은 집.

11) 손끝 : 손을 놀리어 일하는 솜씨.

12) 화덕 : 숯불을 피워 놓고 사용할 수 있도록 만든 큰 화로.

13) 강샘 : 강한 샘.

14) 연장 : 남근의 비어

15) 상피 붙다 : 가까운 친척 사이의 남녀가 간통하다.

16) 단군신화

한국 역사상 최초의 국가, 고조선이 점차 나라의 틀을 잡아가면서 고조선 사람들은 나라를 세운 과정을 신화로 만들어 낸다. 〈단군신화〉는 고려 시대 일 연의 저서 〈삼국유사〉와 이 승 휴의 저서 〈제왕운기〉에 기록되어 전해지는데 그 내용은 다음과 같다.

먼 옛날 옥황상제 환 인의 아들 환 웅이 인간 세상에 뜻을 두니, 환 웅에게 천부인(하늘의 표지를 새긴 도장) 3개를 주어 인간 세상에 내려가 다스리게 했다. 이에 환 웅은 무리 3천명을 이끌고 태백산 꼭대기 신단수에 내려와 풍백(바람신), 우사(비신), 운사(구름신)을 거느리고 곡식과 생명 등 360여 가지의 일을 맡아 세상을 다스린다.

그러던 어느 날 호랑이와 곰이 찾아와 인간이 되길 원했다. 그래서 환 웅은 호랑이와 곰에게 마늘과 쑥을 먹으면서 100일 동안 햇빛을 보지 않으면 사람이 될 수 있다고 말했다. 이 시험에서 호랑이는 견디지 못해 실패하고 잘 참아낸 곰은 마침내 인간, 여자가 되어 환 웅과 결혼을 하게 된다. 이들 사이에서 태어난 이가 바로 고조선을 세운 단군 왕 검이다.

17) 설화—사슴[노루]의 보은으로 맺게 된 나무꾼과 선녀의 이야기.

옛날 옛적에 노모와 단둘이 살아가는 나무꾼 총각이 있었다. 하루는 총각이 산에서 나무를 하고 있는데 사냥꾼에게 쫓긴 노루가 살려달라고 애원하므로 나무꾼이 노루를 나뭇단 뒤에 숨겨 살려주었더니 사냥꾼이 지나가자 노루가 총각의 소원이 무엇이냐고 물었다.

나무꾼은 장가가서 어머니에게 손자를 안겨주는 것이 소원이라고 말했다. 그러자 노루는 금강산 위에 있는, 하늘에서 내려오는 선녀들이 목욕하는 연못을 알려주면서 선녀들이 내려와 목욕을 할 때 선녀의 날개옷羽衣을 감추었다가 선녀들이 목욕을 마친 후 날개옷이 없어 승천하지 못하는 선녀를 아내로 맞아 살되 아이 셋을 낳을 때까지는 절대로 날개옷을 주지 말라고 했다.

그런데 선녀가 아이를 둘째까지 낳자 나무꾼은 선녀를 믿은 나머지 날개옷 숨겨둔 곳을 알려준다. 그러자 날개옷을 되찾은 선녀는 그 옷을 입고 아이들과 함께 하늘로 올라가고 만다.

이때부터 나무꾼은 고통스런 나날을 보내게 되는데 이러한 딱한 사정을 알게 된 노루가 다시 나무꾼을 찾아와 하는 말이 선녀들이 목욕하는 연못으로 가 있으면 물을 길어 올리기 위해 하늘에서 두레박이 내려올 터이니 그 두레박을 타고 하늘에 올라가 사랑하는 아내와 아이들을 만나라고 알려준다.

노루가 가르쳐준 대로 두레박을 타고 하늘에 오른 나무꾼은 한 동안 아내와 아이들과 함께 행복한 삶을 누린다. 그러나 지상에 두고 온 늙으신 어머니가 너무도 그리워 나무꾼이 사정을 하니 아내가 상제께 아뢰어 상제로부터 용마 한 필을 하사 받아 나무꾼은 지상으로 내려오게 된다. 이때 아내는 용마를 타고 지상에 내려가서는 절대 발을 땅에 디뎌서는 안 된다고 당부한다.

지상에 내려온 나무꾼은 그리던 어머니를 만나고, 어머니는 아들이 좋아하는 팥죽을 쑤어 먹게 하는데 나무꾼의 실수로 그만 뜨거운 팥죽을 용마의 등에 흘리고 만다. 이때 용마가 놀라 뛰는 바람에 나무꾼은 땅에 떨어지고 용마는 그대로 승천한다.

지상에 남게 된 나무꾼은 슬픔의 세월을 보내다가 종내 죽어 수탉이 된다. 수탉이 된 나무꾼은 지금도 천상의 처자들을 잊지 못해 지붕에 올라 하늘을 쳐다보며 운다고 한다.

18) 노비종모법
양인의 여자와 천인賤人 남자 사이의 자녀는 어머니를 따라 양인이 되도록 한 법.

19) 언감생심 : '어찌 감히 그런 마음을 먹을 수 있으랴' 의 뜻으로 쓰이는 말.

20) 종가댁 : 한 문중에서 맏이로만 이어온 큰 집. 종갓집.

21) 욕사무지 : 죽으려 해도 죽을 만한 곳이 없다는 뜻으로 매우 원통하고 분함을 이르는 말.

22) 진둥한둥 : 급하거나 바빠서 몹시 허둥거리는 모양.

23) 흡월 : 달의 기를 들이는 것.

24) 팔천
조선 때의 천민 중 사천私賤에 속한 여덟 천민. 곧 사노비私奴婢 · 승려 · 백정 · 무당 · 광대 · 상여꾼 · 기생 · 공장工匠.

25) 만적
고려 신종 때 최 충 헌의 사노. 노예해방을 위해 난을 일으키려다 체포되어 죽임을 당함.

26) 소나기 삼형제 : 소나기는 반드시 세 차례 온다는 말.

27) 한담설화 : 심심풀이로 하는 실없는 말.

# 취리히<sub>Zurich</sub> 호수

웰스*의 도움은 없어도 좋다

푸름이 고인다
백조가 고인다
청둥오리가 고인다
동화도 고인다

태곳적 실바람이 와 앉는다

푸름이 흐른다
백조가 흐른다
청둥오리가 흐른다
세월도
사람도 흐른다

곁에서는 중세中世가 깃발을 날리고 있다.


* 웰스(H.G.Wells) : 공상과학 소설〈Time Machine 超時間旅行船〉의 작가.
  타임머신 : 과거나 미래로 시간여행을 가능하게 한다는 공상의 기계.

# 칠갑산 七甲山*

설움들 모여
어깨 겯고 살면서

호미 쥔 아낙
젖무덤에 맺힌 땀방울
살며시 닦아 주고
서둘러 산모퉁이 돌아가는
바람의 뒷모습 바라보며
'흐르는 것들에 대하여' 수군거리는 곳

꽃구름 타고 시집가면서
산마루에 흘린 눈물 받아
피 말리는 노래로 흩뿌리는
산새들 날개 짓에

홀어미의 애를 끊어
하늘과 땅 사이
허공을 이어주는 타는 저녁놀.


* 칠갑산
충청남도 청양군에 있는 산(561m)으로 1973년 도립공원으로 지정됨. 조운파 작사/
작곡의 〈칠갑산〉이란 노래가 있음.

# 큰누님


오드리[1]여
난 당신의 청순함을

환자들을 돌보면서
엄격한 가톨릭 규율에 반기를 드는
젊은 벨기에 수녀의 고뇌와
콩고 정글에서
외과의사와의 숨길 수 없는 연정으로 갈등하는
총명하고 명쾌한 천사의 모습에서 보았습니다[2]

오드리여
난 당신의 매력을

순수한 사랑과
호사스런 생활을 꿈꾸면서
무지개 끝을 찾아 방황하다가
아파트 비상계단에 걸터앉아
기타 반주에
우수 짙은 문리버Moon River를 흥얼거리던

칠면조 알 훔치다가
열네 살의 신부가 된 『루라매』로 부터

티파니의 보석상에서
폴의 연인 홀리로 서기까지
영혼의 순결을 잃지 않은
맨하탄의 요정에게서 느꼈습니다[3]

오드리여
난 당신의 우아함을

투박한 런던 말씨에
촌스런 액센트를 쓰는
슬럼가 출신의
꽃파는 부랑녀浮浪女에서
"스페인에서 비는 평야에서만 내린다."[4]를
유창하게 구사하는
히긴스 교수의 이상적인 여인상으로 변신한
에리자 두리틀이라는
성숙한 여인에게서 보았습니다[5]

오드리여
난 당신의 멋을

마릴린 먼로[6]가
탐스런 두 과일과 요동치는 히프로
농익은 요염妖艶을
마구 뿌리고 다니던 1950년대
당신은
당신만의 독특한 헵번헤어스타일에
청수淸秀한 몸매와 우아한 자태로
대사관을 빠져 나와 로마시가를 누비는

자유를 만끽하면서
뭇 남성들의 마음을 사로잡던
앤 공주에게서 보았습니다
그때 나는
아메리카 신문의 로마 특파원 〈조〉의 신세를
얼마나 시기하고 부러워했는지 모릅니다[7]

그러나 무엇보다도
오드리여
난 당신의 아름다움을
당신의 나이
아직 육십이 안 되어

나치 점령하의 조국 네덜란드에서
허기진 삶을 튤립 꽃봉오리로 이어가던
창백한 어린 시절을 돌아보면서
정성을 다해 마련한 기금을 들고
유니세프UNICEF[8] 친선대사로 나서
웃을 일이라고는 씻고 보아도 없는
소말리아 벌판에서
뼈에 가죽만 남은
버려진 아이들의
작고 연약한 숨소리에 귀 기울이면서
당신의 옷깃을 스쳐간 바람이
이르는 곳마다
저 6·25 때의 허덕거림이
생기로 되살아나기를 간절히 기원하는
방석 위의 갸륵한 당신의 무릎에서 보았습니다

사랑하는 오드리헵번이여
내가 당신의 보다 큰 아름다움을 본 것은

에이즈 퇴치 운동을 벌인 엘리자베스 테일러와 함께
진 허숄트 박애주의 상[9]의
공동 수상자로 지명되었을 때

제65회 아카데미상 시상식이 있기 두 달 전
명예와 함께 혼탁한 세상을 버림[10]으로써
"하늘이 가장 아름다운 천사를 새로 얻게 됐다[11]"고
시간을 초월한 큰 사랑을 지닌 당신의 죽음을
안타까워하던
진정 내 누님 같은 모습에서였습니다.


1) 오드리 헵번Audrey Hepburn(1929—93)
모델이자 배우. 티 없이 맑은 청순한 이미지와 독특한 헤어스타일로Hepburnstyle로 세기의 요정이라는 평을 받으면서 팬들을 사로잡았다. 그녀의 삶은 스크린을 떠난 뒤 더 아름다웠다. 암이 뿌리를 내리는 몸을 이끌고 전쟁과 굶주림으로 고통 받는 아프리카 어린이들을 보살폈다.(1992년 유니세프UNICEF 친선대사)
♣수 상
*아카데미상Academy Award/토니상TonyAward/에미상Emmy Award
*1999년 아메리칸 필름 인스티튜트American Film institute 선정 〈지난 100년간 가장 위대한 100명의 스타〉중 여배우 가운데에서 3위.
*2006년 데일리 미러Daily Mirror지 선정 〈세월이 흘러가도 가장 아름다운 여인〉1위.
2) 파계The Nun's Story
3) 티파니에서 아침을Breakfast at Tiffany's
4) 스페인에서 비는 평야에서만 내린다.The rain—in Spain—stays—Mainly in the plain.
5) 마이 페어 레이디My fair lady
6) 마릴린 먼로Marilynmonroe(1926~62)
헐리우드의 영원한 섹스 심벌·백치미의 극치로 불리는 그녀는 LA의 빈민가에서 태어나 어린 시절의 대부분을 고아원과 위탁가정을 전전하면서 남성들의 성적, 심리적 학대에 시달렸다. 1942년 16세에 짐 도허티라는 청년과 현실도피에 가까운 첫 결혼을 했지만 4년 만에 파경을 맞았고 이후 야구 스타 조 디마지오(9개월), 극작가 아서 밀러와 결혼(1956—61)과 이혼을 반복했다. 한 때는 과학자 아인슈타인과도 교제했다.

1944년 방위산업체에서 페인트칠 일을 하던 중 사진기자의 눈에 띄어 모델로 활약하다가 누드사진이 달력에 실린 것이 계기가 되어 단역배우로 출발해서 헐리우드 스타덤에 올랐다.

♣수 상
*1953년 포토플레이 선정 최우수여배우상.
*1954년 골든글러브시상식 여자인기상.
*1960년 골든글러브시상식 뮤지컬, 코미디 부문 여우주연상.
*1962년 골든글러브시상식 여자인기상.

♣출 연
*신사는 금발을 좋아해(1953)/돌아오지 않는 강(1953)
*버스 정류장(1956)/7년만의 외출(1956)/뜨거운 것이 좋아(1959).
7) 로마의 휴일Roman holiday
8) 유니세프UNISEF : 유엔 아동 기금
9) 1993년 제65회 아카데미상 시상식에서
진 허숄트 박애상(Jean Hersholt Humanitarian Award : 인도적인 노력에 의해 영화산업의 명예를 드높인 사람에게 수여되는 상. 진 허숄트의 흉상이 증정됨.) 공동 수상자로 지명되었으나 오드리는 시상식이 있기 두 달 전에 대장암으로 사망함으로 말미암아 시상식에 참석하지 못했음.
10) 1993.1.20. 스위스 제네바 호반의 자택에서.(1929.5.4.−1993.1.20)
11) 오드리 헵번의 장례식에서 엘리자베스 테일러가 한 말.

# 타임머신을 기다리는 소년들

그대는
가랑잎 흩어지는 계절에
처연히 잊혀져가는 존재가 아니라

〈삼양〉다방과
〈아리랑〉제과소 네거리에서
〈중앙국민학교〉를 바라보며

어둠 속의 여학생 교실 복도를
노팬티로 내달리던
6학년 3반으로 돌아가기 위해
초시간 여행선超時間旅行船을 기다리는

더 이상 소년일 수 없는
그러나 분명한 만년의 소년들이 아닌가.


《ДЕНЬ и НОЧЬ / 젠 이 노치》No. 4 / 2012

# 테니스


폭풍주의보에 밀려
육지가 멀리 가고 나면


모난 돌이 고개 숙인 코트에서 테니스를 한다
교장에게는
감자 스타일의 drive serve를 주고
교감에게는
교과서적인 forehand stroke를
그리고
서무에게는
쑥떡 스타일의 backhand slice 준다
그밖의 사람들은
ㅈ대 스타일로 경기를 한다


그래서 사람들은
감자와 쑥떡을 먹으면서 관전을 하고
누구는 교과서를 끼고 보며
어떤 이들은 ㅈ대를 구경하면서 웃는다


그리고
코트 둘레에는
조금은 부끄러운 다섯 살 배기 조 현 명의 고추가 있다.

# 하늘 길을 간다

고요를 딛고 일어서
출렁이는 파도의 음표들로 둘러친
가슴 절이는 악전樂典이다, 길은

길을 나선 나그네는
그것을 보고
악보대로 연주하면 그뿐으로

한 여정旅程 끝에
반환점을 보는 것은
본향 집에 가기 위한 수순

안개 길 타고 내려오는
별들의 전언傳言에
추적이던 욕정 후회로 밀어내고

테르펜 뿜어내는 피톤치드 숲길을 지나
두 형제[1] 힘 모아
운해雲海 위에 다진 길을 넘어

나눔을 먹고 자란 기쁨과 함께
영원한 숨결 감싸 안을

베아트리체[2] 손끝으로 이어지는 하늘 길을 우러른다.

1) 두 형제 : 비행기를 발명한 미국의 라이트 형제.
2) 베아트리체
단테의 전 생애를 통해 사랑과 시혼詩魂의 원천이 되었던 여인으로 작품 《신곡》에서,
〈지옥편〉에서는 주인공의 중재자가 되고, 〈연옥편〉에서는 목표가 되며, 〈천국편〉에
서는 주인공을 천국으로 이끌어주는 안내자로 등장한다.

# 한발 더

한발 더
앞으로 가서 조준해라

수십 년을
그것도 하루에도 몇 번씩이나
해치운 일이 아니더냐

'아름다운 사람은 머문 자리도 아름답다' 고
눈높이에서
말하는 것을 그대는 보지 못하느냐

한발 더
바짝 다가가서 겨누어라

배설의 쾌기快氣에 빠진 나머지
한발 겨냥을 못하고
바닥을 어지럽힌대서야 말이 되느냐

포신砲身의 위치를 확인한 다음
정조준하고 쏘아
지구촌의 한 구석을 깨끗게 하라.

《РУБЕЖ / 루뻬쥐》 2012 / 12 / 874

# 할머니

앞마당에
모깃불 피어오르고
살랑살랑 오르내리는 부채 바람에
기승부리던 더위도 가면
문지르는 약손에 배앓이도 멈춰
꿈길로 들 때

앞서 세상 등진
아들 생각에
할퀸 가슴
대통에 담아
긴 설대로 태우시던 할머니

다독이고 되작이는 불손에
알밤이 익고
잦아지는 질화로의 된장찌개가
밤夜
을 야금거릴 때면

6·25 전란에
집 나간 아들 생각
재가한 며느리 따라간

손자 생각에
꺽인 세월 감싸 안으며
긴 한숨으로
하늘 흩으시던 할머니

사나운 세월에
큰며느리 잃고
몹쓸 세상 버릴 수 없어
마지못해 사는 세상이지만

백내장 수술 받게 해
새 눈 뜨게 해준
큰 손자의 정성이 겹도록 고마워
회색의 산하 어루만지며
작은 효성 크게 삼키시던 할머니.

# 해국 海國

해국은
뒤란에 떨어진 폭죽
가는 연기로 피어오르는
그리움의 버섯구름이다

해국은
덧난 사랑 어루만지는
바람난 처녀의 떨리는 손길
가을 섬에 흩어져 내리는
가느다란 슬픔의 축제다

해국은
영겁의 흐름 속에
잠시 머물다간 은밀한 미소
해풍에 구겨지고
물결에 부서지는
철없는 사랑의 체취다.

# 해체解體하라

해체하라
꼭두각시를 조종하는 불상놈과의 관계를

신神을 팔아
돈을 챙기려다
계집에게 빨린
처량하기 짝이 없는 놈과의 관계도
해체하는 것이 좋다

세속을 따뜻하게 하는
사람과 사람 사이의 정을
가벼이 여기고
손바닥 뒤집듯
돌아서는 놈과의 관계도
해체하는 것이 좋다

동거同居하는 관계를 해체한다는 것은
괴로운 일이다
아니 그것은
때로는 시원함으로의 이행移行이다
그러나 문제는
관계를 해체한 자와 더불어

지구촌을 공유해야 한다는 데 있다

더 나아가
불상놈과
지극히 처량한 놈과
얄팍한 수작으로 놀아나는 놈

이런 족속들과는
거리를 두어 소원疏遠하고자 하나
불행하게도
이자들이
내 지경地境을
수시로 넘나드는 것을
지켜볼 수밖에 없다는 데 문제의 심각성이 있다

어느 때나
이자들과의 관계를 숙성熟成시켜
성숙成熟의 경지에 이를 것인지

바람아 불어라
성숙의 계절이여 오라, 어서 오라.

# 향격리香格里*에서

겨울의 끝자락에서
우리는 초여름 속의 향격리를 거닐고 있었다

일상日常에서
변해서는 안 되는 것들이
어이없이 깨어지는 아픔과

평상平常에서
평온을 앗아가는 것들이
틈틈이
틈 속에서 기어 나와
틈이 생기게 하는 것들을
소금기 밴 바람이 실어가고

가지와 잎으로 몸을 반쯤 숨긴 야자와
발등을 간질이는 바닷물과
발바닥을 마사지해주는 모래들이

새로운 사랑으로
해변이 채워지는 것을
휘둥그레진 눈으로 지켜보고 있을 때

우리도 드디어
치열한 공작工作으로 새로운 성의 문을 열었다.

# 히프가 커지는 것은

젖부들기 부풀어 오르고
히프가 커지는

또 하나의 이유는

물오른 엉덩이에
자꾸만
지폐로 도배를 하기 때문이다.

4부 기도시

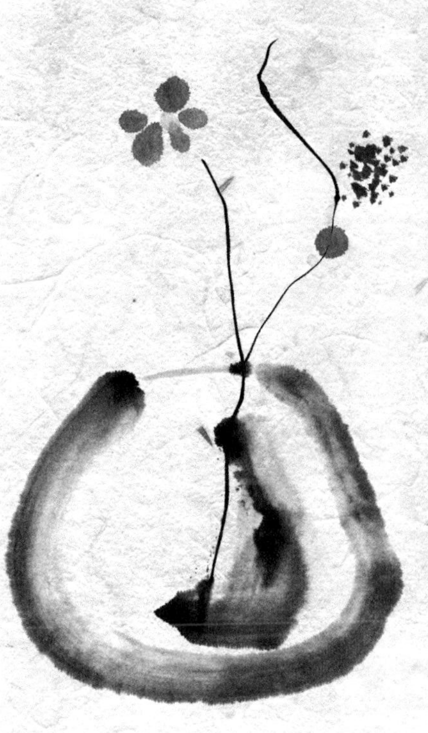

# ✝ 기도원에는
— 이 명 박 장로를 생각하며


〈오산리 기도원〉에는

맏형 세우기 위해
고등학교 진학 포기하고
행상하는 어머니를 열심히 돕는
막내가 있고

부잣집 일을
헌신적으로 돕고도
물 한 모금
받아 마시지 않으면서
술찌끼로 배를 채우는
달동네 소년이 있고

여자고등학교 정문 앞에서
뻥튀기 장사를 하면서
추운 겨울에
밀짚모자로 얼굴을 가리는
쪽팔림을 아는
야간고등학교 학생이 있고

어머니에게

제대로 된 사과 하나 드리지 못해
마음 아파하다가

안개 낀 밤
고급 승용차에 치어
박살난 리어카를 붙잡고
꺼이꺼이 가난을 삼키던
사과 장수 소년이 있고

막노동판을 전전하면서
틈틈이 입시 준비를 하고도
버젓이 일류 대학에 들어간
명석한 두뇌의 젊은이가 있고

6·3 사태*를 주동하고
'한 젊은이가
자기 힘으로 세상을 살아가려는데
나라가 길을 막는다면
나라는 그 젊은이에게
영원한 빚을 지는 것이다.' 라는 말로
회사에 들어가
8억 수주액을 43조 원으로
100명 직원을 16만 8천 명으로 늘린

‘이 세상에서 가장 큰 유산은
예수를 믿게 하는 것이다.’ 라고 말하는
한국의 장한 아들이 있고

이러한 아들 뒤에는

새벽 4시면 어김없이 일어나
5남매를 무릎 꿇게 하고
나라와 이웃과 가족을 위해
평생을 한결같이 기도하는 어머니가 있었고

어린 아들을 부자촌에 보내
대가 없이 일을 돕게 함으로써
없는 사람도 있는 사람을 위해
봉사할 수 있다는 것을 깨우쳐주어
남 앞에 당당하게 설 수 있는
담대함을 길러준 어머니가 있었고

아들에게 큰 시련이 닥쳤을 때
여자로서의 나약함을 보이지 않으려고
속 태워 흘리던
끊일 줄 모르는
기도의 눈물이 있었고

아들이
큰 사람 될 것을 내다보면서
기도하고
말씀 묵상하면서
공부하라고 가르친

단칸방에서
부엌도 없는 단칸방으로
살다간
초등학교를 중퇴한
위대한 어머니가 있었다.

2001. 6. 7.

* 6·3 사태/6·3 항쟁
1964년 6월 공화당 김 종 필 의장이 한·일국교정상화회담을 위해 일본으로 건너가자 6월 3일 정오를 기해 고려대 총학생회장 직무대행이던 법대학생회장 김 제 하를 위원장으로 부위원장 이 경 우(법대), 박 정 훈(정경대), 이 명 박(상대) 등의 주도하에 연세대, 서울대생과 함께 서울 18개 대학 1만 5천여 명 등 총 3만 명 가량이 거리로 몰려나와 격렬한 시위를 벌이고 국회의사당까지 점령하기도 했다.
이에 박 정 희 정부는 인혁당이 한일협정 반대 이슈를 선동하여 배후 조종함으로써 대한민국 정부 전복을 기도한 반란 사건으로 규정하고, 3일 오후 6시 30분 비상계엄령을 선포하고 시위 금지와 진압, 언론 검열, 대학 휴교 조치 등과 함께 주동자 검열에 돌입했으며, 이 조치로 시위의 주동 인물과 배후 세력으로 지목된 학생과 정치인, 언론인 등 1천 120명이 검거되고 이 명 박, 이 재 오, 손 학 규, 김 덕 룡, 현 승 일, 이 경 우 등 348명은 내란 및 소요죄로 서대문형무소에서 6개월간 복역하게 된다. 계엄은 7월 29일 해지되었다.

# 내 이야기를 하게 하소서

주여
내 목소리로 내 소리를 내게 하소서

짓밟힌 풀꽃
민들레의 설움을 슬퍼할 줄 아는 맑은 눈물 주시어
'눈물은 어린 아이와 여자만의 것' 이 아니라고 말하게 하시고

본 대로 들은 대로
사실을 말할 줄 아는 바른 마음 주시어
대나무 숲이나 강변 구덩이가 아닌 곳에서도
'임금님의 귀는 당나귀 귀' 라고 밝히게 하시며

때로는
원치 않게도
'지구 아닌 태양이 돈다' 고 말했을지라도
그 다음에 이어지는 말*을 마저 하게 하소서.

* 그 다음에 이어지는 말 : 갈릴레오의 말—그래도 지구는 돈다.

# 단순함으로 살게 하소서

단순
그것으로 살아가게 하옵소서

당신 이외의 상념들을
가난하게 하시고
당신을 향한 단순한 마음을
풍요롭게 하옵소서

세상살이
길이 많지마는

내나
당신으로 귀결된다는 것을 깨달아
떼 지어 오는 갯바람 속에서도
당신의 음성 듣게 하시고

당신을 우러르는 아름다운 자세가
수많은 땀방울과 곤고함에서 성숙하듯이

고통스런 날들에서 영근 진주들이
당신을 향한
순일純一로 엮어지게 하옵소서 주여.

# 당신은 1

주여, 당신은 아픔이옵니다
때로
견딜 수 없는 쓰라림으로
주저앉게 하시는 당신은 온통 괴로움일 뿐입니다

그러나 당신은 또
강한 오른 팔로
어리석음으로 인한 늪에서 일으켜 세워

씻고 말리고 덖어
특유의 방향芳香을 내는 작설차雀舌茶처럼
절제로 길들게 하시고
세월 따라 빈 가슴 하늘 향기로 채워
달려가게 하시는 당신은
넘치는 기쁨의 원천이옵니다.

# 당신은 2

주여, 당신은
고통과 눈물의 터널을 거쳐야만
닿을 수 있는 먼 곳에 계십니다

여기저기서
쉬지 않고 던져 쌓이는
분벽사창粉壁紗窓의 유혹에 갇혀
버그러지고 척박해진 몸으로 비틀거릴 때
당신은
눈물의 강을 건너
탈진의 고개를 넘으라고 말씀하십니다

그곳에 이르러서야
당신께서는
비루한 몸 씻어 채워주시고
넉넉한 하늘빛으로 감싸주시며
곱게 다듬은 세월의
모퉁이 모퉁이로 인도해주십니다

탈진한 몸으로 오르는 산 너머에
계신 당신은
우리가 살아야할 까닭이옵니다 주여.

# 당신은 3

주여
당신은 수수께끼이옵니다
모순덩이들의 퇴적堆積인 듯한 성경聖經*은
긴 한숨 끝에 저만큼 밀어 놓는
풀 수 없는 수수께끼이옵니다

그러나 당신은
채워지지 않는 것에 대한
멈출 줄 모르는 갈증을 주시어

안개 솟는 우련한 벌판 지나
오묘한 진리의 보고寶庫에 이르게 하시니
당신의 말씀은
생명의 문을 열게 하는 비밀의 열쇠입니다.


* 성경 : 기독교 경전.

# 당신은 4

오, 친절한 마빈 해리스[1]여. 나를 14세기까지 안내해 주겠다구요? 중앙아메리카까지요? 그렇다면, 그곳에서 한 이백 년 세월을 타고 싶구려. 오, 참 좋은 마빈 해리스여, 그대의 지팡이로 하여금 나를 에르난도 코르테스[2]와 함께 아스텍 제국[3]의 목테수마Moctezuma왕을 찾아가게 해주오. 그래서 온갖 것 주관하시는 이의 노여움을 산 저주받은 문화, 끔찍했던 역사를 돌아보게 하오.


당신은 의문의 원천이옵니다


학鶴의 백성이 세운 나라

아스텍 제국

수도 테노치티틀란Tenochtitlan에 있는

가장 높은 피라미드의 백열네 개 계단 위에 사는

위칠로포치틀리[4]의 얼굴이

저토록 붉은 것은

제단 위에 제물로 바쳐진

포로들의 심장에서 나온 피를 마심으로

흡족한 영양을 섭취한 때문인가요


또 저가

저렇게 웃고 있는 것은

포로들을
산 채로
몸을 찢고 토막 내며
불에 태울 때의 비명소리와
도발의 노래[5]를 들음으로인가요


오늘날
곳곳에 저리도 많이 피비가 내리는 것은
틀랄록[6]이
수많은 사람의 심장을 태워 마심으로 생긴
메소아메리카MesoAmerica의 검은 연기 때문인가요


콜로세움[7]에서
사람과 맹수와의 싸움을 즐기는
황제와 황후를 비롯한
환호하는 수많은 군중처럼
목테수마 왕을 포함한
아스텍 백성들의 식인食人 행위도
당신께서 내려주신 인간 천성의 일부인가요


나흘 동안에
일만 사천여 명의 포로들을 희생시켜

인육人肉의 향연을 벌이다니
위칠로포치틀리의 밥통은
어찌 그리 위대謂大하며

아스텍 백성들은
언제부터 후추가루와 토마토로 양념한 스튜로
사람 고기를 호박꽃에 얹어 먹는
먹거리 문화의 호사豪奢를 누렸는가요

잔칫날을 기다리는 동안
포로들에게 음식과 여자를 제공하고
여자로 하여금
인육 잔치에 참여하기에 앞서
동침했던 죽은 포로의 몸에
눈물을 뿌리게 함은
어인 일이며

잔치를 치르고 난 뒤
십여만 개나 되는 두개골을
선반 위에
가지런히 산처럼 쌓아 올려
여러 도시의 광장에 진열하는 것은

무슨 뜻이며
또 남자만을 희생물로 삼는 까닭은
무엇 때문인가요


의식儀式이 다가오면
식구들과 이웃들의 교육을 위해
포로들에게 잔인한 고문을 가하면서
구경거리로 즐기고


인신 공희人身供犧 끝에 벌이는
식인 관습이
프로이트[8]의 말대로
사랑의 본능과 공격 본능의 표출이며
인간의 가장 기본적인 공격 형태인가요


친절한 길잡이
마빈 해리스는 말합니다
아스텍 제국이
전쟁 끝에
사람고기 먹는 풍습을 억제하지 못한 이유는
인육이 제공하는 영양상의 이익과
부富를 생산하는 인간 노동력을 파괴하는

정치·경제적 비용 간에
수지를 맞추어야 했는데
아스텍 지도층은
황금알을 낳는 사람 고기 먹는 쪽을 택해
먹이 생산의 증감주기增感週期에서
공급량이 턱없이 부족한 시기에
귀족과 군인 및 신하들에게
동물성 단백질 공급원으로서의 인육을
듬뿍 듬뿍 지급함으로써
정치적 붕괴를 모면한 것이라고

오 주여
두려운 마음으로 감히 묻습니다

제물祭物을 얻기 위해
전쟁터로 나가는 것을 신성시하고
포로들을 희생물로
식인食人 잔치를 벌이는 것을
일상적 행사로 여겼던
아스텍 제국의 끔찍한 문화를
중앙아메리카 멕시코에
이백여 년 동안이나 존속시킨

당신의 뜻은
진정 어디에 있었사옵니까 주여.


《РУБЕЖ / 루볘쥐》 2012 / 12 / 874


1) 마빈 해리스Marvin Harris(1927－2001) : 미국의 대표적인 문화 인류학자.
2) 에르난도 코르테스Hernando Cortes(1485－1547)
 스페인의 군인. 1521년에 아스텍 제국을 멸망시킨 정복자.
3) 아즈텍 제국Empire of Aztec(1248－1521)
많은 속국을 거느린 제국으로 통치체제는 세습되지 않는 군주제였다. 아스텍인들은
중앙 멕시코 전역에서 끊임없는 전쟁을 일으켜 전쟁에서 얻은 부산물인 포로들을 잡
아먹는 식인 풍습이 있었다.
4) 위칠로포치틀리Uitzilopochtli : 태양과 전쟁의 신.
5) 도발의 노래
전쟁 포로로 인육잔치를 벌이기 전, 포로에게 고문을 가하면 포로는 고통을 못이겨
비명을 지르거나 '도발의 노래' 를 불렀는데 이 노래는 이런 끔찍한 일을 당할 때 부르
기 위해 어릴 때부터 배운다고 한다.
6) 트랄록Tlaloc : 비의 신.
7) 콜로세움colosseum
로마에 있는 5만 명을 수용할 수 있는 거대한 원형 경기장으로 수천 회에 걸친 검투사
들의 시합과 맹수들과 인간과의 싸움, 모의 해전과 같은 대규모 전투장면이 실연되었
다.
8) 지그문트 프로이트Sigmund Freud(1586－1936)
오스트리아의 심리학자, 신경과 의사. 정신분석학의 창시자. 『정신분석』이란 용어를
처음 소개.
저서 :《꿈의 해석》,《정신분석학 입문》등

## 당신의 계산법으로

빈 들 앞에서
거둬들인 것과
당신의 것 일조一條를 저울질하며
그릇 그릇마다 채우지 못함을
안타까워하기보다는

떠나간 자리
다사한 볕 무리로 다독여
새 봄을 계획하시는
당신의 손길을 바라보게 하시고

벗은 나뭇가지들의
시린 이야기 속에서는
잎으로 수놓은 이불 덮고 일어서
산과 들에
풍성한 색상 펼치는
잎과 열매의 거리를 재게 하시며

당신의 것을 훔치지 않았을 때
쌓을 공간이 넘치도록
부어주시겠다고 말씀하신
그 나라의 환율을 상고詳考하면서

우리가 행한 대로
진노하지 않으시고
먼저 아들을 십자가에 내놓아
생명의 길을 열어주시는
당신의 셈법을 깨닫게 하시어

정확한 발음으로
누구에게나 말하게 하소서
이제는 당신의 계산법을 익혀
양떼들 한가로이 물가를 찾는
그 나라를 누리며 산다고.

# 돌이 되어*

삼십팔 년 여정旅程이 끝나는 곳에는
세상 소음 잠재우는
침묵의 소용돌이가 자리하고 있습니다

저만치 서 있는
시간은 말합니다
세월은
흘러 없어지는 것이 아니라
흐르면서 쌓이고
쌓이면서 성숙해 가는 것이라고

그러면서 나더러는
아침저녁으로
앞차 꽁무니만 바라보면서
가쁘게 달려온 삶일랑
가슴에 묻고
이제는 적막을 딛고 일어서는
돌이 되라고 합니다

주여
저로 하여금
돌이 되게 하옵소서

허락해 주신
조금은 자유로운 시간에
부지런히 땅 밑을 파고들어
튼튼한 뿌리 내리게 하시고

허리까지는
단단한 흙으로 다져
흔들리지 않는 돌로 서게 하신 다음
가는 모래를 뿌려 바닥을 채워주소서

그리고는
그 위에 맑은 물을 흐르게 하옵소서
물가에는 수양버들 늘어져
새들 찾아와 가지에 둥지 틀고
바닥에서는 모래무지들 숨바꼭질하게

그래서
끊임없이 찾아오는 물과 만나서
세상살이 정을 나누다가
헤어지면 돌아올 길 없는
가슴 아픈 작별을 할 때에도

맑은 졸졸거림 자아내어
냇가를 찾는 사람들의 귀를 채워 즐겁게 해주는

말하지 않고
움직이지 않는 것으로도
제 몫을 다하는
그런 돌이 되게 하옵소서 주여.




* 2003년 9월 대구 오페라 하우스에서 있었던 『2003대한민국창작합창축제』 때 전주
  시립합창단이 연주함.

〈시작 노트〉

2003년 2월 20일을 전후한 1개월여 동안 나는 눈물의 강을 타고 세월을 건넜다.

몸무게가 73kg에서 62.5kg으로 내려왔으니, 그러니까 10.5kg을 온전히 눈물로 뺀 셈이다.


주위 사람들로부터
정중하게
정년을 축하(?)한다는 말을 들을 때나
젊은 친구로부터
건강을 지키라는 말과 함께
테니스 라켓을 선물로 받을 때
또는 대화중에
학교에 관한 이야기가 나올 때면


나는 때와 장소를 가리지 않고 나오는 눈물을 어찌할 수가 없었다. 이런 날이 하루, 이틀, 사흘 …. 종내는 말하는 것도 움직이는 것도 싫어, 나는 흐르는 눈물로 스스로를 적시는 돌로 서 있을 수밖에 없었다. 그러던 어느 날 나는 자신에게 물었다.


"이 종 희, 너 진정
말하지 않고 움직이지 않는 돌로
세상을 살려는가."

이 물음을 놓고 고민하기를 한 동안, 마침내 나는
'돌은 돌이되, 시냇물 바닥에 자리잡은 돌이 되어'

세상을 살기로 작정했다. 그래서 끊임없이 찾아오는 물과 만나서 정을 나누
다가 헤어지면 돌아올 길 없는 가슴 아픈 작별을 할 때에도 맑은 졸졸거림 자
아내어 냇가를 찾은 사람들의 귀를 채워 즐겁게 해주는, 말하지 않고 움직이지
않는 것으로도 제 몫을 다하는, 그런 '돌'로 살아가기로.

# 동 사動詞

하늘을 우러러
끊임없이
자세를 가다듬는
그리스도인의 생활양식.

# 두 발로

두 발로
내 길을 가게 하소서

하지夏至 때
에라토스테네스를 도왔던
용인傭人[1]의 발처럼
당신의 영광을 위해
순종하고 충성하는 삶의 문법으로

말씀을 상고하다가
그 참뜻을 깨달았을 때는
진리 찾아 헤매다가
원리를 발견하고
유레카Eureka를 외치며
목욕탕을 뛰쳐나간 사람[2]처럼

외딴 섬
산골짜기에
당신의 복음 전함으로
잠자던 영혼들 일어나
할렐루야를 노래할 때는

먼 길
마다 않고 일어서
승전보를 전한 필리피데스[3]처럼

두 발로
내 길을 가게 하소서 주여.

1) 에라토스테네스(B.C.276년~194년)
그리스 과학자. 시인. 지구의 크기를 처음으로 측정.
에리토스대네스를 도왔던 용인 : 알렉산드리아에서 시에네까지 약 900km를 일정한
보폭으로 답파함으로써 에라토네스가 지구의 둘레를 재는데 도움을 준 사람.
2) 유레카를 외치며 목욕탕을 뛰쳐나간 사람
목욕탕에서 왕관의 순금도純金度를 알아내는 방법Archimedean Principle을 발견하고 기
쁜 마음에 알몸으로 거리로 뛰쳐나가 Eureka(알았다)를 연발한 아르키메데스
Archimedes.
3) 필리피데스Philippides
마라톤 전쟁 때 42km를 달려 아테네 시민에게 '우리가 이겼다' 라는 승전보를 전하고
숨을 거둠.

# 마중물이 되어

강퍅한 돌 틈
비집고 내려가
석천石泉 감로수 끌어 올려
허덕이는 갈증 적셔주고

내와 강 이루어
카이로스1)를 타고 흐르면서
토해낸 고뇌의 부유물 정화시켜
땀에 절은 영혼들 멱 감게 한 뒤

천국 개간의 첫걸음을
미소로 내딛게 하는
웃음부모2) 되어

새 생명의 바다
시간이 멈춘 그곳에서
노래하게 하소서
찬양하게 하소서 당신의 큰 사랑을.

1) 카이로스
시간의 어원에는 크로노스chronos와 카이로스kairos가 있는데 크로노스가 그냥 흘러가
는 양으로 규정되는 계량적 시간(물리적 시간)이라면 카이로스는 개인에 따라 다른
내용으로 규정되는 질적 시간을 말한다.
2) 웃음부모
미국 남서부의 인디언들에게는 갓 태어난 아기를 맨 먼저 웃게 한 사람을 아기의 '웃
음 부모'로 삼는 풍습이 있는데 이렇게 맺어진 두 사람의 관계는 평생에 걸쳐 유지되
고 아기는 자라면서 힘들고 어려운 일이 있을 때마다 웃음부모를 찾아가 함께 웃으며
문제를 해결한다고 함.

만종晩鐘


안식을 펴는 종소리

땀과
피로를 실어 보내고
사랑을 깔고 행복을 펼친다

평화를 띄우는 종소리

시름과
거짓을 날려 보내고
하늘 문을 열고 천국을 내린다.

?

쓰나미*는 왜 ?
# 사람은 왜 ?
# 하나님은 왜 ?

* 쓰나미tsunami
지진으로 인한 해일. 2004년 12월 26일 남아시아에서 일어난 쓰나미로 30만 명 이상
의 사람이 목숨을 잃었음.

# 베풂으로 채우게 하소서

가없이 이어지는 황톳길을
맨발로
맨발로만 걸을 수밖에 없는 사람들에게

웅덩이에
발을 들여놓은 채 물을 떠다
흙탕물을 그대로 마실 수밖에 없는 사람들에게

메말라 찌들게 하는 바람이
피부를 오그라들게 하는 고통을 주며 지나가도
그저 멍하니
바람의 뒤꼭지를 바라볼 수밖에 없는 사람들에게

배움에 주리고
배고픔에 허덕이다가
열네 살에 아이를 낳을 수밖에 없는 사람들에게

관정管井 뚫어
빈 물동이 채우고
지붕과 벽이 있는 학교 세워
지식의 근본 가르침으로
영혼의 생수를 마시게

작은 베풂에
큰 베풂이 내리는
하늘의 교환경제가
관통하게 하소서
넘쳐흐르게 하소서 지구촌 곳곳에.

# 변 명

주여
머뭇거린다고 나무라지 마옵소서

긴 여행에서
돌아왔을 때
내 집의 소중함을 알고
편안을 느낄 수 있듯이
회의懷疑의 방황 끝에
말씀의 진리를 깨닫고
당신의 품에 안겨
참 평안을 누릴 수 있음이옵니다

주여
기웃거린다고 나무라지 마옵소서

단테[1]를 만나고
번연[2]을 읽는 것이
당신을 향한 발걸음을 위함이듯이
고은[3]과 이야기를 나누고
러셀[4]과 대좌하며
마스다니후미오스[5]에게 듣는 것도
당신을 향한 발걸음을 다지기 위함이옵니다

주여
해찰한다고 나무라지 마옵소서

절제 없는 자유를 누리다가
아버지의 집을 찾은 자[6]처럼
추하고 그른 것들을 들여다보다가
보혈의 능력으로
참 자유를 얻을 수 있음이옵니다

주여
성의가 부족하다고 나무라지 마옵소서

봉사에 성의는 더할 수 있어도
봉사 없는 성의는 기대할 수 없음이오며
보다 큰 성의는
당신의 보살핌으로 키울 수 있음이옵니다

주여
게으르다고 나무라지 마옵소서

때로는

몹쓸 세월이 값진 보람을 잉태하듯이
나태한 삶이
당신의 깨우침으로
인생을 건 큰 싸움에서
승리를 안을 수 있음이옵니다 주여.

1) 단테 : 『신곡神曲』
2) 번연 : 『천로역정天路歷程』
3) 고은 : 『화엄경華嚴經』
4) 러셀 : 『나는 왜 기독교인이 아닌가』
5) 마스다니후미오스增谷文雄 : 『아함경阿含經—지혜와 사랑의 말씀』
6) 탕자←누가복음(15 : 11~32)

# 부자되게 하옵소서
— 1996년 〈빈곤 퇴치의 해〉에


주여
오늘날 우리에게
일용할 양식을 주시는 것처럼
우리에게 필요 · 소중한 것들을 내려주시옵소서

고급 침대를 들이고
화려한 의상을 걸치며
환락을 사는 돈보다는

먼저
높고 넓은 저 하늘로부터 내리는 소중한 것들

돈으로는 들일 수 없는 단잠과
돈으로는 나눌 수 없는 평화와
돈으로는 살 수 없는 영혼을

간구하는 자세로 세상을 살아가게 하옵소서

지금, 지구촌 한 편에서는
하루에 팔백 원도 안되는 생활비로
세계 인구의 1/4인 십오억이나 되는 사람들이 살아가고

한 시간에
이십팔 명의 어린이가 굶주림으로 죽어가며
매일 삼천 명의 신생아가
월수입 이만 원 이하의 가정에서 태어나고 있습니다

주여, 우리로 하여금
'굶지 않고 먹을 수만 있었으면' 하고 바라던
끼니 때
굴뚝의 연기만 보아도 배가 부르던
보릿고개를 기억하게 하시고

주여, 우리로 하여금
줌으로써 풍요로워지는 삶의 이치와
나눔으로써 누릴 수 있는 평화의 신비를 깨닫게 하옵소서

주여, 주시옵소서
질병과 오염汚染이 질펀하고
테러와 죽음이 벌떼처럼 횡행하는
주리고 지친 영과 육들이 널브러진 곳에
빵과 복음을 보내기 위해
내 값진 소유를 나누어주는
진정한 부자의 마음을 내려주시옵소서 주여.

# 부활절 아침에*

죽음 속에
큰 삶이 있음을 보이신 이여

어둠에 매인 세상살이에
빛을 들이는
틈을 내려주시옵소서

그 틈이 펄펄 자람으로
당신을 믿고 행한 크기에 따라
상급이 정해지는
말씀의 질서를 깨닫게

죽음으로
죽음을 죽이신 이여.

*《東北亞(韓·中·日) 시집》 2008.10.29/한국현대시인협회.

# 사랑을 계수<sub>計數</sub>하면서

내가 무릎 꿇어
두 손 모으는 것은
시시로 후무린 죄
고스란히
씻어주실 이는 당신밖에 없음이오며

또 내가 엎드리는 것은
텅 빈 가슴
당신의 은총으로 채워야만
일어설 수 있음이옵니다

내가 우러러 눈물 흘리는 것은
육욕에서 헤매는 열정劣情
걷어 태워
하늘의 질서에 닿게 하실 이는 당신밖에 없음이오며

또 내가 머리 조아리는 것은
각을 세운 말로 할퀸 허물
닦아
생명의 말씀에 이르게 하실 이는 오직 당신이 있음이옵니다

내가 사람 사이에서

한결같고자 하는 것은
일관성이 곧
당신을 향한 하나밖에 없는 통로인 까닭이오며

또 내가 어설픈 기도를 멈추지 않는 것은
응답 받지 못한 말의 잔해들
그러모아
정제된 기도의 호흡을 터뜨리기 위함이옵니다

주여 오늘 밤에는
진정 생명을 쪼갠 삶의 시각으로
사랑을 태웠는지를 계수計數하면서
내일을
새로운 의미를 자아내는 샘물로 준비하게 하옵소서 주여.

# 새해를 맞으러 뿌쉬낀으로 간다

새해는


사랑과 진실을 가르기 위해
쌍뜨 뻬쩨르부르그의 숲 속 결투장에서
알렉산드르 세르게예비치 뿌쉬낀과
프랑스 출신 러시아 기병대 장교 조르쥬 단뗴스가
서로를 향해 방아쇠를 당긴 총성*의 끼침으로부터 온다


묵은해에 이어오는 새해는


삼십칠 년여의 짧은 생애에
서구의 문화유산을 온 몸으로 받아들여
러시아의 국민성과
러시아 혼魂으로 꽃피게 하고


민중 언어의 보석을 발굴해
현대어로 다듬어
러시아 문학의 세계화를 주도한
놀랄만한 업적의 유효기간을
정상의 위치에서 멈추게 한
뿌쉬낀의 찬란한 광채의 줄기를 타고 온다

그래서 나는
합리성과 과학성과 독창성으로
제왕의 자리에 오른
세계 제일의 문자 한글과
인류를 구원하시기 위해
낮은 자리에 오신 분의 복음福音을 안고

삼천 리 반도에 피어난
한민족韓民族의 전통과 문화를
한글로 전하고
죄악과 죽음의 고통 속에서
구원의 손길 펴 역사하시는 분을
한국어로 알리려

러시아의 문화 수도
쌍뜨 뻬쩨르브르그를 향해
은총으로 감싸 내려주시는
2008년을 맞으러
바쁜 걸음 재촉해 뿌쉬낀으로 간다.

* 숲 속의 결투
1837년 1월 뿌쉬낀은 아내(나딸리아 곤차로바 : 매혹적인 미모를 지녔으나 경박하고 교양이
없었으며 뿌쉬낀보다는 13세 연하였음)와 염문을 퍼뜨리고 있는 단떼스와의 결투에서 복
부에 치명상을 입고 이틀 후에 숨을 거둠. 뿌쉬낀의 죽음에 대해 평론가인 오도예프스
키는 조사에서 '러시아의 시의 태양이 졌다' 라고 말할 만큼 그의 죽음은 국민적인 비
극이었다고 함.

# 아무렇지도 않은 날
— 이 동 휘 목사님을 생각하며

신선한 꼴 먹이려
푸른 초장草場 찾아
깡통지붕 아래 머물기 이십삼 년

흐르다 멈춘 세월이
삼월 스무 이렛날을 가리키던 때는
아무렇지도 않게
새벽 제단祭壇 쌓고
하늘 빛 맑은 영혼들이
"사랑합니다, 목사님
사랑합니다, 우리 목사님"을 부르며
큰 사랑에 젖어 눈물 머금던 2006년

보내고 돕기 위해
'불편하게 살자' 고
낮은 음성으로 외치며
팔십여 개국에
삼백 이십여 명의 사자使者들을 보내
빵과 복음을 전할 때
예산 없는 재정財政을
오로지 무릎으로 이끌어 왔으니
그 무릎 크셔라

그 합장合掌 크셔라


육십억 사람 중에서
'우리'로 만나게 해주신


주님의 선택 놀랍고
같은 파장대波長帶 안에서 공감하는
영靈의 감각으로
감성적 자유를 누리게 해주신
그 사랑 고마워라


이승의 끝자락에서
구겨진 옷을 벗고
본향本鄕에서 다시 만나
은총의 삶을 누릴 때는
해처럼
해처럼 밝게
주 찬양하리 우리 주님 찬양하리.

# 아직은 때가 아니잖아요

주여
고 운이를 불쌍히 여겨주옵소서
아직은 떠날 때가 아니잖아요

지금은
다섯 살배기 시 몬이와
초등학교 1학년인 시 온이가
아파트나 책이 있는 마트에서
엄마의 손길을 꼭 필요로 하는 때잖아요

만일 저가 부르심을 받는다면
우리 시 온이
시간 보는 법을 제대로 배우지 않았으니
엄마 여읜 슬픔을
언제쯤 설어워 해야 하는지를 모르잖아요

이제 겨우 서른셋
당신을 좇아가고자 하면
서른셋 잔치로
숫값도 당신과 일치시켜야 하나요*

주님 세상 계실 때

큰 사업을 삼년 동안 펼치셨습니다
하늘의 질서를 따르려는 딸에게도
당신 나라 확장에 이바지할 수 있는
시간을 주셔야 하잖아요

주여
아직은 부르실 때가 아니옵니다
고 운이는
그 나라로 가는 오솔길의 길체도
지금껏 닦지 않았기 때문입니다

늦게나마
한 발자국 한 발자국
당신을 향해 다가가는
젊은 어미의 조심스런 발걸음을
어여삐 여겨주소서, 넨다해주옵소서 주여.


* 예수님은 서른셋에 십자가에 달려 돌아가셨다가 삼 일만에 부활하셨음.

# 안디옥의 노래
— 노랫말

'불편하게 삽시다'로 세계를 안고
두 날개* 활짝 펴
힘차게 솟아올라
지혜의 눈 크게 떠
바다 너머 땅 끝까지
새로운 날 열어 새 천지 펼치는
구원의 방주 안디옥 전주 안디옥

순종하는 삶으로 주님과 함께
같은 마음
같은 말씀
같은 행동으로
삼만 리더 세우고
삼천 선교사 보내
죽음의 골짝 헤매는 영혼들 위해
생명 줄 던지는 안디옥의 아들딸들.


*대그룹 예배와 소그룹 공동체.

# 양육하게요
— 안디옥교회 〈제1기양육반 간증문〉


일찍이
택하신 은혜로 부르심을 받고
그리스도를 누리며 살다가


죄와 회개가 되풀이 되는
변덕스런 일상의
두려움 속에서
사백구십 번[1]이라는 말씀에
위로를 받기도 했으나


회개의 의미가 불러오는
틈새 나락奈落[2]에
소름 끼치는 날들
손사래 쳐 보내곤 했다


값없이 주시는 선물[3] 안고
중심을 보시는 분[4] 찾아
안개 속 헤쳐 나오니


한 알 한 알
오롯이 거둬들이라고
도란도란
추수의 계절 다가오는 소리 들린다

오십오만 고려인[5]과
일억 슬라브인에게
그리스도를 아는 지식으로
짙은 향기 뿌려
방황하는 영혼들 낚고[6]

불모지의 두 종족 위해
썩어져[7]
새순으로 돋아
백배의 열매 거둘[8]
밀알 찾아

가꾸게 하소서
양육하게 하소서 주여
진정 두 밀알을.


1) 마 18 : 22 일흔 번씩 일곱 번 곧 '무한대' 를 뜻함.
2) 틈새 나락 : 죄를 짓고 회개하지 않은 상태에서 죽음을 맞았을 때 가는 지옥(←저자)
3) 엡 2 : 8~10 은혜로, 믿고, 구원에 이름.
4) 삼상 16 : 7 중심을 보시는 하나님.
5) 오십오만 고려인 : 러시아에 살고 있는 교민들.
6) 마 4 : 19 예수님의 말씀 : 내가 너희로 사람 낚는 어부가 되게 하리라.
7) 요 12 : 24 한 알의 밀이 땅에 떨어져 죽어야 많은 열매를 맺음.
8) 막 4 : 8 건땅에 떨어진 씨가 많은 결실을 맺음.

# 영광관현악단
— 〈전주안디옥교회〉


이어
이어
봉오리 터뜨리는 소리에
찬양의 전당 문이 열린다

사십여 년 갈고 닦아온
높고 화려한 목소리로
트럼펫trumpet 박 남 수 공이
유 문 식 형제와 함께
사륜마차를 몰고 와
곤고한 길에 선 나그네들에게
천국의 환한 질서를 가리키면

굵고 둥근 목소리와
늠름한 자세로 화음을 엮으면서
트롬본trombone 김 무 현 형제가 뒤를 따르고

가을 햇살처럼 청랑한 자태와
경쾌한 발걸음의 플루트flute
김 석 구 · 김 영 임 · 김 정 애 · 박 은 경 · 박 지 연 · 안 세 옥 ·
정 금 주 남매들이

우아하고 센서블한 바이올린violin
이 두 리·고 명 순·김 윤 진·박 수 인·박 혜 영·신 하 영·
신 해 원
유 하 람·육 연 선·이 정 성·이 혜 린·임 수 규·최 선 민·
최 세 은 들과

넓고 풍성한 공간을 장식하는
첼리스트cellist 장 승 철·이 희 경·최 봉 률

최저음역을 여유 있게 지키는
더블베이스doulebass 이 영 화와 더불어 감싸고

김 현 경과 정 수 영이 피아노와 키보드keyboard로
소리의 영역을 확장하며

맑고 깊이 있는 자태로
클라리넷clarlinet 김 미 정  남 인 수 남매가 다가와
유연하게
톱니바퀴처럼 맞물리어
청초하고 고아한 앙상블로
대비 효과를 높이는데

부드러운 음색과 풍부한 성량으로
전후·좌우로 몸을 흔들어
원근법의 멋을 유감없이 발휘하면서
보물 상자 묻힌 밭[1]을 가리키는
테너 색소폰tenor saxophone 권 의 세·김 상 와·박 형 배·서
승 원·이 주 영 남매와
알토 색소폰alto saxophone 김 동 훈·김 순 민·김 준 식·왕 성
원·유 상 은 형제가
빙긋이 서로를 바라보며 어깨를 겯는다


해토머리에
보드레한 바람으로 리듬을 새기며
얼었던 강물 깨뜨리고
대지의 윤기 일으켜
하늘의 메시지를 북말[2]로 노총지르는[3]
드러머drummer 박 영 규 공이


하나하나의
다름과 차이를 존중하면서
저마다의 빛깔과 모습으로
벡터[4]들의 영적 생기가
하늘에 닿도록 통로를 열어

천국의 계단으로 인도하는
지휘자 양 병 희의 손끝을 가리키고 있다

주여
『영광관현악단』의 아리따운 자매들
엄마 냄새 찾는 아이처럼
주님의 체취 찾아
그 향기 오롯이
관管에 담고 현絃에 싣게 하시고

소리의 지성
『영광관현악단』의 형제들
저만의 소리 지닌 나무로 굳게 서서
산을 이루고 산맥으로 뻗게 하시어

굽이굽이
수많은 강들 찾아 들어
충만하나 넘치지 않는 바다가
해초와 어패류를 키워
풍성히 나누어 주는 것처럼

영광관현악을 통해

하늘의

가득 가득한 은혜

들을 귀를 키운 자들에게

넘치도록 채워줌으로써


은총을 입은 자들이

자신의 실재 이유實在理由를 깨달아

항상 주님을 기리며

어디서나

당신만을 찬송하게 하옵소서 주여.


1) 보물 상자 묻힌 밭←마태복음 13 : 44
하늘 나라는 밭에 숨겨진 보물과 같다. 사람이 그것을 발견하면 다시 감추어 두고 기
뻐하며 돌아가 가진 것을 다 팔아 그 밭을 사느니라.
2) 북말 : 북언어
일상 언어가 지니고 있는 고유 리듬이나 억양을 직접 모방하여 악기음으로 바꿔 놓은
것. 듣는 사람은 악기음에서 원래 말을 읽어낸다. 북말은 멀리까지 메시지를 전달할
수 있고, 보통 쓰는 말보다 비밀 의식의 성격을 띠는 특징이 있다.
3) 노총지르다 : 노총을 남에게 알리다.
　노총 : 일정한 기일 동안 남에게 알리지 말아야 될 일.
4) vector : 심리학에서 '개체 내부의 긴장으로 생긴 추진력' 을 이르는 말.

# 예, 뜨끈뜨끈한 방이 있어요
— 연극 〈빈 방 있습니까〉에 답하여

마리아님
섣달그믐께는 뜨끈뜨끈한 구들방을 준비할게요
솔가지로 군불을 때서 아랫목에는 이불도 깔아 놓고요

요셉님
여기저기 사관舍館을 기웃거리며
문을 두드릴 필요는 없어요
마리아님과 함께 곧장 이리로 오셔요
마구간이냐고요, 당치도 않아요

마리아님, 아무 때나 오셔요
입실 시간 두 시는 지키지 않아도 돼요
임마누엘 아기님을 위해
목욕물에 수건과 포대기도 준비했어요

요셉님, 방값도 염려할 것 없어요
하늘로부터 온 메시지의 의미가
얼마나 큰 지
그 폭과 깊이를 가르쳐주시기만 하면 되니까요.


* 〈빈 방 있습니까〉 : 해마다 크리스마스 때면 볼 수 있는 극단劇團 『증언』의 성극聖劇.

# 예지를 주옵소서

당신의 모습 닮아가게
예지를 주옵소서

주신 말씀 명상함으로
거친 영혼 다스리게 하시고
당신을 향한 그리움이
온갖 시름 날려버리는 바람 되어
평화의 나라 찾아가는 길잡이 되게 하소서

당신의 마음 닮아가게
예지를 주옵소서

모진 세상살이에서
체념을 익힌 사람처럼
당신 이외의 것들을
가볍게 포기하게 하시고
늘 당신의 넓은 가슴 속에 살아
악마의 분말*을 거절하는
어리석은 잘못을 저지르지 않게 하시며

생리적 시계 바늘이 멈출 때쯤엔

바라던 천국 안을 수 있는
큰 가슴과 긴 팔을 내려주시옵소서 주여.

* 악마의 분말
〈예수회〉의 수사修士들—가톨릭계 스페인 선교사들로 라틴아메리카에서 선교할 때
인디언들에게서 말라리아 치료법을 배워 유럽에 전함—에 대해 지나친 편견을 가졌
던 영국의 통치자 크롬웰은 평생을 말라리아에 시달리면서도 예수회 수사들의 치료
약 〈기나피〉를 '악마의 분말' 이라고 거절한 채 죽어갔음.

# 오늘을 살게 하소서

아침에는
부끄럽지 않는 얼굴로
찬란한 햇살을 맞게 하시고

낮에는, 오늘을
고민하고
슬퍼하고
분노하면서 살게 하시며

밤에는
돌아보게 하옵소서
몇 발자국이나
그 나라에 가까이 다가갔는가를.

# 피의 강

반백 년을 고대하던
은총의 물꼬가 트이었습니다


작은 물길을 내고
실개천으로 나아가
강을 이루어
바다에 이르게 한 것은
기도원의 작은 옹달샘이었습니다


좁은 시야와
어둠에 에둘린 사고思考로
은총의 미침을
가벼운 정신질환에 한한다고 말한 사상가[1]의
구부러진 영혼이 걸어가는 뒷모습이 보였습니다


피의 숨결은
폭력을 잠재웠습니다


피의 내림은
절도의 흔적을 씻어갔습니다


피의 흐름은

음란한 것들도 모아 쓸어갔습니다


난잡한 것들이 몸부림치며 내몰릴 때
음흉스런 밤은 뒤틀리며 쫓겨갔습니다


뜨거운 피가
오른 쪽 어깨로부터 대각선의 무릎을 거쳐
찌릿찌릿 종아리로 내려갈 때
무릎 관절의 통증은
횡단보도를 뛰어서 달아났습니다
삼 년을 찾아도 보이지 않는
먼 곳으로 쫓겨 갔습니다


피의 강은
돌이킬 수도 없고 돌아서도 안 되는
속계俗界와 성도聖都를 가르는 선이 되어
보혜사[2]를 보내주셨습니다
성도聖都에서 성도聖徒로서의 삶을 누리게.


1) 칼 힐티(1833—1909)
　스위스의 사상가 · 법률가. 저서 : 『잠 못 이루는 밤을 위하여』
2) 보혜사 : 다른 사람을 위해 인도 · 교육 · 변호하는 사람이나 성령.

# 하늘에 사는 사람
— 이 동 휘 목사님을 생각하며


그는
하늘의 뜻이 보이는 곳까지
무릎으로 오르는 양치기다

그의 입에서는
잘 익은 홍시처럼 단내가 난다
들바람 머금은 영격靈格에서 우러나오는

그의 재정財政에는 예산이 없다
선한 사업을 추진한 뒤의
맑은 결산이 있을 뿐

그는 마당발이다
세월에 불편을 덧칠하면서
팔십여 개 국가를 넘나들며
생명줄을 던지는

그는 거목이다
말씀과 찬양과 합창으로 이어지는
수레바퀴의 삶으로
큰 그늘 빚어
곤고한 나그네들 안아 들이는.

# 하늘채

하늘채를 샀습니다

사람은
세상과 더불어
땅을 밟고 살아야 한다면서
단독주택을 고집하다가
뒤늦게 하늘채를 분양 받았습니다

하나 둘
겨울을 맞으러 떠나는 은행잎과
빨개지는 얼굴로
주황색저고리 벗는 감나무를 바라보면서
다가올 추위 속에서
어둠을 즐길 일로 가슴 설레던 날들
멀리 보내고
이제는 하늘채를 장만했습니다

안채도
사랑채도 아니고
오 층보다
한 층이나 더 하늘에 가까운

그래서 어렴풋이나마
천국의 질서가 보이는
하늘채를 마련했습니다

오 주여
하늘채에서는
그 무엇과도 바꿀 수 없는
단 하나
당신의 선한 뜻을
소원의 깃발로 세우게 하시고

하늘채에서는
지금까지의 노櫓를 바꾸어
하루하루
봉사를 통해
한국어로 당신을 전하며
천성을 향해 나아가는
순례자의 걸음이 이어지게 하시고

하늘채에서는
명쾌한 당신의 룰rule로
참 평안을 누리며

말씀의 양식만을 먹고 마시는
소박한 기품氣稟으로
하늘나라 확장에
값진 정성 보탤 수 있도록
힘을 주시옵소서, 은총을 내려주소서 주여.

# 울림이 있는 삶의 기록

문 효 치
(시인 · (전)국제PEN클럽한국본부이사장)

서구 문학과 문화의 역사적 흐름을 살펴보면 서로 다른 두 가지 면을 가지고 있다. 하나는 헬레니즘이고 다른 하나는 헤브라이즘이다. 이 두 가지 흐름은 시대에 따라 어느 한 쪽이 우세하기도 하고 약해지면서 고대에서 오늘에 이르기까지 문학과 문화의 주요 흐름으로 전개되었다. 인간 중심의 헬레니즘 즉 휴머니즘 정신이 기본 틀이 되었을 때, 헤브라이즘은 약화되었고, 대신 감성적 정신 활동이 활발한 문예부흥과 낭만주의 틀이 세워졌다. 그리고 신神 중심의 정신, 곧 절제와 균제를 앞세운 이성 중심의 헤브라이즘은 중세 문학의 기본 틀이 되면서 고전주의 바탕이 되었다.

이렇게 서구 문학이 지상 생활을 대표하는 헬레니즘과 초지상적 생활을 대표하는 헤브라이즘에서 형성, 전개된 것과 같이 우리 문학도 인간 중심과 종교 중심이라는 서로 다른 성격의 요소들이 충돌하고, 때로는 견제하면서 오늘의 한국 문학을 형성하게 된 것이다.

그런데 이런 상반된 휴머니즘 정신과 헤브라이즘 즉 기독교 정신이 혼합된 이 종 희 시인의 시집 『새해를 맞으러 뿌쉬낀으로 간다』가 눈길을 끈다. 그러면서 이 시집에 실린 작품들은 독자 나름대로 해석할 수 있는, 비교적 접근하기 쉬운 시적 구조를 제공하고 있다.

주변의 삶을 바라보는 넉넉함과 과거를 통해서 내일이라는 희망과 융합하려는 시의 의식이 반짝거리고 또한 시인과 자연과의 사이에서 발생되는 무형의 흐름과 정신이 편 편마다 흐르고 있음을 알 수 있다.

시의 규범은 따로 있지 않으나 그 작품의 성패는 독자에 의해 판가름이 된다. 그러므로 시인은 늘 긴장하면서 새로운 시의 표현 수법을 탐구해야 한다.

이런 맥락에 비춰볼 때 삶의 흐름을 거스르지 않고 정서적 감성과 이성을 조화롭게 조율하며 삶의 여백을 채워나가는, 그리하여 시작과 마지막의 울림이 있는 이 종 희 시인의 삶의 기록, 『새해를 맞으러 뿌쉬낀으로 간다』의 상재는 진실로 의미 있는 작업의 결과라 할 것이다. 그 진솔한 삶의 이력과 기록들을 따라가 보자.


살 만한 세상을 원한다면
더불어 식사를 할 일이다

식탁에는
가슴을 열고 나오는
수평을 꿈꾸는 강이 있어

그것이
너와 나를 빗질해 우리로 둘러
흐르면서

깨달음의 바다에 이르게 하기 때문이다.

—「살 만한 세상」 전문

멋진 인생은 자기의 방식과 계획대로 잘 살아가는 삶일 것이다. 가슴이 뜨거워지는 일에는 뜨거운 표현을 할 줄 알고, 아름다운 것에는 아름다운 찬사를 보내고, 진실한 삶에는 진실로 박수를 보낼 줄 아는, 표현하는 사람이 아름답지 않은가!

살만한 세상을 원한다면/더불어 식사를 할 일이다.

인간은 존재요 인생은 표현이다. 표현은 곧 삶이기 때문에 시인은 노래처럼 '너와 나를 빗질해' 라고 말하는데 여기서 '너' 는 누구든 상관이 없다. 더불어 살고 싶은, 즉 아름다운 세상을 이루고, 가꾸고 싶은 사람들과 마주하고 있는 식탁에서 스스로 '수평을 꿈꾸는 강' 이 되어 한 세상을 굽이쳐 흐르며, 흐르다가 드디어는 '깨달음의 바다에 이르고' 싶어 하는 시인의 진솔한 갈망이 잔잔히 배어드는 대목이다. 또한 시인 자신의 조용하고 한적한 인생행로를 엿볼 수 있는 부분이기도 하다.

결코 난해한 시어를 쓰지 않고 담담하고 안정된 표현 수법으로 독자로 하여금 시상의 묘미와 공감을 느끼게 해주는 이 종 희 시인의 작품들은 정신의 양식을 구하는 명상적인 자아를 표현하고 있어 감동적이다.

그 예시를 살펴보자.

새벽을 여는
아낙의 물동이와

물지게의 흔들림 따라 근육은 솟아나고


동이 속의
파릇파릇한 얄랑거림과
저만큼
꼬리치는 누렁이의 졸랑댐이
시간의 파도를 타고 노닐 뿐


변혁도 양극화도 모르는 생존 조건이
지아비와 지어미의 포실한 웃음 우려내는
맑은 영혼들이 머무는 곳


나, 거기서 살고 싶다.

—「거기서 살고 싶다」 전문

사리사욕의 담장이 끊임없이 쌓여가고 나와 이웃의 경계가 끝없이 높아지는 요즘의 세태에, 시인이 살고 싶은 세상은 참으로 소박하다. 사람과 사람사이의 배신이나 질투, 또는 배반에 대한 분노나 적의가 없는, 인간과 자연이 동화되어 소박하고 선량하며 청빈한 삶을 꿈꾸고 있는 것이다. 이렇듯 욕심과 허세가 없는 그지없이 순박한 시인의 내면이 잘 표현되어 있는 시어들을 감상해 보자.

지아비와 지어미의 포실한 웃음 우려내는
맑은 영혼들이 머무는 곳/나, 거기서 살고 싶다.

에서 보듯 시인은 과거의 시간보다 현재와 미래의 삶에 중심을 두고, 사람과 사람이 아끼고 존중하며 살고 싶어 하는, 참으로 따사로운 감성이 짙게 배어 있는 휴머니즘 냄새를 물씬 풍겨준다.

성인聖人으로 살 수 있는 지름길은 과욕으로부터 멀어지는 것이라 했다. 인간이 학처럼 고고하게 오래 살 수는 없겠지만 허욕과 허세를 멀리하고 자성自省하는 마음가짐으로 산다면 성인의 삶과 무엇이 다르겠는가.


땀에 젖어
별빛 바라보던 세월
가볍게 팽개치고
틈새 벌려 놓고 날아가는 새들은
토라진 겨울바람인가


끈끈한 체취만으로 유족했던 것을
등골에 얼음 꽃 새기고
순연한 눈빛
마구 흩뜨려 놓는 심사는
어느 어두운 그림자의 날갯짓인가


폭포 같은 울음 위에 떠서
섬이 된 날에
다
인연因緣이라 하니 잔일殘日이 서럽다.


—「인연」 전문

시인은 논리적 철학자가 아닌 순수한 언어 예술가라는 것을 이 종
희 시인이 〈인연〉의 짧은 시를 통해 조용히 보여주고 있다.

틈새 벌려 놓고 날아가는 새들은/ 토라진 겨울바람인가
폭포 같은 울음 위에 떠서/ 섬이 된 날에.

처럼 이렇다 할 기교를 부리지 않으면서도 상징적으로 잘 다듬어진
시어의 표현이 은은하게 번뜩인다. 인간은 자기에게 부여된 무한 능
력을 남김없이 발휘하고, 하던 일을 말끔하게 끝내고 죽는 사람은 거
의 없다. 하던 일은 아쉬움을 남긴 채 끝나고, 인연 따라 만났던 정도
아픔을 지닌 채 끊겨진다.

인연人緣이라 하니 잔일殘日이 서럽다.

라는 대목에서 보듯 만나고 헤어짐으로 이어지는 인연은 슬픔의 원
류임을 알 수 있다. 이 종 희 시인에게도 인연은 '등골에 얼음 꽃 새
기' 는 것만큼이나 견디기 힘든 삶의 한 부분으로 남아 긴긴 아쉬움과
슬픔으로 넘쳐나고 있다는 것을 독자는 알게 된다. 이렇듯 회고적인
시들은 지난 과거의 빛나는 슬픔이다. 그러면 이 종 희 시인이 인식하
는 회고적 슬픔과 아픔을 시인은 어떻게 풀어 가는지 다음의 시들을
감상해 보자.

—중 략—

찢기는 과정에

길들여지지 않아
울음살이로 엮어가야 하는 때는
내 귀한 것 다 주고도
더 못 주어
안타까워하던 순간들이
터엉 텅
공空으로 메꾸고 허虛로 채운다
온 몸을.

—「슬픈 날」부분

가을이다
앓아야 할 때다

하늘하늘 다가온
여린 사랑이
놀라지 않도록

안으로
안으로 아파야 할.

—「앓아야 할 때」전문

시와 시인의 관계는 언어적인 관계요 그 언어가 시인에게 몰려오는
상념의 영역은 시인의 감성에 의존한다. 계절 따라 정해진 순환의 이
치에 따라 우리는 끝없이 이어지는 시간 속에서 그리고 제한된 공간

에서 무수한 시작과 마지막을 살고 있다.

　이 종 희 시인의 시들은 소박한 일상과 자연에서 소재를 택하여 애련하고 섬세한 한국적 정한으로 요란하지 않은 시작과 마무리를 보여주고 있다.

　'울음살이로 엮어가야 하는 때' —「슬픈 날」과 '하늘하늘 다가온/여린 사랑이/놀라지 않도록' —「앓아야 할 때」에서 슬프다거나 아프다고 말하지 않았지만 아픔과 슬픔의 감정이 잘 삭아서 빛과 향으로 전해진다. 시인은 이렇듯 잘 발효된 시들을 풀어냄으로써 누구나 친근해질 수 있는 서정시의 새로운 경지를 펼쳐내고 있다. 그만큼 시인의 정신세계가 순수와 진실함으로 가득하기 때문이다.


　　—중 략—


　　상한 자리 핥아주던
　　서럽지 않은 지난날을
　　하얗게 목이 쉬도록 불러도


　　뒤틀려
　　부풀어 오른 심장을 안기엔
　　작구나
　　가슴이 작구나 누이야


　　저문 세월 가라앉고
　　남은 길 다하면
　　설움의 강
　　건너가게 마련

누이야
그때야
다시 만나
허우룩했던 옛일을 펼쳐보자꾸나.

—「제망매가祭亡妹歌〉 부분

이 시를 읽다 보니 '치맛살 곁에 앉아/누님의 슬픔을 나누지 못하는' 박 제 삼 시인의 시가 생각난다. '섬가에 부딪치는 물결처럼 누님의 치맛살에 얼굴을 묻고/가늘고 먼 울음을 울음을/울음 울리라' ― 박 제 삼의 「밤 바다에서」

우리의 기억 속에 있는 그리움은 언제나 시의 원류요 모태가 된다. 그 기억의 장치를 통해 한 사람의 인생을 들여다보는 것도 언어가 담당하는 큰 역할이다. 이 세상에 태어나 한평생을 살아가는 과정에서 누구에게나 파란곡절의 사연은 있을 수 있다. 그 사연들의 과정을 지나면서 인간은 죽음이란 마지막 문에 이른다. 그 자리는 모든 것이 끝나는 자리며 자기를 표출할 수 있는 마지막 기회이기도 하다. 때문에 인간은 이 마지막 순간에 이르러서는 거짓말도 하지 않고 꾸미지도 않으며 모든 것을 털어놓고 이해를 구하고 용서를 빌면서 죽음이라는 영원한 문으로 들어갈 채비를 한다. 누구나 한 번은 돌아가야 할 그때를 미리 예견하며 이미 떠난 누이를 그리워하는 시인의 깊은 심상으로 따라 들어가 보자.

상한 자리 핥아주던/서럽지 않은 지난날을/하얗게 목이 쉬도록 불러도에서 보듯 과거의 기억 속에 놓여 있는 관념적 존재는 그리움이다. 옹이로 박혀 있는 그리움을 시로서 풀어내는 일은 분명 시인으로서 은혜로운 일이다. 그 깊고 고독한 삶의 비늘들이 반짝이는 별이 되기까지 시인의 고독과 고뇌 또한 깊고 무거웠으리라. 죽은 누이에게서 발원된 이 그리움의 정서가 시인의 내재된 아픔을 통하여 이렇듯 시라는 매체로 새롭게 탄생되어 독자의 가슴에 녹아내리고 있다.

누이야/다시 만나/허우룩했던 옛일을 펼쳐보자꾸나.

와 같이 삶과 죽음 사이에 놓여있는 관념은 그리움뿐만이 아니고 약속이다. 그 약속이 조용하고 힘이 있음을 다음의 시들을 통해서도 알 수 있다.

살아온 날
쌓이는 것처럼
속울음 쌓이고

―중 략―

고달픈 인간사
안으로만 삭여야 하는
장승으로밖에 서 있을 수 없음에
살아야 할 까닭
희미해져
함께살이 버거울 때

우리
저대로 다가왔다가
흩어져야 할 소리이거든
이제 우리를 떠나자.

—「떠날 때」 부분

내 언젠가
육신의 깨어짐으로
아득한 추락의 공포 끝에

보이는 것들
아쉬운 마음으로
보이지 않아 그리운 것들
서러운 마음으로
삶의 재고정리를 마치고

—중 략—

그리고는 서서히
살아온 날들의 풍경을 돌아보며
장지를 향해 발걸음을 옮겨야겠다
저만큼에서
방을 빌려 쓸 사람들이 오고 있으니.

—「사진을 찍어야겠다」 부분

2000년대, 소위 신세대 시인·작가들이 별다른 회의 없이 수용해 버린 자의식 과잉의 내면 풍경을 이 종 희 시인은 추상적으로 점묘하지 않는다. 그래서인지 이 종 희 시인의 작품들은 세계나 사물과의 어설픈 접신을 시도하지 않으며, 잔잔하고 절제된 시어를 통해 감성적 표현을 끌어올려 놓고 있음을 보여준다.

보이지 않아 그리운 것들/서러운 마음으로/삶의 재고정리를 마치고

와 같이 시인은 살아온 삶의 성찰을 통해 조용한 감성을 드러내고 있다.

저만큼에서/방을 빌려 쓸 사람들이 오고 있으니.

에서는 그가 지닌 삶의 나침반이 거의 목적지에 당도했음을 암시하고 있다. 삶과 생명에 잠재된 무거운 의미를 어둡거나 무겁게 표현하지 않고 쉬운 말로 풀어내서인지 번뇌에서 따라오는 시끄러움과 혼란스러움이 없다. 대신 말없이 자신을 응시하고, 왔다가 되돌아가는 순환의 법칙에 순응하며 그 법칙대로 돌아가려는 의지와 힘 있는 다짐이 행간마다 서늘하게 배어있음을 찾아낼 수 있다.

안으로만 삭여야 하고, 함께살이 버거울 때의 「떠날 때」와 「사진을 찍어야겠다」에서의 표현처럼 그는 현재의 시점을 점검하며 침묵과 불가시적인 영역의 갈림길에서 떠돌거나 방황하지 않고 진정한 삶의 길을 찾아가기 위해 담담하게 주변을 정리하는 것처럼 보인다. 그리고 참된 신앙인으로서 자신을 한없이 낮추고 되돌아보는 그리스도인의 심층적 자세를 잘 보여주고 있다. 마지막으로 기도시를 살펴보자.

내가 무릎 꿇어
두 손 모으는 것은
시시로 후무린 죄
고스란히
씻어주실 이는 당신밖에 없음이오며


─중 략─


또 내가 머리 조아리는 것은
각을 세운 말로 할퀸 허물
닦아
생명의 말씀에 이르게 하실 이는 오직 당신이 있음이옵니다


내가 사람 사이에서
한결같고자 하는 것은
일관성이 곧
당신을 향한 하나밖에 없는 통로인 까닭이오며


또 내가 어설픈 기도를 멈추지 않는 것은
응답 받지 못한 말의 잔해들
그러모아
정제된 기도의 호흡을 터뜨리기 위함이옵니다


─중 략─


─「사랑을 계수計數하면서」 부분

인생의 긴 여정에서 나는 누구며 어디까지 와 있는가를 우리는 종종 생각할 때가 있다. 그리고 남은 인생이 가을의 튼실한 열매처럼 알곡으로 살 수 있게 되기를 하늘을 우러러 간절히 기도 드려본 적이 있을 것이다.

그러나 이 종 희 시인의 기도는 무엇을 갈구하거나 이루어 달라고 간청하지 않는다. 삶의 갈피에서 새어 나오는 '생명의 말씀에 이르고 싶다는 간절한 고백과 각을 세운 말로 할퀸 허물을 뉘우치는 참회의 눈물이 출렁이며 기독교 정신의 이념인 사랑이 바탕에 깔려 있음을 알 수 있다.' 그래서인지 절제와 균제를 앞세운 이성 중심의 헤브라이즘 정신이 담긴 고귀한 사랑의 의미가 가슴으로 전달되어지고, 시인이 따뜻한 휴머니즘의 가슴을 동시에 지닌 참 그리스도인이라는 느낌이 강하게 전해온다.

고귀한 사랑은 어떤 흠집도, 모자람도, 서운함도 모두 감싸는 신비가 있다. 무릎 꿇어 두 손 모으고, 머리 조아려 정제된 기도의 호흡을 터뜨리며 자신의 삶을 조용히 돌아보는 이 종 희 시인의 반듯하고 깊은 영성이 어둡고 어지러운 세상의 한 구석을 밝게 비출 것이라 확신하면서, 시인의 진지한 성찰과 성숙된 내면세계가 문학적으로 승화된 시집 『새해를 맞으러 뿌쉬낀으로 간다』의 상재를 거듭 축하하며 이 종 희 시인이 오래도록 건승하시어 제2, 제3 시집이 연이여 출간되기를 진심으로 기원 드린다.

# 서정과 신앙의 충일한 결속
— 이 종 희의 시세계

유 성 호
(문학평론가, 한양대 교수)


1.


이 종 희 신작시집 『새해를 맞으러 뿌쉬낀으로 간다』(모아드림, 2013)는, 서정과 신앙이 충일하고도 오롯하게 결속해 있는 의욕적이고 이채로운 결실이다. 이 종 희 시인은 독실한 크리스천이고 러시아에서 선교 활동을 해온 분이다. 따라서 그의 시편에는 "감성과 이성을 조화롭게 조율하며 삶의 여백을 채워나가는"(문 효 치) 견고한 안목이 깃들여 있고, 궁극적으로는 "신앙의 눈과 정신으로"(이 동 희) 시를 써가는 지속적인 열정이 깊이 담겨 있다. 그의 시를 일러 "동방 특유의 비유와 가슴 깊이 파고드는 선율, 신뢰를 주는 억양이며 깊은 신앙을 가진 이의 예지"(쎄멘치크)의 산물이라고 상찬하는 것도 이러한 그만의 독자적 안목과 열정 때문에 가능했을 것이다. 시인 스스로 언급한 대로 "삶의 조각들이 남긴 무늬를/어눌한 음성"(「서시 — 삶의 조각들을」)에 담은 결실로서의 이번 시집은, 그 점에서 속 깊고 오랜 시인의 경험과 생각과 언어가 곡진하게 담겨 있는 투명한 삶의 축도縮圖라고 할 수 있을 것이다.

이번 시집에서 가장 먼저 눈에 띄는 음역音域은, 이 종 희 시인 특유의 '서정'의 깊이에서 찾아진다. 시인은 사물들끼리의 상호 연관적 질서를 매우 중시하면서 사물과 내면 사이에서 출렁이는 서정의 움직임을 아름답게 노래한다. 그래서 그의 시편들은 단아하고 따뜻하고 역동적인 서정을 통해, 일상에 편재해 있는 불모성을 치유하고 새로운 희망의 가능성을 꿈꾸는 모습을 보여준다. 자신의 몸 속에서 일어나는 예사롭지 않은 상상적 움직임을 통해 시인은 우리 몸 안팎에서 잊혀진, 하지만 여전히 우리 몸 안팎에 가득한 선연한 기억들을 줄곧 이끌어낸다.


다람쥐
깡쫑거리는 오솔길

풀떨기에 내려앉은
알밤처럼
그리움 익으면

노오란 잎새 타고
훌쩍 달려가서

동산에
숨겨둔 마음

오순도순 나누고져

가을에 살면서.

—「가을에 살면서」 전문

시인의 감각은 '다람쥐'와 '오솔길'과 '풀떨기'와 '알밤'에서 환기되는 아득한 그리움에 가 닿는다. 그 '그리움'의 원천은, 물을 것도 없이, 먼 옛날 동산에 숨겨둔 '마음'에 있을 것이다. 그 '그리움'을 가을에 나누고자 하는 넉넉한 마음이 이 시편을 가득 물들이고 있다. 원래 '가을'은 풍요와 소멸의 속성을 동시에 거느린 계절이다. "하루가 다르게 커가는"(「감나무 — 종호를 생각하며」) 자연 사물들이 풍요롭게 결실을 하는 때이기도 하지만 "사념思念의 징검다리 지나/망각의 강 건너서 가는/영원한 본향으로의 들뜬 회귀回歸"(「노란 잎새 — 은행이파리」)를 예비해야 하는 실존적 시간이기도 하다. 바로 그 계절에 시인은 지나온 시간에 대한 간절한 그리움을 노래하고 있다. 어쩌면 '그리움'이야말로 가장 풍요로운 정신 작용이자, 불가피하게 존재의 소멸을 승인할 수밖에 없는 정서가 아닐 것인가.

새벽을 여는
아낙의 물동이와
물지게의 흔들림 따라 근육은 솟아나고

동이 속의
파릇파릇한 얄랑거림과
저만큼
꼬리치는 누렁이의 졸랑댐이

시간의 파도를 타고 노닐 뿐

변혁도 양극화도 모르는 생존 조건이
지아비와 지어미의 포실한 웃음 우려내는
맑은 영혼들이 머무는 곳


나, 거기서 살고 싶다.

—「거기서 살고 싶다」 전문


시인은 자신이 꿈꾸는 가장 아름다운 이상적 삶을 그리고 있다. 새벽을 여는 아낙의 물동이나 물지게의 흔들림을 따라, 그 속에서 피어날 삶의 역동성을 따라, 그리고 그 시간의 파도를 따라, '변혁'이나 '양극화' 같은 격변의 불균형을 잊어버린 채 "지아비와 지어미의 포실한 웃음"이 만발한 곳을 적극 꿈꾼다. 말하자면 시인은 그렇게 "맑은 영혼들이 머무는 곳"에서 살고 싶은 것이다. 이러한 소망은 "새 하늘과 새로운 땅 열기 위해/지성으로 키운 사랑 모아/떠나간 자리/어김없이 지키는 정직한 파수꾼들"(「떨켜」)에 대한 한없는 기대와, 자기 스스로 "내가 기다리는 가방은/어디쯤 오고 있는가"(「가방을 기다리며」) 하는 기다림을 한데 겹쳐 놓은 것이다. 그러한 삶이 실현된 공간이 바로 시인에게는 "가슴을 열고 나오는/수평을 꿈꾸는"(「살 만한 세상」) 원초적 고향일 것이다.

이처럼 이 종 희 시인은 '그리움' 혹은 '꿈'의 형식을 통해, 이 땅의 완고한 세속적 질서를 넘어, 지나온 시간의 아득한 격절을 넘어, "세월 저편/귀가 시간 무렵의/손짓하는"(「내 쉴 곳은」) 움직임들을 미학적으로 상상하고 채집하고 형상화한다. 전형적인 서정시인의 모습이 여기서 섬세하게 만져진다.

2.

우리가 시를 쓰고 읽는 것은, 우주적 원리나 역사적 흐름에 커다랗게 참여하는 일일 뿐만 아니라, 자신의 경험과 기억에 새로운 탄력과 윤기를 부여하는 작업으로서의 의미를 띤다. 물론 이러한 신생의 감각은, 일정한 지속성을 가지고 삶을 치밀하게 규율한다기보다는, 우리의 삶이 가지는 관성에 일종의 인지적, 정서적 충격을 가함으로써 반성적 시선을 마련해준다는 데 그 핵심적 의의가 있을 것이다. 그러한 반성적 시선을 통해 우리는 새로운 삶의 감각과 기율을 얻어가고 그것을 상상적으로 실천하게 된다. 이 종 희 시인은 우리가 무심히 지나칠 수 있는 사물들의 표면을 뚫고 들어가 거기에 깊이 묻혀 있는 삶의 진실을 찾아내는 역할을 자임함으로써, 시가 가지는 이러한 신생의 감각을 극대화하고 있다.

> 많은 식구들
> 한 이름으로 살아가는 집
>
> 정직한 농부의 손끝 스칠 때마다
> 잎맥 따라 꿈을 키우던 가족들
>
> 성숙한 몸매로
> 그리던 도시 찾아
> 떼지어 떠나고 나면
>
> 텅 빈 가슴
> 긴 한숨에 패인 고랑에

삭은 몸으로 누워

창백하게
식은 땀 흘리는
대지大地의 신음소리를 듣는다.
—「비닐하우스Vinyl house」 전문

여기서 '비닐하우스'란, 많은 식구들이 '한 이름'으로 살아가는 집을 일차적으로 함의한다. 하지만 그 집은 긴 한숨에 패이고 삭은 육신의 모습을 하고 있고, 그러한 모습이 일종의 사회적 타자로서의 형상을 하고 있다. 시인은 이렇게 남루하고 불우한 공간을 향해 "정직한 농부의 손끝 스칠 때마다/잎맥 따라 꿈을 키우던 가족들"이 "성숙한 몸매"로 자라 모두 도시로 떠나고 결국 그곳이 "창백하게/식은 땀 흘리는/대지大地의 신음소리"만 남게 되는 과정을 그리고 있다. 이러한 상황 인식에는 한국 근대사의 전개에 대한 시인 나름의 가치 판단이 숨어 있다. 하지만 이 종 희 시인은 이처럼 사라져가는 질서를 가감 없이 그려 보여주기도 하지만, 낯익은 사물들을 새롭게 바라보면서 그 상처 속에 도사리고 있는 잠재적 힘의 가능성에 대해서도 깊이 주목한다. 바로 이 점이, 아픈 이야기를 많이 담고 있으면서도 시인으로 하여금 긍정적 삶의 자세를 잃지 않게 하는 근원적 힘이라고 할 수 있을 것이다.

안에서는
맵고 짭조름한 김치 담가서
입맛 돋우고

밖에서는
어린 싹들 살펴 가꾸며

한편으론
높고 화려한 음성 자랑하는 트럼펫을 비롯
트럼본·튜바·플루트·클라리넷·오보에·색소폰과
실로폰·키보드·드럼 들을 지휘하는

세 벌 손으로

이제는
집안의 삼권三權을 장악하려 한다
이만하면 나도
안해가 아니냐면서

가쁘게 달려온 세월에 맺힌
서너 개의 잔주름을 앞세우고.

—「아내의 손」 전문

우리 문화에서 볼 때, '안해(아내)'는 집안의 태양이기에 앞서 "안
으로/안으로 아파야"(「앓아야 할 때」)만 했던 존재이다. 그렇게 가족
을 돌보느라 아내의 '손'은 거칠고 상해지기 일쑤였다. 하지만 시인
은 그 아내의 '손'을 새삼 긍정하느라 이 시편을 쓴다. 그 과정에서
어느새 아내는, 안에서는 가족들 입맛 돋우게 하고, 밖에서는 어린 싹
들 가꾸고, 종내에는 여러 악기들을 지휘하는 "세 벌 손"을 가진 존재
로 서서히 몸을 바꾼다. 이제 집안을 따뜻하게 비추는 태양과 같은 존

재인 아내는 "가쁘게 달려온 세월에 맺힌/서너 개의 잔주름을 앞세우고"그렇게 아름답게 시인 앞에 서 있다. 이 종 희 시인에게 가족이란 이처럼 "저대로 흘러왔다가/가버릴 바람"(「떠날 때」) 같은 시간을 함께 살아오면서 "한 여정旅程"(「하늘 길을 간다」)을 감당해내는 실존적 동반자를 상징한다. 시인의 합리적 이성과 따뜻한 서정이 견고하게 결합하는 순간이 아닐 수 없다.

생각해보면, 우리가 합리적 기준으로는 착안할 수 없는 것들에 대해 이야기할 때, 가장 먼저 포착하는 것은 역설적이게도 친숙하기 짝이 없는 일상성의 미세한 결들이다. 그 '일상성'은 시가 추구할 법하지 않은 평범한 속성들을 거느리고 있지만, 이 종 희 시인의 작품들은 이러한 '일상성'에 즉하여 생의 비의秘義에 다다름으로써 시적 구체성과 보편성을 함께 획득하는 과정을 보여준다. 그래서 관성의 무의미한 집적으로만 보이던 '일상성'이, 커다란 현실보다도 더욱 시인의 정서적 정황을 예리하고 투명하게 드러내는 데 기여하게 되는 것이다. 이번 시집은 이러한 시인의 '일상성'에 대한 투시와 형상화가 투명하게 빛을 발하고 있는 성과라 할 것이다.


3.


이 종 희 시인이 성성 들여 노래하고 있는 권역 가운데 가장 중요한 것은, 아무래도 '신앙적 자아'를 내세워 종교적 상상력에 이르는 과정에 있을 것이다. 여기서 '신앙적 자아'란, 성경적으로 말하면 "마음은 원이로되 육신이 약한" 자를 함의한다. 그 숙명적 연약함 때문에 '신앙적 자아'는 자신이 소망하는 바와 전혀 다른 과오를 끊임없이 반복한다. 하지만 '신앙적 자아'는 반성과 오류의 끝없는 반복 속에

서도, 신의 은총을 통해 구원의 목표를 설정한다. 이러한 종교적 역리
逆理를 완성시켜감으로써 '궁극적 관심(ultimate concern)'에 이르는
과정은, 이 종 희 시인이 가장 심혈을 기울여 형상화하는 본질적인 과
제로 등극한다. 그래서 우리는 이 종 희 시편의 가장 수심 깊은 곳이
바로 이러한 '궁극적 관심'에서 유래하고 있고, 시인은 그 안에서 자
기 구원을 이루려는 소망을 강렬하게 보이고 있다고 말할 수 있다. 그
래서 '신앙적 자아'로서의 속성은 그의 이번 시집을 이해하는 데 불
가결한 측면이라 할 것이다.

> 작은 테레사 수녀를
> 높이 우러르는 것은
>
> 외로운 영혼들의 울음
> 잠재우는
> 골 깊은 주름살 속
> 넘쳐흐르는 선한 강물과
>
> 쉬지 않고
> 백향목향 길어 올리는
> 마디 굵은 손과
>
> 스스로 낮아지기를
> 즐겨 사는
> 굽은 허리가
>
> 인간이
> 얼마나 아름다울 수 있는가를

극명히 보여주고 있기 때문이다.

—「이유 3 —머더 테레사」 전문

우리가 항용 '작은 거인'이라 부르는 테레사 수녀의 삶과 이미지가
이 짧은 시편 안에 잘 부조浮彫되어 있다. 테레사 수녀를 우리가 진심
으로 우러르는 것은, 그녀야말로 외로운 영혼들의 울음을 잠재우던
'선한 강물'의 소유자였기 때문이다. 쉬지 않고 백향목향을 길어 올
리던 '손'과 낮은 곳을 향하던 굽은 '허리'는, 그녀의 아름다움과 성
스러움을 보여주는 가장 직접적인 형상이다. 그 점에서 테레사 수녀
는 "하늘과 땅 사이/허공을 이어주는 타는 저녁놀"(「칠갑산七甲山」)이
며, "짓밟힌 풀꽃/민들레의 설움을 슬퍼할 줄 아는 맑은 눈물"(「내 이
야기를 하게 하소서」)을 가진 성자이다. 시인은 이러한 아름다움과 성
스러움을 그녀의 생애 속에서 바라보면서, 그 안에서 "하늘을 우러러
/끊임없이/자세를 가다듬는/그리스도인의 생활양식"(「동사動詞」)을
발견한다. 이러한 발견 과정이 시인 스스로의 삶을 성찰하고 다짐하
는 중요한 매개가 됨은 말할 것도 없을 것이다.


　　강퍅한 돌 틈
　　비집고 내려가
　　석천石泉 감로수 끌어 올려
　　허덕이는 갈증 직셔주고

　　내와 강 이루어
　　카이로스를 타고 흐르면서
　　토해낸 고뇌의 부유물 정화시켜
　　땀에 절은 영혼들 멱 감게 한 뒤

천국 개간의 첫걸음을
미소로 내딛게 하는
웃음부모 되어

새 생명의 바다
시간이 멈춘 그곳에서
노래하게 하소서
찬양하게 하소서 당신의 큰 사랑을.

─「마중물이 되어」 전문

　두루 알다시피 '마중물'이란 펌프에서 물이 잘 안 나올 때 물을 끌어올리기 위하여 위에서 붓는 물을 말한다. 자신을 희생하여 다른 이들을 끌어들이는 형상에 줄곧 비유되는 말이다. 말하자면 '마중물'은 돌 틈을 비집고 내려가 "석천石泉 감로수"를 끌어올리기도 하고, 강을 이루어 흐르면서 지친 영혼들을 정화시켜주기도 하고, 시간이 멈춘 "새 생명의 바다"에서 "당신의 큰 사랑"을 노래하게 하는 원천적 힘이 되기도 하다. 이러한 시상詩想은 모든 것이 "당신으로 귀결된다는 것을 깨달아"(「단순함으로 살게 하소서」)가는 과정에서 생성된 것으로서, 시인에게는 "채워지지 않는 것에 대한/멈출 줄 모르는 갈증"(「당신은 3」)을 해소하는 '마중물'의 역할을 하고 있다. 아마도 이러한 과정을 통해 이 종 희 시인은 오랫동안 "죽음 속에/큰 삶이 있음을 보이신 이"(「부활절 아침에」)의 은총으로 "평화의 나라 찾아가는 길잡이"(「예지를 주옵소서」)가 되지 않을까 한다. 이러한 '신앙적 자아'의 궁극적 사랑과 평화의 메시지가 이번 시집의 중심을 '마중물'이 되어 흐르고 있는 것이다.

4.

천재적 연애시인이자 러시아 민중의 자유를 위한 싸움에 나섰던 시인 푸시킨을 두고 도스토예프스키는 "우리 모두는 푸시킨에서 나왔다."라고 말한 바 있다. 고리키도 "그의 작품 모두는 러시아 역사의 천재적 삽화"라고 말한 바 있듯이, 러시아 문학의 원형은 푸시킨에서 찾아진다. 그가 러시아 국민시인으로 떠받들어지는 까닭은, 모국어의 가능성을 실현시킨 시인이라는 점, 서구적 상상력을 시의 기본 틀로 삼으면서도 가장 보편적인 시형을 창출했다는 점, 제정 러시아에 대한 저항 시편을 남겼다는 점에 있을 것이다. 당시 러시아 귀족 사회는 프랑스어를 중시하고 모국어를 상스러운 언어로 폄하했는데, 이에 대해 푸시킨은 모국어인 러시아 '구어口語'를 적극 시에 끌어들였기 때문이다. 그러나 그 중에서도 현대 러시아인에게 아직도 푸시킨이 강렬한 파문을 보내오는 것은, 바이런과도 닮은 그의 낭만적 행적 때문일 것이다. 그가 제정 러시아의 압력에 굴하지 않고 제카브리스트의 일원으로 활동하면서 황제의 노여움을 샀다든지, 아내를 위해 결투를 하다가 생을 마감한 요소 같은 것 말이다. 특별히 아내 나탈리아의 정부와 결투를 벌이다가 치명상을 입고 요절한 푸시킨의 격정적 행동과 죽음은, 그의 언어와 나란히 러시아 문학의 원류로 흐르고 있는 것이다.

이번 시집 표제작 「새해를 맞으러 뿌쉬낀으로 간다」에서 이 종 희 시인은 바로 그 푸시킨의 삶과 시, 그리고 그의 이름을 딴 '뿌쉬낀'이라는 도시에서 맞을 새해의 포부에 대해 노래한다. '사랑'과 '진실'을 가르기 위해 숲속 결투장에서 숨져간 푸시킨의 마지막 생애가 상징적으로 담겨 있는 곳에서 새해를 맞는 것이다. 시인의 마음 속에는, 짧은 생애에도 불구하고 러시아 민중 언어의 보석을 발굴하여 러시아 문학을 일군 푸시킨의 찬란한 광채가 새해의 태양처럼 번져온다. 바로 그때 시인은, 그곳에서 합리성과 과학성과 독창성을 가진 "세계 제일의 문자 한글"을 가르치고 한민족의 전통과 문화를 전하며 복음을 전하는 선교의 열정을 불태운다. 비록 "뿌쉬낀의 추위는/두툼한 외투 속에 숨어 산다"(「러시아의 추위」)지만, 시인의 뜨거운 열정은 식을 줄 모른다. 이렇게 이 종 희 시인의 '서정'과 '신앙'은 뿌쉬낀이라는 곳에서 다시 한 번 천혜의 형식을 입고 있다.

대체로 한 편의 시에는 시인 자신의 절실한 경험과 깨달음은 물론, 시적 대상을 향한 한없는 매혹과 그리움이 압축적으로 담겨 있게 마련이다. 이를 두고 우리가 시에서 '동일성 원리'라고 설명하는 것은 이제 관행이 되어버린 감이 있다. 그리고 독자들은 이러한 시인의 각별한 경험들을 통해 자신의 삶을 반성적으로 반추해보기도 하고, 새로운 세계에 대한 간접 경험을 소중하게 치르기도 한다. 이 종 희 시편들은 이러한 동일성 원리를 '서정'과 '신앙'의 결속을 통해 선명하고도 아름답게 보여준다. 그만큼 그의 시편들은 근본적으로 시인과 독자 사이의 경험적 소통을 전제로 한 특수한 담화 양식이며, 새로운 깨달음과 감각의 갱신을 통해 사물의 의미와 본질을 재발견하게 해준다. 또한 그의 시편들은 시인 스스로 자기 자신을 탐색하고 성찰하는 이른바 '자기 확인'의 속성을 강하게 띠고 있는데, 그는 이번 시집을 통해 자신의 삶을 거듭 확인하고 성찰하며 더욱 열정적인 모습으로 그것을 변형해갈 동력을 얻고 있는 것이다.

지금까지 우리가 읽어온 것처럼, 이 종 희 시인의 가편佳篇들은 서정과 신앙의 충일한 결속을 통해 실존적이고 심미적인 안목과 열정을 보여주었다. 앞으로 이역異域 땅 러시아에서도 많이 읽혀질 그의 시편들이, 더욱 커다란 열정과 에너지로 그 권역을 확장해가기를 거듭 소망해본다.

# 한 신앙인의 내면 풍경

이 동 희
(시인 · 문학박사 (전)전북문협회장)

# 한 신앙인의 내면 풍경
## ― 이 종 희의 시세계

이 동 희
(시인 · 문학박사 (전)전북문협회장)

## 1. 인연의 실타래를 풀며

한국전쟁 무렵을 초등학교 입학 시기 전후로 삼은 이 땅의 토박이들은 공부 시기가 보통 삼사 년 늦는 것은 예삿일이었다. 필자가 그랬다. 개인사적 질곡은 순전히 국가의 역사나 세계사적 톱니바퀴에 맞물려 돌아갈 수밖에 없었기 때문이다.

이러한 필자가 고등학교 시절, 까까머리에 검은 교복을 입고 다닐 때 인상적인 선생님을 만났다. 갓 대학을 졸업하고 부임하신

초임교사 선생님!
시를 쓰는 선생님!
맏형 같은 친근한 선생님!

내가 좋아하는 국어과 선생님!
젊음이 신선한 빛을 발하는 선생님!

학교라는 공적 공간에서, 물 만난 고기처럼 필자는 선생님을 흠모하고 따랐었다. 그 선생님이 바로 이 시집『새해를 맞으러 뿌쉬낀으로 간다』를 상재하시는 이 종 희 선생님이시고 그때의 학생이 이 글을 쓰고 있는 필자다.

모든 인연들이 그렇듯이 스스로 알아차리지 못하는 사이에 상호간의 인연의 물레들은 나름대로 의미 있는 실타래로 감을 수 있는 시간들을 자아내기에 충분했다.

필자는 선생님의 습작시를 보았던 충격을 40여 년이 훌쩍 지난 지금까지도 잊지 않고 기억하고 있다. 그 작품은 아래와 같다.

초여름의 어느 날 오후
○○ 여관에는
다음과 같은 객들이 머물고 있었다

제1호실에는 마약 중독자
제2호실에는 입 큰 정치가
제3호실에는 살진 머슴애와 애송이 가시내
제5호실에는 혈육의 저주를 받는 나날 속에서
벽으로 둘린 욕망만을 더듬는 치한
제6호실에는 구레보드 사원
제7호실에는 정숙한 아줌마
제8호실에는 쪽 마른 거간
제9호실에는 군비를 횡령한 참모

제10호실에는 사기당한 사업가


여관 지붕 위에는
해바라기를 등진
음습한 응달이 자리 잡고
그 외 객실에는
더운 공기만이 잠자고 있었다.


이튿날
새벽을 몰고 오는 사이렌 소리에
지저분한 어둠이 쫓겨 간 후


1호실 손님은 변사체로
2호실 손님은 공약을 팔러
3호실 손님은 앙칼진 음성과 눈깔 앞으로
5호실 손님은 한 잔 술에 위안을 얻으려
6호실 손님은 사장의 비위를 건드리려
7호실 손님은 아들의 재롱을 보러
8호실 손님은 몇 개의 밥알을 찾아
10호실 손님은 경찰서로


뿔뿔이 흩어져 갔으나
9호실 손님은 이제야
마지막 남은 지폐를 엉덩이에 붙여주고 있었다.

—「○○ 여관」 전문

　사회 비판적인 시로서 기성세대의 타락한 도덕성과 사회 전반적인 윤리의 혼탁을 젊은 화자의 시점으로 그린, 참신한 상징과 알레고리의 기법이 돋보이는 작품이다.

　이 작품을 지금까지 기억할 수 있었던 것은 그 신선하고 혈기 넘치는 청년 교사의 감수성을 그대로 물려받고 싶은 내적 갈망이 작용했기 때문이었을 것이다. 문학소년 시대를 거치면서 줄기차게 시 창작 공부에 매진할 수 있었던 것도 순전히 선생님의 영향 때문이었다고 술회하는 이유도 여기에 있다.

　이후 필자는 교직에 발을 들여 국어교사가 되었고 시단에도 관여하는, 교직과 시업을 지속하는 삶을 전개해 왔다. 사제지간이라는 소중한 인연에 더 해 시업詩業이라는 문학의 삶을 추구하는 과정까지, 필자는 선생님을 따라가고 있고 같은 지역사회 중등학교 공동체 안에서 생활해 왔다. 그것도 국어과라는 전문 영역까지 연장시켜.

　필자는 점점 아득해지기만 하는 시업 인생에서, 필요한 때면 언제나 선생님을 뵐 수 있고, 모실 수 있다는 든든함으로 오늘을 살아가고 있다.


　땀에 젖어
　별빛 바라보던 세월
　가볍게 팽개치고
　틈새 벌려 놓고 날아가는 새들은
　토라진 겨울바람인가


　끈끈한 체취만으로 유족했던 것을
　등골에 얼음 꽃 새기고
　순연한 눈빛

마구 흩뜨려 놓는 심사는
어느 어두운 그림자의 날갯짓인가


폭포 같은 울음 위에 떠서
섬이 된 날에
다
인연이라 하니 잔일殘日이 서럽다


—「인연」 전문


「인연」이라는 작품이다.

시간의 흐름 속에서도 인연의 새들을 차갑게 외면하지 않는, 화자의 목소리를 통해서 그 마음을 읽는다. 한 인연이 여생의 족쇄가 될 수도 있다. 그래서 한 번의 인연은 선연이든 악연이든 삶의 흔적으로 남는다. 선연을 악연으로 풀어내서는 안 되겠지만 악연마저도 선연으로 바꿔야 하는 것이 인생이다. 화자는 말한다.

'남은 인생은 맺은 인연을 풀어내는 시간의 연장일 뿐이라' 고 새는 메신저다. 전생과 현생 그리고 현생과 내생을 이어주는 하늘의 메신저다. 티베트처럼 조장鳥葬하는 풍속이 있는 민족은 조상의 육신을 새들에게 제공한다. 주검을 하늘에 바침으로써 조상의 영혼이 하늘에 들기를 바라는 심정의 발로이리라.

인연의 새는 어디를 날아가는가?

울음 위에 떠서 섬이 되는 날에도, 그렇게 외롭고 고독한 인생길에서도 결코 놓을 수 없는 인연을 토로하는 화자의 자각이 처연하다.

어쩔 것인가? 인연의 흔적을 무엇으로 지울 것인가?

그것은 단 하나 청동 거울을 닦고 닦았던 윤 동 주의 자화상처럼,

여생 내내 닦고 또 닦아야 한다. 어찌 서럽지 않겠는가! 삶의 연장이
란 곧 인연을 풀어내는 여정인 것을.

이 서러움의 본질이 바로 인성이다. 철저한 고독 속에 울어본 사람
만이 흐느낌의 반향을 새겨들을 수 있는 것이다. 자신의 울음소리를
자신이 듣는 것처럼 서러운 일이 또 어디 있을까? 그러나 사람은 이
런 상황에서 자기 성찰을 통해 정제되고 정화되어 가는 것이 아닌가.

필자는 시집 『새해를 맞으러 뿌쉬낀으로 간다』에 실린 작품들을 인
생을 공부하는 자세로 정독하고 있다. 이런 시독법詩讀法을 견지하려
는 이유는 다음 몇 가지 사유에도 기인한다.

첫째 이 종 희 시인에게 있어 시업은 사유의 시발점이요 그 결정이
지만 때론 시업만이 전부가 아닌 곳에서 이루어지는 삶의 치열함을
발견하고 감동을 받은 적이 한두 번이 아니기 때문이다.

둘째 이 종 희 시인은 독실한 기독교 신자이기 때문이다.
시인은 신실한 크리스천이면서도 필자가 권하는 안티 그리스도에
관한 서적—『만들어진 신』—까지도 기꺼이 탐독하면서 신앙의 정도
를 밟아가는 탐구적 신앙인이다.
이러한 시인의 신앙 차원에서 볼 때 어찌 문학—시만을 절대성의
표적으로 삼을 수 있겠는가? 이러한 신앙의 눈과 정신으로 문학을 볼
때는 새로운 독서체험이 될것이다. 필자가 이 종 희 시인의 시를 읽되
종교적 시독법을 놓지 않으려한 이유가 여기 있다.

셋째 이 종 희 시인은 자유분방한 자유인이기 때문이다.
이 종 희 시인은 열린 사고와 국제적 감각으로 세상을 산다. 시인은

아들 없이 딸만 넷을 두었는데 맏이는 스위스로, 셋째는 호주로 보내
놓고도 태연자약이시다.

　또 한때 시인은 쌍뜨 뻬쩨르부르그의 근교에 있는 뿌쉬낀에 가서
러시아 사람들에게 세계 제일의 문자 한글을 가르치고 그곳에 한국
혼을 심는 봉사활동을 한 적이 있다. 이러한 시인에게 있어서는 문학
—시마저도 열린 활동의 결정일 뿐이다. 이와 같은 시독법은 시를 개
성적으로 읽는 하나의 방법이 될 것이다.

　넷째 이 종 희 시인은 휴머니스트이기 때문이다.

　시인은 이웃의 고통을 외면한 적이 없다. 이러한 시인의 천성이 곧
시정신의 본질과 신앙의 핵심에 닿아 있음을 우리는 작품을 통해서
알 수 있다.

　이상 125 편의 작품을 읽고 아래와 같이 대별할 수 있었다.

　*다양한 체험을 인간애의 정신으로 형상화한 휴머니즘 시
　*자유분방함을 노래한 열린 시
　*기독교 정신으로 무장된 신앙 시

　2. 휴머니즘으로 담은 동심과 인물의 시

　시를 정형시나 자유시, 현대시나 시조, 성인시나 아동시, 그리고 여
류시로 구분하는 것을 필자는 달갑게 여기지 않는다.

　시가 어떤 형식과 목적을 지녔다 할지라도 결국 시는 서정의 산물
이며 인간의 성정을 심미적으로 고양시키는 운문문학이라는 범주에

서 벗어날 수 없는 것이 아닌가? 이러한 시의 본래적 역할과 기능에 충실하다면 그것이 규칙적인 정형성을 지녔건, 자유로운 운율에 의지하건 괘념할 일은 아니라고 본다. 그런 구분이 오히려 시 감상의 선입관으로 작용하여 그 작품이 지니고 있는 본래적 미의식을 놓칠 수 있기 때문이다.

이 종 희 시인의 시에는 유독 동심을 담았거나 동심으로 읽힐 만한 작품들이 있다. 시문학이 지니고 있는 순수성의 특성으로 볼 때 이는 당연하게 비칠 수도 있다. 그러나 앞에서 밝힌 바처럼 독실한 기독교적 신앙관을 지닌 시인의 특성으로 보아 이는 이 종 희 시인의 시세계를 밝히는 하나의 단서가 될 수 있을 것이다.


내가 기다리는 가방은
어디쯤 오고 있는가
그 속엔 무엇이 들어 있을까


부채
부채였으면 좋겠다
여름 날
할머니 손에 이끌려
솔솔바람 앞세우고
살낭살낭 배꼽 위를 오르내리며
단잠을 들이던


내가 바라는 가방은
어디쯤 오고 있는가
그 속엔 무엇이 담겨 있을까

불
불씨였으면 좋겠다
겨울 밤
할머니가 다독이던
화로의 불손 아래 재 속에서
다소곳이 밤을 지키며
마실간 식구를 기다리는
잉걸 같은.

—「가방을 기다리며」 전문

'가방'은 무엇인가를 담는 용구다. 누가 무엇을 담아 주는 가방인가? 동심이 아니고는 해답을 찾을 수 없다. 그리고 그 가방에는 결코 잃어버리거나 포기할 수 없는 사람됨의 진정성이 담기게 된다. 어른이 된다는 것은 꿈을 잃어버리는 것이겠지만 화자의 가방을 기다리는 마음은 어른 되기를 저만큼 미룰 수 있는 강렬한 열망이 된다.

사람은 소망이 이루어지기를 바라며 산다. 분명히 어디쯤인가 나를 향해서 다가오고 있는 '선물'로서의 가방이면 족하다. 이런 꿈을 꾸면서 사람은 행복을 찾고, 이런 꿈을 잃으면서 사람은 메마른 인생이 된다. 화자의 소망은 가방을 기다리는 것이다. 이것이 동심의 정체이자 소박함의 표상이어서 의미가 깊다.

기다리는 가방 안에는 '부채'와 '불씨'가 있으면 된다. 더 이상 바랄 것이 없다. 화자의 이상이자 희망 그리고 행복의 실체는 바로 가족애로서의 온정과 인정이다. 바람을 일으켜 어린 화자를 단잠 들게 하는 부채와 마실간 식구를 기다리는 화로 속의 잉걸은, 여름을 시원하게 하고 겨울을 따뜻하게 하는 할머니의 사랑이다. 이에서 더 바랄 것이 무엇이겠는가? 무슨 보물을 기다리고 바라는 것이 아니다.

사람들은 이 소박한 꿈을 잃고 방황한다. 아니 잃어버린 꿈이 무엇인지도 모르고 살아간다. 시장의 우상을 꿈으로 착각하거나 있지도 않은 관념의 꿈을 부르기도 한다.

이에 대해 화자는 명쾌하고 단순한 동심으로 말한다.

군중 가운데 있는 어린이들을 쫓아내려고 하는 제자들에게 "누구든지 이 어린 아이와 같지 않고는 천국에 들어갈 수 없다"고 꾸짖으신 예수님의 마음으로


"여름에는
배꼽 위를 오르내리는 부채처럼
겨울에는 화로의 잉걸을 다독이는
할머니의 손길처럼, 행복은 가까이에 있다."고


이렇게 동심으로 인생을 그린 작품은 더 있다.

「거기서 살고 싶다」에는 '지아비와 지어미의 포실한 웃음'이 우려내는 곳을 지향하는 마음이 담겨 있고, 「바람으로 흐르다가」에는 '할머니 눈 속에 담긴 초가지붕 엎드린 동네'의 서사를 담아내기도 한다. 동심이어서 가능한 바람의 흐름이다. 「바지랑대」를 '정결한 손짓들을 거느린 대장'으로 보고 「시 온아」에서는 손녀와 눈높이를 맞추고 나누는 대화가 오롯이 담겨 있다.


동심과는 정서적 출발점이 좀 다른, 인물에 대한 작품들의 일군이 있다. 동심을 담은 작품들이 순수 서정의 세계라면 인물을 소재로 한 작품들은 서사적 이야기를 시의 형식과 휴머니즘 정신으로 담아냈다는 점에서 유별하다.

파르르 떨고 있는 입술
가는 실 피가
누런 이를 가르면
눈물 비벼
갈라진 손등 달래던

하늘 닿은 감나무가
발그레한 얼굴로 지켜보는
외갓집에서도
시오리나 되는 두메에서
혼수감 기약하고
짚신 신고 육십 리
부중으로 온 옥순이

어린 나이에
식모살이 서럽고
산나물 삶는 쌉싸래한 내
사립 열고 고샅으로 마실가는
산골 집이 그리워

시름시름 앓다가
찾아 나선
물총새
짝 찾아 날아간
긴 도랑으로 이어진 길.

—「〈옥순〉이」 전문

이 작품을 이루는 의미 맥락은 우리 사회의 흑백 사진 속에 고스란히 담겨 있다. 하루 세 끼 먹을거리를 해결하기 위한 일이거나, 산 입에 거미줄 치지 않기 위한 일이라면 무엇이든 행해졌던 시대의 흑백 사진이다.

특히 여성의 노동력이 비참하게 혹사당하던 시절의 그림이다. 시집갈 때 혼숫감을 주겠다는 것이 몇 년 간의 노동의 대가이다. 이런 처지의 소녀에게 그리움은 사치다. 함부로 내비칠 수 없는 향수일망정 고향 냄새라도 그리며 위로로 삼았으리라. 그래도 세월은 흐르는 것, 세월과 함께 불어나는 몸피, 몸피가 붙면 제 짝을 찾아가는 것이 사람 살이의 정해진 길이듯이 옥 순이도 그랬을 것이다.

그런데 '시름시름 앓다가 찾아 나선 길'이다.

화자의 안타까워하는 시선과 안쓰러워하는 마음이 곧 사랑의 시작이다. 측은하게 여기는 마음 없이 어찌 사람을 사랑할 수 있겠는가? 그런데 누구나 이런 측은지심을 지니고 있는 것은 아니다. 동물적인 욕망은 타고나면서부터 지니게 되나 측은지심이나 정의감 같은 심정적인 인자들은 교육을 통하지 않고는 쉽게 형성되지 않는다. 그래서 학교가 있어야 하고 종교가 존재하는 것이다.

한 소녀에 대한 안쓰러운 회억과, 추억의 앨범에서 건져 올린 편린들을 통해서 시인은 독자들의 선심善心을 촉발시킨다.

「대금가든 가는 길—심 정 애를 보내며」에서는 어찌해서 맺은 인연의 끈을 놓고 떠나보내는 무상한 별리의 심정을 반복적 진술을 통해 술회하고 있다. 이별의 대상이 누구인가는 중요하지 않다.

벚꽃 길에 그리움을 묻어 두고, 능선 자락에 한숨 걸어두고, 고추잠자리 꼬리에 내일을 묶어 놓고 헤어지지만 '이윽고는 나도 가야만 하는 인생길'이라는 결구에 와서야 비로소 심 정 애를 보내며 술회하는 이유가 들어난다. 누가 있어 이 별리의 길을 거부할 수 있단 말인가.

　「아내의 손」에서는 '아픔의 세월 끝에 맺힌 잔주름'에 대하여 미안한 마음을 전하면서 이제는 '아내'를 집안의 해와 같은 존재 '안해'로 여기겠다고 말한다.

　「전화번호를 지우며」에서는 먼저 떠나가신 형을 전화번호부에서 지우며 '평행으로 된 두 선이/멀리서 소실점으로 하나가 되듯이' 언젠가 다시 만날 날을 기다리며 이승의 전화번호를 지우는 심회를 그려낸다.

　「종무에게」에서는 화자가 중학교 2학년 때 동생과 사별한 내용이다. 그가 잠들었던 공동묘지가 신시가지로 변하면서 그나마의 인연의 흔적마저 지워지는 것을 안타까워하고 있다.

　「춘 복이」는 장편 서사시의 품새로 진술되었다. 판소리 사설이나 가락을 붙여 소리로 풀어내도 좋을 만한 서사적 진술이 풍부하게 담겨 있다. 이런 사설적 특성은 「큰누님」에서도 드러난다.

　세기적 명스타 오드리 헵번의 죽음을 아쉬워하며 그녀가 보여줬던 인류애에 대한 사실들을 떠올리면서 삶의 진정성을 노래한다.

　이상과 같이 인물을 시적 대상으로 삼은 작품들에는 '측은지심을 유발하는 인물'과 '별리의 체험을 나눈 인물' 또는 '요절했거나 먼저 세상을 떠난 인물' 그리고 추억의 곳간에 소중하게 간직되어 시인의 성장점마다 의미를 불어넣던 인물들이다. 화자는 이런 인물들을 통하여 삶의 진정성을 천착하고 있는 시인의 모습을 보여주고 있다.

　이러한 특성들은 앞에서 보았던 동심이나 동심의 눈으로 포착했던 작품들과 함께 인물에 대한 시인의 시선이 기독교적 사랑—휴머니즘에 기인하고 있음을 간파하기란 그리 어려운 일이 아니다.

## 3. 열린 정신으로 담은 역사와 해학의 시

이 종 희 시인이 시를 구축하는 또 하나의 특성은 개방적인 시심에서 찾을 수 있다. 중등학교 교장으로 퇴임하신 시인은 한동안, 뿌쉬낀(시로써 러시아 문학의 세계화를 주도한 러시아의 국민시인 알렉산드르 세르게예비치 뿌쉬낀의 이름을 딴, 쌍뜨 뻬쩨르부르그 근교에 있는 도시)에서 교육선교사로 활동하다가 돌아왔는데 이같이 세계인cosmopolitan으로서의 자질과 신념 없이는 생각할 수 없는 일들을 이 종 희 시인은 아무렇지도 않게 해낸다.

앞에서 언급한 것처럼 귀한 여식이 스위스 사람과 결혼하는 것을 당연한 것으로 받아들인다거나 호주로 이민 가는 딸을 마음으로 성원한다는 등의 소견을 피력하시는 것을 듣노라면 선생님께서 열린 사고를 실천하시는 분이라는 것을 알게 한다.

이런 마음의 바탕은 긍정적이고 낙천적인 인생관과 함께, 매사 인간이 이룰 수 있는 성과의 한계는 극히 미미하기 때문에 '성실'을 최대의 무기로 하지만, 대부분의 행운은 절대적 섭리의 선과善果라는 믿음이 없이는 불가능한일이다.

이런 의식과 신념은 망설이고 좌고우면左顧右眄하기보다는 부딪치고 행동하는 특성을 낳고, 이러한 특성이 냉소적cynical으로 들리기도 하는 역사적 소재에 대한 해석이나, 해학적 소재의 시에서 매우 활달하고 막힘없는 사유를 펼치면서 일정한 비판적 안목을 견지하게 하는 것이나.

그렇다면 무엇이, 무거운 역사적 사실마저도 서정의 힘으로 재해석해내며, 무엇이 해학적인 장난기 서린 작품에서도 일정 수준, 의미의 톤을 유지하게 하는가? 그것은 시인의 열린 사유와 개방적인 안목이 빚은 결과로 보인다.

그리움
가락에 얹으니
대숲에서 「춘향」이 걸어 나오고

격동의 산하
제자리표로 다독이니
매캐한 연기 사라지고
맑은 하늘이 가을과 만나네

어설픈 영상映像들 다듬고 어루만져
고운 선율로 인화印畵하니
선한 영혼들 손잡고
아픈 마음 감싸 안아
할머니 찾아가는 길을 여네

아름다운지고 그대 손길이여
작찬 열매로
우리들의 동산을 충만케 하는.

—「오소서, 들으소서」 전문

　이 작품은 역사적 소재 중에서도 비교적 단시이며 온건한 어조를 유지하고 있다. 역사를 소재로 삼은 다른 작품들은 호흡이 길고 냉소적인 어조가 심각한 경우도 있다. 특히 우리 역사나 세계사의 페이지를 장식하는 사건과 인물을 소재로 한 작품에서 시인의 역사관은 거침없이 드러난다.

　이 「오소서, 들으소서」는 이 종 희 시인의 작품에 이 준 복 작곡가가 곡을 붙여 만든 창작곡집『물어보련다』의 서시다. 고전소설이 문학적 허구의 산물인가, 사실적 소재인가는 그리 중요하지 않다. 우리 문화사에서 〈춘향〉이나『춘향전』이 차지하는 비중은 이미 역사적 상상력의 한계를 넘어서고 있다.

새롭게 만들어진 음악의 세계에 초청하는 인사말 겸해서 쓴 것으로 보이는 이 작품은 시가 음악을 만나 이루어 낼 세계를 그려 보인다. 이런 의도를 살리기 위해 고전의 세계에 있는 춘향도 불러내고, '세상에서 제일 좋은 분'이라고 주석을 붙인 할머니도 영계에서 잠시 외출하도록 권유하신다.

음악은 노래하는 시이고, 시는 이야기하는 음악이다. 음악과 시는 분별해서 볼 수 없는 장르적 공통성을 지니고 있다. 필자도 이 창작곡의 발표회에 청중으로 객석에 앉아서 감상했지만, 시가 음악의 옷을 입을 때나 음악이 시의 영혼을 얻을 때, 두 예술 장르는 전혀 차별성을 발견할 수 없었다.

이러한 시의 음악어법 또는 음악의 시문법으로 씌어진「물어보련다」를 살펴보아도 예의 역사적 진실이 어떻게 시의 몸을 얻게 되는가를 엿볼 수 있다.


춘향의 맨살 더듬던
요천蓼川의 잔물결 만나
춘향의 몸매가
소문처럼 팔등신이더냐고 물어보고

동천東天 트고
아침을 몰고 오던 새떼들 만나서는
춘향의 체취가

여뀌꽃 사이에서 나풀거리던
그 향기더냐고 물어보고

—「물어보련다」의 1~2연

　이 작품에서도 해학적인 장난기와 낙천적인 호사가의 안목이 엿보이지만 시인은 고전의 장롱 속에서 잠자고 있는 인물까지 불러내어 생동감을 불어넣고 있다.

　춘향은 이미 한국의 브랜드가 된지 오래지만 작품 「물어보련다」에는 소설의 배경인 '남원'이라는 지역성이 시의 모습으로 참여한다. 남원의 중심천인 요천의 '요蓼'는 여뀌꽃으로, 춘향의 인물됨과 남원의 지역성과 여뀌천의 흐름을 일치화시키면서 화자의 관심사를 드러낸다.

　이밖에도 삼국시대 백제의 멸망을 그린 「계백」과 일본의 망언으로 심심찮게 우리 국민을 민족주의자로 만드는 독도 문제를 「독도여, 독도여」에 담아서 피력하는 어법을 보면 시인이 지닌 역사의식이 얼마나 확고하고 뜨거운 것인가를 엿볼 수 있다.

　역사적 소재는 「라이온 기념비」에서 스위스까지 뻗쳤으며 장시 「Masada, 다시는 빼앗기지 않으리라」에서는 이스라엘의 민족사를 끌어 들여서 정의의 십자군이 되기도 한다. 매우 호흡이 긴 이 장시에서는 이스라엘의 독립을 지키려 마사다에서 결사 항전했던 전쟁사를 쉽게 해설한다. 시의 형식으로 반추하는 역사적 사실을 통해서 죽음보다 더 소중한 역사적 정의와 민족의 의미를 되새기게 한다.

　역사적 소재의 시와 함께 개방적인 사유의 세계를 엿볼 수 있는 것으로 해학적인 작품을 들 수 있다. 이런 작품들을 만나노라면, 세상을 보는 안목에서 유쾌하고 유머러스한 상상력을 접할 수 있어 상쾌하다.

현대인들은 삶의 진부성을 해소하는 방법으로 유머/해학을 최고의 가치로 여긴다. 현대인들이 진지성의 긴장감보다는 가볍고 코믹한 터치의 코미디를 선호하는 것은 이 시대의 유행이다. 시인은 이러한 시대적 특성을 과감하게 도입하여 시를 읽는 독자들의 폭을 확대하는데 기여하고 있다.

왜냐하면 문학은 엄숙한 진지성의 산물이며 특히 시문학은 골치 아픈 난해성의 적자라는 일반 독자들의 선입관을 불식시키는데 이들 해학적인 시들이 일정 부문 기여하고 있는데 이 종 희 시인의 해학적인 작품들이 이 역할을 톡톡히 해내고 있는 것이다.


　　　　난자 생산 능력이 없는
　　　　아내를 위해

　　　　그래도
　　　　남보다는 처제가 낫겠다고
　　　　처제의 난자를 취해
　　　　체외 수정시킨 다음
　　　　아내 자궁에 착상시켜
　　　　건강한 아이를 얻었는데

　　　　난제難題로고

　　　　누구를
　　　　아이의 친모로 올린단 말인가

　　　　난자와 자궁 중

어느 것을
중시 우선해야 한단 말인가

정말 장난이 아니네.

—「장난이 아닌데」 전문

　의학 기술의 발달로 아이 없는 고민은 해결되었으나, 그 뒤에 도사리고 있는 새로운 문제 곧 창조의 섭리를 거스른 인간들이 감당해야 할 고민을 해학적인 톤으로 그렸다. 제목 그대로 '장난이 아닌' 일들이 어찌 체외 수정뿐 이겠는가? 그러므로 이 작품은 의학의 발달뿐만 아니라, 소위 과학기술의 발달이 가져올 가공할 문제들에 대한 해학적 경고로 받아들여야 할 것이다.

　현대인들은 원하건 원하지 않건 삶의 방법에 대해 끊임없이 선택을 요구받고 있다. 이를테면 '생태지향주의적인 삶'의 길을 갈 것인가, 아니면 '기술지향주의적인 삶'의 길을 갈 것인가? 선택하라고 한다. 앞의 길은 조금은 더디고 불편하며 투박한 삶이겠지만, 그래도 자연친화적이며 미래지향적인 가치를 전제로 한다.

　그러나 뒤의 길은 빠르고 편리하며 세련된 길처럼 보이지만 부수적인 폐해 또한 무시할 수 없다. 하나뿐인 지구, 인간의 생명은 자연을 떠나서는 살 수 없다. 그럼에도 불구하고 기술만능주의에 대한 과도한 의존이 하나뿐인 지구를 오염시키고, 삶의 원천인 자연을 심각하게 파괴하고 있는 현실을 우리가 어떻게 외면할 수 있단 말인가.

　기술의 발달이 인간의 존엄성에 심각한 위해를 가하는 현상들은 '장난이 아닌' 현실의 문제다. 이 작품은 그것을 장난기로 나타내고 있지만 시가 품고 있는 의미 맥락은 결코 장난스러워도 좋은 것이 아니다.

이러한 심각한 현실 문제들에 대해 시인은 해학적인 어조로 표현하는 것을 마다하지 않는다. 이런 재미있는 표현을 위해서 동원할 도구와 방법이 따로 있는 것은 아니다. 다음 시를 보면서 해학으로 얻을 수 있는 시적 장치와 효과들이 어떻게 작용하는가를 가늠해 보는 것도 시를 읽는 또 다른 재미가 될 것이다.


둑
둑
왕족王族의 피
회한으로 차 번지는 흐느낌.

1) —「！」전문


흐르는 세월 바라보며

목적이 이끄는
삶의 계단에 이르게 하는 묵상默想.

2) —「，」전문


선택 받은 이들에게 주어진
성찰省察의 순례 코스.

3) —「…」전문


불란서 여인이

창문에 햇살 무늬를 걸어놓고
야호夜壺를 안은 두 손을
너울너울 좌우로 흔들다가
창밖을 향해
'물조심하세요' 라고 외치면

4) —「문화사 1—화장실의 변천」 2의 1연


한 발 더
앞으로 가서 조준해라
수십 년을
그것도 하루에도 몇 번씩이나
해치운 일이 아니더냐
'아름다운 사람은 머문 자리도 아름답다' 고
눈높이에서
말하는 것을 그대는 보지 못하느냐

5) —「한발 더」 2연 중 1연

위에서 보는 바와 같이 시 1) 2) 3)은 문장부호가 제목이다.

1)에서 느낌표가 주는 느낌은 사실 언어화가 안 되어서 그렇지 사람마다 무한한 상상의 진폭을 지니게 할 것이다. 그야말로 둑둑 피가 떨어지는 형상으로 볼 수도 있고, 회한에 찬 눈물방울을 형상화한 것으로 읽을 수도 있다. 하나의 문장부호에 청각과 시각을 결부시키고 이를 왕조사와 연결시키는 시인의 상상력이 특이하다.

이는 대상을 보는 시적 안목과 상상력의 진폭에 따라 다양한 시적 발상을 촉발하는 소재가 된다. 소홀하기 쉬운 느낌표 하나! 이를테면 브라운관에서 항상 소도구 신세에 엑스트라로 만족했던 단역 배우가 어느 날 갑자기 주연 배우가 된 처지, 그것이 느낌표의 시화다. 어찌 즐겁고 유쾌하지 않은가!

2) 에서는 '쉼표' 가 제목이다.

그저 문장부호에 불과한 대상을 시의 의미망으로 포착하여 그려내는 재미있는 상상은 시인이 지닌 사유의 본질이 열린사유에 기인하고 있기에 가능한 것이다. 쉼표 하나를 독립적인 대상으로 바라볼 때 로뎅의 조각 작품인 〈생각하는 사람〉을 단순화한 것으로 읽는다고 해서 안 될 것은 없다.

사람은 저마다의 삶의 계단을 부지런히 올라가고 있지만 때로는 이 쉼표처럼 오롯이 홀로 서서 자신을 성찰하고 묵상해야 한다는 메시지를 읽어내는 시독법은 즐겁다.

3) 에서는 '줄임표' 를

'선택 받은 이들에게 주어진/성찰의 순례 코스' 라고 했다. 침묵의 행진이거나, 동질성의 검열을 받기 위한 행렬로 읽을 수도 있다.

누구로부터 선택 받았는가? 인간은 조물주로부터 선택 받은 존재이며, 저들이 아무리 키 재기를 해본들 결국은 '도토리 키 새기' 라는 암유일까? 무엇을 위해 어느 성소를 순례할 것인가? 인간이 스스로를 우주적 존재라고 아무리 으스대본들 결국 인간의 됨됨이를 조물주의 입장에서 본다면 하나의 점/흔적에 불과하다는 것일까? 무엇이어도 상관없다. 결국은 한 개의 점이거나 몇 개의 흔적으로 잠깐 나타났다가 사라지는 현상에 지나지 않는 '사람' 의 흔적을 줄임표의 점들에서 찾는 일, 시 읽기는 유쾌하다.

　4)「문화사」에는 ‘화장실의 변천사’가 담겨 있다.

　‘물조심 하세요’나 ‘당신에게 자비가 있기를’이나 ‘호롱불을 치워요’는 근세 유럽 시민들이 옛 로마의 관습처럼 요강 속의 배설물을 창 밖으로 쏟으면서 하는 말이다. ‘물조심’은 불란서, ‘자비’는 영국, ‘호롱불’은 이태리의 여인들이 창밖으로 요강을 비울 때, 창문 아래를 걷고 있는 사람들에게 주는 정중한 경고였다고 한다.

　악취 나는 배설물을 집 밖으로 던져버리는 야만적 생활 풍속에 비해서 그래도 그 경고어를 뜯어보면 제법 운치가 있다. 오물도 물은 물이겠으니 물조심처럼 조심해야 할 것이고, 제발 이 오물을 뒤집어쓰는 최악의 일진을 피하려면 신의 작은 자비 정도는 있어야 할 것이며, 오물을 뒤집어쓰게 되면 호롱불도 성치 못할 것은 당연한 일이 아니겠는가. 은유와 비유를 동원한 운치있는 경고어일지라도 창밖으로 오물을 버리는 야만적 문화사는 지워지지 않을 터.

　문화민족이네 선진국이네 하고 고자세를 취하는 나라들의 문화사를 한 꺼풀만 벗기고 보면 저들의 야만적 생활문화도 그리 자랑할 만한 것은 아니라는 조롱이 유쾌하다. 누구는 중세 유럽 사람들이 발목이 긴 부츠를 신고 다녔던 것은 거리마다 골목마다 넘쳐나는 오물에 젖지 않기 위해서였다니, ‘화장실 변천사’가 서양인을 향한 야유만을 위한 야유가 아님은 분명하다.

　이런 성찰과 해학적 어조에 동조하다 보면 결국 문화는 우열의 대상이 아니라 차이의 대상일 뿐이라는, 문화의 원론마저 즐겁고 유쾌한 시의 읽을 거리로 승화시킨다.

5) 「한발 더」에는

우리 생활문화의 한 장면이 클로즈업되어 있다. 우리의 화장실 문화는 올림픽과 월드컵이라는 국제행사를 치러내면서 비약적으로 개선되고 발전했다.

세계화장실협회의 의장국이 아마 한국일 정도로 화장실 문화는 선진적이다. 이런 깨끗하고 위생적인 화장실을 이루기까지 「한발 더」에서처럼 부단한 계몽과 홍보가 주효했을 것이다. 시인은 스쳐 지나가기 쉬운 생활문화의 한 단면을 시의 어법으로 클로즈업시키면서 유쾌하게 정리해낸다.

사람을 다른 동물과 유별하는 확실한 징표는 '웃을줄 아는 유기체'라고 한다. 사람은 즐거워서 웃기도 하지만 웃다 보면 즐거워진다. 웃음이 질병을 치료하는 엔도르핀을 솟구치게 하는 것은 물론이다. 시인은 유쾌한 시의 어법으로 독자들을 웃게 한다.


## 4. 신앙심으로 담은 기도하는 시

시인은 독실한 기독교 신자다. 시집의 후반부에 신앙시라고 명명할 만한 작품들이 묶여 있는데 한 편 한 편이 경건한 신심으로 가득 차 있다.

「단순함으로 살게 하소서」로부터 「하늘채」까지 31편이 실려 있는데, 신앙 인으로서의 경건함과 자기 성찰의 시상이 사상적 기류다.

시인의 믿음의 텃밭인 〈전주안디옥교회〉에서 얻은 시상이거나, 기독교 기념일에 관한 신앙적 감동이거나 혹은 생활인과 신앙인의 교차점에서 부딪치는 발상 등 종교적인 소재로부터 신심을 담아낸 도구로서의 시는 자유롭게 그 변용의 지평을 확대하고 있다.

단순
그것으로 살아가게 하옵소서

당신 이외의 상념들을
가난하게 하시고
당신을 향한 단순한 마음을
풍요롭게 하옵소서

세상살이
길이 많지마는
내나
당신으로 귀결된다는 것을 깨달아
떼 지어 오는 갯바람 속에서도
당신의 음성 듣게 하시고

당신을 우러르는
아름다운 자세가
수많은 땀방울과 곤고함에서
성숙하듯이

고통스런 날들에서
영근
값진 진주들이
당신을 향한
순일純一로 엮어지게 하옵소서 주여.

—「단순함으로 살게 하소서」 전문

‘단순함으로!’ 의 선언은 삶의 자세에 대한 소망이요 자기 선언이다. 이런 선언은

주님/당신 이외의 사물들을 가난하게하시고
주님/당신을 경배하는 마음을 풍요롭게 하소서.

라는 대구를 통해서 신의 가르침은 풍부하게, 세속적인 우상들은 가난하게 하겠다고, 다양한 물상으로부터 오는 번잡함—떼 지어 오는 갯바람 속에서도 주님을 경배하고, 땀 흘려 일하는 삶을 통해 깨달음/성숙에 이르겠다고 선언한다. 고통을 면제 받고, 현세적인 삶의 회피를 통해서 이루어지는 경건/순일이 아니라, 현세적 삶을 수행하듯이 엮어 나가면서도 종교적 신성성과 주님에 대한 믿음을 더욱 강건하게 유지하겠다고 다짐한다. 종교에 올인하는 맹신의 자세가 아니라 절대적 존재요 진리의 표상인 주님의 가르침을 수용하겠다는 삶에 대한 의지이다.

진리를 잃어버린 시대, 잃어버린 진리를 찾으려 하지 않는 현대인, 이것이 현대 사회의 전반적 병폐다. 물질이 신격화되고 삶의 질은 곧 물질의 소비와 등가를 이루는 가치 전도의 시대에, 절대자의 가르침에 순일하겠다는 선언은 곧 진리로 회귀하는 ‘단순함’ 으로 표상된다.

사실 ‘단순한 삶’ 은 현대인들의 고질병인 자기 상실에 대한 치방전이다.

퀴스텐마허와 자이베르트가 공동 저술한 『Simplify your life』에는 단순하게 사는 삶이 곧 ‘더 쉽고 더 행복하게 사는 비결’ 이라고 주장한다.

“단순하게 사는 것은 쉽게 사는 것을 의미합니다. 말로만 그런 것

이 아니라 실제 생활에서도 그렇습니다. 많은 사람들은 너무 복잡하게 생각하기 때문에 삶의 의미를 제대로 찾지 못합니다. 모든 것이 얼마나 단순한 것인지를 잘 모르기 때문이지요."

시인이 선언하고 간구한 '단순한 삶'도 여기에서 멀지 않다. 현대인들은 복잡하게 생활하고 다양하게 생각하는 것이 현대의 특성인 것처럼 여기고 여기에서 벗어나면 현대인의 대열에서 낙오하는 것처럼 착각한다. 그래서 이들은 성인聖人들이 이미 밝혀 놓은 진리의 길에서 벗어나면서도 또 다른 진리의 길을 찾아 헤맨다.

그러나 시인은 당신/신의 지혜에 충실하고, 당신/성인의 가르침에 순일하게 따르는 것이 바로 '단순한 삶'이며, 그 길이 바로 더 쉬운 인생길이자 행복에 다다르는 지름길이라고 선언한다.

기도하되 문학의 어법으로, 선언하되 시의 어조로 드러낸 이 작품을 시의 독법으로 대한다면 종교적 경건성과 함께 진리의 소리에 다가서려는 한 현대인의 결단과 순일한 의지가 투명하게 보일 것이다.

장자莊子에도 이와 비슷한 구절이 있다.

"쉬운 것이 올바른 것이다. 올바르게 시작하면 모든 것이 쉬워진다. 쉽게 앞으로 나아가라. 그게 올바르다. 쉬운 것을 찾아내는 올바른 방법은, 올바른 방법을 잊어버리고 그게 쉽다는 것을 잊어버리는 것이다."

시인과 장자의 두 사유는

〈단순한 것=쉬운 것〉과 〈순일한 것=올바른 것〉으로 귀일한다. 신을 향한 마음이건, 진리를 추구하는 의지이건 결국은 순수한 신앙심과 다르지 않다. 그것은 의심하지 않고, 주저하지 않으면서 '쉬운 것, 올바른 것'을 잊고 매진하면 그만이다. 그 쉽고 올바름을 시인은 '당신을 향한 순일함'으로 단순화시킨다.

종교를 맹신하는 신앙에서 종교로 삶을 충전시키고 진실에 다가서고자 하는 도구로 시를 사용하는 특성도 있다. 이를테면 「당신은 4」에서는

'당신은 의문의 원천'이라며, '오 주여/두려운 마음으로 감히 묻습니다.'

라고 신의 섭리가 어디에 있는지를 묻는다.

시인의 신앙은 맹목적인 추종이 아니라 모순과 부조리로 가득 찬 세속에 던지는 신의 메시지에 대하여 회의하고 질문하기를 주저하지 않는 신앙이다.

회의하고 질문하는 것은 인간의 속성이다. 예수님도 끊임없이 회의하고 의심하는 제자들을 여러 번 꾸짖지 않았던가?

시인은 인류사의 한 구석에 묻혀 있는 참혹하기 그지없는 사실史實을 들추어 두려운 마음으로 당찬 질문을 던지는 탐구하는 신앙인의 자세를 견지하고 있다.

「돌이 되어」에서는 말하지 않고 움직이지 않는 것으로도 제 몫을 다하는 '돌'을 꿈꾼다. 침묵하고 움직이지 않는 지향성으로 믿음/신앙의 결의를 '돌'로 형상화한 것이다. 「두 발로」에서도, 「마중물이 되어」에서도, 「변명」에서도 신앙인으로서 걸어가야 할 삶의 지향성에 대하여 끊임없이 다짐하고 간구하기를 멈추지 않는다.

이런 믿음의 결기와 신앙의 진정성 그리고 시문학적 탐구는 마침내 「부활절 아침에」에 와서 결구를 짓는다.


죽음 속에
큰 삶이 있음을 보이신 이여

어둠에 매인 세상살이에

빛을 들이는
틈을 내려주시옵소서

그 틈이 펄펄 자람으로
당신을 믿고 행한 크기에 따라
상급이 정해지는
말씀의 질서를 깨닫게

죽음으로
죽음을 죽이신 이여.

— 「부활절 아침에」

삶의 막장에도 틈은 있는 법. 말씀의 질서를 세우는 일을 종교라 한다.

그러므로 종교는 가르침의 으뜸이다. 그 가르침이 바로 '말씀의 질서'가 되는 것이다. 예수께서 십자가에 달려 돌아가심으로 비로소 으뜸가는 가르침/종교이 되었듯이, 이 종 희 시인은 그 으뜸 가르침을 통해서 또 다른 말씀의 질서/詩를 확립하는 것이다. 그러므로 성서는 인류를 가르치는 말씀의 집합체가 되고, 시문학은 세상에 떠도는 말씀에 질서를 부여하려는 신앙인의 고백과 기도의 집합체가 된다.

시집 『새해를 맞으러 뿌쉬낀으로 간다』에는 실내악을 지탱케 하는 통주저음通奏低音처럼 종교적 경건성과 신앙의 결기가 관통하여 흐르고 있다. 이는 마땅한 결과다. 왜냐하면 글은 곧 그 사람이며, 시는 시인의 사람됨을 전일적으로 반영하는 서정의 산물이기 때문이다.

## 5. 인연의 실타래를 감으며

필자는 선생님과 맺은 인연을 화두로 글을 시작했다.

오늘 짚어 보니, 선생님과의 인연이 삶의 지평을 시문학적 진정성으로 확충해 가는 동력으로 작용하고 있다는 생각이 든다.

망백望百의 아비에게는, 희년稀年의 아들일망정 아들은 언제나 노심초사의 대상일 뿐이다. 그런데 살다 보면 '사제가 같이 늙어간다'고 하는 말을 자주 듣는다. 그러나 스승님이 사제동락을 구한다고 어찌 선뜻 나서 맞장구를 치겠는가. 가만히 소제에게 이번 소임을 맡긴 뜻을 헤아려 보니, 그것은

공부하는 자세로 시 한편을 정독하기를 바라는 마음으로 천직이었던 교직의 연장선상에서 가르침을 주신 것이다.

라고 믿고 감사할 뿐이다. 이런 시독법으로 시집『새해를 맞으러 뿌쉬낀으로 간다』를 거쳐 도달한 경지는

"순결한 영혼을 지닌 시인의 내면 풍경에 담긴 신앙"이었다.

시와 함께 농축되어 있는 기독교 신자로서의 개인적 특성이 선입관으로 작용한 섯이 아니라 오히려 신앙적 특성이 시문학의 어법으로 수렴되는 작품들을 대하면서 문학의 포용성을 다시 확인하는 기회가 되었다.

휴머니즘은 인간의 보편적인 정서다. 다만 그런 소중한 정신이 선생님의 문학에서 체험적 진실로, 구체화된 삶으로 형상화되고 있다는 점에서 필자에겐 의미 깊은 독서 체험이 되었다.

　깨달음의 경지에 이른 수행자에게 형식적이고 제도적인 규범은 자유로운 삶의 걸림돌이 될 뿐이다. 문학도 마찬 가지고, 특히 시정신은 더욱 그렇다.

　치열한 자유로움이야말로 시정신의 본질이 되어야 한다. 선생님의 시에서는 이런 시정신의 본질이 개방적인 해학성으로 드러나고 있다.

　신앙심의 경지를 보여주는 기도하는 시에서는 순결한 영혼의 노래임과 동시에 맹목성의 위험을 차단하려는 노력을 읽을 수 있었다. 으뜸가는 가르침으로서의 말의 질서인 종교가 세속적으로 가장 정치精緻해야 할 말의 질서인 시와 결합함으로써 시인의 한 특성을 형성하고 있는 것도 살펴보았다.

　새로움은 변화다. 변화는 또 다른 창조의 시발점이 된다. 선생님의 시문학이 독실한 신앙심으로 문학을 더욱 문학답게 하고, 치열한 문학성으로 신앙인의 실천적 삶을 더욱 융숭하게 할 것이라고 확신한다.

　이런 확신으로, 필자는 평생을 통해서 풀어냈던 사제지간의 인연의 실타래를 치밀하고 정성스럽게 되감아야 하리라. 이제 이 소중한 실꾸리를 되감는 것으로 과중한 소임에 대한 변변치 않은 결구로 삼고자 한다.

# 맑은 날, 연꽃 흔드는 바람처럼
― 부연 이 종 희 스승님께 올림

이 동 희(시인, 문박, (전)전북문인협회장)

어디에 계시든지
그렇게 푸른 잎을 피우기만 하셔도
연잎에 고이는 수정 말씀 듣습니다

연꽃 흔들고 가는 바람자락에
가난마저도 향기였음을 전해주는
맑은 인정
어디 그런 날이 따로 있기나 했던가요

못난 자식일수록
칭얼대는 소리도 향기로 풀어 달래시고
앞날의 울타리에 걸쳐 있을
젖은 구름장도 걷어내 말려주시며
청명한 날을 예보하셨지요

기상 관측소의 풍향계가 되시는 일상
지치지 않고 바람의 길을 가르쳐 주시되
날마다 필사筆寫하시는 기상도는
맑은 성서

바람 거센 세상 연못에 파도 그치지 않고
맨발로 건너셔도 슬픔에 물들지 않는
부들처럼
연꽃을 수직으로 피워 지켜내시어도
은혜의 강물 무시로 흘려 내리시는
맑은 시심

하늘은 때로 흐린 날을 보내시어
게으른 시심을 점검하시고
부들을 심어 어두운 연못을 정화시키느니
맑은 날
연꽃 흔들고 가는 바람 앞에 서서
그저 남루한 옷자락 펄럭이며
바람 자락에 담긴 맑은 향기로
메마른 시심 함뿍 적시며
푸른 잎에 고이는 수정 말씀 새겨듣습니다.

# 러시아 독자들이 보는 이국의 꽃

블라지미르 블라지미로비치 쎄멘치크*
**Влаɉимиɋ Влаɉимиɋович Семенчик**
(시인·소설가, 러시아 작가연맹 회원, 국제PEN펜클럽 회원)

# 러시아 독자들이 보는 이국의 꽃

## — 번역자의 말

블라지미르 블라지미로비치 쎼멘치크*
Влаꓒимиꝓ Влаꓒимиꝓрович Семенчик
(시인 · 소설가, 러시아 작가연맹 회원, 국제PEN펜클럽 회원)

진정한 시는 꽃과도 같은 것이다. 꽃의 아름다움은 설명이나 묘사로 대신할 수 없으며 꽃이 지니고 있는 조화로운 비율 또한 측정하거나 재현해 낼 수 있는 것이 아니다. 이와 같은 이유로 나는 이 글을 통해 이 종 희 시인의 시를 분석하기 보다는 시작품에서 느낀 감흥을 말하고자 한다.

그 감흥은 이국의 식물이나 씨앗을 얻게 된 사람의 느낌에 비할 수 있을 것이다. 이 종 희 시인은 정성을 다해 자기 정원에 씨앗을 심는다. 그리고 그것이 아름다운 꽃을 피우도록 지성으로 가꾼다. 자기 동포들이 그 꽃을 보고 기뻐할 수 있도록.

이 종 희 시인의 작품을 번역하는 동안 계속해서 내게 다가온 것이 있었으니, 그것이 나로 하여금 푸른 하늘로 솟아오르게 해, 그곳에서 내가 모르는, 그러나 친근하고 이해가 가는, 놀랍고 새로운 것들로 충만한, 심적 경험과 열정 그리고 철학적 사색으로 덮여 있는 세상을 지켜보게 했다.

유럽 문화의 전통 속에서 양육된 사람으로 끼릴 문자와 라틴 문자밖에 모르는 나에게 한글과 상형문자로 이루어진 이 종 희 시인의 작품은 그 자체가 바로 기적처럼 보였다. 아름답고 수수께끼 같은 이 문자들은 계속해서 나의 상상력을 부추겼고, 나는 이 어휘들을 들여다보면서 내 생각과 느낌도 이 신비로운 문자로 표현하는 사람이 되고자 노력했다. 그러자 다가온 작품의 파장을 붙잡기만 하면 번역에 필요한 러시아 단어들이 저절로 나를 찾아왔다. 마치 누군가가 내게 필요한 단어들을 그때그때 소리 내어 들려주는 것처럼. 잘 맺은 몽우리로부터 놀라운 이국의 꽃이 피어나듯이.


진실한 감정은 번역을 필요로 하지 않는다. 미소는 누가 보든지 이해가 가고 눈물은 설명이 없어도 연민을 불러일으킨다. 러시아 시문학의 최고의 표본들이 국민들 가운데 존재하는 것은, 다름이 아니라 진실한 언어의 억양이 시어의 심오한 상징성 및 선율과 결합을 이루었기 때문이다.

나는 한국의 시인 이 종 희의 작품 세계를 이루는 주된 장점들 중 하나가 바로 진실성에 곱해진 명쾌하고 심오한 은유라는 것을 깨달아가는 것이 기뻤다. 그러므로 러시아어로 읽는 러시아 독자들에게 이 종 희 시인의 작품들은 그들의 가슴에 친근하게 와 닿아 공감대를 형성하리라 믿는다.

이러한 나의 주장을 뒷받침하는 예를 몇 개 들어보겠다.

나는 「떠날 때」라는 짧은 시가 매우 마음에 든다. 이 시에서 주제가

되는 감정은 원숙한 연령에 이른 많은 사람들이 겪어 보았을 것이 분
명한 정서다.

　　살아가는 날
　　늘어나는 것처럼
　　아둔하고 가증스런 세월에
　　가슴앓이 늘어

　　함께살이 버거울 때

　　우리
　　저대로 흘러왔다가
　　가버릴 바람이거든
　　이제 우리를 떠나자

　　살아야 할 날들
　　잦아지는 것처럼
　　아름차던 보람
　　삭아내리고

　　(…)

　　함께살이 버거울 때

　　우리
　　저대로 다가왔다가

흩어져야 할 소리이거든
이제 우리를 떠나자


　얼마나 경탄할 만한 비유냐! 누구나 한 번씩은 꼭 느껴 보게 마련
인 삶의 회의를 시인은 쉽고 분명한 언어로 표현했다. 이러한 회의가
드는 경우 러시아 사람들은 '세상이 싫다'고 말하는데, 이럴 때는 혼
자 있는 것이 제일 좋다. 그래야 지나온 길의 의미를 재조명해 볼 수
있을 테니까. 실로 가장 가까운 사람조차도 곁에 없으면 좋을 사람으
로 여겨지는 것이다. 이러한 감정은 러시아 독자들도 충분히 이해하
고 남을 것이다.


　이 시집에서 할머니, 아내, 딸, 손녀, 형제 등 시인과 매우 가까운
관계에 있는 사람들에 대한 구절들이 특히 가슴에 와 닿는다. 시인은
이들과의 만남과 대화에서 얻는 즐거움을, 또한 그들에게 무엇인가를
줄 수 있는 기쁨을, 나아가 그보다 더 많은 것을 주고 또 주고 싶은 마
음을 잘 표현했다.
　세상을 떠난 이들에 대한 시인의 추모의 정은 마치 가을 숲 속 공기
처럼 투명하고 쇄락하다. 이 경우 오로지 하나의 위안이 있다면 저 세
상에서 만날 수 있다는 희망인데 「전화번호를 지우며」에 그러한 감정
이 잘 나타나 있다.


　형은
빡빡한 일정에 쩔쩔매는 나에게
가끔은
틈을 마련해주었습니다
그래서 나는

그 틈을 확대시켜
세상을 보는 눈을 키웠습니다

(…)

형님은 물으십니다
당신의 이름과 전화번호에 그어진
두 줄의 의미가 무엇이냐고

그래서
말씀드립니다만
평행으로 된 두 선이
멀리서 소실점으로 하나가 되듯이
형과 내가
같은 방향으로 나란히 가다가
하나가 되기 위한 과정이
바로
두 줄이 지니고 있는 속내라고 말입니다 형님.

어려서 세상을 뜬 시인의 동생 〈종 무〉에 대한 이야기가 심금을 울려 눈물을 머금게 한다.

허기로 볼록해진 배를
주름진 허벅지에 의지해
키 작은 찬장에 붙이고
식구들 몰래

짠 반찬으로 배고픔을 달래던 네가


도청道廳 한구석
방화수 탱크 가장자리에서
물방개와 놀다가
물방개 뒷다리 잡고
물속에 잠겼던 네가


(…)


너 잠들었던 공동묘지
신시가지란 이름으로 바뀌었으니
어디 가서
너 누웠던 자리
네가 덮고 있던 잔디를 어루만져 볼거나 종무야.


　다시 말하지만, 가족을 소재로 한 시들은 많은 사람들에게 쉬 이해가 가고 친근하게 와 닿는다. 이러한 시들은 나에게도 소중하게 느껴진다. 예를 들어 시인의 배고팠던 어린 시절에 대한 기억을 풍기는 「보릿고개」라는 시가 나의 부모님이 들려주신 이야기를 상기시킨다. 파시스트들에 의해 점령되었던 1941~1944년의 벨라루스/구 백러시아 공화국에서 나날을 허기로 달래던 부모님의 어린 시절에 대한 이야기를 말이다.
　번역을 하면서 나는 이 종 희 시인이 시작詩作을 위해 과감히 취하는 테마들의 광범위함에 놀라고 감탄했다. 시인에게는 한계가 없는 듯한 인상을 받았다. 시간의 한계도, 공간의 한계도. 시인은 프랑스

국왕 루이 16세를 충심으로 지킨 스위스 용병에게 칭송을 돌리다가 「라이온 기념비」, 서기 8세기에 살았던 당나라 수왕의 슬픈 운명 「수왕」과 고대 히브리 요새를 로마 군대로부터 방어하다 산화한 비극적 역사 「Masada, 다시는 빼앗기지 않으리라」를 훌륭하게 전한다. 그런가 하면 시인은 인육을 먹는 끔찍한 행위가 횡행하던 아스텍 제국으로 독자를 단숨에 이동시킨다. 그리고 거기서 벌어진 사건의 묘사에 조물주를 향한 질문의 형태를 입힌다. 중요한 것은 질문에 대한 답의 있고 없음을 떠나서 그 질문 형태가 매우 적절하다는 것이다.

조국의 풍요로운 역사와 문화에 대한 긍지로 가득차 있는 애국시 「계백」, 「독도여, 독도여」, 「서울 코리아」, 「천년을 수놓을」이 가슴을 뜨겁게 하고, 시인의 정치적 입장을 표현한 시들(「대통령 하나 갖고 싶다」, 「이유 4—부자의 조건」)이 흥미롭다.

철학적 사색의 심오함과 비범하고 특이한 비유로 읽는 이를 놀라게 하는 「떨켜」와 「인연」, 그리고 「사진을 찍어야겠다」에 나오는 다음과 같은 연이 나로 하여금 새로운 시의 세계를 엿보게 한다.

낯설지 않은 영정影幀으로 앉아
'나는 이렇게 생각하고 행동하며 살았다.' 고
세상살이 들려줄 공간을 마련하기 위해
거짓을 떨쳐버린 얼굴로 사진을 찍어야겠다

이 얼마나 지혜롭고 정확한 표현이냐!  우리 모두는 삶의 대부분을 가면을 쓰고 산다. 우리의 진실한 얼굴을 가리는 가면을. 그러나 시인은 우리에게 말하고 있다. 영원과의 만남을 준비한다면 자신의 참모습을 남겨야 한다고. 이는 누구나 느끼는 바이므로, 이 시인의 지혜로운 표현은 우리 모두의 기억에 남을 것이다.

신과의 대화인 '기도시' 가 시집의 별도 부분을 차지하고 있다. 시인은 주님께 은총을 구하고 찬양을 드리는 것에 그치지 않고 그분께 더 가까이 다가가, 선이란 무엇이며, 복이란 무엇인가. 신의 피조물인 인간의 진정한 아름다움은 어디에 있으며 그 귀착점은 어디인가. 등의 신앙의 본질에 대한 질문을 두려운 마음으로 조심스럽게 내놓는다.

깊고 진실한, 깨달음이 있는 믿음으로부터 아래와 같은 힘을 내포한 구절이 나온다.


주여
머뭇거린다고 나무라지 마옵소서


긴 여행에서
돌아왔을 때
내 집의 소중함을 알고
편안을 느낄 수 있듯이
회의懷疑의 방황 끝에
말씀의 진리을 깨닫고
당신의 품에 안겨
참 평안을 누릴 수 있음이옵니다.


이 종 희의 시 세계가 많은 러시아 사람들의 마음에 감동을 주리라 확신한다. 왜냐하면 그의 시 세계에서는 무엇보다도 중요한, 곧 진정한 시의 질감이 느껴지기 때문이다. 그의 서정과 서사에 담겨 있는 동방 특유의 비유와 가슴 깊이 파고드는 선율, 신뢰를 주는 억양이며 깊은 신앙을 가진 이의 예지가 우리의 마음을 사로잡는다.

나 블라지미르의 작은 도움으로 러시아 독자들이 훌륭한 한국 시인을 만나게 된다는 것이 더할 나위 없이 기쁘다.

지은이_ **이종희**

이 종 희 시인은 한국의 중앙대학교 국어국문학과와 원광대학교 교육대학원 국어교육과를 졸업하고 중등교장으로 정년퇴임했으며 대통령 표창장과 홍조근정훈장紅條勤政勳章을 받았다. 현재 국제PEN클럽회원. 한국문인협회 회원. 한국기독교문인협회 이사. 한국현대시인협회 중앙위원. 전라북도 문인협회 이사로 활동하고 있다.


옮긴이_ **김 환**

김환은 한국의 고려대학교 노어노문학과와 한국외국어대학교 통/번역대학원 한/노과를 졸업하고 쌍뜨 뻬쩨르부르그 소재 러시아국립계를쎈사범대학교에서 어문학박사학위를 받았으며 쌍뜨 뻬쩨르부르그국립대학교와 러시아국립 계를쎈사범대학교에서 한국어와 러시아어를 십여 년간 강의하다가 쌍뜨 뻬쩨르부르그 한국총영사관에서 근무했으며 지금은 러시아어 통/번역 프리랜서로 일하고 있다.


옮긴이_ **블라지미르 블라지미로비치 쎄멘치크**
**ВЛАДИМИР ВЛАДИМИРОВИЧ СЕМЕНЧИК**

시인이자 산문 작가인 블라지미르는 정기간행물에 기사도 쓰고 있다. 1962년 우크라이나에서 태어나 아동기와 소년기를 벨라루시[백러시아]에서 보냈으며 1984년 벨라루시 국립대학교 신문학부를 졸업하고 러시아 연방 동쪽 끝에 있는 사할린 주 사할린 섬으로 왔다.
신문기자. 사할린 서적 출판사 편집인, 개인 출판사 사장, 〈Region[지역]〉지紙, 〈Nashi ostrova[우리의 섬들]〉지紙의 편집인으로 일했다. 현재 국영 매스컴 〈Gubernskie vedomosti 의 대표로 있다.
그의 시와 단편소설들이 많은 러시아 문학잡지와 문집에 실렸다. 『Pervoe dykhanie[첫 호흡]』『Inkognito[익명으로]』『Na vo'nujutemu[자유로운 주제로]』라는 운문으로 된 책과 『Gorodna kol'osakh[바퀴달린 도시]』『Super-muper[정말로 최고다]』라는 산문으로 된 책이 있다.
사할린 문화기금 수상자이며 레브 똘스또이 『Jasnaja Pol'ana』전국 문학상 수상자 후보다. 러시아 작가연맹 회원, 국제PEN클럽회원. 그의 단편소설들이 세르비아어와 우크라이나어로 번역되었다.

이 종 희 시인의 기도는 무엇을 갈구하거나 이루어 달라고 간청하지 않는다. 삶의 갈피에서 새어 나오는 '생명의 말씀에 이르고 싶다는 간절한 고백과 각을 세운 말로 할퀸 허물을 뉘우치는 참회의 눈물이 출렁이며 기독교 정신의 이념인 사랑이 바탕에 깔려 있음을 알 수 있다.' 그래서인지 절제와 균제를 앞세운 이성 중심의 헤브라이즘 정신이 담긴 고귀한 사랑의 의미가 가슴으로 전달되어지고, 시인이 따뜻한 휴머니즘의 가슴을 동시에 지닌 참 그리스도인이라는 느낌이 강하게 전해온다.

— 문 효 치(시인 · (전)국제PEN클럽한국본부이사장)

이 종 희 시편들은 이러한 동일성 원리를 '서정'과 '신앙'의 결속을 통해 선명하고도 아름답게 보여준다. 그만큼 그의 시편들은 근본적으로 시인과 독자 사이의 경험적 소통을 전제로 한 특수한 담화 양식이며, 새로운 깨달음과 감각의 갱신을 통해 사물의 의미와 본질을 재발견하게 해준다. 또한 그의 시편들은 시인 스스로 자기 자신을 탐색하고 성찰하는 이른바 '자기 확인'의 속성을 강하게 띠고 있는데, 그는 이번 시집을 통해 자신의 삶을 거듭 확인하고 성찰하며 더욱 열정적인 모습으로 그것을 변형해갈 동력을 얻고 있는 것이다.

— 유 성 호(문학평론가, 한양대 교수)

새로움은 변화다. 변화는 또 다른 창조의 시발점이 된다. 선생님의 시문학이 독실한 신앙심으로 문학을 더욱 문학답게 하고, 치열한 문학성으로 신앙인의 실천적 삶을 더욱 융숭하게 할 것이라고 확신한다. 이런 확신으로, 필자는 평생을 통해서 풀어냈던 사제지간의 인연의 실타래를 치밀하고 정성스럽게 되감아야 하리라. 이제 이 소중한 실꾸리를 되감는 것으로 과중한 소임에 대한 변변치 않은 결구로 삼고자 한다.

— 이 동 희(시인 · 문학박사 (전)전북문협회장)

이 종 희의 시 세계가 많은 러시아 사람들의 마음에 감동을 주리라 확신한다. 왜냐하면 그의 시 세계에서는 무엇보다도 중요한, 곧 진정한 시의 질감이 느껴지기 때문이다. 그의 서정과 서사에 담겨 있는 동방 특유의 비유와 가슴 깊이 파고드는 선율, 신뢰를 주는 억양이며 깊은 신앙을 가진 이의 예지가 우리의 마음을 사로잡는다. 나 브라지미르의 작은 도움으로 러시아 독자들이 훌륭한 한국 시인을 만나게 된다는 것이 더할 나위 없이 기쁘다.   — 블라지미르 블라지미로비치 쎄멘치크 ВЛАДИМИР ВЛАДИМИРОВИЧ СЕМЕНЧИК

(시인 · 소설가, 러시아 작가연맹 회원, 국제PEN펜클럽 회원)

EX·LIBRIS
이종희

Ли Чон Хи

# ЕДУ В ПУШКИН НАВСТРЕЧУ НОВОМУ ГОДУ

## СТИХИ И ПОЭМЫ

Ли Чон Хи

# ЕДУ В ПУШКИН
# НАВСТРЕЧУ НОВОМУ ГОДУ

## СТИХИ И ПОЭМЫ

Литературный перевод с корейского
Владимира Семенчика

Подстрочный перевод
Кима Хвана

# От автора

В 2008 году, находясь в Санкт-Петербурге, я твердо решил опубликовать свои стихотворения в переводе на русский язык. После этого до дня издания сборника «Еду в Пушкин навстречу Новому году» прошло 5 лет, за это время было написано более 230 электронных писем и сделано более 30 международных телефонных звонков, связанных с подготовкой книги.

Думаю, мне крупно повезло познакомиться с переводчиком, господином Хваном Кимом. А вот сотрудничество с первым человеком, который намеревался сделать литературный перевод, сорвалось через 11 месяцев. И только в ноябре 2010 года, т. е., через целые 2 года после моего решения опубликовать свои стихотворения, мне наконец-то удалось познакомиться с Владимиром Семенчиком, который в моей жизни значит очень многое.

Почему я его высоко ценю? Потому что к завершению своего литературного перевода на вопрос о том, почему он это делает, он ответил так: «Потому что мне нравятся стихотворения Ли Чон Хи, и все».

Мы тщательно поработали над комментариями, чтобы они достоверно подсказали русским читателям подтекст, содержащийся в основном тексте стихотворений.

Издание сборника стихотворений «Еду в Пушкин навстречу Новому году» было возможно благодаря двум помощникам, у которых я многому научился. Хочу выразить сердечную благодарность господину Хвану Киму и поэту В.В.Семенчику за бесценную помощь. Желаю, чтобы моя благодарность им достигла небес.

Я очень рад, что в литературном журнале «День и ночь» (№ 4/2012), который издается в г. Красноярск, опубликованы 7 моих стихотворений, в том числе «Осколки жизни», и что в литературном альманахе «Рубеж» (2012/12/874), который издается в г. Владивосток, по праву именуемом жемчужиной российского Дальнего Востока, на 15 страницах опубликовано 21 мое стихотворение, в том числе «Жду сумку», а также комментарии к ним.

# Содержание

I

# II

## III

# IV СТИХИ-МОЛИТВЫ

# КРИТИЧЕСКИЕ ОТЗЫВЫ О ПОЭЗИИ ЛИ ЧОН ХИ

I

Пролог

## Осколки жизни

Как описать судьбу,
Вспоминая один день?
Как разглядеть огромный дом,
Увидев единственное окошко?

Хватит ли мне слов,
Чтобы показать узоры,
Которые начертили осколки жизни?

Мой бедный словарь – как щепка в бурной реке,
Видит пышные облака,
Огибает подножье дикой горы,
Переворачивается от боли,

Меж двух берегов
В водовороте времени.

* КРАСНОЯРСК, 2012 (ДЕНЬ и НОЧЬ)

# Жду сумку

Где же бродит сумка,
Которую я жду?
Что же лежит в ней?

Веер!
Хочу, чтобы в ней был веер,
Который летним днем,
Качался в руке бабушки,
И легкий ветерок от него,
Ласково скользя по животу,
Уводил меня в сладкий сон.

Где же бродит сумка,
Которую я жду?
Что же положили в нее?

Огонек!
Хочу, чтобы в ней был огонек,
Который зимней ночью
Плясал на угольках среди пепла,
Сторожил мрак в печи,
По которой постукивала бабушка,

И ждал моих родных,
Ушедших в гости к соседям.


* КРАСНОЯРСК, 2012 (ДЕНЬ и НОЧЬ)

# Песня о горах Каясхан

Красивые горы,

Плотные     С тобой     кучевые

Облака,      **Как**      чистые

Нежные   Было бы хорошо!   звуки,

Свежий ветер...

# Пока живу осенью[1]

*Минувшее —*
*Источник тоски.*
*В нем так много всего:*
*Друзья детства,*
*Листья клена, которые, приплясывая на ветру,*
*Скользят по тропинке мимо могилы бабушки,*
*И спелые каштаны, склонившиеся низко-низко.*

*Иногда,*
*Обернувшись,*
*Машу рукой и зову их всех,*
*Но река тоски глубока, широка и длинна.*
*Может, поэтому мы и живем с несбывшимися*
*мечтами.*

*Бурундук один,*
*Оглянувшись на меня, убегает стремительными*
*прыжками.*

По тропинке,
Где бегает бурундук,

Зреет тоска
Словно плоды каштана,
Прильнувшие к листьям кустов.

Когда она созреет, я в тот же миг полечу
На желтом листке,

Чтобы щедро раздать всем
Сердце, которое я спрятал
В саду,

Пока живу осенью.


1) Это стихотворение размещено на стене автобусной остановки «Университетская больница» напротив церкви «Антиохийской» в г. Чонджу (р–н Тогтингу, микрорайон Кымамдон).

# Хурма

– Вспоминая Чонхо

Я мчался по узкой улочке,
Размахивая венком из цветков хурмы,
А с соломенной крыши,
На которой оранжевая осень
Встречалась с голубым небом,
Градом катились запахи,
Принесенные ветерком
С горы, стоявшей за домом.

Время, увы, беспощадно... Пока тетя,
Жена младшего отцовского брата,
Красит ногти соком нежных лепестков
И долго чего-то ждет,
Ребенок растет прямо на глазах,
Вскормленный бабушкиной любовью.
Она всю жизнь, во всякое время года,
Отдавала ему всю свою любовь.
Ее плоское обветренное лицо,
Словно придавленное Корейской войной[1],
Обращено вниз – на внука.

1) Под Корейской войной имеется в виду та «открытая война» между Республикой Корея и КНДР, которая началась в 4 часа утра 25 июня 1950 года, когда армия Северной Кореи внезапно вступила на территорию Южной Кореи, расположенную в то время южнее 38-й параллели северного полушария. В войне на стороне Северной Кореи приняли участие СССР и коммунистический Китай, а на стороне Южной Кореи — армии, представлявшие 16 стран-членов ООН, в том числе США и Великобритании. Суровые бои продолжались до 27 июля 1953 года, когда было подписано соглашение о перемирии. С тех пор до сегодняшнего дня Юг и Север Кореи, разделенные линией перемирия, противостоят друг другу.

В результате этой войны погибли более двух с половиной миллионов граждан обоих государств (в т. ч. 1 миллион 130 тысяч граждан Северной Кореи — 11% всего ее населения). Погибли более 54 тысяч солдат армии США. Стали вдовами более 200 тысяч, осиротели более 100 тысяч детей. Было разрушено 45% индустриальной инфраструктуры, что повлекло за собой серьезные социально-экономические проблемы.

# Где я хочу жить

Где рассвет начинается
С кувшина для воды, который несет женщина,
Где качается коромысло — и на нежных руках
проступают мускулы,

Где в кувшине
Качается на волнах зелень,
А рядом прыгает,
Виляя хвостом, Рыжик,
И все они качаются на волнах времени,

Где не нужно думать о реформах или политике,
А можно просто улыбаться друг другу,
Где останавливаются чистые души,

Там я хочу жить.

# Кебэг[1]

На кровавом поле,
Врастая в нее корнями обид,
Смело встал воин.

Отчаянную надежду всего народа
Впитал его длинный меч.
Горше нет доли – самому убить жену и детей,
Но лучше уж смерть, чем рабство!

Три дня и три ночи
Гремели четыре битвы.
Пятьдесят тысяч воинов[2]
Не могли одолеть пять тысяч и одного.
Атаку шестнадцатилетнего вражеского генерала[3]
Он высоко оценил,
Словно отец, ободряющий сына,
Но и состраданию есть пределы.

Однако удача,
Которую небо даровало Гоуцзяню[4],
С его пятитысячной армией,
На этот раз прошла стороной.

Всю равнину Хуансханбор[5]

Он оросил алой кровью

И закат семисотлетней династии

Украсил темно-красными доспехами.


Самую тяжелую ношу

Он принял на свои плечи,

О, великий воин,

Ты — душа страны Пэгте[6]!


1) Кебэг (?- 660 г.) — полководец, живший в последний период существования государства Пэгте. На 20-м году правления пэгтинского государя Ыичзяуана (660 г.) на Пэгте напала объединенная армия государств Силла и Тан (*Силла — древнекорейское государство, существовавшее с 57 г. до н. э. до 935 г. н. э., одно из Трех государств; — комментарий Кима Хвана*). Перед решающей битвой, Кебэг, видя свое неминуемое поражание, убил жену и детей, чтобы они не попали в рабство к врагам, избежали позора и мучений. Командуя пятью тысячами воинов-смертников, он вышел на равнину Хуансханбор, где 4 раза повергал в бегство армию под командованием Ющина Кима и убил более 10 тысяч вражеских солдат. Однако армия Силлы, боевой дух которой вновь укрепился после гибели 16-летнего генерала Куанчхана, продол-

жала яростные атаки. В конце концов, армия Кебэга была разгромлена, а сам он убит в бою. Это привело государство Пэгте на путь гибели.

2) Союзная армия Силлы и Тана.

3) Куанчхан, сын Пхумира, генерала Силлы.

4) Царь Юе, разгромивший со своей армией из 5 тысяч человек 700-тысячную армию У.

5) Хуансханбор — поле, занимавшее часть территории нынешних сел Щинянни и Щинамни, р-н Ёнсханмён, г. Нонсхан, провинция Чхунчхоннамдо.

6) Пэгте — одно из Трех древнекорейских государств *(два других — Когурё и Силла)*. Приблизительно с начала нашей эры занимало центральный и юго-западный регионы Корейского полуострова. Просуществовало до 660 г., когда было низвержено объединенной армией Силлы и Тана. Государством Пэгте были переданы в Японию литература на основе китайских иероглифов, буддизм и чхильтидо *(корейск.; железные мечи с семью клинками; государь Пэгте пожаловал ими государя Японии.)*.

# Буду жить на этих небесах[1]

Дни забот, трудов и волнений,
Даже через тридцать с лишним лет,
Когда все изменилось,
Остаются со мной.
Скучаю по тому
Прекрасному времени!

Корабль жизни, где в трюмах — моя щедрость
и труд,
Сегодня бросает якорь.
Мои саженцы выросли и превратились в лес.
Я буду жить в этих зеленых горах.
Я буду жить на этих небесах.
Да, я буду жить на этих небесах.

Природа меняется,
Но прежние дни остаются с нами.
Я скучаю по ним,
По прекрасному времени!
Я буду жить в этих зеленых горах.
Я буду жить на этих небесах.
Я буду жить в этих зеленых горах.
Да, я буду жить на этих небесах.

1) Текст песни, посвященной уходу автора на пенсию. Музыка — Ли Чун Бог. Певец — Цой Чин Хаг.

# Место для моего отдыха[1]

В место спокойного отдыха, в эту крепость,

Когда я домой возвращаюсь,
Приходят и манят меня рукой,
Воспоминания,

О днях, когда я мучился вопросом —
Что еще можно отдать близким? —
Хотя уже раздарил все свои сокровища,

О драгоценных именах,
Что я бережно хранил
В самом укромном месте,

Куда приходят и откуда уходят воспоминания.


1) Стихотворение помещено в «Сборнике стихотворений корейских и китайских поэтов», изданном 15.10.2006 г. Обществом корейских современных поэтов.

# Моя тоска

Дни идут.
Пролетают месяцы.
Уносится год за годом.

Река времени
Не возвращает бабушку,
Уплывшую навсегда за далекие горы.

Тянется вверх, как росток,
Любимая внучка Сион.
Смотрю на родинку над ее верхней губой.

Моя тоска
Рука об руку с грустью,
Добравшись до неба, проливается вниз дождем.

# Счастье дарить

Твое рождение
Разрушило надежды на появление сына,
Но ты росла, вскормленная сочувствием,
И тянулась вверх под солнцем любви и ласки.

Твои глаза —
Прозрачные озера, очищающие кровь.
Твое лицо —
Горячее солнце, обнимающее ручей,
Послушное биению жаркого сердца.

Когда ты идешь,
Возникает ветер, пахнущий хвоей,
И слышна волшебная музыка.

Ты – Раон[1],
Истинная радость нашей семьи.

Ты уходишь —
И с неба уходит солнце,
А лес замирает в тревоге.
Ты возвращаешься —

И морские волны поют от счастья.

Мой слух
Ловит только твои слова.
А твои просьбы
Дают мне счастье дарить.


Ты – моя истинная радость,
Моя Раон.


* ВЛАДИВОСТОК, 2012 (РУБЕЖ)


1) Раон – имя третьей дочери автора. В этом имени есть значение «радостный». Так ее назвали в надежде на то, что она вырастет человеком, приносящим людям радость.

# Желтые листья

### – или Листья гинкго

Невесомые и прекрасные,
Друг за другом они уходят в последний полет,

Украшая сезон увядания
И горькой разлуки с ближними,
Они кружат, напевая хрустальными голосами.

Они кружат бесконечно,
То плавно, то торопливо,

Перепрыгивая реку забвения
По камушкам раздумий,
Окрыленные, возвращаются на вечную родину.

!

Кап,

Кап —

Кровь королевской семьи

Наполняется скорбью и растекается со слезами.

# Дорога к «Тэгымгадыну»[1],
## — или Проводы Чонэ Щим

Поднимаясь на холм Хуантхомару,

К сакуре, цветущей вокруг храма «Схуннимсха»[2],

Хороню тоску на дороге и ухожу по ней.


Спускаясь с холма Хуантхомару,

На гребень горы Хамнасхан,

Где обитают кукушки,

Оставляю вздох на дороге и ухожу по ней.


Подойдя к холму Хуантхомару,

Оборачиваюсь на закат,

А вижу свое прошлое,

Где так много ошибок,

И, отдохнув минутку, ускоряю шаги.


Идущие по дороге к «Тэгымгадыну»,

Что за холмом Хуантхомару,

На подножье горы Хамнасхан,

Отдают свое дело в другие руки,

Привязывают к хвосту красной стрекозы

Грядущие дни — и расходятся.

Эта дорога - мой жизненный путь,
И мне не свернуть с нее.

29 августа 1997 г.


1) «Тэгымгадын» — ресторан, расположенный около буддийского монастыря «Схуннимсха».

2) «Схуннимсха» — буддийский монастырь, расположенный на горе Хамнасхан, по адресу: г. Игсан, р-н Унпхомён, с. Схончонни.

# Какой президент мне нужен

Хочется,
Чтоб и у меня был президент,

Не такой,
Что в ссылке на пустынном острове
Умер от горя и одиночества,

И не такой,
Которого застрелил его же слуга,
Пока он любовался красотками,
Пируя в секретной резиденции.

А такой, который, победив в войне за независимость[1],
Основал прекрасное государство[2],
И, отказавшись от годовой зарплаты,
Которую назначил ему парламент,
Два срока,
Целых восемь лет,
Не получая ни гроша,
Служил стране бескорыстно.
Вот какой
Нужен мне президент.

Хочется,
Чтоб и у меня был президент,

Не такой, что жил в страхе
Под каблуком солдатских сапог[3]
Тряпичной марионеткой,

И не такой,
Который, покинув свой пост,
Сразу оказался в тюрьме,

А такой, кто освободил людей
От жестокого рабства
И дал всем равные права,
И объединил народ, который был разделен на юг
и север,
Настоящий народный лидер.
Хочется,
Чтоб и у меня был такой президент.

Скажу еще:
Мне надо,

Чтобы у меня был президент,

Не такой,
Что может лишь растерянно смотреть
Как его сына уводят связанного и в наручниках,

И тем более
Не такой,
У которого в официальной резиденции
Тыл[4], прячущий по карманам грязные деньги,
А за ее стенами —
Сын, присвоивший ящик с долларами,
Да еще старший брат и муж племянницы,
Влезающие в чужой бизнес,
Пугая авторитетом высокого родственника,

А такой, что подарил бы радость
Мне и моей любимой Сион[5],

И в наших сердцах поселилась гордость
За его бескорыстие и талант лидера,
И мы пришли бы в его дом,

Чтобы со всем народом отдать ему дань уважения,
Изучить его наследие и воздать хвалу его
достижениям.
Мне надо, чтоб у меня был
Хотя бы один такой президент.

1) Война за независимость США. Ее начали в 1775 г. 13 северо-американских колоний Англии, выступая против ее новой интервенционистской политики. Они одержали победу благодаря финансовой и военной поддержке многих европейских стран, в том числе Франции, и завоевали признание независимости по договору, заключенному в 1783 г. в Париже.

2) Прекрасное государство — так буквально переводится корейское слово, заимствование из китайского языка (미국美國; /мигуг/), называющее США. Китайцы взяли для их названия два иероглифа, второй из которых имеет значение «государство». А первый иероглиф они взяли по его фонетическому сходству со звучанием подударного слога, составляющего слово America. Неизвестно, обращали ли китайцы внимание на значение этого иероглифа, называя по-своему Америку. Автор в тексте употребляет не обычное слово, которым корейцы называют США, а именно буквальный перевод слова-сочетания двух китайских иероглифов; — *комментарий Кима Хвана.*

3) Солдатские сапоги — символ военщины.

4) Тылом называл один из президентов свою жену.

5) Сион — имя самой любимой в мире внучки.

# Токто[1], о, Токто!

Услыхав, что Маньчжурия[2] — земля плодородная,

Не гористая, просторная и счастливая,

И люди живут там в достатке,

Переселенцы[3] взяли свой скудный скарб,

Сложили на плечи, на головы

И со слезами, вздыхая горько,

Отправились в путь далекий,

Надеясь достичь благодатной земли.

Но пришлось им долго скитаться

И просить милостыню у бедняков.

В день, когда они вернули себе свои имена

и фамилии,

И землю, растоптанную врагами,

Когда родные, бывшие в долгой разлуке,

Встретившись, обнимались и танцевали, ликуя

от счастья[4],

Разве вы, о Токто,

Не видели вместе с братьями Ульлыном и Чеджудо[5]

Прекрасный образ своей матери — Кореи?

Вы – наша гордость, мудрые стражи в Восточном
море[6],
Знаете ли, что вас упорно считают своими
Люди, мелкие телом и душой,
И называют вас Такесимой?
От одной мысли об этом разрывается сердце!

Вы возникли
На крыльях танцующих чаек,
Или на подводной платформе из гидратов[7]?

Разве не пришло время, о Токто,
Встать в полный рост
И всему миру показать образ полуострова —
Первого во всей Азии?

1) Токто — острова в Японском море, их территориальная принадлежность к Республике Корея оспаривается японцами; — *комментарий Кима Хвана.*

2) В период аннексии Корейского полуострова империалистической Японией (1910—1945), которая захватила корейские сельскохозяйственные угодья, японцы конфисковывали и увозили на свои острова всю производившуюся в Корее продукцию. Чтобы выжить, корейцы были вынуждены питаться в буквальном смысле корнями травы и древесной корой. Те, кто не в силах был терпеть такое существование, отправились в путь, в слепой надежде добраться до Маньчжурии.

3) В период аннексии многие корейцы под давлением японских властей вынуждены были переселяться на северо-восток Китая. В то же время часть японских граждан переселяли в Корею.

4) 15 августа 1945 г., день освобождения Кореи от гнета японского колониализма.

5) Острова архипелага названы по их геологическому взрасту: первый — Токто, второй — Улындо и последний — Чеджудо.

6) Буквальный перевод корейского слова, называющего море, которое омывает восточный берег Корейского полуострова и носит официальное географическое название «Японское море»; — *коментарий Кима Хвана.*

7) Гидраты — продукты присоединения воды к неорганическим и органическим веществам. В данном случае под гидратом подразумевается оледеневший высококачественный природный газ, главным составным компонентом которого является метан. Есть данные, что огромное количество гидратов хранится на шельфе вокруг островов Токто.

# Время прощаться

Чем больше прожитых дней,
Тем больше и слез
Непролитых.

Чем упрямее и быстрее
Уходит время,
Тем чаще в груди
Сердечная боль.

Когда тяжело жить вместе,

Не лучше ли распрощаться
Двум ветрам,
Летящим по миру врозь...

Чем меньше остается дней
До самой последней минуты,
Тем меньше радости
От того, что удалось совершить.

Остается только стоять как столб,
Скрывая от всех

Боль и страдания,
И не видя смысла,
В жизни такой.

Когда тяжело жить вместе,

Не лучше ли распрощаться
Двум мелодиям,
Звучащим так далеко
Одна от другой ...


* КРАСНОЯРСК, 2012 (ДЕНЬ и НОЧЬ)

# Отделительные слои[1]

Когда бледные тени
Грустных одиноких душ,
Окруженные белыми облаками,
В ужасающей тьме,

На ветру, отнимающем плоть
И поглотившем зеленые песни,
С заплаканными лицами
Пролетают туннель смены времен,
И крики их рассыпаются, как песчинки,

Место прощания с ними
Всегда охраняют честные стражи,
Силой отчей любви
Помогая открыть новое небо и землю.

* ВЛАДИВОСТОК, 2012 (РУБЕЖ)

1) Особая пробкообразная прослойка, которая формируется на месте соединения ветки дерева с черенком листа незадолго до листопада. Она преграждает проникновение влаги и вынуждает лист упасть, а после этого защищает место, от которого лист оторвался.

# Памятник льву[1]

Похоронены на чужбине
786 швейцарских солдат,
Но они не жалеют об этой доле.

Ветер скорби,
Пахнущий кровью,
Летит к их родному дому.

Дожди и снега повторяют их имена,
Наполняя сердце тоской,
Отдаваясь болью в висках
И лишая сна.

Но их утешает память о том,
Что 10 августа 1792 года
В Тюильрийском дворце
Клятву верности семье Людовика XVI[2],
Они сдержали, не пощадив себя.

Хотя сломаны копья и разбиты щиты,
Солдаты швейцарской наемной армии
Спят спокойно и гордо.

1) Памятник «Умирающий лев» находится в Люцерне (Швейцария), он создан датским скульптором Торвальдсеном (Thorvaldsen, Berte 1. 1770—1844). Лев, умирающий от сломанного копья, вонзившегося в спину, символизирует отряд швейцарской наемной армии. 786 солдат во время Французской революции (1789—1799) не щадя жизни сражались с гражданской революционной армией, выполняя обещание, данное семье Людовика XVI: «Солдаты наемной армии отдают свою жизнь за того, кому служат».

2) Людовик XVI (Louis XVI, Berry. Годы правления — 1774—1793) — последний король династии Бурбонов, бездарный, с мягким и нерешительным характером. Был свергнут с трона в 1792 г. Вместе с королевой Антуанеттой (Marie—Antoinette) казнен на эшафоте.

# Холод России[1)]

Холод Москвы
Идет от метровых стен.
Поэтому люди России
Не могут согреться даже в домах.

Холод Санкт-Петербурга[2)]
Проникает внутрь, словно болезнь.
Поэтому люди России,
Надев элегантные шляпы или береты,
Впечатывая каблуки в мостовую,
Переставляя стройные крепкие ноги,
Шествуют по петербургским улицам.

Холод города Пушкина[3)]
Прячется в толстом пальто.
Поэтому люди России,
Придя домой,
Вешают пальто и шапку на вешалку.

Холод Москвы
Спускается из туч, укравших солнце.
Поэтому люди России —

И чиновники, и работники сферы услуг —
В мрачную погоду
Носят на лицах любезные лживые маски.


Холод Санкт-Петербурга,
Легко настигает людей,
Ведь вокруг нет гор,
Которые преградили бы путь ветру,
И даже рекламные вывески,
Не мешают ему лететь,
Поскольку висят на стенах.
Поэтому люди России
Каждый день так спешат,
Пытаясь обогнать холод.


Холод города Пушкина
Даже не думает заходить
В помещения, где расставлены батареи,
Или в торговые ряды, где на входе вооруженные
                                    охранники.
Поэтому люди России,
У которых носы кажутся больше лиц,

В головных уборах и пальто
Встречают свирепый холод только на улице.

1) Официальное название России — Российская Федерация. В ее составе 46 областей, 21 республика, 4 автономных округа, 9 краев, 2 города федерального значения (Москва и Санкт-Петербург) и 1 автономная область.

2) Слово «Санкт-Петербург» переводится как «город святого Петра Великого». Это второй по величине город России, бывшая столица Российской империи. С 1924 г. по 1991 г. назывался Ленинградом. Один из крупнейших промышленных, научных, культурных и туристических центров Европы. Численность населения — около 5 миллионов человек.

3) Город Пушкин назван в честь русского народного поэта Александра Сергеевича Пушкина. Расположен недалеко от Санкт-Петербурга, входит в состав Ленинградской области. Численность населения — 84,6 тысячи человек (2003 г.).

# В монастыре Магогса[1]

10 ноября 2004 года
Метафора и Мелодия
Шли вместе по горам Тхэхуасхан.

В этот день
Не было проповеди Почхольхуасхана.
Поэтому ветер
Привел не буддистов,
А стену дождя, густого, как стебли конопли.

Первую ноту настроили так,
Чтобы она точно совпала
С красками и тональностями
Голоса Короля Шоу[2],
И звучала именно там,
Где он будет рыдать безутешно.

Как пятилетний сын,
Вернувшийся из Италии на родную землю
И позабывший шалости,
Капли дождя, отражая пустое небо,
Повисев на листьях,

Осмеливались спросить:
«Что наша жизнь без встреч и разлук?»,
И прыгали в ручей.
А древний монастырь
Гудел от их звонкого крика.

А Мелодия и Метафора,
Снисходительно улыбались,
Понимая: если глупый отец
Видит лишь то, что хочет видеть,
Он воспитает одно – пустоту.

Поэтому так весело было шагать
По пути в монастырь Магогса.

1) Буддийский монастырь, расположенный в горах Тхэхуа-схан, которые по административно-территориальной принадлежности находятся в составе г. Кончзю, пров. Чхунчхоннамдо. Говорят, что монастырь назвали Магогса *(буквально переводится как «буддийский монастырь в конопляной долине»; — комментарий Кима Хвана)* потому, что в период королевства Силла в этом монастыре однажды читал проповедь Почхольхуасхан, и верующих собралось столько, что они стояли плотно — как стебли конопли в поле.

2) Король Шоу — 18-й сын Сюаньцзуна, первый муж Юйху-ани Ян (впоследствии царицы Ян). В данном случае под «Королем Шоу» имеется в виду одноименное стихотворное произведение Ли Чон Хи.

# Масада, мы тебя больше никогда не отдадим[1]!


Потускнела и мудрость царя, предложившего:

«Разрежьте дитя надвое»[2].

Минула тысяча лет после славной сго эпохи.

Иерусалим, открывший ворота Помпею[3],

Мечтая скинуть оковы позора,

Выпрямив согбенную спину,

С горящим взором, напрягши жилы,

Зажег огонь борьбы за независимость[4],

Но спустя четыре года Город покоя[5] вновь

загорелся.


На восточном краю иудейской пустыни,

В четырех километрах к западу от Мертвого моря,

Выросла крутая гора – Масада,

Высотой 434 метра.

Она стоит на самом удачном месте,

Здесь воздух чист даже в пыльную бурю,

И солнечные лучи обходят ее стороной,

Даруя прохладу.

Поэтому Масада заботится, чтобы запасы пищи

Не пропали, несмотря на столетний зной,

И надежно хранит оружие
Для десяти тысяч воинов.
Она своим широким поясом длиной в 1300 метров
Обняла 976 зилотов[6],
Последовавших примеру Элеазара Бен-Яира.


В день, когда стены крепости, устоявшие в жестоких
боях,
Шатались от ударов камней, выпущенных
баллистой[7],
И рушились от горящих стрел,
Сильвер[8]
Готовился сладко уснуть,
Чтобы, проснувшись, встретить тихое утро,
Которое сменит ночь героической смерти.


В этот день бушевал свирепый ветер,
Круша, ломая и сталкивая вниз по стенам крепости
Мощный боевой дух защитников Масады.
В этот день Элеазар, выйдя навстречу ветру,
Собрал здоровых мужчин и объявил свое решение:

«Воины,

После того, как мы, собравшись здесь,

в Масаде,

Воевали с римской армией,

В Дамаске было обезглавлено больше

восемнадцати тысяч

Невинных жен и детей наших соратников,

А в Египте

Потеряли жизнь более шестидесяти тысяч

наших соплеменников.

И теперь римская армия

Хочет нас взять живыми в рабство,

Разорвать перед нами Библию

И спеть триумфальные песни.


Но к счастью

Этой ночью

Наши руки свободны,

У каждого на боку — мечи чести,

И мы можем выбрать не позорную смерть.

Воины,

Давайте все вместе

Пока не закончилась эта ночь,
Сами наденем на себя погребальные саваны».


Большие иудейские руки вытерли слезы.
Цель ясна: пусть в крепости с крутыми стенами
Новый день встретит жуткая тишина,
И победная слава не достанется римской армии.
Пусть потомки изумленно откроют глаза,
Узнав о том, как, проиграв в неравном бою[9],
Хотя у них было в достатке еды и оружия,
Иудеи выбрали не позорную смерть.


Долго они обнимались с любимыми женами,
Целовали детей. Разрывались сердца от горя.
А затем высоко подняли мечи,
Отворившие реку крови, по которой уплыли
                              их семьи,
И кровавым туманом наполнилась вся Масада.


Затем по жребию выбрали
Десять воинов,
Чтобы они пронзили мечами сердца соратников,

Которые лягут рядом с телами жен и детей,
И открыли мощный поток крови, скорби и гнева.


Красная река
Разлилась по столетней крепости,
И души, покинув тела,
Быстроногими ветрами,
Ушли бродить по родной земле.
Вслед за ними поплыло вдаль печальное время.


Воин, оставшийся один в Масаде[10],
Пронзил мечом девятерых товарищей,
Пролил горячую кровь в реку преданности,
А чтобы враги не подумали,
Что он умер от голода,
Оставил нетронутыми две-три житницы
И поджег крепость:


«Разгорайся, пылай
Высокими огнями!
Пусть горит и роскошный дворец царя Ирода[11],
Возвышающийся на скале,

Где не растет ни трава, ни дерево,
Но в котором было в достатке холодной и горячей
                                        воды.

Горите, вещи, оставленные воинами,
Сохранившие в себе их горе!
И я освобожусь от уставшего тела,
По родной земле, где росли мои кости и зрели
                                        мечты,
Развею самые дорогие воспоминания.
Пусть они будут пылью Масады!».


Он лег и вставил меч в свое тело, будто оно —
                                        ножны,
Сделав совершеннее «святую землю героев»
В весенний вечер на 15 апреля 73-го года
                        от Рождества Христова.


Римские солдаты, жаждавшие большой крови,
Разбили громкими криками
Величественную тишину нового дня.
Но нашли в подземной пещере
Лишь двух женщин[12],

Которым любовь не позволила умереть.

Дрожащими устами

Они рассказали о «жизни, прожитой праведно»

иудеями,

Которых было числом девятьсот шестьдесят.


А пятеро их детей

Только кивали, как старики,

И пустые их взоры

Говорили о долгой разлуке в эту кровавую ночь.


1) Клятва, которую дают на вершине г. Масада юноши, вступившие в Гадну — израильский молодежный отряд.

2) Из «Суда Соломона».

3) Это произошло в 65 г. до н. э. Полное имя Помпея — Gnaeus Pompeius Magnus (106—48 гг. до н. э.). Он — военный и политик последнего периода древнеримской республики.

4) 66 г. н. э.

5) Иерусалим сначала назывался Урусалимом, что означает «Город покоя».

6) Зилоты — одна из ветвей иудаизма.

7) Баллиста — оружие, которое швыряет 25-килограммовый

камень на расстояние до 400 метров.

8) Сильвер — командир 10-го корпуса римского элитного отряда, который в 72 г. н. э. осадил крепость Масада с 9 тысячами солдат римской регулярной армии. В составе отряда были 6 тысяч еврейских военных пленников, которых использовали в качестве рабочих.

9) Силы в этом бою были действительно неравные: 15-тысячному римскому элитному отряду противостояли несколько сотен еврейских партизан.

10) Среди последних 10 зилотов был выбран один — для того, чтобы он умертвил девятерых своих соратников.

11) Ирод правил Иудеей, будучи зависим от Рима. Иудеи время от времени пытались поднять восстание, а поскольку египетская царица Клеопатра просила своего мужа, влиятельного римского политика Антония, чтобы он отдал ей иудейское царство, Ирод боялся, что рано или поздно Рим предаст его. Поэтому он в качестве своего убежища использовал Масаду, прекрасную природную крепость, в которой всегда прохладно, так как прямые солнечные лучи почти не попадают в нее, и которая хорошо защищает от ветра. Он построил там стены, хранил оружие и пищу. Также он построил там свой дворец (35 г. до н. э.).

12) Из 967 иудеев, скрывавшихся в осажденной Масаде, остались в живых лишь две женщины и пятеро детей.

# Мао Цзэдун

Бесконечное властолюбие
И глухой страх измены,
Загоняя вселенную в шторм заговоров,
Выгоняли из нор змей[1].

Бесконечное честолюбие
Породило Большой скачок[2] и Культурную
революцию[3].
В эти годы тысячи людей были убиты и умерли
от голода.
Посреди пустынной земли,
Где домна на заднем дворе[4] — жалкая идея
недалекого ума —
Глотает металлический чайник, сельхозинструменты
и двери,

Великий Кормчий,
Наслаждаясь молодыми девушками без извержения[5],
как учил Лао-цзы,
Роняет чешуйки старческой кожи и для чистки
зубов использует чай.

«В чистой воде не водится рыба», — говорил он,
Не желая видеть, что его приближенные погрязли
                                    в коррупции,
И зная: из страха разоблачения они будут ему
                                    верны.


Несчастного министра обороны, который страдал
                                    от камней в почках,
И, чтобы унять боль, лил слезы и терся лицом
                                    о грудь жены,
Он вынудил на смертельный номер —
                        государственный переворот[6].


На могилах детей, жены и друзей
Он планировал, как развивать экономику, какую
                                    строить политику.
И решил: чем сильнее народ страдает, тем проще
                                    им управлять.
Помешанный на своей безопасности,
В загородном доме


Он обтирался полотенцем, смоченным в горячей воде,

Опасаясь принять ванну,

И укутывался простыней,

Страшась нормально одеться.


Чтобы доказать,

Что человек — политическое животное,

Он заставлял людей клеветать друг на друга

И отрекаться от самих себя.


Премьер государственного Совета[7]

Ползал на коленях перед Председателем

По расстеленной карте,

Показывая, где тот будет проезжать на смотре перед
строем солдат.

Заместитель Председателя[8]

Охранял его приемную,

Дожидаясь, когда же проснется проводница поезда
Великого Кормчего[9].


Его четвертая жена, которая пережила два
замужества,

Не любившая жить на морском побережье[10],

В гневе из-за того, что муж не передал ей власть
                                над страной,
Создала Могучую четверку[11] — для политического
                                браконьерства.


Идеология, возникшая из кучи обрывочных знаний,
Создала систему, при которой всесильная бюрократия
Управляла даже лечением Председателя
И образом его мыслей.


И в жестокое время,
Когда воспевали партию, конфисковавшую
                                имущество,


Его биоритм замедлял течение времени.
Сорок один год он не давал спать стране,
Решая все важные вопросы только после полуночи.
А когда завершил свой тревожный путь, по которому
                                ушел суетливо,
Бледный солнечный луч упал на жалкий образ
Отряда «8341»[12],
Провалившегося в бездну посреди растерзанной
                                земли.

1) Под фразой «Выгоняли из нор змей» подразумеваются кампании Коммунистической партии Китая, направленные на обнаружение скрытых врагов и их уничтожение. Политика компартии всегда отличалась одновременной мягкостью и жесткостью: снаружи партия старалась казаться «доброй», а внутри была чрезвычайно требовательна, с одной стороны она была либеральна, а с другой — настойчива в поисках врагов.

2) Большой скачок — всекитайское массовое движение, ориентированное на достижение высокого уровня экономического роста в стране. Им руководили Мао Цзэдун в 1958 г. и Хуа Гофэн в 1977 г. Целью этого движения являлось строительство гигантской оросительной системы и создание инфраструктуры промышленных предприятий.

3) Культурная революция — политическое движение, инициированное Мао Цзэдуном в мае 1966 г. Проповедуя строительство «рая на земле», Мао Цзэдун объявил, что для достижения этой цели должны быть уничтожены религия, классы помещиков и капиталистов. Юному поколению китайцев он внушил слепую ненависть к ним, чтобы юноши и девушки беспощадно участвовали в карательных акциях.

4) В 1958 г. Мао заявил, что в течение года его страна в 2 раза увеличит объем производства железа, а за 15 лет Китай по выпуску чугуна и стали обгонит Англию. После этого Мао вынудил заниматься выплавкой чугуна почти весь народ. Даже каждая крестьянская семья должна была соорудить на заднем дворе своего дома маленькую доменную печь. Но чугун производился не из железной руды — его пытались делать, расплавляя в доменных печах домашнюю утварь: ножи, кастрюли, чайники, дверные ручки, лопатки и т. п. Таким образом, народ лишился железных изделий, да и деревянных тоже, поскольку из-за нехватки угля для разжигания доменных печей использовались столы, стулья, кровати и т. д.

5) Даосизм учит, что, если убывает «ян» — мужское начало,

источник внутренней энергии и долголетия, необходимый для сохранения здоровья и мужской силы, мужчине нужно «подкрепиться» женской квинтэссенцией — выделениями из влагалища. Для этого мужчине необходимо заниматься чаще сексом без эякуляции.

6) В 1969 г. Линь Бяо был назначен преемником Мао Цзэдуна. После неудачной попытки государственного переворота в 1971 г. он бежал на территорию СССР, но его самолет упал из-за нехватки горючего над Внешней Монголией, и он разбился насмерть.

7) Чжоу Эньлай — премьер государственного Совета (1949—1976).

8) Хуа Гофэн — заместитель Председателя ЦК КПК. После смерти Мао Цзэдуна стал Председателем партии.

9) Проводница личного поезда Председателя — Чжан Юйфэн. Будучи 18-летней (в 1962 г.), она предложила себя 69-летнему Мао Цзэдуну как партнершу по танцу. В 1974 г. стала секретаршей Председателя.

10) Цзян Цин — руководительница Могучей четверки. У нее было шесть пальцев на правой ноге, поэтому она не любила бывать на морском берегу, где ей приходилось ходить босиком. Покончила с собой в 1991 г.

11) Могучая четверка — четверо коммунистических руководителей, которые обладали безграничной властью во время проведения Культурной революции. Это Цзян Цин — жена Мао Цзэдуна, Яо Вэньюань — член Политбюро, Ван Хунвэнь — заместитель Председателя ЦК КПК, Чжан Чуньцяо — постоянный член Политбюро и вице-премьер государственного Совета. Через месяц после смерти Мао Цзэдуна их арестовали по приказу Хуа Гофэна, ставшего Председателем партии и Председателем Центрального военного комитета партии, и обвинили в попытке государственного переворота. На этом закончилась Культурная революция.

12) Отряд «8341» — охрана Мао Цзэдуна. Название отряда происходит от пророчества астролога о том, что Мао скончается в 83 года, успев поруководить Китаем 41 год, считая с 1935 г.

Жалкую жизнь
Закончила
И навечно задумалась

Капля воды.

## Надпись на надгробной плите

Вон идет молодой человек родом из Беларуси.
Интересно, по какому делу?
В любом случае, добро пожаловать!
Ты приехал с Дальнего Востока России, с острова
Сахалин?
Зовут тебя Владимир?
Но это только имя?
Тогда как полностью зовут?
Владимир Владимирович Семенчик?
Какие длинные слова! Сколько же тут букв!
Тебе сорок девять лет?
Прожил только полвека. Значит, все у тебя еще
впереди.

Приехал, чтобы поглядеть, какие в Корее бывают
могилы?
Тогда первым делом
Осмотри надгробный памятник у моей могилы.
На прямоугольной плите из обсидиана, положенной
горизонтально,
Слева видишь крест? Да, тут лежит христианин.
Цифры в скобках рядом с именем

Означают даты рождения и смерти.
Это, наверно, ты понял сам.

И, пожалуй, уже догадался, чье имя начертано под
моим,
Ведь третья строка все объясняет:
«Супруги покоятся здесь».

Эти слова означают,
Что до того часа,
Когда придет Господь
Под глас Архангела и пенье Божьей трубы,
Здесь отдыхают,
Наполнив до краев дух
Тем, что испытало и накопило бренное тело.

Мы вдвоем часто гуляем вокруг могилы
И разговариваем о земных днях.
Но поскольку жена прожила аж на двадцать два года
дольше,
Обычно говорит она.

Слушай, Владимир!

Теперь

Посмотри направо, на другую могилу и надгробный
                                     памятник возле нее.

Форма могильного холма такая же, но у памятника —
                                        другая, видишь?

Сравни этот памятник с тем, что над моею могилой,

С памятником, который поставил мой любимый сын
                                           Ли Чон Хи.


Видишь, какие стелы

Стоят возле могил:

Одни на пьедестале и с «шапкой»,

Другие без шапки — у них верх закругленный[1].


Я здесь уже шестьдесят первый год.

А на общественных кладбищах

Могильный участок дают лишь на пятнадцать лет.

В Швейцарии, где живет старшая дочь

Моего сына Ли Чон Хи,

Урны с пеплом хранят в ячейках, без могильного
                                               холма,

Да и это разрешено максимум двадцать лет.


Но для тех, кому повезло
Упокоиться на фамильном кладбище,
Нет таких ограничений, поэтому нам легче.
И я рад драгоценной возможности
Познакомиться с тобой, Владимир.


Слушай, Владимир,
Мир так сильно изменился.
Когда я был здесь,
У меня была плоть.
Ныне многие кремируют ушедших,
И хоронят прах, обычно под деревом[2].
А есть и те, кто вообще не ставит надгробный

памятник.


Мой сын Ли Чон Хи
Думает,
Что и у него должна быть могила,
Чтобы в будущем его любимая внучка Сион
Вспоминала своего дедушку

И хотя бы раз-два в год
Посещала это место.

А чтобы люди не ходили по его могиле,
Он считает необходимым сделать могильный холм,
А не плоскую могилу, как у гавайцев.
А ты как думаешь?

Однако уже вечереет.
Наверное, тебе пора уходить.
Слушай, Владимир,
Приезжай сюда, в город Чонджу
С любимой женой и дочуркой.
Ты же знаешь, мой сын Ли Чон Хи
Любит принимать гостей.
Прощай, Владимир, счастливого тебе пути!

1) Бывают надмогильные столбы без «шапки». Они, как правило, невысокие, их верх имеет круглую форму. Такие столбы по-корейски называются кар.

2) В хорошее с точки зрения фэншуя место сажают дерево, и возле его корней хоронят урны с прахом покойников. На такое дерево ничего не разрешается вешать — кроме таблички с именем покойника. Обычно под одним деревом хоронят от двух до шести урн. В парках, созданных общественными организациями, где посажены такие деревья, срок первоначального договора на захоронение — 15 лет. Еще один раз его можно продлить на такой же срок. В парках же, созданных частными лицами, договор на захоронение можно продлевать бессрочно.

# История культуры (I)
— Эволюция туалета

1

Солнце, вынырнув из морской глади,
Улыбаясь во весь рот,
Смущает человека, присевшего по большой нужде,
И тот поскорее уходит от дурно пахнущей кучки.

Когда легкий ветерок, гуляя по лесу,
Учуяв тошнотворный запах,
Поднимающийся от кучки,
Брезгливо от него отмахивается,

Мелкие волны,
Прыгая на песчаный берег,
Наблюдают, как человек подтирается
Листьями дерева, высохшими травами,
Веревкой, землей или камнем.

2

Француженка,
В паутине утренних лучей,

Подойдя к окошку с ночным горшком,
Плавно машет руками
И кричит, выглядывая на улицу:
«Осторожно! Жидкость!».

В это же время
За морем
Англичанка кричит:
«Да будет вам милость!».
А итальянка
На полуострове предупреждает:
«Уберите керосиновые лампы!»[1].

Услышав это,
Благородные кавалеры,
Берут своих дам под левую руку,
Чтобы жидкость сверху принять на себя.

3

Теперь, спасибо цивилизации,
У каждого из нас есть Территория Бога —

Свой собственный дворец,

Площадью чуть больше одного пхёна[2].


Современные люди,

Прихватив белый рулон

С крохотными дырочками,

Выстроенными на удивление симметрично,

Садятся на спину лошади[3],

Вспоминая то, чем пользовались предки —

Губку, клок ткани, гусиный пух, сердцевину

кукурузы и прочее.


Вода и ветер

В любое время года

Пробуждают позыв, засевший внутри человека,

Научившегося комфортно справляться

с «половиной естества»[4].

1) «Осторожно! Жидкость!»; «Да будет вам милость!»; «Уберите керосиновые лампы!» — этими фразами француженки, англичанки и итальянки вежливо предупреждали прохожих о том, что сейчас сверху из окна будет вылито содержимое ночного горшка. Так поступали европейцы 15—17 веков по обычаю Древнего Рима.

2) Пхён (корейск.) — корейская единица площади, равная приблизительно 3,3 кв. м.

3) Слово «биде» происходит из слова, обозначающего лошадь или осла. Наверное, связь между этими понятиями появилась потому, что человек, сидящий на биде, принимает такую же позу, как будто садится верхом на осла или лошадь.

4) Выражение «одна половина естества» создано на основе афоризма: «Естество человека — прием пищи и экскреция».

# Спрошу волны и ветер

*Дух и энергия гор Чирисхан собрали воды долин*
*И родили реку Ёчон, на которой возник Намуон[1]*
*И начали воспитывать дух верности Чосона[2].*


Встретившись с волнами Ёчона,

Ласкавшими нагую Чхунхян[3],

Спрошу: правда ли ее тело

Было таким гармоничным, как о нем говорят?


Встретившись на рассвете

Со стаей птиц, приносящих на крыльях утро,

Спрошу: правда ли от кожи Чхунхян

Исходил чудесный аромат

Самых пахучих горных цветов?


В полдень солнце, танцуя на бамбуковых листьях,

Стыдит их за то, что они подчиняются ветру –

Ведь это не свойственно стойкому духу бамбука.

Увидев солнечные лучи, спрошу их:

Чей нос был самой идеальной формы[4]

Неужели нос Клеопатры,

Несравненной красавицы, гордой и одинокой

В своем египетском дворце, где кипели альковные

страсти[5]?


Подозвав к себе ясные звездные лучи,

Слетевшие вниз, как пчелиный рой,

Спрошу их: правда ли взор Чхунхян,

Пробуждает такую же любовь,

Как взор той, что добилась клятвы

Старого царя

В том, что они с ней станут биидяо в небе,

А на земле — ляньличжи[6].


И еще спрошу: правда ли в ту ночь,

Когда Чхунхян подводила тонкие брови,

Любуясь на молодой месяц,

Юный Ли[7] пронзительным взором

Развязывал тесемки на вороте ее платья?


Восхищенно разглядывая

Поросшую нежной зеленью гору Кымамбон,

Стоящую в реке Ёчонган вниз головою,

Войду быстрым шагом в сад «Куанхальлуон»,

в бамбуковый лес,

Сяду лицом к ветру,

Летящему из древности,

И попрошу рассказать, как Чхунхян

Распутывала нити песни «Щибтянга»[8]

И опускала в реку Ёчонган

Любовь, которая будет течь тысячу лет.

Тысячу лет.


1) Намуон — город, расположенный в провинции Чоллабукто, где происходит действие повести о Чхунхян; — *комментарий Кима Хвана.*

2) Чосон — династия, существовавшая на Корейском полуострове в 1392—1910 гг.; — *комментарий Кима Хвана.*

3) Чхунхян — героиня классической корейской повести «Чхунхянчзён» (*Повесть о Чхунхян*); — *комментарий Кима Хвана.*

4) Критериями, по которым ценят красавиц, являются фигура и лицо женщины. В частности, важную роль в создании положительного впечатления от лица играет форма носа. Поэтому с древности считалось, что у красавицы должен быть прямой и достато-

чно большой нос. Широко известен афоризм Блеза Паскаля (1623—1662; автор «Мыслей»): «Будь нос Клеопатры чуть покороче, вся история земли могла бы пойти иначе».

5) О любовных похождениях Клеопатры до сих пор существует множество слухов и домыслов. Достоверно известно, что она была в любовной связи с Юлием Цезарем, родила от него мальчика, которого назвала Цезарион. Был у нее бурный роман и с Марком Антонием, от которого она родила двойняшек — мальчика и девочку.

6) В 755 г., глубокой ночью 7-го числа 7-го месяца по лунному календарю, когда, как гласит миф, встречаются Альтаир и Вега, в дворце Хуацингун, в зале Чжаншэндянь, Сюаньцзун шепотом на ухо так поклялся царице Ян *(Источник — Бай Цзюйи. Чжанхэньгэ).*

Биидяо (кит.) — фантастическая южная птица, самец и самка которой якобы поддерживают при полете друг друга крыльями.

Ляныличжи (кит.) — сплетенные ветви соседних деревьев.

7) Ли — фамилия героя «Повести о Чхунхян», любимого человека Чхунхян; — *комментарий Кима Хвана.*

8) «Щибтянга» — одна из двенадцати народных песен. Она является переработанной составной частью оперы «Чхунхянга». В этой опере Чхунхян заключена в темницу. Когда ее наказывают десятью ударами палкой, при каждом ударе она поет о своей верности. Содержание «Щибтянги» варьируется по разным ксилографиям «Чхунхянчзёна». Кроме того, содержание оперы и народной песни различны.

В опере данная история является частью всей истории о Чхунхян, но народная песня «Щибтянга» носит завершенную самостоятельную форму. Она состоит из 11 частей, включая прелюдию. Музыка построена на основе ритма тодыри и гаммы, свойственной песням западных провинций, и по стилю напоминает песню «Юсханга».

Первый речитатив — о том, что очень жалко Чхунхян, дочь Уольмэ, живущей за Южными воротами г. Намуона, пров. Чольла-чзуадо. Дальше поется:

После первого удара:

У Чхунхян илыпхёнданщим (一片丹心; один кусок красного сердца — неизменная искренняя любовь).

Она решилась на ильтёнчзищим (一從之心; намерение следовать только за одним — в данном случае, намерение следовать только за Ли)

и хочет ильбучзёнсхи (一夫從事; за мужем умирать — служить только одному мужу),

но ильгагильси (一刻一時; за короткое время, т. е., внезапно и неожиданно)

что за нанмичзиэг (落眉之厄; беда, павшая на бровь — неожиданно происшедшая беда)

да ирильчильхён (一日七刑; семь наказаний за день)?

Конец же песни таков:

После десятого удара:

Ныне у нас что, щибагтэчжэ (十惡大罪; в буддизме: десять грехов, совершаемых тремя кармами: телом, ртом и волей)?

«Несмотря на щибсэнгусху (十生九死; десять жизней и девять смертей),

моя жизнь зависит от щиуанов (十王; в буддизме: десять великих царей, якобы живущих на том свете. Говорят, что они судят мертвых по их грехам, совершенным ими при жизни). Вот в шестнадцать лет я умру.» Молю, молю. Молю Бога: сына бывшего чиновника, живущего в Ханяне (Сеуле), Намуонского осху (в период династии Чосон: чрезвычайный посланник, тайно посылаемый по указу короля для изучения заслуг провинциальных чиновников в управлении народом и состояния жизни народа) пришли на чульто (объявление тайного чрезвычайного посланника, приехавшего в провинциальное ведомство, о себе для ведения дел) и спаси нашу Чхунхян!

# Лабиринт

Ну и
Тоска —

Взгляда, зовущего ночь,
Пары упругих фруктов Монро[1]
И всеядных губ под юбкой
Пылкий жар и знобящая дрожь!

Рыцарь, во второй раз
Посетивший дом Чхонгуан[2],
Глядя на людей, которые машут руками
С борта «Мейфлауэра»[3], идущего на всех парусах,
Проезжает мимо горы Афон[4], стоящей в тумане.

1) Мэрилин Монро (1926—1962) — вечный секс-символ Голливуда. До сих пор многие видят в ней идеал женской красоты и одновременно наивности.

2) Девушка Чхонгуан — корейская гейша при короле Чинпхёне (годы правления: 579—632) государства Силла. Рыцарь Ющин Ким любил ее и ходил к ней. Но за это его мать ругает его, и он дает клятву никогда больше не ходить к ней в гости. Однажды он пьяный хотел поехать домой на своей лошади, но по до-

роге уснул, сидя на ней. И лошадь по привычке привезла его к Чхонгуан. Придя в себя и поняв, куда его привезла лошадь, Ющин в ярости тут же зарезал ее. Чхонгуан, огорченная жестокостью Ющина, сочинила стихотворение «Досада».

3) «Мейфлауэр» — английский корабль, который в 1620 г. привез в город Плимут 120 протестантских пионеров (их еще называют пилигримами), уплывших в Америку в поисках религиозной свободы.

4) Афон — гора в форме пирамиды, высотой 2033 м., расположенная на восточном краю полуострова Халкидики, Греция. Считается, что с момента основания здесь Святым Афанасием монастыря, сюда не ступала нога ни одной женщины и ни одной самки животного.

# Море знает (I)

Море знает

Шумные рассказы пены
О частном пароходе,
Который шел к материку
Несмотря на штормовое предупреждение
И вернулся, не доплыв даже до острова Имсхудо[1].

Господин Ли, на днях оплативший аренду комнаты,
Господин Ян, гордый своим положением старосты,
Господин Паг, уверенный, что отлично плавает,
И госпожа Куон, трепетно ожидавшая встречи
С мужем, спешившим к ней из провинции Кануондо, —

Они все, как один,
С побледневшими лицами
Глазами, полными ужаса,
Смотрели на волны смерти
И звали своих жен и мужей, мелькавших вдоль

бортов корабля.

1) Имсхудо — каменный остров, расположенный между островами Кёгпхо и Уидо.

# Море знает (II)

Море знает

Осколки тоски,
Оставленные паромом «Схохэ».

Стаи окуней-горбылей, которых первыми продавали
на рыбном рынке,
Давно уплыли далеко-далеко.
Никудышный остров покинула и стая макрели.

А потом, потеряв надежду,
Что стройка улучшит их жизнь,
Семья Сханбина,
Семья врача
И семья Кигаба
Одна за другой
Тоже оставили Ежовый остров[1)]

Их лица потемнели от волн и ветра,
Глаза высохли,
Отдав морю все слезы.
Их боль никому уже не унять.

1) Ежовый остров — другое название острова Уидо, который административно относится к району Пуан.

# Море знает (IV)

Море знает

Какой дикий стресс
Испытывают дежурные педагоги, не сумевшие
                        уехать с острова.


Уже третья неделя,
Как нельзя выйти в море из-за штормового
                        предупреждения.


Им отвратителен запах грязных тел, витающий
                        над жителями острова.
Все, что ниже пояса, грезит об одном – укрывшись
                        во влажной тьме,
Предаться разврату... И даже нажав на пупок,
                        не отключишь это желание.


Все педагоги
Бродят с раздраженными лицами
И живут неряшливо, глядя вокруг с ненавистью.

II

# Море знает (VI)

Море знает

Скромную жизнь спор
В стране водорослей,
В деревне, среди подпорок для вешал —

Как они на берегу, где плещутся волны,
Едят бобы из пены,
Сушат свои мокрые тела на жарком солнце,
И, скучая по уткам, улетевшим после отлива,
По следу быстрых дроздов
Пускают песню: чи-чзи-чзи..., чё-чзё-чзё..., чури и...,

Как они растут
И созревают,
Ловя блестящими глазами
Бледные лучи звезд.

# Будь я ветром

*Уплыл бы туда,*
*Как ветер,*
*И долго-долго глядел*
*На соломенные крыши деревни...*

*В горах Чонджунсхан, с северной стороны, находится могила моего отца, второго сына моей бабушки, который раньше ее покинул мир. Через двор, в домике, одна из четырех комнат до сих пор хранит запахи дяди. Он был учителем начальной школы, участвовал в качестве ополченца в Корейской войне, побывал в лагере военнопленных на острове Кочзедо, откуда отправил нам одно письмо через своего племянника, а затем перебрался в Северную Корею. В тихой комнате жила бабушка, она, куря табак, пыталась сжечь свою боль от потери старшей невестки. Там до сих пор течет река слез, которые бабушка проливала, когда обнимала маленького внука, оставленного невесткой, вторично вышедшей замуж.*

Будь я ветром —
Доплыл бы до земли, свежей и зеленой,
И долго смотрел с тоской

На деревню с соломенными крышами,
Которая отражается в глазах бабушки.

Будь я ветром —
Прилетел бы на огород, где растет перец,
И во двор, где целебный чай,
Спустился бы тихонько на руку
С прозрачной кожей,
На руку той, что смертельно тоскует без сына,
Которого нет на Божьем свете,
На руку, собирающую стручки,
И печально погладил ее.

Будь я ветром —
Догнал бы жестокое время
И молил бы услышать ту,
Что мечтает вернуть домой последнего сына,
Ту, что не сомкнув глаз,
Пересчитывает слабыми пальцами
Все звуки долгих ночей,
А сам бы печально глядел на нее.

Будь я ветром —
Прогнал бы запах забот
И облако боли, что окутало ее
После ухода старшей невестки.
Эту боль она пыталась сжечь
В чашечке трубки вместе с табаком.
И в это царство молчания
Я вошел бы, тоскуя сердцем.

Будь я ветром —
Смешался бы со слезами,
Которые она проливала,
Когда маленький внук,
Оставленный невесткой,
Вторично вышедшей замуж,
Смущаясь и гордясь,
Показывал ей свою пипиську,
А она обнимала его,
Прижимаясь к его щекам...
Будь я ветром - во мне текла бы река слез.

* ВЛАДИВОСТОК, 2012 (РУБЕЖ)

# Палка для бельевой веревки

Рыцарь,
У которого слегка трясется шлем,
Подпирающий синее небо,
Выпускает красную стрекозу,
И от этого дрожь идет
По всему телу,
Истосковавшемуся по мужской ласке.

По красной дороге,
Проложенной стрекозой,
Ожидание поднимается к небу,
Но усталость давит, как туча,
Проливаясь покорным дождем.

Пережить расставанье
Помогут воля и стойкость рыцаря,
Его острый меч
Отсекает прошлое
И сокращает разлуку.

* ВЛАДИВОСТОК, 2012 (РУБЕЖ)

# Лебединое озеро[1]


То здесь, то там

Пробуждаются водные струи,

Поднимают головы, желая доброго утра друг другу.


И вот уже бьют фонтаны повсюду,

За ними бегут ручьи,

А когда лебеди величаво

Выплывают – то сразу шире

Становится озеро,

Источая запахи солнца и леса.


На праздник, посвященный совершеннолетию принца,

Кареты везут аристократов и богачей,

Заняв всю дорогу.

В переполненном зале – волна за волной – танцуют
                                          пары.


Получив арбалет в подарок,

Принц Зигфрид

На крыльях, которые он отрастил, чтобы найти
                                          невесту,

Спешит за лебедями и прилетает к озеру.

Озеро —
Это царство злого колдуна Ротбарта,
Не знающего состраданья.

Должна наступить темнота,
Пронизанная звездными лучами,
Чтобы превратились в девушек
Бедная принцесса Одетта и ее подруги.
Принц Зигфрид
Клянется им, что в эту прекрасную ночь
Он развеет злобные чары.

Но во тьме так легко ошибиться!
И он называет невестой
Черного лебедя Одиллию.

Для Одетты предательство принца
Как стрела, пронзившая сердце,
И ей остается лишь молча уйти
Долиной страданий...

Лебеди на озере так прекрасны!
В их танце замерло время любви,
Застыли дивные запахи,
Успокаивающие боль,
Принося надежду на чудо.

Вырвавшись из густого тумана
Заблуждений, принц рассказывает,
Как Ротбарт и Одиллия
Обманули его.
И влюбленные, с восторгом глядя в глаза друг другу,
Скрепляют свою любовь
Горячим поцелуем.

Увидев это,
Разъяренный Ротбарт
Разрушает плотину на озере.

Принц Зигфрид,
Погружаясь в пучину, самой смертью утверждает
Любовь:

«Мы

На водной глади, убаюканной ветром,

Любили друг друга чисто и преданно,

Поливали цветник любви нежными

                    солнечными лучами.


Но теперь

К небесной любви,

Еще большей, чем земная,

Гребем веслами молчания.


Прошу,

Чайковский,

Собери разлетевшихся лебедей,

Чтобы они своими клювами

И лапами

Построили плотину,


Нарисуй русла ручьев

И наполни их,

Водную гладь напои хором лесных ароматов,

Сделай так,

Чтобы танец лебедей, плывущих по волнам,
Дал начало озеру небесной любви,
И создай легенду
О любви, которая живет вечно».


1) «Лебединое озеро» — балет в четырех актах П. Чайковского (1840—1893). Написан им в 1876 г. на основе либретто, которое сочинил в 1875 г. управляющий Московским Большим театром В. Бегичев на сюжет древнегерманской легенды. Премьера спектакля состоялась 4 марта 1877 г. на сцене Большого театра в Москве.

# Перемены

Стал педагогом
И двадцать шесть лет
Преподавал корейский язык.

Работая заместителем директора школы,
На стрессовой, как говорят, должности,
Имел дело с глупцами
И испытывал отвращение.

Занимая пост директора,
Встретил день ухода на пенсию,
Затопив мир рекой слез.
Это понятно:
За месяц с хвостиком
Потерял аж десять килограмм — они превратились
в слезы.
Как же река могла не переполниться?

Переплыв с трудом
Море печали,
Добрался до гавани Технологического института,
И в Кочан[1)]

И в Куанчджу[2]
По автостраде ездил в поисках аудиторий.

А теперь
Оглядываюсь и вижу запасной выход —
Прямоугольный проем, у которого мечтают
Молодые стажеры,
Претендующие на должности
Медсестры и специалиста,
И их надежды вполне могут сбыться.

Иногда ко мне обращаются «дяденька»,
Иногда — «отец»,
А порой с преувеличенным уважением —
«схачзянним»[3].
Хожу сегодня вверх-вниз по лестнице
И отдираю рекламные листовки.

1) Кочан — город в Республике Корея, расположенный в провинции Чоллабукто; — *комментарий Кима Хвана.*

2) Куанчжу — город в Республике Корея, административный центр провинции Чольланамдо; — *комментарий Кима Хвана.*

3) Корейское слово «схачзянним» буквально понимается как «господин директор (президент) фирмы», но в последнее время, когда появляется множество малых предприятий, это слово очень часто употребляется как обращение к незнакомому взрослому мужчине; — *комментарий Кима Хвана.*

# Весенний голод

Когда, устав за долгий день пятого месяца[1],
Садится солнце, отворачивая лицо,

Протяжный стон женщины,
Которую тошнит кровью от голода,
Беззвучно толкает решетчатую дверь.

Когда сельские дети спрашивают взрослых:
«Здравствуйте! Вы уже ели?»,
Те в ответ
Только сухо кашляют,

И вьется дымок над овощной кашей,
Кипящей на жалком весеннем очаге,
Зажженном не от трута, а от заката.

Кое-как перетерпев
Мучительный приступ голода
И отдохнув чуть-чуть,

Мятую суму неловко открывают
И собирают вокруг себя измученные лица детей.

Учат: если у десяти человек взять по ложке риса,
То можно накормить одного.

И каждый раз, набирая рис для обеда,
Одну ложку отсыпают в особый сберегательный
                                            кувшин.
Он насыщается голодом всей семьи.


* ВЛАДИВОСТОК, 2012 (РУБЕЖ)


1) Возможно, имеется в виду пятый месяц по лунному календарю; — *комментарий Кима Хвана.*

# Теплица из полиэтиленовой пленки

Многие дети и внуки,
Жившие под одной крышей,

Когда их гладил по голове крестьянин, вернувшийся
с поля,
Улетали в мечтах со двора, как осенние листья.

И вот они упорхнули, стайка за стайкой,
В город, о котором грезили,
И стали там стройными и чужими.

А крестьянин, не чувствуя сердца в груди,
Ложится обмякшим телом в борозду, возникшую
от долгого вздоха,

И слушает стоны земли,
Побледневшей,
В каплях холодного пота.

# Надо фотографироваться

Когда-нибудь я,
Потерявший плоть,
На краю страха от бездонного падения,

Жалея
О видимом,
Скучая и скорбя
О невидимом,
Подведу итог жизни.

Чтобы постоять среди близких в виде портрета
И дать повод для рассказа о том,
Как думал и поступал при жизни,
Надо фотографироваться с лицом, свободным от лжи.

Из любимых дочерей,
Собравшихся на поминки,
Подзову к себе Раон,
Ослепшую от слез,
И утешу словами:
«Забавы маленьких драчунов — это и есть жизнь».

Из пришедших выразить соболезнование,
                    опускающих в коробку конверт,
Подзову лысого друга,
Которому очень трудно встать, упав навзничь,
И скажу ему:
«Подражание – далеко не всегда путь к вершине».


Одинокую девушку по имени Схера
Вдохновлю словами:
«Река скорбей иногда
Превращается в реку-кормилицу, дающую
                    плодородие».


Профессиональному политику,
Который мне не родственник
И со мной не связан никакими интересами,
Скажу:
«Цель политика — власть.
Но не его ли судьба —
Потерпеть крах, сделав ошибку
В момент политического кризиса?»

Другу, который под разными предлогами

Легкомысленно отклонял зов Христа,

Ссылаясь на учение мистера Лютера[1],

Сделаю парадоксальное предупреждение:

«Если так, попробуй чаще грешить!»


Жене, которая в бесконечном потоке времени

Так привыкла суетиться,

Что больше внимания

Уделяет заботам

Об угощении сидящих за поминальным столом,

Чем оплакиванию богоподобного мужа,

Задам тот же вопрос, что и при жизни:

«Слушай, супруга! В этот час

Зачем ты спешишь?»


Молодому другу, мечтающему заглянуть в будущее

И узнать ответ на вопрос: «Когда же придет настоящий
учитель,

Который станет лидером в нашу эпоху?»,

Объясню, что постукиванье длинной курительной
трубки из гостиной

И ворчанье бабушки
Вели за собой династию Чосон,

Точно так же
«По морщинкам
Течет вода мудрости, рожденная опытом жизни,
И она
Может направить судьбу по правильному пути».

И настанет пора потихоньку,
Оглядывая пространство прожитых дней,
Перемещаться на кладбище.
А вдали
Уже идут люди, которые снимут комнату,
Где прошла панихида по мне.

* ВЛАДИВОСТОК, 2012 (РУБЕЖ)

1) Мартин Лютер (Martin Luther, или Luder. 1483—1546) — религиозный реформатор, который, выступая против разложившегося римского католицизма, восстановил неповторимый авторитет Библии в христианской вере и возможность спасения исключительно посредством Божьей благодати.

Он сам себя не считал реформатором. По его мнению, он им не являлся, потому что все делал по велению Божию, и не мог не делать этого. Будучи евангелистом, он прилагал все усилия для распространения Благой вести. Поэтому он хотел, чтобы его называли не реформатором, а проповедником, доктором и профессором.

Однако многие дела, которые он совершал в своей жизни, например, его сочинения, чтение проповедей, перевод Библии, композиторская деятельность и т. п., принесли очень значительные результаты: преобразовалась не только церковь, но и общество, история пошла по новому руслу, и восстановилось многое, что было потеряно.

# Мир, о котором мечтаешь[1]

Чтобы жить в мире, о котором мечтаешь,
Надо обедать вместе.

На обеденном столе – река,
Вытекающая из сердца,
Мечтающая стать озером.

Она
Гладит тебя и меня
И, обтекая нас,
Ведет
К морю просветления.

1) Стихотворение опубликовано в газете «Гунминильбо» от 31 марта 2010, в рубрике «Утренние стихи», а также на Интернет-сайте «naver» – «daum», в рубрике с тем же названием.

# Проезжая деревню Сходори
## − или Воспоминание о Чане Ду Оне

Если с дороги, ведущей из Чонджу,

Свернуть к Куанчжуйскому филиалу КПК[1],

Слева увидишь деревню Сходори[2].

Ее жители носят фамилию Чан, а их клан

                              называется Сходо.

Над деревенскими улочками витает дух щедрости,

И за каждым столом с угощением

Гостей встречают как самых близких людей.


Если с дороги из Куанджу свернуть на дорогу

                              в Чонджу,

Справа от поворота увидишь деревню,

Где росли потомки Чана Тхэ Сху[3] −

Героя, для которого свобода родной страны,

Оказалась дороже собственной жизни.

Двадцать четыре дня он морил себя голодом,

Чтобы на том свете перед умершим королем

Оплакать независимость Родины.

И вся деревня пылала ненавистью к захватчикам.


А когда у подножья горы Мудынсхан

Пролилась кровь мирных людей,

Чан Ду Он, сын простого крестьянина из деревни
Сходори,

Один из всех

Не побоялся исполнить свой журналистский долг[4],

Чтобы остановить резню

И направить силы на возрождение

Страны, растоптанной солдатскими сапогами.


1) Корейский политехнический колледж.

2) Деревня Сходори расположена в провинции Чоллабукто, уезд Кимчзе, район Кымгумён.

3) Чан Тхэ Сху (張泰秀; 1841—1910) в знак протеста против договора о присоединении Кореи к Японии объявил «сухую» голодовку, и через 24 дня скончался, отдав свою жизнь за родину.

4) Когда 18 мая 1980 г. в г. Куанджу произошло народное восстание, Чан Ду Он работал заместителем главного редактора новостей в телекомпании KBS. Военные власти, обеспечивавшие введенный в городе режим военного положения, объявили строжайший запрет на распространение любой информации о волнениях. Несмотря на запрет, Чан Ду Он, рискуя жизнью, решил сообщить миру новость о трагедии и 21 мая приказал включить в 7-часовой выпуск новостей сюжет о восстании жителей в г. Куанджу.

# Схощиндон

### – или Схэтхо

Когда я вышел из дома, забыв ключи,

Жена мне посоветовала съездить в Схощиндон.

И вот я еду.


В хлеву корова жевала жвачку,

Глядя на очаг, где горела солома,

А над котлом с кипящим пойлом прыгала крышка.


Тонконогие мальчишки после ливня

Ныряли за рыбками в речку Чонджучхон,

И, глядя на них, тепло улыбался закат.


Чтобы выкурить комаров,

Наполняли комнату едким сигаретным дымом,

А ранним утром выбегали гонять зайцев...

Какими же мы глупыми были тогда, в старших

                            классах!

Чтобы вернуться в те годы, спешу в Схощиндон,

                            в Схэтхо.


Когда я вышел из дома, забыв ключи,

Жена мне посоветовала съездить в Схощиндон.

И вот я еду.

Помню, как хихикал почтовый ящик,

Проглотив письмо, написанное с дрожью в груди,

Адресованное юбке-клеш темно-синего цвета.


Помню вкус соленого чачжанмёна[1], и так становится жаль

Той поры, когда все мы, без исключения,

Носили бедность в своих портфелях.


По тропинке между участками рисового поля

Спешу в Схощиндон, в Схэтхо, к другу в гости,

В наши школьные дни, где заблудилось счастье.


1) Чачжанмён — длинная лапша с изобилием специального густого соевого соуса, приготовленного с растительным маслом, мелкими кусками свинины, картофеля, моркови, репчатого лука и т. п. Обычно эту лапшу подают в кафе и ресторанах «китайской кухни» городов Кореи. Примечательно, что среди самих китайцев мало кто ее знает. Возможно, дело в том, что хотя эта лапша происходит из Китая, она сильно «окореезирована» — до неузнаваемости. Ее очень любят в Корее за неповторимый ароматный сладко-соленый вкус и за сравнительно невысокую цену. *(Комментарий Хвана Кима).*

# Сеул, Корея

Проницательные основатели столицы

Видели на тысячу лет вперед.

Мудрых правителей династии Чосон


Неиссякаемая энергия

Увеличила тридцатитысячную семью

До десяти миллионов сыновей и дочерей,

Освоивших землю на десять ли вокруг крепости[1].


Светятся улыбкой очи реки Ханган[2]

И игривой речушки Чхонгечхон[3].

Здесь начинается утро полуострова.


Среди пяти самых известных в мире

Национальных блюд

Кимчхи[4] поражает

Изумительно гармоничным вкусом,

Как удивляет и рывок экономики в первую десятку

стран.

Так Хлебом и Благой вестью[5]

Воспитывает души людей всего мира

Возникшая здесь великая верующая страна.

Корейская культура[6] разлетается по миру:
«Порон-порон» — Пороро»[7]
И «Зимняя любовная песня»[8]
Волнуют телезрителей в гостиных французов
И в домах японцев.
А «Тэ Чзянгым»[9] танцевальным вихрем
Врывается в Азию, Европу и Африку
И пленяет сердца.

Красотой природы и вдохновением,
Простотой и человеколюбием
Густо и пряно пропитана эта земля.

Раскинься, Сеул,
Прославься до края земли!
Взлети, Сеул,
Поднимись до края небес!

1) Территория, охватывающая населенные пункты, расположенные в 10 ли от стен Сеульской крепости. Ее включили в административные районы Сеула, и за нее отвечала сеульская городская управа.

2) Ханган — река центрального региона корейского полуострова, берущая начало на горном хребте Тхэбэг, протекающая по провинциям Кануондо, Чхунчхонбукто и Кёнгидо, а также г. Сеулу, и впадающая в залив Кёнги. Это самая полноводная река в Южной Корее.

3) Чхонгечхон — речка, протекающая вдоль границы районов Чоннгу и Чунгу. Десятки лет она текла под асфальтом. Но с июля 2003 г. по сентябрь 2005 г. был осуществлен проект, поставивший целью восстановить природную обстановку на ее берегах, сохранить историческое и культурное значение этих мест, а также повысить качество жизни населения. В результате река была «выпущена» на поверхность посреди города. По сути, она родилась заново и стала новой достопримечательностью Сеула.

4) Кимчхи (корейск.) — острое овощное блюдо. Его готовят таким образом: в засоленную капусту или редьку добавляют молотый красный перец, зеленый лук, чеснок и др. приправы, перемешивают и оставляют для брожения. Ингредиенты и способы приготовления варьируются, поэтому существует множество видов этого блюда. Кимчхи — одно из пяти самых известных в мире национальных кушаний.

5) Благая весть — в христианстве: радостное известие о том, что человечество получит спасение от Христа, или учение, которое распространяет это известие.

6) Массовая культура Республики Корея становится все популярнее в других странах, в основном, в Азии.

7) «Порон-порон» — Пороро» — полнометражный анимационный фильм на основе трехмерных технологий, спроектированный «Айкониксом»*, изготовленный южнокорейскими «Оконом», «Ханаротелекомом» и «EBS» совместно с северокорей-

ской кампанией «Схамчхольли чхонхуэсха». Во время показа по телеканалу «EBS» его смотрели 5% телезрителей, что выше среднего количества. Кроме того, он произвел сенсацию на рынках книжных изданий, игрушек и DVD. Фильм был экспортирован за границу, в частности, во Францию, где добился потрясающего результата, заняв 56% рынка и 1-е место по популярности.

* «Айконикс Энтертэйнмент» (ICONIX ENTERTAINMENT) — компания, основанная в 2001 г., одна из лидеров в отрасли развлечений. Специализируется на создании проектов, изготовлении, маркетинге анимационных фильмов и издании литературы.

8) 20-серийный корейский телесериал «Зимняя любовная песня» (по-японски: «Хуюно соната») с участием актеров: Ён Чзюн Пе, Чи У Цоя, Ён Хи Пака и др. Он рассказывает о людях, навечно связанных узами первой любви. Показ в Корее продолжался с 14 января по 19 марта 2002 г. по телеканалу «KBS2».

В Японии этот телесериал потряс телезрителей, особенно женщин 40—60 лет. 83% фанатов этого сериала — женщины, из них более 74% не моложе 40 лет, и 79% — замужние.

Японские фанатки сериала потребовали запустить специальный самолет, который бы выполнял рейс Янян *(пров. Кануондо)* — Осака *(Япония)* под названием «Зимняя любовная песня», чтобы побывать в Пхёнчхане, пров. Кануондо, где шли съемки сериала. Кроме того, экономический эффект от горячего увлечения Ёнсаме *(так уважительно называют в Японии исполнителя главной роли в сериале, актера Ён Чзюна Пе)* оценивается минимум в 3 триллиона вон (в Корее — 1 триллион, в Японии — 2 триллиона вон). Этот сериал был популярен в Японии до такой степени, что японская государственная телерадиокомпания NHK сняла 8-часовой специальный телерепортаж, посвященный распространению корейской культуры в других странах.

9) Настоящее имя Тэ Чзянгым — Схо Чзянгым （徐長今）. «Тэ Чзянгым» — 56-серийный телесериал, который показывали по телеканалу «МВС» с 15 сентября 2003 г. по 30 марта 2004 г. В главных ролях Чинхи Чи и Ёнэ Ли *(на японском Интернет-портале «Лайвдор» ее выбрали самой красивой корейской актрисой)*. Этот телесериал был экспортирован в 60 стран мира и сыграл главную роль в распространении корейской культуры. По жанру он — историческая драма. Главная сюжетная линия — история удивительной женщины Чзянгым. В феодальном обществе, где превозносили мужчин и унижали женщин, она, благодаря своему железному характеру, сумела добиться должности придворного шеф-повара, а затем, испытав много трудностей, стала самым лучшим женщиной-врачом в династии Чосон. Она превзошла в мастерстве множество мужчин из придворной клиники и стала личным врачом государя — единственной в династии Чосон. Чзянгым была реальной личностью, данный телесериал посвящен ее биографии. При Чосонском короле Чунчзёне она получила псевдоним «Тэ Чзянгым».

# Посещение могилы

На дорогу,
По которой ты шла, роняя слезы от горя,
Въезжаем, словно едем на пикник.

По дороге,
Где ты шла одна,
Едем с детьми и внуками.

Дорогу длиной в тридцать ли,
Протоптанную
Твоим трудом и любовью
За десять с лишним лет,

Мы проехали
За десять с лишним минут,
Без горя
И боли
По гладко уложенному асфальту.

# Носовой платок

Когда сотканные из золота
Солнечные лучи
Открывают цветник,

Желанный взгляд,
Вырезанный на стене самого синего морского ветра,
Вырвавшись из плена,

Быстрыми взмахами,
Легчайшими и нежными, словно пух,
В сторону волн, кувыркающихся в запахах моря,

Вернувшись с обхода борозд между шестнадцатью
                                    квадратами ткани,
Спрашивает, что такое любовь.

# Король Шоу[1]

> *Что же делать?*
> *Ну что же делать?*
> *Она была моей,*
> *Но ее у меня отняли,*
> *Ну что же делать?*
> *(Отрывок из хянги «Чхоёнга»)*

## 1. Печальный рассказ

К семнадцати годам она стала как нежный бутон.
Потом еще пять лет[2] ее обучали
Игре на пипе[3] и танцам.
Наконец, бутон созрел – и раскрылся чудный

цветок.

Милая фрейлина Ян, двадцати двух лет,
Устав от шумного пира во дворце Хуацингун[4],
Пришла на берег пруда, возле зала «Цзюлундянь»
И присела, любуясь зеркальной гладью воды.
Для огорченья две у нее причины:

Внезапно свекровь[5] умерла,

И муж не получил титул наследного принца.


На длинной шее

Сверкает ожерелье из красного горного хрусталя[6].

Что же делать?

Ну что же делать?

Как такое случиться с нею могло?


По совету коварного евнуха[7] император

Приказал ее мужу отправиться в долгий путь –

Чтобы поправить дела в далекой глухой

провинции[8].

И вот король Шоу, расставшись с любимой Ян,


После зимнего солнцестояния

Восемь месяцев добирался до Гуанчжоу.

По пути потерял он двоих помощников,

Их могилы остались где-то в диких горах.

Больше месяца он проверял, как живет народ

В дальней провинции, и навел там строгий порядок.

Обратный путь до Чжананя[9],

На который уходит не меньше года,

Он стрелой пролетел за семь месяцев,

Мечтая обнять поскорей любимую Ян

И утолить тоску бесконечной разлуки.


Но через три дня после его отъезда

Ян уже стала фрейлиной Тайчжэнь[10],

И была ему теперь не жена – но мачеха.

Начальник шестого ранга[11], посмевший осудить императора,

Жестоко наказан – как преступник,

«Тронувший чешую на подбородке дракона»[12].

Что же делать с этой раною в сердце!

Что же делать с этой пустотой в груди!


Нет королю утешенья,

Не мила ему новая супруга[13].

Пустота заполняет тело,

Разъедая его, словно ржа — железо.

Если рушится плотина,

То не лучше ли стать

Песчинкой,
Каплей воды...


## 2. Слова поэта

Мао[14] Ли!
Король Шоу, Мао Ли!
Почему ты, вопреки говорящему имени,
Не получил в руки царский нефрит
И, не взойдя на престол,
Скрылся в тени истории?


Ты – восемнадцатый сын императора,
Но самый любимый
Из всех сыновей!
Неужели ты – только герой трагедии,
Повествующей о несчастной любви
И безумной страсти отца к жене своего сына,
Из-за которой отец попрал родительский долг

и честь?

Когда ты стал совершеннолетним,

Император в своем дворце издал указ

Считать фрейлину У императрицей.

Только ее он любил, только твою мать,

Она же, умная и жестокая,

Сжила со света троих сыновей императора,

В том числе наследного принца — Ин Ли.

А хитрый лис Линьфу Ли,

Сумев подкупить евнухов и фрейлин,

Знал все тайны и все интриги императорской семьи.

На устах у него был мед,

А за пазухой — меч.

Он занимал пост премьер-министра аж девятнадцать

лет.

Но почему же ты не стал наследником императора?


Отчаянный шаг — побег из тюрьмы, звон мечей...

Так хочется знать, что же случилось дальше.

Но горы Чжуннаньшань[15],

Надежно укрывшие вас,

Хранят вековое молчанье.

Король Шоу!

Мао Ли!

Если ты оставался в стране света в тот день,

Когда жизнь Ян[16] смел кровавый бунт Сымина Ши

и Лушаня Аня,

То раскрой тайну, которую горы хранят,

Нам, живущим сегодня.

Расскажи и о преданном смельчаке,

Настоящем мужчине —

Саньцзи Су[17], который искусно владел мечом.

Эта поэма

Не в силах тебя воскресить,

Но поскольку она родилась,

Твоя смерть имеет смысл, король Шоу!


# 3. Слова короля Шоу


В горах Чжуннаньшань,

Которые высятся в империи пионов[18],

Цветов зла,

Я тысячу лет бродил в одиночестве

По пыльной лесной дороге,
И никому не был нужен.


Но ты — через века
Пришел ко мне, как близкий сосед.
Сердечное спасибо тебе за это,
Поэт полуострова!
Я счастлив, что, встретив тебя,
Потомок народа Пэгте[19],
Могу, наконец, поведать тайну
Горькой своей судьбы.
Тсс..., слышишь голос ледяной:
«Зачем ты глубокой ночью спрятался в цветнике
среди пионов?»[20]
Приближается тень смерти.
Придется уйти.
Скорее иди сюда!
Когда упадет на меня эта тень,
Не будет мне места на белом свете!


Слава Богу! Тень смерти
Мимо прошла

Теперь начну рассказывать:

После побега из тюрьмы

Мы с верным Саньцзи Су,

Пришли в горы Чжуннаньшань,

И подумал я, что теперь стану искать новую жизнь,

И не придется мне больше унижаться,

Но утешиться этим не мог, и гнев закипал в груди.

Путались мысли,

Я бессильно хохотал над собой,

Ноги дрожали — и падал я,

Не глядя, куда упаду...

Так проходили проклятые дни,

А по ночам я стонами прогонял темноту.


Однажды,

Взглянув на Саньцзи Су,

Печально сидевшего рядом,

Я внезапно подумал,

Что мой верный товарищ

Тоже теперь должен жить своей жизнью,

А моя судьба — остаться совсем одному.

И вздрогнул я, предчувствуя одиночество,
Боясь, что не вынесу такого жесткого испытания.

«Ах, я ненавижу!
Ненавижу Ян,
Которая сломала всю мою жизнь».

Но черную правду стежок за стежком
Заштопали белой ложью.
И про Ян, оставшуюся с Его величеством,
Со временем стали слагать жалостливые песни,
Которые разнесли белую ложь
По водам Вейшуя
И Хуанхэ.

臨別殷勤重寄詞 В словах, сказанных перед разлукой,
詞中有誓兩心知 Содержалась клятва, известная лишь
                            нам двоим.
七月七日長生殿 Ведь седьмого числа седьмого месяца
                            в зале Чжаншэндянь,
夜半無人私語時 Спрятавшись от всех под покровом
                            ночи, мы шептали друг другу:

在天願作比翼鳥 «В небе станем биидяо,

在地願爲連理枝 А на земле — ляныличжами»[21].

天長地久有時盡 Хотя говорят, что вселенная вечна, ей
когда-то придет конец.

此恨綿綿無絶期 Но горечь нашей с тобой любви
никогда не утихнет.


Источник — Цзюйи Бай (772—846). Чжанхэньгэ.


Ненавижу сегодняшний день, принесший мне боль и горе
Из-за потери Ян,

А еще больше ненавижу страдания
Из-за этой позорной любви!

Скорей, скорей бы уйти отсюда,
Покинуть этот проклятый день!


Все ближе сад,

За которым мы ухаживали вместе с любимой Ян.

Там прячется вчерашний день, когда я ее обнимал,
задыхаясь от счастья,

И она была для меня дороже всех сокровищ
Вселенной.

Вчерашний день зовет,
Словно манит меня рукой, и рукав развевает ветер.
Поэтому я должен идти.
Быстрее идти.
Я должен освободиться от этого проклятого тела,
И уйти в царство скорби,
Вырастить заново сожженный лес
И позвать домой улетевший сосновый ветер.


«Поселюсь
В прошлом счастливом времени,
На вновь обретенной земле,
И буду коротать дни,
Взирая на небо и землю,
Опустив ноги в прохладу ручья,
И разгоняя свежим ветром
Великую скорбь», —


Так твердил я себе и, в конце концов,
Передав свой меч Саньцзи Су
И сев на скалу, откуда видно ущелье,

Понурил голову.

А перед моим остекленевшим взором стояла Ян.


## 4. Тонет в слезах ущелье Чжуннаньшаня

От меча, разрубившего небо,

Над морем горных хребтов

Катится громом рыдание Саньцзи Су,

Разрывает сердце скользящего ветра.

И капля

За каплей

Льются птичьи слезы на империю пионов,

Смывая кровавые пятна с меча.

И тонет в слезах горное ущелье Чжуннаньшаня[22].


* ВЛАДИВОСТОК, 2012 (РУБЕЖ)


1) Король Шоу — 18-й сын Сюаньцзуна, 6-го императора (годы правления — 712—756) китайской династии Тан. Взял в

жены 17-летнюю Хуань Ян (719—756), но через 5 лет Сюань-цзун отнял ее у сына *(она стала императрицей в 27 лет)*.

2) Пять лет после того, как Хуань Ян стала женой короля Шоу, т. е., королевой Ян (736).

3) Китайский музыкальный щипковый инструмент с четырьмя струнами, похожий на лютню.

4) Хуацингун — дворец с горячими источниками, находившийся в горах Лушань. В 10-м месяце каждого года Сюаньцзун с императрицей У приезжали сюда и зимовали, а возвращались в Чжанань ко времени цветения груши.

5) Императрица У, мать короля Шоу, которую император Сюаньцзун очень любил. Она скончалась в конце 737 г., в возрасте 40 с небольшим лет, перед этим успев сжить со света троих единокровных братьев короля Шоу, в том числе Ин Ли, наследного сына императора. Ходили слухи, что императрица умерла, не выдержав мучений, которому ее подвергали духи троих умерших из-за нее братьев.

6) Ожерелье из красного горного хрусталя Сюаньцзун все время носил на шее.

7) Евнух Гао говорил императору: «Ты — сын неба. Тебе не надо соблюдать моральные принципы обычных людей. То, что стыдно делать простому человеку, императору, наоборот, должно сделать — ибо так он повинуется повелению неба и следует по небесному пути. Вот почему твой предшественник император Гаоцзун (3-й по счету в династии Тан) взял в жены фрейлину У, наложницу своего отца, императора Тайцзуна (2-го по счету)». Гаоцзуну было 28 лет, а царице У — 33 года.

8) Гуанчжоу *(сейчас в провинции Гуандун)*, где находилось уездное присутствие Линнаня, расположен далеко от Чжананя — 2 года езды верхом туда и обратно. Поняв, что Сюаньцзун заинтересовался фрейлиной Ян, премьер-министр Линьфу Ли и евнух Гао отправляют короля Шоу в далекий Гуанчжоу, чтобы тот проинспектировал местные власти, навел в провинции порядок и ди-

сциплину. А сами силой отправляют фрейлину Ян в императорский дворец — в качестве наложницы Сюаньцзуна.

9) Чжанань — древняя столица Китая, сейчас называется Сиань; — *комментарий Кима Хвана.*

10) Фрейлина Тайчжэнь — титул, дарованный Ян сразу после
того, как король Шоу был послан инспектором в Гуанчжоу. С
этим титулом Ян переехала во дворец Тайчжэнь и вскоре стала
наложницей Сюаньцзуна.

11) Цзюлин Чжан, начальник 6-го ранга, служивший в городе Цзинчжоу, говорил: «Нашей стране конец! Император нарушил
человеческие моральные принципы. Как же он после этого сможет
править народом? Ваше величество, на небе и на земле есть законы неба, а отношения между отцом и сыном определяют законы
морали. Как Ваше величество могло, поддавшись похоти, забыть
законы морали, взяв себе в наложницы жену моего короля, мою
королеву?».

12) Так называли преступление, которое вызывало гнев государя. Наказание за него — смерть через повешение.

13) Сюаньцзун и премьер-министр Линьфу Ли не поленились
выбрать королю Шоу новую жену — дочь одного из начальников
5-го ранга Чжаосюня Вэя. Говорят, что она прилагала все усилия,
чтобы понравиться королю Шоу, но тот ни разу не лег с ней в
постель.

14) Мао (珝) — императорский нефритовый скипетр (天子所執
玉)

15) Чжуннаньшань — горы, расположенные недалеко от крепости-дворца императоров династии Тан. Освободив из тюрьмы
короля Шоу, Саньцзи Су вместе с ним спрятался в этих горах.
Там находится буддийский монастырь Сянцзисы.

16) Императрицу Ян в 756 г. (в 38 лет) убил евнух Гао,
задушив ее шелковым платком. Это произошло в маленьком здании буддийского монастыря, расположенного недалеко от станции
Мавэй. Ян зашла в монастырь, следуя в провинцию Шучжоу, куда

она бежала от бунта Лушаня Аня и Сымина Ши.

17) Саньцзи Су служил королю Шоу с детства, он отлично владел мечом и луком. Когда королю Шоу был дан приказ проинспектировать уездное присутствие Линнаня, расположенное в нескольких десятках тысяч ли от Чжананя, туда с ним вместе отправился и Саньцзи Су, выполняя обязанности его помощника. Он, как и король Шоу пришел в ярость, узнав, что Ян стала наложницей Сюаньцзуна. Когда Шоу был заключен в тюрьму, несправедливо обвиненный в попытке убийства императора *(на самом деле он тайком пробрался в императорский цветник с пионами, надеясь увидеть Тайчжэнь Ян, и был пойман дворцовой стражей)*, Саньцзи Су, рискуя жизнью, помог своему королю бежать из тюрьмы. Справившись ночью со сторожами, он освободил Шоу, и они спрятались в горах Чжуннаньшань.

18) Сюаньцзун любил пионы. Он повелел посадить их во дворце и во всех канцеляриях. Начало цветения пионов он роскошно отмечал вместе с придворными и народом.

19) Государство Пэгте (18 г. до н. э. – 660 г. н. э.) располагалось на территории, включавшей в себя юго-западный регион Корейского полуострова — нынешняя провинция Чольладо, где находится родина автора; – *комментарий Кима Хвана.*

20) «Зачем ты прячешься глубокой ночью в цветнике среди пионов?», — спросил Сюаньцзун своего сына, короля Шоу, когда его притащил во дворец евнух Гао. Евнух поймал Шоу в цветнике возле канавы Синцинчи, куда тот пробрался, надеясь увидеть во время праздника цветения пионов свою жену Тайчжэнь Ян, отнятую императором.

21) Биидяо (кит.) — фантастическая южная птица, самец и самка которой якобы поддерживают при полете друг друга крыльями.

Ляныличжи (кит.) — сплетенные ветви соседних деревьев.

22) Поэма «Король Шоу» была исполнена в виде кантаты Чончжуйским городским хором 8 мая 2007 г. в Центре искус-

ства «Схори», в зале «Ёнчзи». Время исполнения — более 20 мин. Начало концерта — 19.30. Дирижер Чхон Ку; фортепиано Пак Схо Нын; тенор Ли Ён Сок; баритон Ким Дон Сик; композитор Ли Чун Бок.

# Женщина в лесу[1)]
— или Кымгуон[2)]


Ягоды остролиста манят рыжеухих бюльбюлей[3)],
Словно запретный плод, не таящий в себе греха.
Быть может, поэтому к ним так тянет и нас
с тобою.
Этот райский сад, словно лучами солнца,
Пронизан нежным пением камышовок.

Взгляд летит далеко-далеко,
Упираясь в саму бесконечность...
Не потому ли глаза так щиплет печаль?

От чистого запаха женщины,
Полной самоотверженности,
Всегда готовой восхвалять и служить,

Веет любовью, сокрытой глубоко в сердце,
И кристаллы этой любви,
Вылетая при каждом вздохе,
Создают вокруг новые тени
В белых одеждах из волокон китайской крапивы.

1) Текст этого стихотворения высечен на межевом знаке участка с названием «Лес лунного света». Знак стоит в парке скульптур «Кымгуон», он сделан в форме скульптуры, изображающей обнаженную женщину. Высота постамента — 126 см, высота скульптуры — 650 см. Габариты ровной поверхности для текста стихотворения — 150 см по горизонтали и 65 см по вертикали.

2) Парк скульптур «Кымгуон» расположен по адресу: провинция Чоллабукто, уезд Пуан, волость Пёнсхан, деревня Точхон. В саду, окруженном лесом из остролиста, который является памятником природы, находится скульптурный ансамбль, составленный более чем из ста обнаженных фигур. Парк построил скульптор Осхон Ким.

3) Бюльбюль рыжеухий — певчая птица размером с дрозда. Питаются главным образом ягодами, а также насекомыми. Хорошо поют, отсюда и их название *(в персидском и тюркском языках «бюль-бюль» означает «соловей»).*

,

Глядя на текущее время,

Добираешься до лестницы жизни, и неспешно
размышляешь о вечном.

# Схыль-Го-Ра-Ба[1]

Словно запах вишни

Наполняли мне душу счастьем юные листья.

Думал, целый век на кончиках пальцев

Будут они лепетать со скромным весельем,

Но время сказало,

Что мы — разные,

И лишь издали помним и любим друг друга.

Воспоминания, как семена граната,

Отправляет вдаль по течению

Обыденность, сломанная рукой тощего заката.

Она увеличивает одинокую тень

От моих усталых ног,

Без цели бредущих по берегу реки Ханган

И по улицам городов в далекой Панаме.


Думал, целый век сохранят

Свой милый цвет

Посаженные мной хурма и гинкго.

Но время превратило

Их в звуки, долетающие через горы и воды,

И наши голоса лишь издали могут перекликаться.

Жесты и пенье ангелов

Уносит с собой поверх невысокой башни
Иссякающий ветер,
Лишая земную твердь устойчивости.
И спадают все оболочки,
Обнажая мечту.
Мечту моей усталой души, бредущей
Вслед за ногами по берегу реки Кымган
И по незнакомым улицам.

* ВЛАДИВОСТОК, 2012 (РУБЕЖ)

1) Схыль–Го–Ра–Ба — сочетание четырех слогов, являющихся первыми в каждом из имен дочерей автора *(Схыльги, Гоун, Раон и Бароми)*, — комментарий Кима Хвана.

# Схыльги Фишер Ли[1]

Второго мая,

На двадцать третьем году жизни,

Она приняла вторую фамилию — Фишер.


Далеко по течению

Уплывают голубые истории.

Покинутое место

Придется заполнить абсолютной пустотой.

Видно, такое уж время. Оно дрожит и грохочет.

Но сквозь грохот слышу голос моей Схыльги.

Носится по пустыне дикий песок.

Мелкая дрожь листьев

Впивается в кожу.

Птичьи крылья трепещут.

Ложусь, испуская протяжный стон —

Боль такая, словно сдирают кожу...

Но сквозь эту боль ощущаю ласку моей Схыльги.


1) Схыльги Фишер Ли — имя и двойная фамилия (первая — мужа, вторая — девичья) старшей дочери автора; — *комментарий Кима Хвана.*

# Грустный день

Живя во времени
Абсурдном и темном,
Когда приходится ждать свою половину,
Которая не желает
Быть со мной одним целым,
Под падающими лучами звезд
Ощущаешь себя
Жалкой песчинкой.

Сердце леденеет
От мысли,
Что придется привыкать
И смиренно терпеть
Унизительное состояние,
Когда непослушные руки и ноги,
Пальцы и губы
Захотят жить отдельно от тела.

Когда мне, не привыкшему
К расставаниям,
Придется плести жизнь из слез,
Вспоминая, как я гадал,

Что же еще могу раздать близким людям,
Хотя уже отдал им все свои сокровища.
Остались
Камень на ссрдце
И пустота в душе.

# Куда течет время
– Посвящается Хаёну[1]


Ты спросил у мамы:
«Почему время идет
Не останавливаясь?»

У всех своя жизнь,
Мой милый Хаён...
Бурундук в лесу
Прыгает по веткам,
Собирая на обед вкусные желуди.
Ручей и река,
Петляя среди гор и полей,
Текут только вниз.

Так и время
Живет в этом мире по своим законам,
Подчиняясь которым, оно должно идти беспрерывно
И стараться, чтобы наш мир стал счастливее.

Прошлое уже позади,
Его изменить или исправить,
Увы, невозможно.
Поэтому мы в настоящем

Идем, глядя вперед — в будущее,
А не назад, в прошлое,
Мой дорогой Хаён!

1) Хаён — внук автора, школьник 3-го класса, учится в Epping public school (Австралия).

# Сион!

Когда я зову тебя: «Сион!»,
И ты идешь ко мне, у меня щемит в груди.
Ты, Сион — моя сладкая боль.

Когда я не вижу тебя,
От тоски каменею
И живу, глубоко вздыхая.
Ты, Сион — мой протяжный вздох.

Когда мы с тобой расстаемся,
От тяжести слез, тобой проглоченных,
Падаю без сил.
Ты, Сион — моя горячая слеза.

В твоих глазах
Прячется все:
Мама, папа, Симон,
Катя, Рейчел, бабушка,
Твой самый любимый в мире
Дедушка,
А также Австралия, Таиланд и Швейцария.
Ты, Сион — мой микрокосмос.

Когда
Ты зовешь меня: «Дедушка!»,
Я ухожу
Далеко против течения времени
И встречаюсь со своей бабушкой,
Живущей за рекой скорби,
Любившей меня маленького так же безмерно,
Как и я люблю тебя, Сион,
Мой прекрасный проводник в тумане времен!

# Десятое октября

В то утро, в десять часов,
Когда волны, привыкавшие вместе с чайками
к осени,
Проглотили паром «Схохэ»[1],
Царство Юльтогуг[2] превратилось в ад,
И рыбаки с тридцати сейнеров, бросавшие сети,
Смуглыми руками изо всех сил тянули веревку
жизни.

На пристани «Пхачзянгым», где любовь укрывает
от долгой бури,
Школьная медсестра из последних сил
Пыталась оживить своим дыханием — губы в губы —
Тех, кого успели поднять на берег.
Она слышала, как морские птицы
Передавали на берег вопли отчаяния,
Жуткие крики уходящих в пучину душ,
Как ветер, задыхаясь, приносил горькие рыдания
И запоздалое «Прости!» родных, оставшихся на земле.

Но когда мама Хангю проклинала небо,
Изнемогая от горя и бессильной злобы,

И ее рыдания из комнаты улетали во двор,
Даже солнечные лучи поднимались выше,
Чтобы прилежно передать скорбную весть
В Чонджу, Чхончзю, в Сеул и в резиденцию
                                    президента.


Штурман Пэг плавал между островом Щигто[3]
                                    и материком.
В седьмой день бури его призрак молча сидел
                                    в рубке,
А корпус корабля, обнимающий семьдесят семь
                                    покойников,
Вставал, опираясь на глинистый берег, намытый
                                    морем за тысячу лет.


Гневаясь на жестокие волны,
Наливался закат кровью и обжигал небо.
Когда на поверхность воды всплывали следы
                                    оборвавшихся судеб —
Осколки накопленных знаний, останки мечты
                                    и любви,

Напоминая, что всё появилось из праха и всё
возвратится в прах,
Жители острова
Кивали головой миражу, с которым они сроднились,
И верили в нечто, равное ничему.


1) Паром «Схохэ» ходил между островом Уидо и портом Кёгпхо.
2) Царством Юльтогуг называется в легенде остров Уидо, о котором она гласит как о рае.
3) Остров Щигто — остров-спутник острова Уидо.

# Прогулка по глубокой долине
— или Курорт Мучзю[1]

У лучей,

Сидящих с раннего утра

На каждом листе

И обсуждающих

Поведение деревьев,

Учусь золотой твердости духа.


У ветра,

Который беспокойно ныряет в лес

И выпрыгивает обратно,

Заставляя птиц летать и вить гнезда,

Учусь теплой заботе.


У перьев,

Положивших руки друг другу на плечи и согнувших

спины

На серебристой дороге, ведущей на снежную гору,

Учусь чистосердечию.


У прозрачного ручья,

Жарко обнимающего

Стену ночи, чтобы найти тишину,

Учусь беззаботному пению.

У гор Тогю,

Которые украшают глубокую долину своими

нарядами,

Надевают в разные поры года

То зеленый пиджак, то красную юбку,

А зимой

Предпочитают снежные цветы и узоры на листьях,


Я сегодня учусь

Смыслу созревания

И преодолеваю мелкие волны дней,

Беззаботно напевая: «Ла-ла-ла-ла-ла[2]!»[3]


1) Курорт Мучзю находится в провинции Чоллабукто, р-н Схольчонмён, с. Щимгонни.

2) Есть мнение, что напевая «ла-ла-ла-ла-ла», или слушая, как это поет кто-то другой, человек получает едва ли не самые положительные эмоции.

3) Стихотворение опубликовано в журнале «Мучзю лайф», весна, 2002 г.

# Руки жены

Дома,
Готовя остро-соленую кимчи,
Гарантируют нам аппетит,

Во дворе
Заботятся о молодых побегах,
Поливают, удобряют и ухаживают,

А еще
Дирижируют небольшим оркестром:
Певучей трубой с роскошным голосом,
Тромбоном, тубой, флейтой, кларнетом, гобоем,
саксофоном,
Ксилофоном, синтезатором и барабанами.

У нее словно три пары рук,
В которых она теперь
Пытается удержать сразу три власти,
Считая себя достойной того,
Чтобы претендовать на статус анхэ[1].

А сама вся – в мелких морщинках,
Неизбежных в конце печальной поры увяданья.


1) Анхэ (старокорейск.) — жена. Слово анхэ состоит из двух корней — ан (корейск.; «внутренний», т. е., «тот, что внутри дома», «домашний») и хэ (корейск.; «солнце»). Поэтому лингвист и писатель Ильсхог Хисхын Ли (1896—1989) считал, что этим словом называли существо, подобное солнцу в доме; – *комментарий Кима Хвана*

# Время болеть[1]

*Можете думать о нарядной травке космее,*

*Обрамляющей тропинку в осеннем поле,*

*Можете представить женщину,*

*Тоненькую и красивую, как космея.*


*Осень*

*Всегда волнует сердце*

*Нежной любовью неброских цветов,*

*Но как досадно в осенние дни*

*Сжигать, молчаливо скрывая в душе,*

*Любовь, о которой нельзя сказать никому.*


Осень.

Время болеть.


Чтобы нежная любовь, тихая, как трава,

Навестив меня,

Не испугалась,


Надо прятать,

Болезнь глубоко в душе.

1) Это стихотворение размещено на стене станции Сеульского метрополитена «Ягсу» (линия 3), расположенной по адресу: г. Сеул, район Чунгу Щиндандон.

# Идите, слушайте![1]

Ностальгию
Сплели с мелодией —
И вот выходит из бамбуковой рощи Чхунхян[2].

Волнующийся мир
Успокоили бекаром[3] —
И вот уходит едкий дым,
Проясняется осеннее небо.

Словно склеивая кинокадры,
Собрали заготовки строк в единый сюжет,
Напечатали стройные нотные знаки —
И вот взялись за руки добрые души,
Утешают больные сердца
И открывают путь к бабушке[4].

Прекрасны руки твои!
Щедрыми плодами
Наполняют они наш сад.

1) Это стихотворение является прологом книги «Спрошу» — сборника песен на слова Ли Чон Хи. Композитор — Ли Чун Бок.

2) Героиня драмы неизвестного автора «Чхунхянчзён». Она — верная жена, обладает и умом, и красотой. Драма написана в период династии Чосон, точная дата ее создания также неизвестна.

3) Знак аллитерации, отменяющий в мелодии диез или бемоль.

4) Самый любимый человек в мире.

# Огсун

Ее губы дрожали,
И тонкая струйка крови
Текла по желтым зубам.
Она собирала с рссниц слезы
И смазывала ими трещины на тыльной стороне
ладони.

Из далекой горной провинции,
Что в пятнадцати ли от материнского дома,
Который охраняет краснолицая хурма,
Вершиной достигающая неба,
Пришла Огсун в город,
С надеждой заработать приданое для свадьбы,
Преодолев в лаптях шестьдесят ли.

Как трудно было девчонке
Служить домработницей!
Она скучала по дому, затерянному в горах,
Где стоял горьковатый запах кипящих трав
и кореньев,
Где она открывала плетеную дверь,
Выходила на тропинку и шла в гости к соседям.

Она долго-долго болела
И в конце концов ушла
По дороге, проложенной вдоль длинной канавы,
Откуда голубой зимородок
Улетел в поисках своей суженой.


* КРАСНОЯРСК, 2012 (ДЕНЬ и НОЧЬ)

# Страна под названием Уидо

## В Пхачзянгыме

Океанские волны
Удерживают любовь.

Когда ветер заслоняет серыми облаками солнце,
Путешественник, бродивший вокруг пассажирского
파рома,
Идет ночной дорогой, среди цветущих магнолий.

## В Щирыме

Унылый морской ветер, разгоняющий ночь,
Наполняет сердца тревогой.

Здесь люди меняются,
Но у всех перепутаны ветром волосы.
И вздох озабоченной женщины толкает в море
рыбацкую лодку.

## В Чилли

Вице-адмирал[1] громовым голосом отдавал команды,
Слышные всем на Желтом море.


Здесь влюбленные
Поднимаются все выше, чтобы скорей увидеть
                              любимых[2].
А тот, кто противится вечной разлуке,
Держит рядом тело любимого[3], сам пребывая
                              на грани смерти.


## Чонгымом

Называется
Драгоценный родник,
Который расположен на острове, окруженном водой,
Но без него все умерли бы от жажды.
Рыбаки, мечтая о материке,
Хотят за один день поймать годы достатка.

# В Польгым,

В это соляное поле первыми пришли люди
По фамилии Щин и Чо.
Пережив тысячелетнее одиночество,
Утешаясь бульканьем пузырей,
Он шлифует и расчищает гальку,
Будто собираясь поиграть в го[4].

# На острове Чхидо

Есть гора, где водятся фазаны,
А рядом, в Чхильсанском море, процветал
                    рыболовный участок[5].


Табачный дым из трубки чиновника четвертого ранга
                                Пхи[6]
И сегодня поднимается вверх,
Но давно не танцуют в волнах серебристые стаи
                                горбылей,
Только столбики[7]
Стоят, как в карауле, среди вечного плеска волн.

## Деревни Тэри и Чонманни

Соединяет южный район Схальмагкым[8], где, ставя
                                  на стол свиную голову[9],
Молились о спокойствии, где сплетенной загородкой
                                  ловили рыбу.


Там и сегодня
При богатом улове анчоусов и креветок восходит
                                  солнце.

## На острове Щигто —

На острове Еда[10],
Которым питался остров Еж[11],

Когда красные водоросли поднимают головы
И летят по ветру песни удачливых рыбаков[12],
Под булканье воды и трепыханье разноцветных
                                  флагов

Девушки

На рыбацкой лодке ловят парней парусами своих

юбок.


1) Имеется в виду военный чиновник 6-го ранга в бюрократической системе династии Чосон.

2) Речь идет об искусственном холмике, сделанном из камней, которые люди укладывали один на другой, чтобы иметь возможность подняться повыше и видеть в море дальше, когда ожидали возвращения своих любимых.

3) В том случае, когда человек умер, но по каким-нибудь причинам нельзя быстро организовать похороны, и оставить тело в комнате тоже нельзя, гроб с телом ставят на дворе или в пристройке, под сплетенным из тростника покрывалом.

4) Устойчивое выражение, являющееся китаизмом. В переводе на русский язык означает «удовольствие от игры в го». Произошло из рассказа об одном дровосеке, который якобы так увлеченно наблюдал за соревнованиями по игре в го, что не заметил, как загнила рукоятка его топора.

5) Чхильсанское море находится в акватории между островом Уидо и островом Когунсхандо. Рыболовный участок на нем является наиболее богатым в корейской акватории Желтого моря, считается центром рыболовной промышленности. В нем в изобилии водятся различные виды промысловых рыб, например, морской окунь

горбыль.

6) Человек по фамилии Пхи, занимавший пост чиновника 4-го ранга.

7) Столбики, которые используют как каркас для выращивания съедобных красных водорослей.

8) Название данного района происходит от слова, которое в переводе на русский язык обозначает лачугу, где сидит рыбак в ожидании улова, опустив в воду плетеную загородку для ловли рыбы.

9) Название района Тэри происходит от одного из слов, обозначающих свиную голову.

10) Буквальный перевод названия острова Щигто: «щиг» — еда, пища, «то» (или «до») — морфема, употребляемая в корейском языке именно для обозначения названий островов. *(Комментарий Хвана Кима).*

11) В названии острова Уидо используется китайский иероглиф, обозначающий ежа. Считается, что контур острова Уидо напоминает ежа.

12) Есть специальные песни, которые поют рыбаки, когда возвращаются с моря на лодке с хорошим уловом.

# Этой осенью

Этой осенью,
Чтобы чувство дороги
Вызревало, словно каштан в колыбельке,
Приглашу к себе закат
И зажгу свечу на поэтическом подсвечнике.

Этой осенью,
Когда багряные листья обжигают жаждущую землю,
Печалясь о жестокой «охоте на людей», спрячусь от их

пожара,
Чтобы остаться наедине с Достоевским[1],
Запасусь длинной свечой, которой хватит

на три-четыре ночи.

А потом,
Как свежий ветер, залетающий в лес
С криком: «Осень ясна..., осень ясна!»,
Чтобы горько ее оплакивать,
Подготовлюсь к бессонной ночи, может быть,

не одной.

1) Достоевский писал: «Человек есть животное, имеющее непредсказуемые свойства животных».

# Причина (III),
## – или Мать Тереза

Отчего маленькую монахиню Терезу
Так высоко превозносят?

Может быть, оттого, что доброта струится
Из каждой ее морщинки
И усыпляет
Плач одиноких душ,

А полные руки
Излечивают
Ароматом кедра,

И спина ее до земли
Сгибается не униженно,
А с радостью...

И все это ясно показывает,
Насколько
Человек может быть красивым.

Ⅲ

# Причина (IV),
## – или Условия богатства

У нас не считают миллионером
Человека, имеющего семь миллиардов[1],

Если он не сумел
Заслужить уважение в обществе,
Несмотря на свое богатство...
Возможно, для уважения мало иметь кучу денег.


1) В одной газете от 19.06.2004 было сказано, что богачом в Республике Корея может считаться тот, кто имеет семь миллиардов вон.

# Господин Ли Чун Бок!

Здравствуйте!

После тридцати восьми лет и шести дней[1],
Предназначенных мне судьбой,
Тишина вокруг вынуждает
Неподвижно стоять в пустыне,
Слушая немой вихрь,
Атакующий меня в том мире,
Который пришлось покинуть.

Здесь безбрежный простор и безмолвие,
И пока еще я не вижу,
Где прячутся волшебные слова «Сезам, откройся!»[2].

В конверт с письмом кладу «Короля Шоу»[3],
О котором в прошлый раз Вам говорил.
И вспоминаю комментарии, возникшие в процессе
сочинения,
Пусть даже лишние, как лапы у змеи.

Вчера
В техническом институте,

Там, где шумно болтают

Те, кто мечтает стать «инженером среднего уровня»,

Где в одном углу аудитории сидит

Пятидесятилетний студент,

Я несколько часов говорил, а потом вернулся домой.


По дороге туда и обратно

Меня радовал полевой ветер:

Он летел за мной и щекотал мне уши.


До следующего письма!

6 марта 2003 г.


P. S : Девушка, забиравшая у меня конверт, назвала меня «дя-
денька». Думаю, нужно время, чтобы уши мои привыкли к этому
обращению.

1) 38 лет и 6 дней автор работал в системе образования.

2) «Сезам, откройся!» — заклинание, которое использовали разбойники в сказке «Али-баба и 40 разбойников» («Тысяча и одна ночь»).

3) «Король Шоу» — поэма Ли Чон Хи.

# Мальчик-проводник в 2005-й год,
## – или Воспоминание о Ён Мин Паке

Мальчик,
Возненавидевший бедность,

Бедность, которая бунтует между бороздами
и межами,
Покинув родную деревню в южной области,
Приехал в Совершенный округ[1].
Он приводит с собой 2005-й год.

Рассекая рулоном газет
Ледяной воздух,
Озябший, он добывал деньги на учебу[2].

Образы, скрытые в ясных и приятных,
Звонких и могучих гласных в стихах,
Он озвучивал мастерски и выпускал из окна.

На завтрак в день рождения
Приготовленный от души суп
Он ел с рисом, вкусно причмокивая[3].

От веса наручных часов,

Подаренных ему на окончание школы,

Его плечо наклонялось вниз.


Чтобы вдохнуть энергию честности

В мир шатающегося густого анафалиса[4],

Став одуванчиком круглоголовым[5],

Размером с деревянное корытце,

Он торопит к нам 2005-й год.


1) Совершенный округ — буквальное толкование китайских иероглифов, обозначающих название города Чонджу (全州); — *комментарий Кима Хвана.*

2) Он работал разносчиком газет; — *комментарий Кима Хвана.*

3) В Корее на день рождения готовят суп из морской капусты. Традиционно корейцы едят любой суп не как первое блюдо, а вместе со всеми остальными блюдами и салатами. На корейском столе рядом с супом обязательно стоит чашка риса. Некоторые едят суп, положив в него всю чашку риса. Герой стихотворения поступает так же; — *комментарий Кима Хвана.*

4) «Густой анафалис» — образное выражение, обозначающее подготовку квалифицированных людей (*Шицзин, раздел Сяоя. Шицзин — каноническая книга песен, 1-я книга конфуцианского Пятикнижия; — комментарий Кима Хвана*).

5) Скромное полевое растение, очень неприхотливое. Молодые листья употребляют в пищу. Цветы украшают горы и поля. Корень используется в медицине как средство для укрепления психического и физического здоровья и усиления энергии. Считается, что одуванчик — цветок высокой духовной силы, благодаря которой он проникает повсюду и объединяет все вокруг себя.

# Узы

Мы легко отвергли те времена,
Когда, мокрые от пота,
Взирали на звезды,
И теперь мы так далеки,
Что меж нами летают птицы,
Словно обиженный зимний ветер.

Мы были довольны и липким запахом тела.
Но скребет по спинным позвонкам ледяной цветок,
И чистый взгляд
Заслоняет крыльями чья-то темная тень,
Нарушая гармонию мира.

В день, когда мы, поднявшись на водопад слез,
Стали островами, нам говорят,
Что все это – узы...
Грустим об оставшихся днях.

* КРАСНОЯРСК, 2012 (ДЕНЬ и НОЧЬ)

# О моем псевдониме — Пуён[1]

В летний день
По соседству с лотосом
Окаймляют берег
Стройные стебли рогоза
И украшают пруд
Блестящими листьями,
Чистыми, как бескорыстные души.

На кирпичную башенку колоса,
Венчающую острый стебель,
Садится пролетная стрекоза.
Тень ее на волнах
Грациозна как иероглиф.
Разве это не ключ
В мир восточной поэзии?

Долго живут стебли рогоза,
Украшая окрестности,
Но все, чем их одарила природа,
В итоге приносят в жертву
Людям, назвавшим их «пхохуан»[2].

Чтобы хоть как-то ответить, ради чего живу,
Найти оправданье жизни своей,

Смотрю на стебли рогоза,
Которые вместе с лотосами,
Зовут нас к летнему пруду,
На опушку лирической рощи.

Без жалоб живу в боковушке
И служу тем, кто открывает новый мир,
Как рогоз — лотосу.

С ними
Отполирую до блеска
Свой уголок космоса
И к нему,
Сияя счастливым взором,
С людьми, которых люблю,
Я, Ли Чон Хи, буду грести без устали
Веслами символов и метафор.

1) Пуён — русская транскрипция авторской аббревиатуры корейского словосочетания, обозначающего рогозовый пруд; — *комментарий Кима Хвана.*

2) Пхохуан (корейск.) — так называют в корейской медицине рогоз, точнее, его пыльцу, используемую в различных целях: для остановки кровотечения, ускорения начала месячных, как мочегонное и противовоспалительное средство.

# Сложный вопрос

У жены беда:
Не может зачать ребенка.

Попросили помочь свояченицу,
Все-таки не чужая кровь,
Взяли у нее яйцеклетку,
Оплодотворили в пробирке,
Имплантировали в матку жены —
И получился здоровый ребенок.

Но возник один сложный вопрос:

Кого
Регистрировать как родную мать?

Что важнее:
Яйцеклетка или матка?
Курица или яйцо?

Не на шутку сложный вопрос...

                                                    * ВЛАДИВОСТОК, 2012 (РУБЕЖ)

# Благо творит душу

Кто жертвует на земле, тот копит богатство на небе.
Поэтому благие дела ему в радость.
Они утоляют слезы тех лет, когда ты сам голодал,
Поэтому душа насыщается и ликует.

Река, научившись разделяться на рукава,
Обнимает лес —
И место отдыха становится очень уютным.

Крошечная помощь пробуждает большой ветер
И меняет судьбу.
Я люблю ветер. Мечтаю стать ветром.

# Встреча

*Уважаемая госпожа Чше!*

*Обычно я проверяю свои тексты раза два, не больше. Но на этот раз я проверил свой текст четыре-пять раз, и только после этого успокоился.*

*Когда я писал текст данной работы, то вспоминал события 34-летней давности. Госпожа Чше Мён Схуг, воспоминание о Вас ассоциируется с аккуратно собранной коллекцией насекомых, которую Вы в свое время предложили в школу «Маллипхо чзюнхаккё». Правда, в Маллипхо были не только хорошие, но и раздражающие, дурно пахнущие люди: был один неразборчивый тип, который говорил: «Пусть заступится хоть Иисус, хоть Шакьямуни», и еще был один злой заместитель директора, который не хотел даже слушать объяснения, почему по ошибке потух разожженный уголь. Но все-таки за вечерним закатом, который приходил вслед за людьми, с которыми было хорошо, наступали сладкий сон и утренняя заря. Так прошло полтора года.*

*Через несколько дней после того, как Вы с господином директором покинули Чонджу, приезжал господин Ли из Чхонджу. Мы с ним взглянули на лица друг*

*друга и увидели, как незаметно прошли долгие годы. Он рассказал, что его дочь была в Чонджу, но решила остановиться в Канныне, и там устроилась на работу. Также он рассказал и о Вашей дочери, госпожа Чше.*

Радость от встречи — с чем же ее сравнить?


С волнением чистых душ в начале пути,
Когда, гуляя весенним днем
В Маллипхо по тихому школьному двору,
Где со светло-зеленой улыбкой листвы
Перекликались следы нашей молодости,


Которые мы несли с собой в складках одежды
Через горы и реки,
Преодолевая время
Длиною в шестнадцать лет,
Чтобы люди, с которыми нам хорошо,
Могли осуществить свои мечты,

Плавно летящие за горизонт...
Чтобы пошел проливной дождь, показавший вожаку
рыбьей стаи,

Как он течет — сначала ручьем,
Потом рекой, мечтая услышать волны,
Подобные людскому говору в мегаполисе;

Чтобы выглянул теплый солнечный луч
И загладил ошибку,
Из-за которой погас разожженный уголь,
Сдвинулось время завтрака,

Случилось опоздание на работу,
И свет луча помог организовать дендрарий
в Чхоллипхо
Миллеру[1],
Синеглазому гражданину Республики Корея;

Чтобы вернулся морской ветер Маллипхо, который
высушил нам кожу,
Научил не замечать брюзжание человека,

Контролировавшего учебный процесс,
Но помог увидеть будущее,
Когда мы любовались коллекцией насекомых.

1) Миллер (Carl Ferris Miller. 1921—2002). Родом из города Вест Питстон, штат Пенсильвания, США. Корейское имя — Мин Бён Гар. Из-за исключительной любви к растениям он даже не женился, и сорок лет своей жизни посвятил организации дендрария. Дендрарий, созданный им в Чхоллипхо, признан первым в Азии по времени возникновения и двенадцатым в мире по красоте.

# Речка Чонджучхон[1)]

Ты
Веками охраняешь гору Уансхан.

В тебе отражалась величавая красота беседки
                              Ханбённу,
Расположенной в Оннюдоне.
В тебе купались нагишом
Дети из районов Чхорогпауи, Юёндэ и Оынколи.

Ты омывала грудь
Женщин, приходивших к тебе стирать белье.
Куда же исчез твой чистый лик,
Украшенный зелеными волосами катальпы[2)]?
С осунувшимся лицом
Смотришь протяжно и скорбно
На Западное море[3)]
За рекой Мангён.

Твои воды
Помогли основать столицу королю Кёнхуону[4)].

Когда же ты очнешься,

Разольешься смело и грозно,

Понесешь на волнах изящные узоры старинного

веера,

Поцелуи цветков ивы

И нежные запахи

Ароматической туши?


Когда же ты вновь покажешь железную волю,

Как тогда, на пиру в Омогтэ[5], наблюдая

за властелином,

Укрепляя почву, на которой взошла пятисотлетняя

династия[6],

И будешь питать собой Совершенный округ


И течь по нему тысячу лет,

Все новое тысячелетие?


1) На специальной выставке «Прекрасная провинция Чоллабукто», организованной в 2001 г. в рамках Международной биеннале каллиграфии, проходившей в

провинции Чоллабукто, выставлены произведения монохроматической живописи со стихами, выполненными в каллиграфической манере — «Ворота Пхуннаммун в Чонджу», «Кёнгичзён», «Озеро Тогтин» и «Речка Чонджучхон». В последнем использовано данное стихотворение (Стихи — Ли Чон Хи, каллиграф — Хагён Схон (организатор выставки), живопись — Чесхын Ли).

2) Катальпа (лат. Catalpa) — род растений семейства Бигнониевые; известно до восьми видов этого рода, растущих в Китае, Японии, Северной Америке и в Вест-Индии. Это — деревья или кустарники; листья у них широкояйцевидные или сердцевидные; цветки двуполые с двураздельною чашечкою и с двураздельным венчиком; тычинок пять, из них только две с пыльниками; пестик один, завязь с множеством семяпочек. Плод — многосемянная коробочка. Семена крылатые.

3) «Западное море» — буквальный перевод одного из корейских названий Желтого моря; — *комментарий Кима Хвана.*

4) Король Кёнхуон (?—936) — основатель государства Позднее Пэгте (годы правления — 892—935). Его настоящая фамилия — Ли (李).

5) *Омогтэ* (梧木臺) — место, где в 1380-м году (6-м году правления Ууана) военный губернатор трех провинций генерал Лисхонге (Схонге Ли) устраивал триумфальный пир рядом с Унбоном, по дороге в столицу после истребления японских разбойников на горе Хуансхане — Хунасханской битвы. В 1900 г. (37-м году правления Кочзёна) там поставили памятник, на котором сам Кочзён написал: «Привал его императорского величества Тхэчзё» (Лисхонге впоследствии стал королем-основателем династии Чосон. Его как короля назвали Тхэчзё; — *комментарий Кима Хвана).*

大風起兮雲飛揚　(Тэ-пхун-ги-хе-ун-би-ян　—　Возникает большой ветер, облака высоко летят.)

威家海內兮歸故鄉 (Уи-га-хэ-нэ-хе-гуи-го-хян — Проявляя в стране величавость, вернулся на родину.)

安得猛士兮守四方 (Ан-дыг-мэн-сха-хе-сху-сха-бан — Почему бы мне не взять смелых и талантливых, с которыми бы охранял четыре стороны света?).

*Имогтэ* (梨木臺) — место рождения Могтё (Лиансхи), прапрадеда Тхэчзё. Находится метрах в 70 к востоку от Омогтэ. В нем жили предки Тхэчзё, начиная с Лихана (Хана Ли), родоначальника клана Чонджу, представители которого носят фамилию Ли, и заканчивая Могтё. И здесь поставлен памятник, на котором Кочзён написал собственноручно: «В этом месте жил великий князь Могтё».

6) Пятисотлетняя династия — династия Чосон, которая существовала более 500 лет (1392—1910).

# Стирая номер телефона

Мой старший брат меня иногда спасал,
Разрывая сплошной поток моих суетных дел,
Чтобы освежил меня полевой ветер.
Но он слишком дружил с вином,
И несколько лет назад ушел с ним в обнимку
В мир, откуда возврата нет.

Его жена от души угощала меня
Острым салатом из квашенной молодой редьки
И густым супом из сои с кусками зеленого перца.
Она делилась со мной теплотой души горного
селения,
Но тоже, увы, ушла за братом вослед.

Жил я одиноко, с пустым сердцем.
И, представьте, только на днях
Вычеркнул телефонный номер брата.

Старший брат
Порой дарил мне
Простой полевой ветер,
Когда я жил в плену

У городской пыли.
И я,
Глотнув полевой свежести,
Мог открыться своим близким.

Старший брат
Умел вытащить меня из угла,
Куда я сам себя загонял неотложными делами.
Он создавал просветы
В потоке суетной жизни,
И я,
Расширяя их,
Мог шире открыть глаза на мир.

Старший брат,
Когда я не мог успокоиться,
Просто
Показывал мне летнюю бахчу, засеянную дынями,
Или
Место под хурмой, дремлющей на осеннем солнце,
А порой
Берег ручья,
В котором плавали стайки рыбешек.

И я,
Любуясь прекрасным миром, писал стихи.

Вот так,
Подчас,
Иногда,
Порой
Забота старшего брата
Давала мне свежую энергию для повседневной
                                        жизни.

Но сейчас
Пришло время вместе с его именем
Стереть и его телефонный номер.

Ведь недавно ушла и его жена,
Которой он предлагал отправиться вместе
В мир, где ему одному было бы одиноко...
Но она, утирая слезы, отвечала:
«Ступай пока ты один».
Острый салат из квашенной молодой редьки
                            и густой суп из сои,

Которыми она меня угощала,
Были заправлены теплотой души горного селения.

На вопрос старшего брата о том,
Что означают две параллельные линии,
Перечеркнувшие его имя и телефонный номер,

Я отвечаю:
«Эти две линии —
Наши с тобой дороги.
Как две параллельные прямые, уходящие
                    в бесконечность,
Когда-нибудь
Непременно встретятся
Друг с другом в одной точке,
Так и наши дороги сойдутся в конце концов.
А пока мы, дорогой брат,
Как две параллельные прямые
Одним маршрутом идем».


* ВЛАДИВОСТОК, 2012 (РУБЕЖ)

# Храм «Чонсхуам»

От автобусного парка
Пять ли по каменистой дороге.

На дальнем склоне горы Унчзянсхан
Стоят семь-восемь жилых домов
С кривыми стенами без обоев.

Из желтого шланга, протянутого по крохотным
                                    террасам рисовых полей,
Льются звуки цивилизации — агрохимические
                                    удобрения.

Закончив скромный обед,
Крестьянин, который перешагнул порог 55-летия,
Вспоминает, что уже десять лет живет без жены,
И эти годы скрылись где-то за белыми облаками
В тумане слез.

Он долго смотрит на храм «Чонсхуам»,
Утешаясь душой, и молится, чтоб его старший сын
Выздоровел и нашел работу в большом городе.

# Чон Чзюри — кандидат наук

– Первый кандидат наук среди получателей
стипендии имени Пуёна[1]

Как тяжко она дышала,

Добывая за Тихим океаном чистое золото,

Было слышно даже в Чонджу.


Когда молодые листья диктовали слова,

Расставляя подлежащие и сказуемые,

Их нежно-салатовый отблеск

Небесной дорогой добирался и до Сеула.


Ты худела,

Пересекая либеральный горизонт Комерики,

И в итоге, как знаменосец VCU school of pharmacy,

Стала кандидатом наук.

Чон Чзюри, постели Пуёну — на молодость

И зажги урожайное время!


1) Пуён — *русская транскрипция авторской аббревиатуры
корейского словосочетания, обозначающего рогозовый пруд.*
Наряду с лотосом рогоз украшает пруд при жизни, а после
смерти приносит людям пользу. *Пуён — псевдоним автора.*
(Выделенное курсивом — *комментарий Кима Хвана.*)

# Память сестры

Когда-то, в девяносто четвертом году,
Стояли мы в пустом поле.
И нас пронизывал ветер с моря.

Казалось, мы видели остаток пути,
Но впереди показалась развилка,
И не нашлось дороги для нас двоих,
По которой мы, сестра, могли бы вместе идти.

Когда наступил хаос
И нарушились связи между городами и провинциями,
Некому было меня утешить хотя бы взглядом,
Протянуть надежную руку,
И я повис в пустоте,

Зовя до хрипа, до седины
Прошлое, в котором мы зализывали раны друг другу,
Чтобы унять душевную боль.

Но чтобы вместить сердце,
Взорвавшееся от горя,
Мала,

Мала грудь, сестра.

Когда остановится время,
И дорога останется позади,
Придется переходить
Реку скорби.

Только тогда,
Сестра,
Мы снова встретимся
И попробуем вспомнить печальные наши годы.

# Чонму

Во время Корейской войны,
В летние дни, когда и тень деревьев не спасала

от зноя,
Тебя, полуживого от голода и расстройства желудка,
Долго несла на спине тетушка из Кунсхана
К дому врача в селе Чоннонни.

Прижавшись вспученным животом
И тощими бедрами
К низкому кухонному шкафу,
Ты тайком от родных
Обманывал голод солеными приправами.

А однажды, возле пожарного бака,
Во дворе деревенской управы,
Ты играл с жуком–плавунцом,
Схватил его за заднюю лапку,
И свалился в бак, и вода накрыла тебя.

Пожарный дышал тебе в рот, пытаясь спасти,
Но было слишком поздно.
Пока дядя вез тебя домой на чужом велосипеде,
Ты уходил от нас четверых навсегда...

Не знаю, Чонму,
Как сердце
Четырнадцатилетнего мальчика,
Учившегося в восьмом классе,
Вынесло боль прощанья с тобой.

Теперь
Вспоминая наши дни,
Улетающие все дальше,
Срываю с ветки, подвешенной в комнате,
Пару оранжевых плодов хурмы —
Так когда-то делала бабушка...
Но сладким соком
Не унять горечь в сердце.

Кладбище, где ты спал,
Превратили в район новостроек.
Где же теперь можно
Потрогать твой холмик, Чонму,
И траву, которой ты укрывался?

* КРАСНОЯРСК, 2012 (ДЕНЬ и НОЧЬ)

●  ●  ●

Лишь избранный
Способен идти к вершине
Дорогой сомнений.

* ВЛАДИВОСТОК, 2012 (РУБЕЖ)

# О позоре (I)

Позор – поворотный миг.
Только что ты стоял одиноко, стыдясь и краснея.
И вдруг ощутил,
Что попросту стал взрослее.

* ВЛАДИВОСТОК, 2012 (РУБЕЖ)

# О позоре (II)

*В этом мире*
*Можно испытать смертельный позор, а можно*
*минутный...*
*Однажды в ясный осенний день*
*Я сидел, опершись щекой на ладонь,*
*И вспоминал позорные случаи,*
*Которые стали поворотными в истории.*

Знаменитого императора Нерона[1]
Мать возвела на престол,
Но потом он жестоко рассорился с ней
И подослал к ней убийцу.
«Вонзай меч сюда! — сказала Агриппина[2], указывая
на живот. —
Отсюда Нерон вышел на свет...».
Какой же позор ощущала мать, ожидая смерти
от сына!

Когда я прочитал
Статью о том, что жители красивейших мест
На севере Корейского полуострова,

Мои соплеменники, принимают из Тайваня
Целых шестьдесят тысяч баррелей ядерных отходов,
А из Германии и Швейцарии — негодное мясо,
Способное заразить коровьим бешенством,
Мне, как тестю швейцарского немца,
Стало до безумия стыдно.


Совершив переворот, Анлушань[3], фаворит старого
                                        царя[4],
Имевший, по слухам, любовную связь даже
                        с царицей Ян,
Сам стал царем и назвался Даянем.
Но однажды, в роковой день,
Умирая от руки собственного сына Цинсюя,
Он унес с собой муку и страшный позор.


Мне становится стыдно,
Когда вспоминаю об Отодаке Хиротане[5],
Который родился без рук и ног, но сумел
                        на инвалидной коляске
Окончить курс политологии в университете Васеда,
И теперь, одаряя нас сияющей улыбкой, делает все,

Чтобы мир стал добрее и гармоничней.
Я словно слышу его голос: «Эй, люди с руками
и ногами!»,
И кажется, что это – упрек и мне.


Король Кёнэуан[6] не любил государственных дел,
Зато обожал пировать в беседке под сладкие песни,
Но когда Пхосхогтён осадил король Кёнхуон,
Остался один выход – наложить на себя руки.
С каким презреньем смотрели на него в этот миг
жена и придворные!


Среди Поздних Трех государств
Когда-то самым сильным было Позднее Пэгте,
где царствовал Кёнхуон[7].
Родной его сын Щингом заточил отца в монастырь
Кымсхансха.
Когда он оттуда с трудом сумел убежать
И отправился к Уангону[8],
Как же рыдало сердце его от позора и горя!

Узнав, что невестка-вдова Фамарь[9]

Забеременела от блуда,

Иуда хотел сжечь ее,

Но она сказала:

«Я беременна от того,

Кто дал мне печать, перевязь и трость за мою

любовь».

Как же в эту минуту он,

Ее свекор и ее же любовник,

Не сгорел от стыда?

Джордж Сорос, Уоррен Баффетт,

Дэвид Рокфеллер-младший,

Уильям Гейтс-второй — отец Билла Гейтса,

Самого богатого человека в мире,

И им подобные богачи,

Американцы до мозга костей,

Призвали правительство Буша

Отозвать проект закона об отмене налога

на наследство.

А наши корейские чеболи[10]

Днем и ночью

Думают лишь о том, как вести фальшивый бюджет,

Чтобы заплатить минимальный налог,

Когда их богатство перейдет наследникам.

Можно сказать, что они горячо любят своих детей,

Но мне, как корейцу, почему-то за них до смерти

стыдно.


* ВЛАДИВОСТОК, 2012 (РУБЕЖ)


1) Нерон — 5-й римский император (годы правления — 54—68). Пасынок и наследник императора Клавдия. Вел распутную и роскошную жизнь. Гонитель христианства. Знаменит тем, что по его приказу был сожжен Рим, правда, этому нет прямых доказательств.

2) Агриппина (Младшая) (15—59 гг.) — мать Нерона. Она родила его от первого мужа Гнея Домиция Агенобарба. Второй муж Пассиен Крисп умер в 49 г. Поползли слухи, что Агриппина отравила его. В том же году она в третий раз вышла замуж — за собственного дядю, императора Клавдия. Она уговорила его усыновить Нерона и признать в нем своего наследника вместо родного сына. В 54 г. Клавдий умер; говорили, что

его отравила Агриппина. В то время Нерону, который стал императором, было всего лишь 16 лет, поэтому фактически Римом правила его мать. Но постепенно Нерон сумел взять под контроль правительство, и ее влияние на политическую жизнь стало ослабевать. Когда Агриппина возразила против женитьбы Нерона на Поппее Сабине, тот решил убить ее. Сделав вид, что приглашает ее в Байи, посадил мать на корабль с дырявым дном и отправил в Неапольский залив. Корабль затонул, но Агриппина вплавь достигла берега. Вскоре она была убита по приказу Нерона в своем имении.

3) Анлушань (703—757) — полководец китайской династии Тан. Назвался Даянем, совершив политический переворот.

4) Старый царь — Сюаньцзун, 6-й царь династии Тан (годы правления — 712—756). При нем государство процветало как никогда.

5) Отодаке Хиротана (р. 1976 г.) — инвалид без рук и ног, писатель, учитель.

6) Кёнэуан (годы правления — 924—927) — 55-й король Силлы. Покончил с собой в Пхосхогтёне, подвергшись нападению Кёнхуона, короля Позднего Пэгте.

7) Кёнхуон (?—936) — основатель государства Позднее Пэгте (годы правления — 892—935). Был в Силле военным чиновником — помощником губернатора. В 892 г. основал Позднее Пэгте. В свое время имел главенство среди Поздних Трех государств — Корё, Силлы и Позднего Пэгте, но после того, как он был побежден армией Корё в Пёнсханской битве под Кочаном (ныне — Андон) в 930 г., его влияние ослабело. Оказавшись в невыгодном положении, Кёнхуон пошел на компромисс с государством Корё, против чего выступили его сын Щингом и другие. Это внесло раскол в королевскую семью по вопросу о наследовании престола. В конце концов, Кёнхуон был заточен собственным сыном Щингомом в монастырь Кымсхансха, после чего эмигрировал в Корё. В 936 г. в битве при

Иличоне, уезд Ильсхон, Щингом был побежден армией Корё, после чего Позднее Пэгте пало.

8) Уангон — основатель династии Корё (годы правления — 918—943). Объединил Поздние Три государства. У него было много жен, целых 29; таким образом, с помощью заключения браков, он стремился объединить вокруг себя сильные, влиятельные народы. Он признал буддизм — как веру, «защищающую государство».

9) Фамарь — хананеянка, жена Ира, первенца Иуды. Слово «фамарь» означает «пальма». От Иуды, своего свекра, она родила Фареса и Зару. Благодаря Фаресу Иуда становится предком Давида в 10-м поколении и записывается в родословие Иисуса Христа.

10) Чеболь (корейск.) — господствующая в корейской экономике гигантская семейная корпорация (см.: «Итоги» от 23.06.1998); — *комментарий Кима Хвана.*

# Тобой вышьют тысячелетие[1)]

– или «Корейская» бумага, выпускаемая в Чонджу

Небо нам подарило

Вечную книгу –

Чонджуйское издание «Песни о верной Чхунхян»[2)],

Которое полюбилось всему народу,

Завоевав сердца богатых и нищих, королей

                                  и крестьян.

На далеком острове Тхамна[3)],

За плотной оградой из колючих ветвей[4)],

Художник создавал истину,

Рисуя зимние сосны[5)].

И лишь ты одна

Своей плотью спасала его,

Даря любовь

И справедливость.

Ты делала жизнь богаче,

Тысячу лет

Помогая поэтам, художникам и рукодельницам;

Пригодная и для письма,

И для гравюр,

И для прекрасных бумажных поделок.

Теперь ты тоже нужна повсюду:

Для усиления звука в мощных динамиках[6],

Для экранирования электромагнитных волн,

В медицине – как стерильная упаковка,

В доме – как звуконепроницаемая чханхочзи[7],

В промышленности – как фильтр, удаляющий запахи,

В офисах – для печати на лазерном принтере,

А еще – как ханчзи уонсха[8], мечта всех модниц.

Тобой вышьют новое тысячелетие.


В тебе проступают образы предков,

И наши потомки когда-нибудь

Разглядят наши тени на белых твоих листах.


Рожденная на Чонджу,

Ты проходишь через девяносто девять пар рук,

А затем мастера вышивают тобой жизнь.


1) Это стихотворение было написано каллиграфическим стилем и вместе с иллюстрацией выставлено как произведение, сочетающее в се-

бе несколько видов искусства. Поэт — Ли Чон Хи, каллиграф — Дугён Ким, художник — Бёнги О. Оно выставлялось на биеннале каллиграфии, проходившей в 2005 г. в области Чоллабукто. Эта область славится восемью особенными товарами. Помимо «корейской» бумаги, которую делают в городе Чонджу, в этом же городе выпускают уникальные веера, в г. Тонсхан – производят сушеную хурму, в г. Схунчхан – перцовую пасту, в г. Намуон – деревянную посуду, в г. Чинан выращивают женьшень, в г. Кочан – корейскую малину (rubus coreanus), а в г. Чансху – яблоки.

2) «Песня о верной Чхунхян» — драма, текст которой напечатан в начале периода правления Кочзёна (26-й король династии Чосон; годы правления — 1863–1907) в г. Чонджу на «корейской» бумаге путем ксилографии. Она хорошо отображает диалект Чольладо. В ней гармонируют друг с другом изящный и грубый стили, благодаря чему эту драму признают наилучшим произведением среди вариантов «Чхунхянчзёна».

3) Тхамна — так раньше называли о. Чеджудо.

4) Когда Корея была монархией, людей, совершивших тяжкое преступление, помещали в дом, окруженный плотной оградой из колючих ветвей, чтобы они не могли контактировать с внешним миром.

5) «Создавал истину, рисуя зимние сосны» — речь идет о произведении монохроматической живописи «Уандан Схехандо», которое является национальным культурным достоянием, охраняемым государством (№180). Оно представляет вершину изящного искусства стиля мунинхуа *(стиль литераторов, занимающихся живописью; – комментарий Кима Хвана)* конца династии Чосон, и, одновременно, каллиграфический стиль «чхусхачхе». Это одна из главных работ Ким Чзён Хи. Будучи в ссылке на острове Чеджудо, он в этой работе изобразил вечнозеленые сосны и кедры после похолодания, аллегорически выражая этим неизменную верность Схангзёга Ли, своего ученика, по профессии переводчика.

6) Чханхочзи (корейск.) — «корейская» бумага, используемая для оклейки дверей. *(В корейском доме традиционного стиля верхняя часть*

*дверей — это деревянная решетка, которую оклеивают такой бумагой; — комментарий Кима Хвана).*

7) Для усиления звука в динамиках используют конический диффузор — деталь, сделанную из бумаги в форме конуса.

8) Ханчзи уонсха (корейск.) — «бумажная» нить как первоначальный материал для ткани, сделанной из «корейской» бумаги.

# Зажжем свечу

Раон!
В этот час
Большую свечу зажжем,
Чтоб видно было ее из-за гор и моря.
Зажжем и в Корее,
И в Австралии,
И в Таиланде.

Тогда все увидят,
Как крепко мы любим друг друга,
Хотя и живем далеко, за тысячи ли.

Раон!
В этот час, чтобы мысленно собраться вокруг
                                        пламени,
Зажжем свечу в самом центре.
Когда в этом круге встретятся наши молитвы,

Родится легенда,
Что мы вокруг света молитв
Жили одной мечтою.

Раон!
Если нельзя зажечь свечу,
Поглядим на Полярную звезду.
Когда свет наших чистых слез достигнет ее,

Звезды с лучезарным, прозрачным, глубоким взором,
Она скажет, что мы с тобой близки бесконечно,
И лучи наших глаз соединяют нас.

# Чхунбог[1)]

— из сханчхона[2)] Комонгур

## 1

Чхунбог живет в сханчхоне Комонгур.

Когда-то он был нигде — ни в том, ни в этом мире,

А явился на свет от ругательств грубого бедняка.

Отец его умер, когда он лежал в колыбели.

И мать, зарыв покойника за домом, на гребне горы,

Ночью ушла из дома, оставив сына.

Вот и судите, что он получил хорошего

От отца и матери, извергнувшей его из утробы.

Он даже не помнит, как выглядят рожи родителей.


Говорил он: «Нет у меня ничего, только это тело,

Что же мне остается,

Кроме как говорить?

Разве не лучше словами излить душевное горе,

Чем копить его, чтоб оно задушило тебя?»


Он размышлял: «Не жалея ни рук, ни ног,

Обливаясь потом, я дни напролет работаю в поле,

Но мне достаются лишь скудные скирды соломы,

А тот, кто сидит, сложа руки,

Получает столько схомов[3] риса, что не может
                                съесть. Так уж устроен мир.
Сколько волос на голове – столько людей,
                                обделенных судьбой,
Неизлечимо больных, живут на земле обид, глядя
                                в печальное небо...
Зачем же я буду молчать, если имею язык?»


Он не хотел смириться с судьбою простолюдина:
«Если женюсь на такой же, как я, беднячке,
Наш ребенок, когда вырастет,
Будет жить в нищете, которую я ненавижу.
Зачем ему повторять мою несчастную участь?
Достаточно и того,
Что сам я гол как сокол».


«Бедняк – словно камень на дороге, – жаловался
                                Чхунбог. –
Любой прохожий на него при ходьбе наступает,
А когда захочет, поднимет и отшвырнет.
Все равно он должен молчать.
На что же ему надеяться, когда родится ребенок?»

2

Весенней ночью, когда на краю поля цветут лиловые
колокольчики,
Она идет не спеша, слегка раскачиваясь.
Летней ночью, когда из тьмы подает голос охрипшая
сплюшка,
Она идет с белым цветком тыквы-горлянки,
сорванным с чужого забора.
Осенней ночью, когда ветер мрачно поет,
Шелестя сухими листьями дуба,
Она семенит мелкими шажками.
А зимней ночью, когда так холодно,
Что дверное кольцо прилипает к пальцам,
Она бежит сломя голову

В дом, где соломенная крыша, точно ракушка
анадары —
Вся в длинных вмятинах,
Сосновые столбы — кривые,
Земляные стены — в трещинах,
Пожелтела и выцвела бумага, которой оклеена дверь,

Похожая на единственный зрячий глаз на лице дома,

В комнате — лишь сплетенная кое-как тунчзюри[4]

Да одиноко висящая хуэдтэ[5],

И даже нет приличного одеяла и матраца...

В этот сарай к старому холостяку

Приходит она — болтушка Онгунэ, которая разносит

сплетни

Так же умело, как и виляет бедрами.

Она извивается, плотно прижимаясь к нему,

Словно змея обвивает древесный корень.


Язык у нее, как пальцы фокусника, ловкий

и хитрый.

Нрав у нее горячий — как хуадог[6].

Когда ее гнев выплескивается из глотки,

Кажется, она извергает синее пламя,

От которого раскаленное железо капает вниз.

Круглолицая, с пухлыми губками,

Она тяжело опускает веки,

А когда размыкает их, взгляд ее — словно бритва,

И так же остер змеиный ее язык,

Который дерзко и смело судит о чем угодно.

От такого приема противник теряется больше,
Чем если бы увидел, как она беснуется и рычит,
Или от бешенства белой пеной исходит.
Чхунбог для нее – и опора, и радость,
И смысл продолжать эту жалкую жизнь.


Она бранится, упрекая его:
«Ты можешь даром переспать со мной, как только
                                        захочешь.
Жрешь, сколько влезет, сушеную хурму, снимая
                    с прута[7], и не оставляя на завтра.
Почему ты думаешь, что я от тебя в таком уж
                                        восторге?»


А он отвечает: «Ну да, так и есть,
Я бесплатно точу свое шило[8].
Правда, мне хорошо», — и улыбается.
Чхунбог – лучший боец сирыма[9].


Онгунэ лукаво глядит на него:
«Пробуй меня и так, и этак.
Даром отдаюсь — насыщайся вдоволь».

3

Онгунэ рассказала ему, что Канщир —
Младшая дочь славного дворянина из Наумона,
Из семьи, живущей в Уонтыме и прозванной
Орюкольтэг,
Осквернила себя кровосмешением, переспав
с кузеном —
Сыном старшего отцовского брата.
И теперь она, уже немолодая, никому из мужчин не нужна,
Ей не выйти замуж, как подобает благородной
дворянке.
Эта новость стрелой пронзила сердце Чхунбога.
Он вспомнил, что даже дикая медведица,
Встретившись с сыном владыки небес и став ему
супругой,
Смогла сбросить медвежью шкуру и превратиться
в женщину[10],
Он вспомнил, что и дровосек, женившись на фее,
Сумел взлететь на небо в колодезном ведре[11].

«Я возьму в жены благородную женщину, —

решил Чхунбог, —

И рожу ребенка, который, согласно закону

«О следовании роду матери»[12]

Сбросит с себя шкуру простолюдина.

Ради этого я и жил до сих пор».


Раньше Каншир казалась всем сказочной феей.

Люди стеснялись обращаться к ней по имени.

Все почитали и боготворили ее.

Даже Онгунэ, сгорая от зависти,

Признавала ее прирожденный шарм,

Который не скроешь,

Даже если захочешь.

Каншир, барышня из семьи Орюкольтэг,

Была для комонгурцев недосягаемой, как звезда.

Они не смели даже мечтать о близости с такой

девушкой.

Но сейчас ей некуда идти.

Ей суждено до смерти сохнуть там, где она упала.

Вот и решил Чхунбог, дрожа от тайных, страстных

рыданий:

«Мне нужно найти случай, чтобы украсть ее».
В соседней деревне Шеёуль живет Шеёульнэ.
Потеряв мужа,
Она слезами поливает рисовое поле.
После того, как за долги забрали быка,
Она сама, впрягшись в карэ[13],
Вспахивала три мачзиги[14] для посадки риса.
Ей совсем недавно исполнилось сорок лет,
У нее суровый характер и фамилия иноземная.

Из-за проклятой засухи
Свою единственную дочь
Она чуть не отдала за ячневую крупу.
Потом все-таки решила продать рисовое поле.
Прощаясь с полем, где уже колосились зеленые
                                    стебли,
Она плакала, словно продавала родное дитя.
Но ей так хотелось спасти от голода шестилетнего
                                    сына!
А ее обманули, не дали за поле денег.
И тощий сынишка умер голодной смертью.

«Мы с тобой оба взяли от япошек имя и фамилию,
Предали наших предков, чтобы выжить.
Ну и чем ты лучше меня?!», —
Так кричала Шеёульнэ, в ярости рубя шесхыраном[15]
Деревянный пол в прихожей Ки Че Ли, ученого
из Юльчхона,
Который нарушил правила хорошего тона,
Обязательные в главном доме семейного клана[16].
Она задыхалась от смертельной обиды
И рыдала громко — на всю округу.


На шум внезапного скандала
Из комнат мигом сбежались родственники,
А с улицы собралась суетливая толпа рабов
и батраков.


Из Комонгура
Вместе с Чхунбогом прибежали Онгунэ
и Пхёнсхуннэ.
Но никто не мог унять обезумевшую соседку.
Тогда Чхунбог молниеносным жестом
Стукнул с размаху ее по затылку.

И вдруг все бросились избивать
Жалкое, тощее тело, упавшее на пол.


«Даже после смерти сохраняй память,
И пока жива, помни всегда,
Как у тебя отняли все, толпой искалечили
И обрекли стать нищенкой», —
Так твердил ей Чхунбог, задумав кровавую месть.
Он столько слышал в свой адрес презрительных слов,
Что глаза его переполнила ненависть,
Превратившись в ярость, холодную, как клинок.


В сханчхоне Комонгур восходит комонгурская луна.
В поселке Корибэми, где живут простые люди,
                      встает корибэмская луна.
В дворянской усадьбе Мэан поднимается мэанская
                                    луна.
Только родная луна, встающая над твоим домом,
Смотрит тебе в душу каждую ночь и может понять тебя.
Чхунбог самый первый бежит на свидание с ней,
Он стоит на скалистой вершине горы, словно зверь,
И раскинув руки, кричит: «Я вижу луну!».

Ее круглый лик для него — это лицо Канщир,
Он глотает ее лучи, жадно ловит ее дыханье.


Кансху полюбил всем сердцем свою кузину Чине,
А она вышла замуж за юношу из семьи Чше
И перебралась в соседнюю деревню Аныщир
                              за холмом.
Кансху от тоски заболел
И покинул сей мир.
Есть обычай: неженатого покойника
Знакомят с душой целомудренной девушки
И играют печальную свадьбу двух непорочных душ.


Ночью, когда кукол жениха и невесты укладывали
                              под светильник,
Из-за забора доносились звуки гонга и слабый запах
                              благовоний,
В это время Канщир слышала над собой
Тяжелое сопение кузена Канмо
И хруст ломающихся под спиной сухих стеблей
                              травы.
Рвала ее сердце дикая боль,

Которую он усиливал каждым движеньем,
Словно бритвой кромсал ее изнутри.
Она лежала, раздавленная стыдом,
Стиснув зубы, чтобы не закричать,
И слезы ее не капали, а стекали
В нежную ложбинку между грудей,
В невидимые во тьме складки тела,
И обжигали кожу, как кислота.

Прислонившись к плетеной двери, Канщир горько
                                        плакала,
Посылая жалобы круглой луне.
В белом платье под голубым сияньем,
Словно горстка пепла, она осыпалась наземь.

Спрятавшись под забором,
Затаив дыхание, наблюдал за этим Чхунбог.
Он быстро поднял ее, понес на спине.
Не оставляя за собой ни звука, ни тени,
Торопливо обогнул забор у заднего двора
                                        Орюкольтэга.
В бамбуковой роще,

Заслоняющей лунный свет даже зимой,
Где густые стебли и листья защищают от ветра
и холода,
В самом лучшем укрытии от любопытных глаз,
Он обнимает Канщир.
Да что с ней! Она в белом платье – бесчувственна
и бесплотна,
Не тело, а невесомая оболочка,
Душа, которую ветер уносит в далекий таинственный мир.
Он прячет лицо на ее остывающей, хрупкой груди,
И из глаз его брызжут слезы.

Он растирает ей руки и ноги, чтобы согреть,
Трется мокрой щекой о ее ледяные щеки
И повторяет слова, рвущие сердце:
«Госпожа Младшая,
Умоляю, роди от меня ребенка!
Госпожа, госпожа Младшая,
Прошу тебя, только раз исполни желание бедного
парня.
Роди мне, пожалуйста, ребенка, госпожа Младшая…»

Он проникает жаркой плотью в тонкое,
                                как бумажный лист, тело
И сеет в нем семя, одним броском переплыв реку
                                восьми низших сословий[17].


Плачь, парень с косичкой!
Парень с косичкой, вой!
Подхвати упавшее знамя борьбы крепостного
                                крестьянина Манчзёга[18]
И Чхангю, сына монастырского слуги,
Которые собирали рабов и всех, кого называют
                                черью,
Растаявших за волнами в морской дали,
Чтобы разорвать кандалы и цепи, давившие их
Из поколения в поколение.
Вытри слезы, собери в кулак все обиды,
Взлети вольно, стань тучей,
Упади на землю, как три ливневых брата[19], сними шкуру
                                простолюдина,
Лей затяжными дождями, прорви плотину
И плыви голубой рекой, смывая обиду личного раба!

Парень с косичкой, плачь!

Вой, парень с косичкой!

Проложи дорогу в деревню, где все равны
меж собою,

Где набухает почка с нежным зеленым листом,

А рядом – почка, таящая дивный цветок,

И обе они, еще не родившись, уже любят
друг друга.

В этой деревне благоухает земля,

Поднимая к небу почки, листья и травы,

Питая стройные стебли, на которых пышно цветут
гортензия и пион,

Возводя, словно замок, за околицей бамбуковую
рощу.

В этой деревне, собравшись в густой тени
под огромным деревом,

Беспечные люди болтают обо всем, что приходит
в голову...

1) Чхунбог — один из героев романа Чшемёнхи «Огонек души». Он — пульсанном (корейск.), т.е. неотесанный мужлан, не знающий правил хорошего тона. Эта поэма — поэтический пересказ одной из глав романа, носящей название «Обиды личного раба».

2) Сханчхон (корейск.) — поселок, где дома построены хаотично.

3) Схом (корейск.) — мера емкости, приблизительно соответствующая 180 л., употребляемая для зерен и жидкости. 1 схом равен 10 марам. Синоним — схог.

4) Тунчзюри (корейск.) — большая корзина, сплетенная из соломы, с толстыми стенками. В старину сторожа или ездоки сидели в ней, защищаясь от холода.

5) Хуэдтэ (корейск.) — предмет быта в виде бамбуковой палки со шнурками на концах. Его вешали на стене и использовали как вешалку для одежды.

6) Хуадог (корейск.) — большая жаровня с горящими углями внутри.

7) Здесь речь идет о кодкаме (корейск.) — нанизанных на прут и высушенных плодах хурмы. Данное словосочетание в корейском языке является образным выражением, обозначающим неэкономное отношение к имуществу; — *комментарий Кима Хвана.*

8) В оригинале употреблено вульгарное слово, обозначающее мужское «достоинство».

9) Сирым (корейск.) — корейская национальная борьба; — *комментарий Кима Хвана.*

10) Из «Мифа о Тангуне».

Жители Древнего Чосона, самого первого государства в истории Кореи, постепенно укрепив политический строй, создали миф об основании своей страны. «Миф о Тангуне» помещен в книге «Схамгуннюсха — забытые деяния Трёх государств», написанной Ирёном в период династии Корё, и в книге «Чеуанунги — рифмованные записи об императорах и королях», написанной Лисынхю.

Содержание мифа таково:

В далекой древности Хуануна, сына Небесного императора Хуанина, заинтересовал мир людей. Хуанин дал сыну три печати со знаком неба и отправил его на землю как правителя. Ведя за собой три тысяч помощников, Хуанун спустился на вершину горы Тхэбэгсан, на священную березу, и правил миром, командуя богом ветра Пхунбэгом, богом дождя Усхой и богом облака Унсхой, решая 360 разных проблем в жизни людей, в том числе проблему снабжения продовольствием.

Однажды пришли к нему тигр и медведица и сказали, что хотят стать людьми. Хуанун ответил, что их желание сбудется, если они не будут видеть солнечный свет 100 дней, питаясь только чесноком и полынью. Тигр не выдержал этого испытания, а медведица справилась с ним, превратилась в женщину и вышла замуж за Хуануна. Их сын — тот самый Тангун Уангом, который основал Древний Чосон.

11) Из сказки «Фея и дровосек»:

Давным-давно жил-был дровосек. Он был холостой, жил вместе со старой матерью. Однажды, когда он рубил лес в горах, к нему подбежала косуля, которую преследовал охотник, и попросила спасти ее. Дровосек спрятал ее за кучей дров. Когда охотник прошел мимо, она спросила дровосека, чем может отплатить за помощь. Он ответил, что хотел бы жениться и родить ребенка на радость матери. Косуля подсказала, как можно найти на одной из вершин Алмазных гор пруд, куда спускаются феи с неба, чтобы умыться. А также посоветовала ему, чтобы он спрятал крылья одной из фей, когда они будут купаться. Она не сможет взлететь назад на небо — и тогда он женится на ней. Но он не должен возвращать фее крылья, пока она не родит ему троих детей.

Но когда фея родила ему второго ребенка, он уже так доверял ей, что подсказал, где спрятаны крылья. Надев их, фея вместе с детьми улетела на небо.

Дровосек очень тосковал без них. Но косуля, узнав о его беде, пришла к нему и дала совет: чтобы он у пруда, где купаются

феи, дождался ведра, которое с неба спустится за водой, сел в него, поднялся на небо и там встретился с любимой женой и детьми.

Так дровосек и сделал, и некоторое время жил счастливо вместе с женой и детьми на небе. Но он сильно скучал по старушке-матери, оставшейся на земле. И просил жену помочь ему увидеться с ней. Та уговорила Небесного императора дать ему драконоподобного коня, на котором дровосек спустился на землю. Но было одно условие: жена его предупредила, что ему ни в коем случае нельзя касаться ногой земли.

Когда дровосек встретился с матерью, по которой так скучал, она приготовила его любимое блюдо — жидкую фасолевую кашу — и стала угощать его. Но во время еды он нечаянно пролил горячую кашу на спину драконоподобному коню. Испуганный конь дернулся, дровосек упал на землю, а конь улетел на небо без него.

Оставшийся на земле дровосек долго жил в печали и, в конце концов, умер и превратился в петуха. Поэтому дровосек-петух и сегодня не может забыть жену и детей. Взлетая на крышу, он плачет и зовет их, глядя в небо.

12) Более точное название закона — «О следовании роду матери при определении рода ребенка». Он провозглашает, что если ребенок рожден от благородной матери и отца-простолюдина, то его причисляют к роду матери.

13) Карэ (корейск.) — корейская лопата (с двумя веревками для работы втроем: один втыкает ее в землю, двое тянут за веревки); — *комментарий Кима Хвана.*

14) Мачзиги (корейск.) — площадь поля, на которую высеивается 1 мар (корейск.; около 18 л.) зерна; — *комментарий Кима Хвана.*

15) Шесхыран (корейск.) — корейский граблеобразный рыхлитель с 3—4 зубьями; — *комментарий Кима Хвана.*

16) Дом, где продолжают род семьи старших братьев каждого поколения.

17) Восемь категорий низших сословий населения при династии Чосон, а именно: личные рабы, буддийские монахи, работники скотобоен, шаманы, артисты, носильщики похоронных носилок, гейши и ремесленники.

18) Манчзёг — личный раб Чшечунхона, жившего при Щинчзёне, короле династии Корё. Пытался поднять восстание против рабовладельческого строя, за что был арестован и убит.

19) Три ливневых брата — проливной трехразовый дождь, который бывает довольно часто.

# Озеро Цюрих

Необязательна помощь Уэллса[1].

Синь останавливается.
Лебедь останавливается.
Кряква останавливается.
И сказка останавливается.

Садится на волны легкий ветерок из древности.

Синь тает.
Лебедь тает.
Кряква тает.
И время,
И человек тает.

Рядом полощется знамя средних веков.

1) Г.Д.Уэллс (H. G. Wells) — автор научно-фантастического романа «Машина времени». В нем рассказывается о фантастической машине, с помощью которой герои могли путешествовать в прошлое и будущее.

# Гора Чхильгабсан[1]

Там живут чьи-то печали,

Крепко обняв друг друга за плечи

И перешептываясь о том,

Что так быстротечно...

Они глядят в спину ветру,

Когда он, нежно смахнув капельки пота

С груди крестьянки с тяпкой в руке,

Стремглав убегает за горный выступ.


Играя свадьбы на цветочных облаках,

Они роняют на вершину слезинки,

И прозрачные капли дрожат в песне горных птиц,

От которой кровь высыхает.

А птицы крыльями дают сигнал

Багровому закату, который заполняет собой

Пустоту между небом и землей

И заставляет трепетать сердце пожилой вдовы.

1) Гора Чхильгабсан находится в провинции Чхунчхоннамдо, в районе Чхонян. Ее высота — 561 м. В 1973 г. горе был присвоен статус провинциального парка. Ей посвящена песня «Гора Чхильгабсан» (слова и музыка Унпхи Чо).

# Как старшая сестра

Одри[1]!
Я видел твою чистоту

В страдапиях юной бсльгийской монахини,
Которая ухаживала за больными
И выступала против строгих католических правил,
А потом — в образе мудрого и радостного ангела,
Страдающего от безответной любви к хирургу
В конголезских джунглях[2].

Одри!
Я наслаждался твоей красотой,

Переживая за фею Манхеттена,
Которая мечтала о чистой любви
И роскошной жизни,
Бродила в поисках начала радуги,
И, присев на пожарной лестнице
Высокого дома,
Печально напевала под гитару «Moon River».

Эта фея не потеряла целомудрие души,

Превращаясь в ювелирном магазине Тиффани
Из Луламеи, укравшей индюшечье яйцо
И ставшей невестой в четырнадцать лет,
В Холли, любимую девушку Пола[3].


Одри!
Я видел твою элегантность


В чудесной женщине
По имени Элиза Дулиттл,
Которую профессор Хиггинс
Сумел превратить из неряхи-цветочницы,
Выросшей в трущобах,
Знающей лишь язык лондонских улиц,
Да еще с деревенским акцентом,
В великосветскую даму,
Говорящую с безупречным прононсом:
«Дождь в Испании падает только на равнину»[4].


Одри!
Я восхищался твоим вкусом

В образе принцессы Анны,

Которую ты играла

В пятидесятые годы,

Когда обольстительная Мэрилин Монро[5]

Заполонила экраны

Парой своих прелестных фруктов и виляющих бедер.

А у принцессы была твоя прическа – прическа

в стиле Хепберн,

И прекрасная элегантная фигура.


Она выходила из посольства и гуляла по Риму,

Наслаждаясь свободой.

И мужчины столбенели, увидев ее.

Тогда я

Смертельно завидовал

Римскому корреспонденту Джо из американской

газеты[6].


Но больше всего,

Одри,

Ты была прекрасна,

Когда незадолго
До своего шестидесятилетия,

Приехала на равнины Сомали,
Как посол доброй воли ЮНИСЕФ,
И привезла благотворительный фонд, который
                                        упорно собирала,
Потому что помнила полуголодное детство,
Когда ты в Нидерландах — на родине, захваченной
                                        нацистами,
Питалась лишь пыльцою тюльпанов.
В Сомали, где люди бедствовали, не зная, к чему
                                        приложить руки,
Ты сердечно молилась, прося, чтобы эти страдания,
Как после Корейской войны, Бог превратил
                                        в изобилие
В каждом месте, куда добирается
Ветер, коснувшийся твоих волос,
Услышавший слабое дыхание
Брошенных детей,
У которых остались лишь кожа да кости.

Видел я тебя коленопреклоненной,
Любимая Одри Хепберн!
И ты достигла высшей красоты,

Став такой же дорогой моему сердцу,
Как родная старшая сестра,
Когда на 65-й церемонии вручения «Оскара»
Тебя выбрали со-призером Гуманитарной премии
имени Жана Хершолта[7]
Вместе с Элизабет Тэйлор, которая вела кампанию
по борьбе с СПИДом.
Но за два месяца до этого ты навек закрыла глаза,
Осталась лишь слава, и боль в миллионах душ,
Полюбивших тебя навечно, пока существует время.
Прощаясь, о тебе сказали:
«Небо обрело самого прекрасного ангела»[8].

1) Одри Хепберн (Audrey Hepburn; 1929–1993). Фотомодель и актриса. За имидж непорочной чистой девушки и оригинальную прическу (в стиле Hepburnstyle) ее называли феей века. Ее жизнь была еще более яркой после ухода с экрана. Болея раком, она заботилась об африканских детях, страдавших от войн и голода. В 1992 г. была послом доброй воли ЮНИСЕФ (UNICEF) – Фонда помощи детям ООН.

Награждена премиями: «Оскар» (Academy Award), «Тони» (Tony Award), «Эмми» (Emmy Award). В 1999 г. заняла 3-е место среди актрис при выборе 100 величайших звезд кино за 100 лет по версии American Film Institute. В 2006 г. была названа самой красивой женщиной всех времен по версии газеты Daily Mirror.

2) Фильм «История монахини» («The Nun's Story»).

3) Фильм «Завтрак у Тиффани» («Breakfast at Tiffany's»).

4) Фраза из фильма «Моя прекрасная леди» («My fair lady») по-английски звучит очень поэтично: «The rain – in Spain – stays – Mainly in the plain.»

5) Мэрилин Монро (Marilyn Monroe; 1926–1962). Вечный секс-символ Голливуда. Считается, что ее выдающейся красоте придавали особый блеск наивность и простодушие. Родившаяся в трущобах Лос-Анджелеса, она значительную часть своего детства провела в детских домах и в приёмных семьях, страдая от сексуального и психологического насилия со стороны мужчин.

В 1942 г., когда ей исполнилось 16 лет, она вышла замуж за молодого человека по имени Джим Догерти. Через 4 года они развелись. Потом она была замужем за звездой бейсбола Джо Ди Маджо (9 месяцев) и за драматургом Артуром Миллером (1956–1961). Но с каждым из них она разводилась. Она общалась и со знаменитым Альбертом Эйнштейном.

В 1944 г., когда она работала маляром, ее заметил фотограф, и она стала фотомоделью. После того, как она снялась обнаженной для календаря, началась ее карьера киноактрисы. Сначала она

играла эпизодические роли, и лишь потом стала одной из звезд Голливуда.

Награды: 1953 г. — приз «Самая популярная кинозвезда» (Photoplay Awards);

1954 г. — премия «Золотой глобус» в номинации «Любимая актриса мира»;

1960 г. — премия «Золотой глобус» в номинации «Лучшая актриса в комедии/мюзикле»;

1962 г. — премия «Золотой глобус» в номинации «Любимая актриса мира».

Фильмография : Джентльмены предпочитают блондинок — 1953 / Река, с которой нет возврата — 1953 / Автобусная остановка — 1956 / Зуд седьмого года — 1956 / Некоторые любят погорячее — 1959.

6) Фильм «Римские каникулы» («Roman Holiday»)

7) В 1993 г. на церемонии вручения премий «Оскар» Одри была выбрана со-призером Гуманитарной премии им. Жана Хершолта, но она умерла за два месяца до этого, 20 января 1993 г. в собственном доме на берегу Женевского озера.

Премия Jean Hersholt Humanitarian Award вручается тому, кто прославил киноиндустрию своей гуманитарной деятельностью. В качестве премии вручается бюст Жана Хершолта.

8) Слова Элизабет Тэйлор, произнесенные ею на похоронах Одри Хепберн.

## Мальчики в ожидании машины времени

Вы еще не забыты,
Как те, кого засыпала осень
Сухой листвой.

Вы стоите за чайной «Схамян»,
На перекрестке, у кондитерской «Ариран»,
И смотрите на начальную школу «Чунан»,

Мечтая вернуться в свой шестой «В»,
Когда бегали голышом
По темному коридору возле девичьих классов,
И ждете корабль, который увезет вас в детство...

Вы давно уже выросли, но остались прежними,
Седеющие мальчики на склоне лет.

* КРАСНОЯРСК, 2012 (ДЕНЬ и НОЧЬ)

# Теннис

Когда материк отступает,
Испугавшись штормового прогноза,

Мы играсм в тешис на корте,
Вокруг которого склонились острые камни.
Директору школы
Делаю плоскую подачу в стиле «картошки»,
Заместителю директора школы —
Принципиальный, как написано в учебнике, удар
справа,
Служащему же канцелярии —
Бэкхэнд-слайс в стиле «пирожного-полумесяца».
Все остальные играют
В хреновом стиле.

Поэтому одни,
Наблюдая за игрой, едят картошку
и пирожки-полумесяцы,
Другие смотрят, держа подмышкой учебники,
Третьи потешаются над хреновой игрой.

А за кортом,

Если присмотреться,
Увидишь, как писает, стесняясь взрослых,
четырехлетний Хён Мён Чо.

# Небесной дорогой

Дорога — как нотный стан, устремленный в небо,
Усыпана щемящими сердце знаками,
И волны от них плывут далеко–далеко.

Если по этой дороге начнешь свой путь,
Нужно всего лишь ступать точно по нотам,
Исполняя мелодию жизни.

И в конце маршрута тебе суждено увидеть
Точку просветленья души —
Лишь ступив на нее, можно попасть в истинный
дом.

Слышу сигналы звезд,
Которые доносит туманный ветер,
И разгоняю раскаяньем мглу страстей.

Иду сквозь лес, где фитонциды наполняют воздух
терпенами[1],
Пересекаю тропу, проложенную крылатыми
братьями[2]

Над морем облаков,

И рука Беатриче[3] выводит меня к небесной дороге,
Хранящей счастье младенческих лет, любви
и заботы.
Эта дорога обнимет меня — уже навсегда.


1) Терпе́ны — класс углеводородов, в больших количествах содержатся в хвойных растениях, во многих эфирных маслах. Основной компонент смол и бальзамов.

2) Братья Райт, которые изобрели первый в мире самолет.

3) Беатриче — «муза» и тайная возлюбленная итальянского поэта Данте Алигьери, которая вдохновляла поэта на протяжении всей его жизни. В «Божественной комедии», в песне «Ад», она играет для героя роль посредника, в песне «Чистилище» он стремится к ней, а в песне «Рай» Беатриче побуждает Данте к покаянию, а затем возносит его, просветлённого, на небо.

# Один шаг вперед

Целься лучше,
Сделав еще один шаг вперед.
Ведь ты отлично умел это делать
Каждый день по несколько раз,
Год за годом, десятки лет.
Неужели не понимаешь фразу
На высоте глаз:
«Красивые люди оставляют красивое место»[1].

Сделай еще один шаг,
Подойди вплотную – и целься.
Ведь нельзя лишь вздыхать с облегчением,
Забыв о меткости
И поливая пол.
Проверь, куда смотрит ствол,
Прицелься метко и только тогда стреляй,
Чтобы хоть один угол планеты Земля остался
                              чистым.


* ВЛАДИВОСТОК, 2012 (РУБЕЖ)

1) Фраза, которую пишут над писсуарами во многих корейских общественных туалетах; – *комментарий Кима Хвана.*

# Бабушка

Когда во дворике перед домом
Разгорался костер для отпугивания комаров,
И ветерок, рожденный веером,
Разгонял упрямую жару,
Стихала боль в животе от теплой твоей руки,
И я начинал путь ко сну.

Мысли о сыне,
Повернувшемся спиной к этому свету,
Царапали бабушкино сердце,
Она заталкивала сгусток боли в чашечку своей
трубки
И тянула дым через длинный чубук.

Пока все слаще пахли каштаны,
Которые мы ворошили в углях лопаткой,
А ночь глотала слюнки,
Слушая, как булькает густой соевый суп
на керамической жаровне,

Бабушка вспоминала сына,
Ушедшего из дома во время Корейской войны,

И внука, которого увела невестка,
Вторично выскочив замуж.
Сломанное прошлое бабушка хранила за пазухой
И тучи рассеивала
Протяжными вздохами.

А когда беспощадное время
Украло старшую невестку,
Бабушка охотно ушла бы за ней
Из этого жуткого мира.

От катаракты или от горя она перестала видеть,
Пока старший внук не отправил ее на операцию.
Роняя слезы, она благодарила его за заботу,
Гладила вновь обретенный свет
И большими глотками пила капли любви.

# Морская страна

Морская страна —
Это грибовидное облако после взрыва тоски,
Созданное тонкими струями дыма
От петарды, попавшей в задний дворик.

Морская страна —
Это дрожащая рука неверной девушки,
Нежно гладящей умирающую любовь,
И фейерверк мелких капель боли,
Разлетевшихся по осеннему острову.

Морская страна —
Это таинственная улыбка, мелькнувшая на секунду
В черной реке вечности,
И запах ребяческой любви,
Убегающей от морского ветра
И падающей от волны.

# Порви навсегда

Порви навсегда
С грубым мужланом, который видит в тебе
марионетку.

А еще не мешает порвать
С поразительно жалким типом,
Который, предавая Бога,
Хотел присвоить деньги,
А в итоге был обманут дешевой девкой.

И еще не бойся порвать
С типом, который не признает,
Что существует дружба,
Согревающая наш мир,
Которому бросить товарища
Так же легко, как повернуть вниз ладонь.

Разрыв с тем, с кем живешь вместе,
Приносит не только страдание,
Но и дает
Свободу твоей душе.
Но, увы —

Даже вырвав его из сердца,
Все равно ты вынужден жить с ним в мире одном.


Хуже того,
Грубый мужлан,
Поразительно жалкий тип
И мелкий мошенник —


Все эти люди,
От которых ты стремишься держаться подальше,
К несчастью,
Твои границы
То и дело переступают,
И ты вынужден просто смириться с этим.
Вот в чем беда.


Когда же, в конце концов,
Разорвутся все связи,
И плод упадет на землю?


Дуй, ветер!
Приходи скорее, пора созревания!

# В «Шангри-Ла»[1]

В конце зимы
Мы гуляли по цветущей «Шангри-Ла».

Ветер, пропитанный солью,
Уносил нашу долгую боль,
Возникающую от мысли,
Что каждый день рушится то,
Чему нельзя изменяться,

И каждый день появляются новые щели,
Из глубины которых
Вылезает то,
Что отнимает покой.

Кокос, закрывавший пышными ветками половину
своего тела,
Волны, щекотавшие наши щиколотки,
И песок, массировавший ступни,

Наблюдали глазами-блюдцами,
Как выходила из пены морской
Новорожденная любовь,

Когда мы наконец

Пробили ворота крепости[2] мощным тараном.

1) Shangri-La — гостиница, расположенная на острове Мактан, пров. Себу, Филиппины.

2) В корейском языке два разных слова, обозначающие, соответственно, «крепость» и «секс», составляют омонимическую пару. Автор использует это для создания подтекста; — *комментарий Кима Хвана.*

# Причина роста ягодиц

Грудь набухает
И ягодицы растут

По одной причине:

На растущие ягодицы
Все стараются
Приклеить банкноты — как обои на стену.

# СТИХИ–МОЛИТВЫ

# В молитвенном доме

— Стихи посвящаются пресвитеру Ли Мён Баку[1]

В молитвенном доме «Осхалли»

Можно встретить младшего сына,
Который, не считая возможным закончить школу,
Усердно помогает матери торговать вразнос,
Чтобы смог сделать карьеру его старший брат;

Мальчика из бедного района,
Который работает сутками
В услужении у богатой семьи,
Но не берет платы,
Не пьет даже глотка воды,
А питается лишь бардой[2];

Ученика вечернего колледжа,
Который продает рисовую выпечку
У входа в женский колледж
И холодной зимой
От стыда прикрывает лицо
Соломенной шляпой;

Мальчика, продавца яблок,

Который грустил оттого, что не мог
Угостить любимую маму
Хотя бы одним вкусным яблоком,
И однажды, туманной ночью,
Рыдал над сломанной тележкой с яблоками,
На которую налетела шикарная машина,
И глотал слезы бедности;

Молодого человека с пытливым умом,
Который не чурался никакой черной работы,
Но каждую свободную минуту готовился
               к вступительным экзаменам,
И триумфально поступил в престижный вуз;

Сына Кореи, которым страна гордится,
Который возглавлял «восстание «Третьего июня»[3]),
Который сказал: «Если юноше,
Стремящемуся самому строить свою жизнь,
Государство преграждает путь, значит, оно
Вечный его должник»,
Которого после этих слов приняли в фирму,
Ставшую благодаря ему процветающей – ведь он

Увеличил ее оборот с восьмисот миллиардов
до сорока трех триллионов,
А персонал – от ста человек до ста шестидесяти
восьми тысяч,
И который нам говорит:
«В этом мире самое главное для человека —
Всем сердцем верить в Иисуса».


Такого сына


Воспитала мать, которая поднималась в четыре утра,
И, вместе с пятью детьми встав на колени,
Молилась всю свою жизнь
За страну, близких и родных,


Которая, посылая маленького сына в богатый район,
Чтобы он помогал богачам бесплатно,
Давала ему понять, что и бедняки
Могут быть милостивы к богатым,
И в нем воспитывала силу духа,
Которую увидели бы все вокруг,
А когда у сына случилась большая беда,

Она сутками напролет молилась,
Скрывая слезы,
Чтобы сын не заметил
Ее женскую слабость,
Она была великая мать,
Которая верила,
Что сын станет замечательным и знаменитым,
Наставляла его, чтобы он учился, неустанно молясь
И размышляя над Божьим словом,

Великая мать,
Которая едва знала грамоту,
Прожила всю жизнь,
Кочуя по съемным комнатушкам без кухни,
И ушла навсегда.

7 июня 2001 г.

1) В 2008 г. – президент Республики Корея; – *комментарий Кима Хвана.*

2) Барда – гуща, остатки от перегона хлебного вина (или саке) из браги.

3) Восстание «Третьего июня». Началось после того, как в июне 1964 г. председатель Республиканской партии Ким Чон Пхир поехал в Японию для участия в переговорах для нормализации дипломатических отношений между Республикой Корея и Японией. 3-го июня, в полдень, толпа, возглавляемая Че Хой Кимом, председателем студенческого союза юридического факультета университета «Корё» и исполняющим обязанности председателя студенческого союза всего университета, его заместителем Кё Ну Ли (юридический факультет), Чон Хун Паком (политолого-экономический факультет), Ли Мён Баком (коммерческий факультет) и другими, вышла на улицу и провела бурную манифестацию, даже захватила Дом парламента. В манифестации приняли участие примерно 30 тысяч человек, в том числе больше 15 тысяч студентов, представлявших 18 университетов Сеула, среди которых, помимо названного выше, были студенты университета «Ёнсхэ» и Сеульского государственного университета.

Эту манифестацию правительство Чон Хи Пака назвало попыткой государственного переворота, которая была организована под руководством Народно-революционной партии, агитировавшей против корейско-японского соглашения. 3-го июня в 18.30 было объявлено чрезвычайное положение. Правительство запретило манифестацию, жестко подавило ее, установило контроль над прессой, были временно закрыты университеты и институты. Начались поиски зачинщиков восстания, в результате были арестованы 1120 человек, возглавлявших манифестацию, среди них – студенты, политики, представители прессы и другие лица. Их сочли представителями тайного общества, которое якобы руководило массовыми беспорядками. 348 человек, обвинявшихся в организации мятежа, в том числе Ли Мён Бак, Че О Ли, Хаг Кю Схон, Тон Нён Ким,

Схы Нир Хён, Кё Ну Ли, были заключены в Сходэмунскую тюрьму на 6 месяцев. Чрезвычайное положение было отменено лишь 29-го июля.

# Помоги мне говорить правду

Господи,
Помоги мне излить словами то, что лежит на душе.


Дай мне чистые слезы —
Поплакать над растоптанным цветком одуванчика.
Помоги сказать:
Неправда, что лишь детям и женщинам не надо
                              стыдиться слез.


Дай мне верный ход мыслей,
Чтобы я не исказил своей речью то, что видел
                              и слышал,
Чтобы я посмел говорить правду не только
                    в бамбуковой роще
Или кричать в яму на речном берегу:
                    «У царя ослиные уши».


Помоги, если мне,
Вопреки своей воле,
Придется сказать: «Вертится не Земля, а Солнце»,
Договорить и следующие за этой фразой слова[1].

1) Слова Галилео Галилея: «А все-таки она вертится!».

# Помоги нам жить просто

Простота!

Помоги нам жить просто

Сделай жалкими мысли
О преходящем,
А помыслы о Тебе –
Высокими и мудрыми.

Помоги нам осознать,
Что, хотя в жизни много путей,

В конечном итоге,
Все они приводят к Тебе,
Дай услышать Твой голос
Даже в бушующем ветре с моря.

Только усталость, от которой
Капли пота сливаются
В реку почтения к Тебе,
Учит взирать на Тебя с надеждой и верой.

Сделай так, чтобы дни страдания
Превратились в бесценные жемчуга,
Из которых сплетем
Ожерелье чистой любви к Тебе, Господи!

# Ты (I)

Господи, Ты — боль.
Порой
Заставляешь от тяжких душевных мук
Упасть без сил. И в этот миг Ты — одна лишь
                                        боль.


Но Ты еще
Своей могучей десницей
Вытаскиваешь нас из болота глупости,


Вытираешь, сушишь и паришь так же тщательно,
Как делают ароматный чай из нежных, юных
                                        листочков.


Приучаешь к воздержанию,
Пустующее до времени сердце наполняешь ароматом
                                        небес,
И позволяешь идти вперед.
Ты — источник бесконечной радости.

# Ты (II)

Господи, Ты
Находишься в таком далеком месте,
Куда можно добраться только через туннель
                              смятения.

Когда я изнемогаю
В оковах соблазнов,
Которыми меня ежечасно
Пытают существа слабого пола,

Ты щедро ниспосылаешь небесный свет,
Драгоценной кровью омываешь меня, испачканного,
И благодатью наполняешь
Меня, сломанного и бесплодного.

Такой Ты, сущий в небесной дали.
Ты — сад, до которого можно добраться
Только переплыв реку слез и перевалив пик
                              истощения.
Из этого сада радость выходит меня встречать
И бежит вприпрыжку по волнам времени.

# Ты (III)

Господи,
Ты — загадка.
Священное писание кажется скоплением
противоречий.
Тяжело вздыхая, его я отталкиваю подальше.
Оно — загадка, которую невозможно отгадать.

Но Ты
Даруешь неутолимую жажду
Наполнить то, что невозможно наполнить,

И ведешь меня через тусклое поле, где встает
туман,
В сокровищницу глубочайшей истины.
Твое слово —
Таинственный ключ от двери жизни.

# Ты (IV)

*О, добрый господин Марвин Харрис[1]! Говорите, что проведете меня в 14-й век? В Центральную Америку? Если так, то я хочу там перемещаться во времени периодом в 200 лет. О, добрейший господин Марвин Харрис! Пусть Ваша трость пошлет нас с Эрнандо Кортесом[2] к Монтесуме, императору ацтеков[3], чтобы вспомнить проклятую культуру и ужасную историю, вызвавшую гнев у Правителя всего сущего.*

Ты — источник вопросов,

Страна, основанная народом журавля,
Империя ацтеков,
Где в столице — Теночтитлане,
На самой высокой из пирамид, на сто четырнадцатой
                                        ступеньке,
Живет Уицилопочтли[4], божество
С огненно красным лицом!
Неужели это в кожу впиталась кровь,
Которую он жадно пил,

Когда она била струей из сердец пленников,
Принесенных в жертву на алтаре?

Он улыбается
До ушей

Не потому ли,
Что слышал
Крики и «песни пытки»[5] пленников,
Которых живьем
Терзали, резали и сжигали?

И не из древней ли Центральной Америки,
Приходят сегодня в наш мир
Частые кровавые дожди,
Рожденные в дыме костров, на которых сжигали
тысячи трупов,
И на их пепле настаивали для Тлалоку[6] питье?

Не Ты ли, Господь, позволил царствующим особам
Под восторженный вой толпы в Колизее[7]
Наслаждаться зрелищем кровавой бойни

Гладиаторов и диких зверей;
Разве не такое же адское наслаждение
Получали от людоедства
Ацтеки во главе с царем Монтесумой?

Возможно ли за четыре дня
Убить четырнадцать тысяч пленников
И устроить пир людоедов?
Как мог вместить столько жертв
Желудок Уицилопочтли?

Когда научились ацтеки
С помощью изысканных кулинарных рецептов
Готовить тушеное человеческое мясо,
Завернутое в лепесток тыквы,
С приправой из черного перца и томатов?

Зачем накануне страшного пира
Пленникам давали еду и женщин,
И каждой женщине приказывали
Перед тем, как сядет она пировать за стол,

Окропить слезами мертвое тело пленника,
Который был с нею?


А закончив кровавое пиршество,
На городских площадях
Строили аккуратные башни,
Укладывая на полки
Сто тысяч черепов.
Что это значило?
И почему только мужчин
Приносили в жертву?


Когда приближалось время обрядов,
Пленников жестоко пытали —
Якобы для воспитания членов семьи и соседей,
И любовались этим жутким зрелищем.


Неужели прав был Фрейд[8],
Утверждая, что обычай пожирать людей,
Принесенных в жертву,
Порожден инстинктом любви и агрессии
В самой примитивной форме?

Заботливый гид Марвин Харрис объясняет по-своему
Обычай людоедства в империи ацтеков;
Он убежден, что после войны
Им нужно было чем-то компенсировать
Расходы казны, человеческие потери –
Ведь рабочая сила есть главный источник богатства,
Поэтому правители ацтеков решили,
Что пожирать пленников – так же выгодно,
Как и держать курицу, несущую золотые яйца.
Если вдруг после обильных и тучных лет
Наступали голодные годы неурожая,
Правители могли предложить
Аристократам, военным и придворным
Сколько угодно еды – в виде человечины,
И спасти свой трон от падения.


О, Господи,
Со страхом в душе осмелюсь спросить:


В чем же заключался, Господи,
Твой промысел,

Когда Ты сохранял в Центральной Америке,

в Мексике,

Аж двести с лишним лет

Ужасную культуру империи ацтеков,

Которые считали святым делом войну

Ради захвата человеческих жертв

И полюбили

Пировать за столом,

Уставленным блюдами из мяса пленников?


* ВЛАДИВОСТОК, 2012 (РУБЕЖ)


1) Марвин Харрис (Marvin Harris; 1927—2001) — один из главных американских специалистов по культурной антропологии.

2) Эрнан Кортес (Hernando Cortes; 1485—1547) — испанский военачальник, который в 1521 г. покорил государство ацтеков.

3) Империя ацтеков (Empire of Aztec; 1248—1521) включала в себя множество присоединенных к ней стран. По системе правления была монархией. Титул монарха не наследовался. Ацтеки

постоянно вели военные действия на всей территории Центральной Мексики. У них было распространено людоедство — они употребляли в пищу мясо захваченных на войне пленников.

4) Уицилопочтли (Uitzilopochtli) — бог солнца и войны.

5) «Песню пытки» пели (или просто кричали от нестерпимой боли) пленники во время пыток, которым их подвергали перед началом пира, где употребляли в пищу мясо военнопленных. Есть данные, что эту песню разучивали с детства — на тот случай, если самому придется испытать подобный ужас.

6) Тлалок (Tlaloc) — бог дождя.

7) Колизей (Colosseum) — расположенный в Риме огромный стадион круглой формы, вмещавший 50 тысяч человек. В нем во времена Древнего Рима проводились бои гладиаторов, схватки между дикими зверями и людьми, масштабные военные спектакли, например, имитирующие морские сражения.

8) Зигмунд Фрейд (Sigmund Freud; 1856—1939) — австрийский психолог, невролог, основатель психоанализа. Впервые ввел термин «психоанализ». Труды: «Толкование сновидений», «Лекции по введению в психоанализ» и пр.

# По Твоим правилам расчета

Помоги нам, стоя перед убранным полем,
Не жалеть десятину – Твою долю,
И взвешивая урожай,
Не огорчаться,
От того, что сосуды неполны.

Помоги нам видеть в Твоей руке
Солнечные лучи,
Утешение стылой земле
И предвестие новой весны.

Помоги нам, слушая жалобный голос
Голых озябших ветвей,
Увидеть путь – от палой листвы
До плода, который созреет тут
И озарит горы и поля
Сочными красками.

Помоги нам верно оценить курс валюты той страны,
Которой Ты обещал полнейшее изобилие,
Чтобы богатства не умещались в склады,
Если мы не крадем Твое.

Помоги нам познать Твои правила расчета,
Который избавил нас от Твоего гнева
За наши грехи,
По которому Ты отдал Своего Сына на крест,
Чтобы открыть нам путь жизни.

Помоги нам четко и ясно
Каждому говорить,
Что мы усвоили Твои правила расчета
И радостно живем в стране,
Где стада овец счастливо идут к водопою.

# Стану камнем

На конце пути длиной в 38 лет
Стоит вихрь молчания,
В котором тонет мирской шум.

Застывшее там время
Говорит,
Что мгновения нашей жизни
Не исчезают –
Они текут, соединяясь в единое целое,
И созревают как плод.

А мне оно говорит,
Чтобы я похоронил в груди
Жизнь, по которой бежал, задыхаясь,
Каждое утро и каждый вечер
Глядя на огни обгоняющих меня машин,
Чтобы я превратился в камень
На зыбкой волне тишины.

Господи,
Дай мне
Стать камнем!

Дай укрепиться,
Вросши корнями в землю
На тот оставшийся срок,
Который Ты мне даруешь.

До пояса
Плотно окутай меня землей,
Чтобы я мог стоять, не шатаясь,
И засыпь дно мелким песком.

Пусти по этому дну
Чистый ручей,
Чтобы ива склонялась к самой воде,
Чтобы в ее ветвях вили гнезда птицы,
А в ручье играли в прятки пескари.

Чтобы потоки воды
Обнимали меня всегда,
И мы подружились с ней,
И даже когда наступит горький миг прощанья
Без надежды на встречу,

Я радовал слух всех, кто придет сюда,
Чистым журчаньем.


Господи, дай мне стать камнем,
Который даже в молчании
И неподвижности
Делает то, что должен*!


До и после 20 февраля 2003 года, больше месяца,
Я плыл по реке из слез, и за это время
Вес моего тела упал с 73 до 62,5 кг.
То есть, я потерял 10,5 кг чистых слез.


Когда от окружающих
Я слышал вежливые поздравления
В связи с уходом на пенсию,
Или когда от молодого знакомого
Теннисную ракетку принял в подарок
С пожеланиями здоровья,
А также когда в разговорах
Речь заходила о школе,


Я не мог удержать слез, которые выступали из глаз
сами собой, всегда и везде. Так шли дни — один,

два, три... В конце концов, мне уже не хотелось ни
говорить, ни двигаться, я становился «камнем»,
льющим слезы.
Но однажды я словно очнулся и задал себе вопрос:
Ли Чон Хи, ты и в самом деле
Будешь жить в этом мире как камень,
Неподвижно и молчаливо?
Несколько дней я думал, что же ответить, и в конце
концов я решил жить, как
«Камень, но не простой, а который крепко стоит
на дне ручья».
Я решил жить как «камень», который встречается с
водой, омывающей его непрерывно, и дружит с ней,
а когда придет время прощаться с ней, с болью в
груди и без надежды снова встретиться, будет
издавать чистое журчанье, наполняя ими слух тех,
кто приходит к ручью, радуя их, и даже своим
молчанием и неподвижностью делая то, что должен.


* К этому стихотворению написал музыку профессор
Ли Чун Бок, и с 25 по 27 сентября 2003 года в
Daegu Opera house на «Всекорейском фестивале
авторской хоровой музыки. 2003» исполнял песню
Чонджуйский муниципальный хор.

# Глагол действия

Глагол действия — это
Образ жизни христианина,
Который, бесконечно глядя в небо,
Становится совершеннее.

# На двух ногах

Помоги мне
Идти своим путем на двух ногах,

Как шел когда-то
Нанятый слуга
В день летнего солнцестояния, помогая Эратосфену[1],
Ради Твоей славы,
По правилам жизни, диктующим послушание
                                     и верность.

Когда приходит озарение
Во время раздумий над Словом,
Помоги мне радоваться открывшейся истине
Так же искренне, как человек,
Выскочивший из ванны нагишом
На улицу с криком «Эврика!»[2].

Когда же,
Услышав Твою благую весть
На дальних островах и в горных селениях,
Спавшие души встают
И поют: «Аллилуйя!»,

Помоги мне поступить так же,

Как Филиппидес, который смог донести

Весть о победе несмотря на дальность пути[3].


Помоги мне

Идти своим путем на двух ногах, Господи!


1) Эратосфен (Eratosthenes of Cyrene, 276 до н. э. — 194 до н. э.) — греческий ученый, поэт. Впервые измерил величину Земли. Нанятый слуга — тот, кто оказал ему помощь в измерении длины меридиана. Слуга по приказу ученого прошел около 900 км из Александрии до Сиены, с каждым шагом преодолевая одинаковое расстояние.

2) Имеется в виду знаменитый древнегреческий ученый Архимед. Принимая ванну, он придумал способ, как определить пропорцию чистого золота в короне царя (т.н. Закон Архимеда; Archimedean Principle), от радости выскочил голый на улицу и несколько раз крикнул: «Эврика (нашел)!».

3) Филиппидес (Philippides) — во время марафонской битвы пробежал 42 км к афинянам, передал им весть: «Мы победили!», упал без сил и скончался.

# Как вода для старта насоса

Позволь мне прорваться вниз,
Сквозь щели между камнями,
Вытянуть из жилы ледяную чистую воду,
И подняв наверх, утолить вековую жажду.


Позволь превратиться в ручей, в могучую реку,
Плывущую по кайросу[1], параллельно времени,
Очистить от страданий все, что плывет в воде,
Отмыть от заскорузлого пота усталые души.


А затем и я сумел бы помочь всем людям
Улыбнуться – и сделать первый шаг по дороге
                                        к раю,
Словно «крестный отец по улыбке»[2],
И сумел бы воспеть
Посреди океана
Новой жизни, где времени больше нет,
Великую Твою любовь!

1) Существуют два слова – хронос и кайрос («chronos» и «kairos»), от которых в европейских языках образовались слова, обозначающие время. Если «хронос» означает время измеряемое (физическое), определенный объем которого течет, то «кайрос» означает субъективное время, которое является разным в зависимости от личности.

2) У индейцев на юго-западе Северной Америки есть удивительный обычай: человека, который первым вызвал у новорожденного улыбку, назначают «крестным отцом по улыбке». Отношения между ребенком и таким «крестным отцом» сохраняются и дальше, ребенок всегда обращается к нему за советом по поводу трудных вопросов в жизни. Причем, решая эти вопросы, оба они должны улыбаться.

# Вечерний колокол

Колокольный звон рождает спокойствие:

Уносит
Усталость вдаль,
Зовет любовь и дарует счастье.

Колокольный звон поддерживает покой:

Изгоняет
Душевную тягость и ложь,
Открывает небесные врата и приближает к нам
Небесное царство.

?

Почему цунами...?[1]

## Почему человек...?

# Почему Бог...?

1) Цунами (tsunami) — морские гравитационные волны, появляющиеся в результате землетрясений. От цунами, возникшего 26 декабря 2004 г. в Южной Азии, погибли более 300 тысяч человек.

## По небесному счету

*Я люблю*
*Чистоту души Одри Хепберн,*
*Люблю песню «Лунная река»,*
*Которую она печально напевала под гитару,*
*Присев на пожарной лестнице.*

*Но больше всего я люблю*
*Ее поездку в Африку,*
*Когда на равнинах Сомали*
*Она выступала послом ЮНИСЕФ[1]*,
*Прислушиваясь к слабому дыханию детей*
*У которых остались лишь кожа да кости.*

По бесконечной,
Уходящей за горизонт пыльной дороге
Босиком,
Только босиком эти люди должны идти.

Напиться они могут
Лишь грязной водой из лужи,
В которой стоят их ноги.

Когда раскаленный ветер

Сжигает их кожу и улетает,

Им остается

Только смотреть пустыми глазами ему в затылок.


Мучаясь от вечного голода,

Они мечтают учиться.

Но в четырнадцать лет уже рожают детей.


Выроем им колодцы,

Наполним их кувшины,

Построим настоящие школы — с крышей и стенами,

И дадим им главные знания,

Чтобы они обрели живую воду для души.


Позволь по небесному счету

За оказанные малые милости

Получить великую милость

И наполнить ею

Все места на «окраине мира».


1) ЮНИСЕФ (UNICEF) — Детский фонд ООН.

# Оправдание

Господи!
Не упрекай меня за нерешительность.

Ведь лучше понимаешь,
Как дорог тебе твой дом
И как тебе в нем уютно,
Когда вернешься из долгого путешествия.
Так же истину в Слове
Глубже постигаешь после сомнений,
И чувствуешь себя счастливым,
Вернувшись в Твои объятия.

Господи!
Не упрекай меня за то, что я глядел в разные
стороны.

Встреча с Данте[1]
И чтение Баньяна[2] —
Это шаги к Тебе.
Как и разговор с Коыном[3],
Диалог с Расселом[4]

И обращение к Мацдани Хумио[5] —
Нужны лишь затем, чтобы тверже идти к Тебе.

Господи!
Не упрекай меня за непоследовательность.

Подобно тому, кто, пресытившись внешней свободой,
Приполз на коленях в отчий дом[6],
Можно, исследуя уродливое и неправильное,
Силой драгоценной крови
Обрести истинную свободу.

Господи!
Не упрекай меня за недостаток искренности.

К служению можно прибавить искренность,
Но нельзя ожидать искренности без служения.
А по-настоящему искренним
Можно стать лишь благодаря Твоей заботе.

Господи!
Не упрекай меня за леность.

Как жестокое время порой

Вынуждает радоваться тому, что успел сделать,

Так и неспешность,

Благодаря осознанию истины,

Дарованному Тобой, Господи,

Может принести победу

В главной битве за жизнь.


1) «Божественная комедия» Данте Алигьери.

2) «Путешествие Пилигрима в Небесную страну» Джона Баньяна.

3) «Аватамсака сутра», роман корейского писателя Коына (или Ына Ко).

4) «Почему я не христианин» Бертрана Рассела.

5) «Агама-сутра — слова мудрости и любви» Мацдани Хумио.

6) Блудный сын из Евангелия от Луки (гл. 15, ст. 11—32).

# Дай нам богатство[1)]

Господи,
Как Ты даешь нам в сей день
Хлеб наш насущный,
Так же ниспошли нам самое необходимое
                                    и драгоценное.


Это, конечно, не деньги,
На них можно купить лишь удовольствие:
Роскошные кровати или шикарные вещи.


Это, скорее,
То драгоценное, что приходит с высокого,
                                    бескрайнего неба:
Сладкий сон, который не купишь за все золото
                                    мира,
Покой, который не обменяешь ни на какое
                                    богатство,
И душа, которая не продается.


Помоги нам жить с горячим желанием обрести
                                    все это.

Сейчас во многих уголках Земли
Полтора миллиарда людей, или каждый четвертый
житель планеты,
Живут на жалкую сумму: меньше восьмисот вон
в сутки.


Каждый час двадцать восемь детей
Умирают от голода,
Каждый день три тысячи детей рождаются в семьях,
Где месячный доход не превышает двадцати тысяч
вон.


Господи, помоги нам
Вспомнить пору «весеннего голода»,
Когда мы мечтали о горстке риса,
А вместо обеда
Питались дымом из печной трубы.


Господи, дай нам
Понять, что богаче становится тот, кто жертвует,
И познать тайну щедрости, дарующей душевный
покой.

Господи, позволь нам

Ощутить себя настоящими богачами,

Которые делятся своим драгоценным имуществом,

Чтобы отправить хлеб и Благую весть

Туда, где царят болезни и нищета,

Где, как стая ос, бесчинствуют убийцы

и террористы,

Где голодные тела и усталые души верят только

в чудо, о, Господи!

1) Написано в 1996-м году, объявленном Годом борьбы с бедностью.

# Пасхальное утро

Ты показал,
Что в смерти кроется иная жизнь.

Ниспошли нам крохотную щелку,
Из которой пробьется лучик света
В земную жизнь, закованную тьмой!

А когда миллионы лучей осветят мир,
Мы познаем принцип Слова,
Определяющий, кому и какая будет награда
За веру в Тебя, за дела во славу Твою.

Своей смертью Ты попрал саму смерть![1]

1) Стихотворение опубликовано в «Сборнике стихов поэтов Северо-Восточной Азии (Южной Кореи, Китая и Японии)», изданном 29.10.2008 г. Обществом корейских современных поэтов.

# Гляжу на Тебя с мольбой

Становлюсь на колени
И смыкаю ладони,
Ибо от греха воровства,
Который я иногда совершал,
Никто меня не очистит, кроме Тебя.

Склоняюсь низко,
Ибо мое пустое сердце
Я должен наполнить Твоей благодатью,
И только тогда смогу встать.

Гляжу на Тебя с мольбой, со слезами,
Ибо никто кроме Тебя
Не выжжет огнем неутолимые желания плоти
И не установит Небесный порядок.

Склоняю голову,
Ибо мой грех сквернословия
Сотрешь только Ты
И даруешь мне Слово жизни.

Стараюсь среди людей
Быть постоянным,
Ибо последовательность —
Единственный путь, ведущий к Тебе.

Не прерываю молитв, даже небрежных,
Ибо обломки слов когда-нибудь
Соединю дыханием
В молитву, которая достигнет Небес.

Господи, помоги мне этой ночью
Понять, сумел ли я зажечь факел любви,
Дорожа каждой секундой моей единственной жизни,
Помоги укрепиться душой перед днем грядущим,
В надежде, что он дарует новый смысл бытия.

# Еду в Пушкин навстречу Новому году

Новый год

Наступает от гулкого эха выстрела, когда нажал
                         на курок
Александр Сергеевич Пушкин
На дуэли с французским кавалергардом Жоржем
                         Дантесом.
Целясь друг в друга в лесу близ Санкт-Петербурга,
Они пытались выяснить, что есть истина и любовь[1].


Новый год идет вслед за старым


По солнечной дороге Пушкина,
Который так много успел за свою короткую жизнь.
Впитав всей душой культуру Европы,
Он принес расцвет русской нации


И русскому духу,
Но его удивительный подвиг
Прервался на самом пике великого труда –
Создания нового русского языка,
Сверкающего самоцветами народной речи,

И современного, благодаря чему
Русская литература стала близка всем нациям.


Поэтому я,
Носитель корейской письменности, признанной
                              первой в мире
По уровню рациональности, научности
                         и оригинальности,
Достойной престола властелина[2]
И Благой вести от Того, кто спустился на землю
Спасти человечество,


Стремясь с помощью корейской письменности
                              донести
Традицию и культуру моей нации,
Расцветшей на полуострове длиной в три тысячи
                              ли[3],
И рассказать о Том,
Кто Своими руками спасает нас
От грехов, смерти и боли,

По направлению к культурной столице России,

Санкт-Петербургу,

Навстречу 2008 году,

Который Он ниспосылает с обещанием благодати,

Ускоряю шаги в город Пушкин.


1) В январе 1837 г. Пушкин, получив смертельную рану во время дуэли с Дантесом, умирает через 2 дня. Причиной дуэли стали слухи, которые распускал Дантес о своем романе с женой Пушкина Натальей Гончаровой, одной из самых очаровательных женщин того времени, но слишком легкомысленной. Она была моложе Пушкина на 13 лет.

Смерть великого русского поэта стала такой большой трагедией для народа, что критик Одоевский в своем поминальном слове по Пушкину сказал: «Солнце русской поэзии закатилось».

2) Факультет языкознания Оксфордского университета (Великобритания), который славится по всему миру своими лингвистическими исследованиями, оценил письменности всего мира по уровню рациональности, научности и оригинальности, и составил их рейтинг. 1-е место заняла хангыр (корейск.) — корейская письменность.

3) Ли (корейск.) — корейская единица длины, равная 392,727 м. — *комментарий Кима Хвана.*

# Обычный день
— В память о пасторе Донхюи Ли


В надежде найти
Свежую пажить, зеленое поле,
Он 23 года оставался под жестяной крышей.

В день, когда время остановило свой ход
На двадцать седьмом числе третьего месяца
2006 года,
Он, как будто ничего не произошло,
Вел утреннее служение.
Чистые души небесного цвета
Со слезами на глазах повторяли:
«Любим вас, господин пастор!
Любим вас, наш господин пастор!».
Даже воздух вокруг был пропитан любовью.

Собирая пожертвования для бедных,
Он басовито провозглашал:
«Давайте жить в трудах и заботах».
Когда он отправлял в восемьдесят стран
Триста двадцать посланцев,
И передавал с ними хлеб и Благую весть,
Он умел, просто встав на колени,

Найти источник спасения от недостатка средств.

Блаженны его колени

И его сплетенные руки!


Из шести миллиардов людей,

Как это ни удивительно,

Господь выбрал именно нас.

Он одарил нас Своей любовью,

Чтобы наши сердца стучали в унисон,

А чувства парили вольно, как птицы.

Возблагодарим Его за любовь.


Когда на краю этого мира

Снимем с себя измятые одежды

И, снова встретившись на родине,

Будем жить в благодати,

Словно солнце,

Словно сияющее в небе солнце

Будем восхвалять Господа, будем восхвалять нашего

Господа.

# Еще не время

Господи!
Помилуй Гоун!
Ведь ей еще не время уходить.

Пятилетнему Симону
И первокласснице Сион
В их нежные годы
Так нужна забота мамы
И дома, и в городе.

Если ей выпадет на долю принять Твой зов,
То наша Сион,
Которая еще не научилась как следует понимать
часы,
Не сможет узнать,
Когда надо оплакивать потерю мамы.

Ей всего лишь тридцать три.
Неужели она должна следовать за Тобой
Лишь потому, что достигла Твоего возраста?

Господи, когда Ты жил на земле,

Три года Ты выполнял Свою миссию.

Так разве дочери, старающейся жить по законам
                                      Неба,

Не надо дать время для прославления Твоего царства?


Господи!

Еще не время ее звать.

Ведь Гоун

Еще не проложила ни одной тропинки в то царство.

Пусть с опозданием,

Шаг за шагом,

Молодая мама робко идет к Тебе.

Будь милосерден к ней, Господи!

# Песня «Антиохии»

С девизом «Давайте жить в трудах и заботах!»,
Наш ковчег спасения, Чонджуйская[1] «Антиохия»
Обнимает мир
Широко распахнутыми крыльями[2],
И плавно летит
Навстречу мудрости
Через моря до края земли,
Открывая нам новый день,
Новое небо и землю.

Повинуясь Господу,
Идя вместе с Ним,
Укрепляя души Его Словом,
Мечтая об одном
И действуя слаженно,
Сыны и дочери «Антиохии»
Назначают тридцать тысяч пастырей,
Отправляют три тысячи миссионеров
И душам, попавшим в долину смерти,
Бросают спасательный канат.

1) Чонджу – город в Республике Корея, родной город автора;
– *комментарий Кима Хвана.*

2) Под одним крылом подразумевается совокупность богослужений, проводимых в многочисленных группах, а под другим — совокупность сообществ, состоящих из небольших групп людей.

# Помоги воспитать всем сердцем

Когда жил я,
С ранних лет
Христом избранный и призванный,

В страхе от того, что повторяются
Грехи и покаяния
В череде изменчивых будней,
Меня утешало лишь слово о том,
Что прощен будет каждый до «семижды семидесяти раз»[1].

Размахивая руками,
Я стряхивал с себя тревожные дни,
Когда бездонная пропасть[2]
Показывалась вдали.

Прижав к груди бесценный подарок[3],
Я выскочил из тумана
Навстречу Тому, кто смотрит на сердце[4],
Потихоньку колосья зреют,
Приближается время жатвы.
Слышно, как Он шепчет,

Призывая работать тщательно,
Собирать все до последнего зернышка.


Помоги пам найти пшсничные зерна,
Которые разнесут волшебный запах хлеба
Пятистам пятидесяти тысячам корейцев[5]
И ста миллионам славян
С помощью знания о Христе,


Поймают блуждающие души[6]
И истлеют[7]
Ради двух племен на нераспаханной земле,
Пробьются зелеными ростками
И дадут урожай стократный[8].


Помоги нам, Господи, вырастить
И воспитать всем сердцем
Два пшеничных зерна[9].

1) Матф. 18:22. Семижды семидесяти раз, т. е., беспредельно.

2) Ад, в который попадешь, когда умер, не покаявшись.

3) Ефес. 2:8. Благодатью будешь спасен через веру.

4) 1 Цар. 16:7. Бог смотрит на сердце.

5) Корейцы, живущие в России.

6) Матф. 4:19. Слова Иисуса: Я сделаю вас ловцами человеков.

7) Ин. 12:14. Пшеничное зерно, падши в землю, только если умрет, то принесет много плода.

8) Мк. 4:8. Зерно, упавшее на добрую землю, принесет много плода.

9) Стихотворение использовалось как текст свидетельства для группы воспитанников 1-го выпуска церкви «Андыог (Антиохия)».

# Оркестр «Ёнгуан»
– Из Чонджуйской церкви «Антиохия»

Один
За другим
Лопаются бутоны – это сигнал
Открывать ворота в доме восхваления.

Мастер Намсху Пак
Высоким и роскошным голосом своей трубы,
Который он шлифует сорок с лишним лет,
Вместе с братом[1] Мунщигом Ю
Пригоняет четырехколесную карету,
И скитальцам, стоящим на дороге мучений,
Указывает на светлый путь в рай.

За ним вступает, сплетая гармонию,
Крепким, но нежным голосом
И лихой статью своего тромбона брат Мухён Ким.

Словно осенние солнечные лучи,
Чистые, прелестные фигуры
И веселые легкие шаги флейт
Схогку Кима, Ёним Ким, Чзёнэ Ким, Ынгён Паг,
Тиён Паг, Схэог Ан и Гымчзю Чон

Вместе с изящными, вдохновенными скрипками
Дури И, Мёнсхун Ко, Юнчзин Ким, Схуин Паг,
                    Хеён Паг, Хаён Щин, Хэуон Щин,
Харам Ю, Ёнсхон Юг, Чзёнсхон И, Херин И, Схугю Им,
                    Схонмин Чше и Схэын Чше,


И с украшающими просторное пространство
                    виолончелями
Схончхёра Чана, Хигён И и Боннюра Чше,


А также с надежно держащим самый низкий
                    диапазон
Контрабасом Ёнхуа И рождают слаженную мелодию.


Пианист Хёнгён Ким и клавишник Схуён Чон
Стараются увеличить территорию звуков.


К ним присоединяются кларнеты Мичзён Ким и
                    Инсху Нама
Со своей чистой и многозначной фигуры,
И плавно,
Сцепляясь, как зубцы шестеренок,

Создают элегантный, утонченный ансамбль,
Приближая нас к рождению чуда.


Мягкими топами и полнозвучным голосом,
Склоняясь вперед и назад, налево и направо,
Чтобы их видели из любой точки зала,
С улыбкой на лицах, направленных друг к другу,
Указывают на поле, где скрыто сокровище[2],
Тенор-саксофоны Ыисхэ Куона, Схануа Кима,
            Хёнбэ Пага, Схынуона Схо и Чзюён И;
И альт-саксофоны Донхуна, Схунмина и Чзюнщига
            Кимов, Схонуона Уана и Сханына Ю,


Ударник Ёнгю Паг
Печатает ритм, словно нежный ветер
В начале оттепели
Раскалывает лед на реке,
Очищает лицо земли
И передает тайное Небесное сообщение барабанным боем[3].


Каждый музыкант
Понимает свое значение и роль остальных,

И вплетает свой образ в волшебный покров,
Повинуясь рукам дирижера —
Пёнхи Ян, которая открывает путь
И помогает подняться по лестнице к раю,
Чтобы неба достиг трепет каждой души.


Господи !
Пусть очаровательные сестры — артистки оркестра
«Ёнгуан»,

Как дети, бегущие на запах мамы,
Услышав Твой запах,
Смогут его передать другим
С помощью клавиш и струн.


И пусть мастера-виртуозы,
Братья-артисты оркестра «Ёнгуан»,
Словно деревья, поющие кронами,
Встанут мощными горными хребтами.


Подобно морю,
Которое наполняется водами рек,
Но никогда не переполняется,

Выращивает рыб, моллюсков и водоросли
И обильно всех ими кормит,

Пусть труды музыкантов
Оркестра «Ёнгуан»
Наполнят небесной благодатью
Тех, кто имеет уши,
Чтобы слышать.

И пусть, поняв истинную причину жизни своей,
Осененные благодатью,
Всегда они будут восхвалять Тебя
И везде
Будут воспевать только Тебя, Господи!

1) Здесь и далее в данном стихотворении слова «брат» и «сестра» обозначают мужчин и женщин — членов религиозного сообщества; — *комментарий Кима Хвана.*

2) Выражение взято из Евангелия от Матфея, гл. 13, ст. 44: «...подобно Небесное царство сокровищу, скрытому на поле, которое нашед, человек утаил, и от радости о нем идет и продает все, что имеет, и покупает поле то».

3) Барабанный звуковой сигнал — один из вариантов кодирования человеческой речи по сходству ее ритма и интонации. Слушающие такой сигнал улавливают смысл речи, восстанавливая в уме оригинал. У такого сигнала два важных преимущества: его можно передавать на большие расстояния, его не способны понять те, кто не знает кода.

# Да, есть комната, где тепло

— В ответ на название спектакля: «Есть ли свободная комната?»[1]


Мария,

Накануне Нового года приготовлю комнату с теплым

полом.

Щедро натоплю сосновыми ветками печь под ним,

постелю одеяла.


Иосиф,

Не надо искать ночлег,

Стучась в двери гостиниц.

Идите с Марией прямо сюда.

«В конюшню?» — спрашиваешь. Ну что ты!


Мария, жду вас в любое время.

Вам не надо соблюдать час заезда — 14.00.

Я приготовил младенцу Эммануила

Воду для ванны, полотенца и детские одеяла.


Иосиф, не тревожься о плате за комнату.

Тебе достаточно просто сказать мне,

Как далеко разлетится по миру

Слово, пришедшее к нам с небес.

1) «Есть ли свободная комната?» — так называется спектакль, который театральный коллектив «Чынон» («Свидетельство») ставит каждый год в Рождество.

# Дай мне мудрость

Дай мне мудрость,
Чтобы я обликом уподоблялся Тебе.

Помоги мне справляться с дурными чувствами,
Спокойно размышляя над Словом, данным Тобой,
И преврати мою тоску по Тебе
В ветер, который унесет все душевные тягости,
И в проводника, что поведет меня в Страну покоя.

Дай мне мудрость,
Чтобы я душой уподоблялся Тебе.

Есть люди, которых трудная жизнь
Научила легко относиться ко всем проблемам.
Помоги и мне легко отказаться
От того, что не есть Ты,
И жить всегда лишь в Твоих широких объятиях,
Чтобы не допустить глупых ошибок,
Вроде отказа от «дьявольского порошка»[1].

Когда часы моей жизни навсегда остановятся,
Ниспошли мне, Господи, столько места в груди,
                    дай столько силы рукам,

Чтобы я смог заключить в объятия Небесное
царство, которого так жаждал.


1) Иезуитские монахи-миссионеры из католической Испании в период миссионерской деятельности в Латинской Америке научились у индейцев способу лечения малярии и передали его в Европу. Но английский лидер О. Кромвель, у которого было предвзятое мнение об иезуитских монахах, снадобье от малярии, сделанное из цинхоны, называл «дьявольским порошком». Даже умирая от малярии, он отказался принимать это лекарство.

# Позволь мне жить сегодня

Утром
Позволь мне встретить спокойным лицом
Блеск солнечных лучей.

Днем
Позволь жить в заботах,
Печалясь о сегодняшнем дне
И гневаясь на него.

Ночью
Позволь оглянуться
И сосчитать,
На сколько шагов я приблизился к Твоему царству.

# Река крови

Ждали мы пятьдесят лет,
Когда пробьется родник благодати.

Он потек
Маленьким ручейком,
Потом превратился в реку,
И она добралась до моря
От истока – крохотного родника у дома молитвы.

Один философ[1], чей взор обращен во тьму,
А мысли на привязи бродят по кругу,
Написал, что благодать приходит лишь к тем,
Кто скорбен умом.
И душа его растаяла без следа.

Дыхание крови
Усыпило жестокость.

Кровь, стекая по капле,
Скрыла следы кражи.

Волна крови
Смыла кривлянья похоти,

Которая бсшсно дергалась, уплывая,
А коварная ночь отчаянно пыталась ее спасти.

Когда горячая кровь
С правого плеча хлынула на колени,
Словно электрическим током пронзила ноги,

Боли в коленных суставах умчались,
Словно дети по пешеходному переходу,
И спрятались далеко-далеко,
Чтобы их никто не нашел даже за три года.

Через реку крови
Не перейти обратно.
Она надежно отделила святой город от мира.
По ней пришел Утешитель[2],
Чтобы нашу жизнь осенил святой дух в святом
городе.

1) Карл Гильти (1833—1909). Швейцарский мыслитель, юрист. Автор книги «Для бессонной ночи».

2) Утешитель — человек или Святой Дух, наставляющий и защищающий людей.

# Человек, живущий на небесах
— В память о пасторе Донхюи Ли


Он —
Пастырь, умеющий, стоя на коленях,
Подняться на высоту, с которой виден промысел
Небес.


Его дыхание сладко,
Как аромат спелой хурмы.
В его кармане гуляет полевой ветер,


И он не сводит доходы с расходами.
Ведь главный расчет ждет впереди —
За добрые дела, которые совершаешь.


Он — заядлый путешественник:
Добровольно взваливая на себя труды,
Ездит по восьмидесяти странам
И бросает там спасательный круг.


Он — великий лидер:
Молясь и читая Слово Божье,
Построил из своей жизни
Огромный дом,
Где находят приют усталые путники.

# «Ханыльче»[1]

Я купил квартиру в доме «Ханыльче».

Хотя всегда твердил,
Что человек должен жить на земле,
Ступая по ней ногами, и всегда настаивал,
Чтобы мы жили в отдельном одноэтажном доме.
Но все-таки, в конце концов, получил квартиру
в доме «Ханыльче».

Один за другим
Улетали навстречу зиме листья гинкго.
Багровело лицо
У хурмы, потерявшей свою рыжую юбку.
Наблюдал я за ними, и сердце мое волновалось,
Предчувствуя, как жестоко будут сдавливать грудь
Руки темноты и холода.
Теперь эти дни уже далеко позади,
И меня ждет квартира в доме «Ханыльче».

Не купил я
Ни анче[2],
Ни схаранче[3].

Купил я ханыльче[4],
На целый этаж выше пятиэтажки,
И теперь мне с высоты
Видны, пускай и смутно,
Райские кущи.


О, Господи!
В этой квартире, в доме «Ханыльче»
Помоги водрузить мне знамя добра
И Твоей воли,
Только Твоей,
Ни на что не сменяемой.


В этой квартире, в доме «Ханыльче»
Помоги мне заменить весла, которыми я
Греб не зная куда,
На посох паломника, идущего
В сторону Небесной крепости,
Который каждый день несет службу,
Рассказывая о Тебе на корейском языке.

В этой квартире, в доме «Ханыльче»

Помоги мне познать настоящий покой,

Соблюдая Твои ясные заповеди,

Не требуя лишнего,

Питаясь только одним Словом,

И прилагая все свои старания

Для того, чтобы ширилось Небесное царство.

Дай мне на это силу, ниспошли благодать, Господи!


1) «Ханыльче» — марка высотного жилого комплекса, предлагаемого строительной компанией «Колон»; — *комментарий Кима Хвана.*

2) Анче — главный корпус дома традиционного корейского стиля; — *комментарий Кима Хвана.*

3) Схаранче — обособленное здание в доме традиционного корейского стиля; — *комментарий Кима Хвана.*

4) Ханыльче — «дом (здание, стройка...) на небе». Слово ханыльче не зарегистрировано ни одним корейским толковым словарем, но его внутренняя структура прозрачна для носителей корейского языка, и они сравнительно легко могут понять его значение. Подобные слова-«изобретения» достаточно распространены в языковой практике корейского языка благодаря одному из его морфологических свойств; — *комментарий Кима Хвана.*

# КРИТИЧЕСКИЕ ОТЗЫВЫ О ПОЭЗИИ ЛИ ЧОН ХИ

# Запись жизни с резонансом

## Комментарий к стихам Ли Чон Хи

В истории западноевропейской литературы и культуры можно выделить две крупные тепдепции, противостоящие друг другу — эллинизм и евреизм. Лидируя попеременно в разные исторические периоды, они развивались со времен античности до наших дней – как два главных течения литературы и культуры. Когда эллинизм, в центре которого стоит человек и гуманистические ценности, формировал шаблоны мышления эпохи, евреизм ослабевал, при этом возникали основы Возрождения и романтизма, активизировались эмоциональные аспекты. Евреизм, выдвигавший на первый план теологическую идеологию и такие нравственные качества, как воздержание и спокойствие, создавал достаточно жесткие рамки средневековой литературы, построенной на канонах классицизма. Подобно тому, как западноевропейская литература образовалась и развивалась на основе эллинизма и евреизма, отражавших соответственно светское и божественное начало, корейская литература рождалась в процессе столкновения и противостояния элементов двух полярных мировоззрений, которые можно обозначить как «человекоцен-

тризм» и «богоцентризм».

Наше внимание привлекает второй сборник стихотворений Ли Чон Хи «Еду в Пушкин навстречу Новому году», в котором сочетаются гуманизм и евреизм или христианское мышление. Одновременно произведения, помещенные в этом сборнике, легко позволяют читателям понимать их по-своему. Поэт смотрит на мир мудрым и проницательным взором, а прошлое, отражаясь в его сознании, соединяется с надеждой на будущее. И в каждом стихотворении ощущается, что душа поэта живет в гармонии с природой.

Нет объективных критериев, по которым можно было бы определить уровень поэтического произведения, но успех того или иного стихотворения определяется читателями. Поэтому поэт всегда должен работать с напряжением,  искать все новые способы поэтического самовыражения.

В таком контексте можно сказать, что сборник «Еду в Пушкин навстречу Новому году» — как автобиография поэта Ли Чон Хи — не противоречит течению его жизни, уравновешивает и гармонизирует ее эмоциональные и рациональные компоненты, заполняет ее «пробелы» так, чтобы она прозвучала от начала до конца. И поэтому действительно является итогом большой и серьезной душевной работы. Попробуем найти в стихах следы его правдивой жизни:

Чтобы жить в мире, о котором мечтаешь,
Надо обедать вместе.

На обеденном столе – река,
Вытекающая из сердца,
Мечтающая стать озером.

Она
Гладит тебя и меня
И, обтекая нас,
Ведет
К морю просветления.

(«Мир, о котором мечтаешь»)

Прекрасной, наверное, можно считать такую жизнь, которую ты прожил удачно, реализовав все свои замыслы и планы. Но разве не прекрасен человек, умеющий выразить свои чувства, проникновенно рассказать о том, что греет сердце, воздающий хвалу прекрасному и от души аплодирующий правдивой жизни?

Чтобы жить в мире, о котором мечтаешь, / Надо обедать вместе.

Человек — мыслящее существо, и жизнь ему дана для самовыражения. Поэтому, когда поэт говорит

образно: «она гладит тебя и меня», неважно, кого он подразумевает под словом «тебя». Так он выражает искреннее желание жить с людьми, вместе с которыми он хочет строить прекрасный мир и сидеть за одним столом. На этом символическом столе он сам хочет стать «рекой... мечтающей стать озером», пройти по течению всей жизни и достичь моря просветления. И мы тоже можем увидеть тихий и неспешный жизненный путь поэта.

Произведения Ли Чон Хи дают читателям возможность насладиться изысканной поэтической красотой, они понятны и доступны, потому что автор использует нормальные, привычные, а не заумные слова. Эти слова трогают сердце читателя, который видит за ними человека, чьи мысли интересны и глубоки, а душа ищет гармонии. Например:

Где рассвет начинается
С кувшина для воды, который несет женщина,
Где качается коромысло – и на нежных руках
проступают мускулы,

Где в кувшине
Качается на волнах зелень,
А рядом прыгает,
Виляя хвостом, Рыжик,
И все они качаются на волнах времени,

Где не нужно думать о реформах или политике,
А можно просто улыбаться друг другу,
Где останавливаются чистые души,
Там я хочу жить.

(«Где я хочу жить»)

В наше время, когда дух алчности и эгоизма, поселившийся в людях, постоянно расширяет свои владения и разделяет нас все более высокими стенами, мир, в котором хочет жить автор, очень скромен. Он мечтает о простой и доброй жизни, в которой не было бы места предательству, ревности, гневу и вражде, в которой человек жил бы в ладу с природой. Поразмышляем о словах автора, в которых отражено его неприятие корыстолюбия.

Где не нужно думать о реформах или политике,
А можно просто улыбаться друг другу,
Где останавливаются чистые души,

Там я хочу жить.

Как здесь видно, автор фокусирует внимание скорее на настоящем и будущем, чем на прошлом. Он хочет жить, дорожа людьми и уважая их, и в этом мы видим проявление истинного гуманизма, душевной до-

броты и теплоты.

Сказано, что самый короткий путь к святости – отказ от лишних желаний.

Хотя человек не может, как журавль, прожить долгую и благородную жизнь, но если он будет отказываться от лишних желаний и следить за своим духовным состоянием, довольствоваться скромными жизненными благами, то разве такая жизнь не будет подобна жизни святых праведников?

Мы легко отвергли те времена,
Когда, мокрые от пота,
Взирали на звезды,
И теперь мы так далеки,
Что меж нами летают птицы,
Словно обиженный зимний ветер.

Мы были довольны и липким запахом тела.
Но скребет по спинным позвонкам ледяной цветок,
И чистый взгляд
Заслоняет крыльями чья-то темная тень,
Нарушая гармонию мира.

В день, когда мы, поднявшись на водопад слез,
Стали островами, нам говорят,
Что все это – узы...
Грустим об оставшихся днях.

*(«Узы»)*

Ли Чон Хи в своем коротком стихотворении «Узы» ненавязчиво подсказывает, что он ‒ прежде всего поэт, а не философ.

И теперь мы так далеки, / Что меж нами летают птицы, / Словно обиженный зимний ветер.

В день, когда мы, поднявшись на водопад слез, / Стали островами...

Здесь мы видим, что поэт не стремится продемонстрировать свое мастерское владение поэтическим языком, но в глубине его текста нежно блестит великолепная метафора. Редко можно найти человека, который ушел бы из жизни, до последней капли израсходовав свой талант и полностью завершив свои дела. К сожалению, дела, которыми люди занимаются, как правило, остаются незавершенными, и чувства людей, соединенных родственными и дружескими узами, обрываются, неся страдание тем, кто потерял своих близких.

...все это ‒ узы... / Грустим об оставшихся днях.

Эти слова можно истолковать так: узы, которые нас соединяют и разъединяют, в итоге неизбежно приводят к печали. Читатель узнает, что и для Ли Чон Хи эти узы ‒ по-прежнему часть его жизни, и грусть о

прошлом мучительна, словно боль, когда «скребет по спинным позвонкам ледяной цветок». Стихотворения, в которых автор вспоминает свое прошлое, пронизаны светлой печалью. Рассмотрим, как автор передает грусть и боль, которые приносят воспоминания.

Когда мне, не привыкшему
К расставаниям,

Придется плести жизнь из слез,
Вспоминая, как я гадал,
Что же еще могу раздать близким людям,
Хотя уже отдал им все свои сокровища.
Остались
Камень на сердце
И пустота в душе.

*(Отрывок из стихотворения «Грустный день»)*

Осень.
Время болеть.

Чтобы нежная любовь, тихая, как трава,
Навестив меня,
Не испугалась,

Надо прятать,

Болезнь глубоко в душе.

*(«Время болеть»)*

Отношения между стихами и поэтом определяет язык. От эмоционального мира поэта зависит, какие идеи он черпает из языка. По законам круговорота происходит смена времен года, и мы переживаем бесчисленные встречи и расставания в бесконечном времени и в ограниченном пространстве.

В стихах Ли Чон Хи отражается богатый эмоциональный мир, свойственный корейцам. Там, где автор говорит о скромной повседневной жизни, описывает таинственную красоту природы, постоянно звучит тема встреч и расставаний.

Он не говорит прямо, что ему грустно и больно, а лишь намекает на это. Например, в стихотворении «Грустный день» сказано так: «Когда придется плести жизнь из слез», а в стихотворении «Время болеть»: «Чтобы нежная любовь, тихая, как трава, / Навестив меня, / Не испугалась». Но его боль и грусть, словно перебродившее вино, излучают свет и аромат. Этот творческий метод — через «брожение» — открывает новые лирические горизонты, и они видны всем, потому что такие эмоции испытывал каждый. Такое восприятие возникает благодаря тому, что духовный мир автора полон чистоты и искренности.

...И я повис в пустоте,

Зовя до хрипа, до седины
Прошлое, в котором мы зализывали раны друг другу,
Чтобы унять душевную боль.


Но чтобы вместить сердце,
Взорвавшееся от горя,
Мала,
Мала грудь, сестра.


Когда остановится время,
И дорога останется позади,
Придется переходить
Реку скорби.


Только тогда,
Сестра,
Мы снова встретимся
И попробуем вспомнить печальные наши годы.

*(Отрывок из стихотворения «Память сестры»)*

Это стихотворение напоминает мне строки поэта Че Схам Пака: «Сижу рядом со складками юбки, / Но не могу взять на себя печаль сестры /... / Упаду лицом в

складки юбки, словно в волны, бьющие в берег острова. / Тонкий и далекий крик / Вырвется из груди» (Че Схам Пак. «В ночном море»).

Наши воспоминания часто дают повод для рождения стихов. С помощью языка мы можем «заглянуть» в прошлую жизнь человека, которая хранится в его памяти. В течение жизни каждого могут окатить свирепые волны, потрясти нелегкие события. Пройдя эти испытания, человек достигает конечного пункта — смерти. В этот миг все заканчивается, но одновременно дается последний шанс выразить себя. Поэтому в последнюю минуту человек не лжет, не преувеличивает, он предельно искренен, просит понимания и прощения, готовится сделать шаг в ворота под названием «смерть», откуда уже нет возврата. Попробуем проследить глубокую мысль автора, который тоже ждет миг ухода, неизбежный для каждого человека, и скучает по уже ушедшей сестре.

...Зовя до хрипа, до седины / Прошлое, в котором мы зализывали раны друг другу, / Чтобы унять душевную боль.

Главное место в воспоминаниях о прошлом занимает тоска. Но поэт словно растворяет в стихах мрачные чувства, и в процессе творчества душа утешается. Его страдания были тяжелы, пока мутные чешуйки глубокого одиночества не превратились в сияющие звезды.

Тоска об умершей сестре, слившись с внутренней болью автора, воплотилась в форме стихов, которые сразу находят отклик в сердце читателей.

... Сестра, / Мы снова встретимся / И попробуем вспомнить печальные наши годы.

Да, между жизнью и смертью лежит не только тоска, но и надежда. О том, что эта надежда прочна и тверда, говорят и такие строки:

Чем больше прожитых дней,
Тем больше и слез
Непролитых.

<...>

Остается только стоять как столб,
Скрывая от всех
Боль и страдания,
И не видя смысла,
В жизни такой.

Когда тяжело жить вместе,
Не лучше ли распрощаться
Двум мелодиям,
Звучащим так далеко

Одна от другой...

*(Отрывки из стихотворения «Время прощаться»)*

Когда-нибудь я,

Потерявший плоть,

На краю страха от бездонного падения,

Жалея

О видимом,

Скучая и скорбя

О невидимом,

Подведу итог жизни.

<...>

И настанет пора потихоньку,

Оглядывая пространство прожитых дней,

Перемещаться на кладбище.

А вдали

Уже идут люди, которые снимут комнату,

Где прошла панихида по мне.

*(Отрывки из стихотворения «Надо фотографироваться»)*

Ли Чон Хи не использует пеструю палитру, чтобы абстрактно выразить внутреннее состояние, как это принято у поэтов и писателей так называемого нового поколения, которые в 2000-х годах самоуверенно ста-

ли утверждать таким образом свое самосознание. Может быть, именно потому его произведения звучат так ясно и внятно, что в них нет авангардных попыток описать бессмысленное общение автора с миром и предметами, зато он умеет тонко, ажурно «вылепить» отражение своих эмоций, используя негромкие и сдержанные поэтические слова.

... Скучая и скорбя / О невидимом, / Подведу итог жизни.

Автор оглядывается назад, смотрит в прошлую жизнь, и говорит о и своих чувствах почти шепотом.

А вдали / Уже идут люди, которые снимут комнату, / Где прошла панихида по мне.

В этих стихах он намекает, что его жизненный путь почти приблизился к конечному пункту. Для изображения труднейших поворотов жизни он использует легкие слова, звучащие негромко и не вызывающие тревоги. Он безмолвно смотрит на себя, помня о законах круговорота. Между строками его стихов ощущается сила воли и готовность подчиняться этим законам.

Как автор признается в стихотворениях «Время прощаться» и «Надо фотографироваться», он понимает: нужно скрывать страдания и невыносимость совме-

стной жизни. И поэтому, вслушавшись в себя, он не хочет плутать на перепутье, среди молчания и неизвестности, а наводит порядок в душе и начинает поиск верного жизненного пути. Кроме того, как искренне верующий во Христа, он сознает свою ничтожность перед высшими силами и без лукавства оценивает свои поступки. Рассмотрим его стихи-молитвы.

Становлюсь на колени
И смыкаю ладони,
Ибо от греха воровства,
Который я иногда совершал,
Никто меня не очистит, кроме Тебя.

<...>

Склоняю голову,
Ибо мой грех сквернословия
Сотрешь только Ты
И даруешь мне Слово жизни.

Стараюсь среди людей
Быть постоянным,
Ибо последовательность —
Единственный путь, ведущий к Тебе.

Не прерываю молитв, даже небрежных,
Ибо обломки слов когда-нибудь

Соединю дыханием

В молитву, которая достигнет Небес.

*(Отрывки из стихотворения «Гляжу на Тебя с мольбой»)*

Порой на длинной жизненной дороге ты задумываешься о том, кто ты и какого места достиг. Наверное, ты когда-то истово молился, глядя на небо, чтобы оставшаяся часть твоей жизни принесла хорошие плоды, такие же сочные, как восеннем саду.

Но в своих молитвах Ли Чон Хи ничего конкретного не просит, не умоляет. Его молитвы полны исповеди о том, что он хочет прийти «к Слову жизни», и слез покаяния в «грехе сквернословия». Его молитвы основаны на любви, главном благе христианства. Вот почему его стихи вселяют в наши сердца смысл драгоценной любви, впитавшей евреизм, который ставит на первый план воздержание и смирение. И при этом мы ясно видим, что автор является настоящим христианином, и его горячее сердце полно искренней любовью и гуманизмом.

Любовь — величайшая драгоценность, величайшее чудо, она оправдывает все: пороки, недостатки и обиды. Я уверен, что правдивая духовность Ли Чон Хи, который, став на колени, соединив руки и наклонив голову, дышит чистой молитвой, осветит уголок тем-

ного и тревожного мира.

Поздравляю его с изданием сборника стихов «Еду в Пушкин навстречу Новому году», который содержит глубокий самоанализ и в котором открывается его зрелый внутренний мир. От всего сердца желаю ему дальнейших творческих успехов, появления третьего и четвертого сборников его стихов.

Хё Чхи Мун,
поэт
экс-президент корейского управления
Международного ПЕН-клуба

# Прочный союз лирики с верой или Творчество поэта Ли Чон Хи

1

Новый сборник стихотворений Ли Чон Хи «Еду в Пушкин навстречу Новому году» стал итогом его активной творческой работы, в котором проявился уникальный сплав лирики с религиозностью. Как глубоко верующий христианин, поэт Ли Чон Хи осуществлял миссионерскую деятельность в России. Стихи отражают его устоявшийся взгляд на жизнь, которым он «уравновешивает и гармонизирует ее эмоциональные и рациональные компоненты, заполняет ее «пробелы» (см.: комментарий Хё Чхи Мун), а также, что главное, демонстрируют его неустанное желание творить, придерживаясь «точки зрения веры» (см.: комментарий Ли Дон Хи). Именно за своеобразие и искреннюю страсть, наверное, можно похвалить его стихи, отметив их «особую восточную метафоричность, проникновенную мелодичность, доверительную интонацию и мудрость глубоко верующего человека» (см.: комментарий Владимира Семенчика). Новый поэтический сборник, говоря словами автора, можно считать успешной попыткой «показать узоры, / Которые

начертили осколки жизни», используя свой «бедный словарь» (см.: «Пролог. Осколки жизни»). А еще это наглядный и емкий конспект авторской биографии, наполненный опытом, мыслями и словами мудрого поэта, которые долго созревали в его душе.

В сборнике прежде всего заметен характерный диапазон звуков, который заполняет собой всю лирическую глубину, свойственную поэту Ли Чон Хи. Автор обращает особое внимание на взаимосвязь вещей, очень поэтично передает чувства, которые пробуждают в человеке предметы внешнего мира. Поэтому в его стихах, полных грациозного, теплого и динамичного лиризма, живет мечта о преображении скудости, столь распространенной в нашей повседневной жизни, и об обретении новой надежды. Создавая поэтические образы из невидимых волн, бушующих в его душе, поэт освежает нашу память и приглашает нас побывать в мире его воспоминаний, слабое эхо которых на удивление мощно отзывается в сердце читателя.


На тропинке,
Где бегает бурундук,


Зреет тоска
Словно плоды каштана,
Прильнувшие к листьям кустов.

Когда она созреет, я в тот же миг полечу
На желтом листке,

Чтобы щедро раздать всем
Сердце, которое я спрятал
В саду,

Пока живу осенью.

*(«Пока живу осенью»)*

Удивительно тонко передано чувство тоски по давним временам, которые поэту напоминают «бурундук», «тропинка», «листья кустов» и «плоды каштана». Источник этой тоски, несомненно, должен быть в «Сердце, которое» он «спрятал» «В саду» далекого прошлого. Автор от всей щедрости души готов разделить с осенью позднюю сладость этой «тоски». Осень — удивительная пора, ей одновременно присущи и пышность, и увядание. На полях и в садах созрел щедрый урожай, богатые плоды «растут прямо на глазах» (см.: «Хурма — вспоминая Чонхо»). Но в эти же беспощадные дни мы должны готовиться к «возвращению на вечную родину», «перепрыгивая реку забвения/ По камушкам раздумий» (см.: «Желтые листья, или Листья гинкго»). Не

случайно именно эту пору поэт выбрал, чтобы передать всю глубину своей тоски по прошедшему времени. Может быть, именно «тоска» — самое сильное и драматичное чувство, ведь она неизбежно вынуждает нас признать, что милое нашему сердцу прошлое ушло безвозвратно.

Где рассвет начинается

С кувшина для воды, который несет женщина,

Где качается коромысло – и на нежных руках

проступают мускулы,

Где в кувшине

Качается на волнах зелень,

А рядом прыгает,

Виляя хвостом, Рыжик,

И все они качаются на волнах времени,

Где не нужно думать о реформах или политике,

А можно просто улыбаться друг другу,

Где останавливаются чистые души,

Там я хочу жить.

*(«Где я хочу жить»)*

Автор воспевает идеальную жизнь, самую лучшую, о которой можно только мечтать. Он уносится мечтами в прекрасное утро, которое начинается с качания кувшина или коромысла на плечах женщины; ведь лишь в том далеком и чудесном мире, качаясь на волнах плавно текущего времени, можно забыть о неравновесии, возникающем по причине резких перемен и «реформ», в частности, «политических», и наслаждаться только «улыбкой». Автор хочет жить там, «Где останавливаются чистые души». Это его желание соединяет бесконечную надежду на «честных стражей», «Всегда охраняющих» «Место прощания» «Силой отчей любви/ Помогая открыть новое небо и землю» (см.: «Отделительные слои»), и ожидание «сумки», которая где-то «бродит» (см.: «Жду сумку»). Пространство, в котором существует такая жизнь, и есть для автора истинная родина, «Вытекающая из сердца,/ Мечтающая стать озером» (см.: «Мир, о котором мечтаешь»).

Таким образом, Ли Чон Хи силой поэтического воображения собирает движения «руки» «воспоминаний», «манящие» человека во время «возвращения домой» (см.: «Место для моего отдыха»), и находит для них неожиданные метафоры. Здесь особенно наглядно проявился его творческий почерк как поэта-лирика, наделенного тонким восприятием жизни.

2

Когда мы сочиняем стихи, то тем самым не только участвуем в упорядочивании вселенского хаоса или потока истории, но и прибавляем свежести и новых сил собственной памяти и жизненному опыту. Разумеется, в данном случае свежесть и новые силы нужны не для того, чтобы регулярно влиять на сложившийся жизненный уклад, а затем, чтобы дать нам своего рода интеллектуальный и эмоциональный заряд, преодолеть инерцию повседневной жизни и таким образом помочь всмотреться в самих себя. Вглядываясь в себя, в свое прошлое, мы обретаем новые ощущения, производим в своем воображении переоценку моральных норм и жизненных ценностей. Поэт Ли Чон Хи проникает взглядом сквозь оболочку тех вещей и событий, которые нам кажутся обыденными и не стоящими внимания, обнаруживает их истинный смысл и извлекает его на свет. Почитая это своей внутренней обязанностью, он дарит нам максимальную новизну и свежесть чувств, которые только способна дать поэзия.

Многие дети и внуки,
Жившие под одной крышей,

Когда их гладил по голове крестьянин,
                              вернувшийся с поля,
Улетали в мечтах со двора, как осенние листья.


И вот они упорхнули, стайка за стайкой,
В город, о котором грезили,
И стали там стройными и чужими.


А крестьянин, не чувствуя сердца в груди,
Ложится обмякшим телом в борозду, возникшую
                              от долгого вздоха,


И слушает стоны земли,
Побледневшей,
В каплях холодного пота.


*(«Теплица из полиэтиленовой пленки»)*


Под теплицей из полиэтиленовой пленки подразумевается, прежде всего, дом, где живут люди, соединенные кровными узами, то есть — семья. Но это образ дома, ставшего чужим его прежним обитателям, он выглядит как обессиленное и немощное тело. Здесь все кажется жалким и заброшенным, и поэт с горечью описывает процесс охватившего эту землю запустения: «Когда их гладил по голове крестьянин, вернувшийся с

поля, / Улетали в мечтах со двора, как осенние листья». Значит, члены семьи выросли, стали «стройными» и все уехали в город. А дома остались только «стоны земли, / Побледневшей», которые крестьянин слушает «В каплях холодного пота». Чтобы правильно оценить ситуацию, нужно прочитать между строк суждение автора о социальных переменах, происходивших в Корее в период с XVIII до середины XX вв. В этом стихотворении автор, с одной стороны, показывает реальную картину исчезновения уклада сельской жизни, но с другой стороны, новым взглядом смотрит на привычные вещи и обращает особое внимание на скрытые в них возможности для возрождения. Наверное, можно сказать, что это и дает автору силы не потерять оптимистичный взгляд на жизнь, несмотря на то, что в его стихах то и дело звучат печальные ноты.

Дома,
Готовя остро-соленую кимчи,
Гарантируют нам аппетит,

Во дворе
Заботятся о молодых побегах,
Поливают, удобряют и ухаживают,

А еще

Дирижируют небольшим оркестром:
Певучей трубой с роскошным голосом,
Тромбоном, тубой, флейтой, кларнетом, гобоем,
                                    саксофоном,
Ксилофоном, синтезатором и барабанами.


У нее словно три пары рук,
В которых она теперь
Пытается удержать сразу три власти,
Считая себя достойной того,
Чтобы претендовать на статус анхэ.


А сама вся – в мелких морщинках,
Неизбежных в конце печальной поры увяданья.

(«Руки жены»)

С точки зрения корейской культуры «анхэ (анэ)» — это существо, которому «Надо прятать/ Болезнь глубоко в душе» (см.: «Время болеть»), прежде чем стать солнцем в доме. В круговерти забот о членах семьи «руки» жены покрывались ссадинами и мозолями, с каждым годом становились грубее. Но в этом стихотворении автор ставит своей целью вознести похвалы «рукам» жены. В итоге жена сравнивается с богиней, имеющей «три пары рук», благодаря которым она гарантирует дома членам

семьи аппетит, во дворе — заботится о молодых побегах, да еще и дирижирует многими инструментами. Автор видит в жене, хотя она «в мелких морщинках,/ Неизбежных в конце печальной поры увяданья», прекрасное подобие солнца, согревающего и освещающего их дом. Таким образом, для поэта Ли Чон Хи семья – это символ единственно верного товарища, с которым они идут рядом во времени подобно «Двум ветрам,/ Летящим по миру врозь» (см.: «Время прощаться»), преодолевая общий «маршрут» (см.: «Небесной дорогой»). Здесь мы видим, как гармонично сочетаются у автора холодный рассудок и теплые чувства.

Если задуматься, то нетрудно понять, что пытаясь говорить об иррациональном, выходящем за рамки обыденной жизни, мы, как это ни парадоксально, прежде всего обращаем внимание на самые привычные мелочи. Повседневность дружит с банальностью, а с ней поэзии, безусловно, не по пути, но стихи поэта Ли Чон Хи возвышаются до постижения тайного смысла жизни, используя обыденное как трамплин для прыжка. Так в его стихах образуется поэтический сплав из конкретики и обобщения. Иначе говоря, обыденность, которая кажется бессмысленным ворохом привычных деталей бытия, создает удивительно прозрачный эмоциональный фон, наглядно отражающий чувства автора. А в целом сборник стихотворений, пожалуй, есть плод концентрации

авторского поэтического духа, освещающего и преобразующего унылую повседневность.

3

Главным из аспектов жизни, который поэт Ли Чон Хи воспевает с особой искренностью, скорее всего, является процесс постижения Божественной истины путем создания образа «верующего «я». Под «верующим «я» здесь имеется в виду, как сказано в Библии, человек, у которого «дух бодр, плоть же немощна». Из-за этой роковой немощности «верующий «я» непрерывно повторяет ошибки, которых никоим образом не хочет совершать. Но даже проходя раз за разом бесконечный цикл, состоящий из размышления о своих ошибках и самих ошибок, «верующий «я» с помощью Божьей благодати ставит перед собой цель — спасение. Совершенствуя этот религиозный парадокс, поэт Ли Чон Хи прилагает все усилия для того, чтобы изобразить «конечный смысл» (ultimate concern)». Идеальное его описание становится для автора самой главной задачей. Поэтому мы можем сказать, что наиболее печальные мотивы в стихах Ли Чон Хи навеяны именно осознанием этого «конечного смысла», и здесь отчетливо выражено желание автора найти для себя путь спасения. Следовательно, можно сказать, что стихи этого сборника могут быть хорошо понятны лишь тем читателям, у

которых в душе тоже живет свой «верующий «я».

Отчего маленькую монахиню Терезу
Так высоко превозносят?

Может быть, оттого, что доброта струится
Из каждой ее морщинки
И усыпляет
Плач одиноких душ,

А полные руки
Излечивают
Ароматом кедра,

И спина ее до земли
Сгибается не униженно,
А с радостью...

И все это ясно показывает,
Насколько
Человек может быть красивым.

*(«Причина (III), или Мать Тереза»)*

Жизнь и облик матери Терезы, которую нередко называли «маленьким великаном», очень удачно воссозданы

в этом коротком стихотворении. Мы искренне почитаем мать Терезу за то, что она обладала «струящейся добротой», утиравшей слезы одиноких душ. Ее руки, неустанно излечивавшие людей ароматом кедра, и ее спина, сгибавшаяся до земли, лучше любых пышных метафор отражают красоту и святость этой удивительной женщины.

В этом смысле образ матери Терезы живет и в других стихотворениях сборника; она и «Багровый закат, который заполняет собой/ Пустоту между небом и землей» (см.: «Гора Чхильгабсан»), и святая, чьи глаза полны «чистыми слезами», и они струятся по щекам, когда «плачут над растоптанным цветком одуванчика» (см.: «Помоги мне говорить правду»). Взирая на ее красоту и святость, автор находит в ней идеальный «Образ жизни христианина,/ Который, бесконечно глядя в небо,/ Становится совершеннее» (см.: «Глагол действия»). Несомненно, что, занимаясь поиском такого образа, автор вглядывается и в самого себя и ставит перед собой такие же высокие цели.

Позволь мне прорваться вниз,
Сквозь щели между камнями,
Вытянуть из жилы ледяную чистую воду,
И подняв наверх, утолить вековую жажду.

Позволь превратиться в ручей, в могучую реку,
Плывущую по кайросу, параллельно времени,
Очистить от страданий все, что плывет в воде,
Отмыть от заскорузлого пота усталые души.


А затем и я сумел бы помочь всем людям
Улыбнуться – и сделать первый шаг по дороге
к раю,
Словно «крестный отец по улыбке»,


И сумел бы воспеть
Посреди океана
Новой жизни, где времени больше нет,
Великую Твою любовь!


(«Как вода для старта насоса»)


Как известно, чтобы насос начал вытягивать воду из земли, нужно сверху тоже наполнить его водой. Эту толику воды часто сравнивают с жертвой, которую приносят ради того, чтобы привлечь других в свою веру. Просачиваясь вниз, сквозь щели между камнями, эта струйка вытягивает «из жилы ледяную чистую воду», превращается в реку и очищает уставшие души, а также становится источником силы, позволяющей воспеть «Великую любовь» Господа посреди «океана Новой жизни»,

где времени уже не существует. Такая тема у автора родилась в процессе «осознания» того, что все пути «приводят к» Господу (см.: «Помоги нам жить просто»), и она у него играет роль «воды для старта насоса», которая утоляет «неутолимую жажду/ Наполнить то, что невозможно наполнить» (см.: «Ты (III)»).

Наверное, с помощью подобного процесса поэт Ли Чон Хи сможет стать «проводником», ведущим «в Страну покоя» (см.: «Дай мне мудрость»), и в этом ему поможет благодать Того, Кто «показал,/ Что в смерти кроется иная жизнь» (см.: «Пасхальное утро»). Идею о том, что все в конечном итоге сводится к Любви и Покою, которой придерживается «верующий «я», несет текущая по «центру» данного сборника «вода для старта насоса».


4


О гениальном поэте А. С. Пушкине, который боролся за свободу русского народа, замечательно сказал Ф. М. Достоевский: «Все мы вышли из Пушкина». А М. Горький заметил: «Его произведения (...) — все они суть гениальные иллюстрации к русской истории». Не случайно Пушкина считают основоположником современной русской литературы. Наверное, его чтят как русского народного поэта по нескольким причинам: он сумел в своем

творчестве раскрыть все богатство родного языка; в основе его стихотворений, как и в западноевропейской литературе, лежит воображение; он создал наиболее универсальный тип стихотворения; и кроме того, он написал немало стихов, выражающих протест против царского самодержавия. В ту эпоху российское дворянство предпочитало говорить по-французски, а русский язык считало вульгарным. Пушкин же активно использовал в своих стихах целые пласты русского разговорного языка.

Но самая главная причина того, почему Пушкин и сегодня живет в сердцах россиян, скорее всего заключается в его жизни, овеянной, как у Байрона, ореолом романтики. Он был близок с декабристами, не сгибался под давлением царской власти, своими свободолюбивыми стихами вызывал недовольство императора, а погиб, защищая на дуэли честь любимой жены. Пока существует русский язык, в душе русского народа не сотрется память о храбрости и вспыльчивости, из-за которой поэт вызвал на дуэль человека, компрометировавшего его жену Наталью, о его трагической гибели, которая наступила вследствие рокового ранения.

В стихотворении «Еду в Пушкин навстречу Новому году», которое дало название всему сборнику, поэт Ли Чон Хи размышляет о жизни и творчестве А. С. Пушкина, а также говорит о своем намерении встретить Новый год

в городе, названном в честь великого русского поэта. Автор хочет встретить Новый год в тех местах, где витает дух Пушкина, смертельно раненого на месте дуэли в лесу при попытке выяснить, что есть истина и любовь. В душе автора ярко, подобно новогоднему солнцу, светит Пушкин, который успел за свою короткую жизнь открыть сокровищницу русского народного языка и «засеять поле» русской литературы. Одновременно автор горячо говорит о своей страсти к миссионерству, об искреннем желании обучить российских детей «лучшей в мире грамоте — корейскому алфавиту», которому свойственны рациональность, научность и самобытность, и передать им традиции и культуру корейской нации, а также Благую весть. Может быть, «холод города Пушкина/ Прячется в толстом пальто» (см.: «Холод России»), но страсть поэта не остывает. Так в городе Пушкине лирика и вера поэта Ли Чон Хи получают как бы новую жизнь благодаря Небесной благодати.

Обычно в одном стихотворении сконцентрированы не только горький опыт и знание автора, но и его безграничное увлечение предметом поэтического описания, грусть и тоска по нему. Мне кажется, сейчас уже стало обычным объяснять такое явление в поэзии словами «закон тождества». Благодаря особому опыту автора читатели имеют возможность оглядываться на свою жизнь

и задумываться над ней, а также мысленно окунуться в новый мир. Стихи Ли Чон Хи, в которых прочно соединены лирика и вера, наглядно демонстрируют прекрасный образец закона тождества. Это возможно благодаря тому, что в его стихотворениях использована особая форма диалога между автором и читателями об опыте жизни, что позволяет читателям достичь новых познаний и обновления чувств, и, следовательно, открыть смысл многих вещей и суть многих явлений. Кроме того, автор нередко исследует самого себя и размышляет над своей судьбой. В таких стихотворениях прослеживается попытка авторского самоутверждения: поэт раз за разом «проверяет» свою жизнь, ищет в ней моменты, которые хотелось бы изменить, и получает источник сил для придания жизни дополнительной страсти и неутихающего интереса.

Таким образом, драгоценные стихотворения поэта Ли Чон Хи, представляя собой прочный союз лирики с верой, показывают нам его экзистенциальные и эстетические воззрения, искреннюю страсть души. Хочу выразить надежду, что его стихотворения, которые будут читать и в далекой России, распространят свою горячую энергетику на новой, поистине огромной читательской территории.

Схон Хо Ю,
литературный критик, университет «Ханян»

# Взгляд на внутренний мир одного верующего,

или

Поэтическая вселенная Ли Чон Хи

Содержание:

1. Расплетание уз
2. Стихи с детским сердцем, стихи о людях, рожденные из гуманизма
3. Эпические стихи, стихи с юмором, рожденные из открытой души
4. Стихи-молитвы, рожденные из веры
5. Сплетение уз

1. Расплетание уз

Нет ничего удивительного в том, что коренные жители корейской земли, которые пошли в школу в начале Корейской войны, отстали в учебе от других детей на 3—4 года. Так случилось и со мной. Ведь история жизни человека зависит от истории жизни страны и мира.

Когда мы учились в старших классах, мы стриглись наголо и носили черную школьную форму. Тогда я

впервые и встретил учителя, производившего особое впечатление. Это был только что окончивший вуз и назначенный на работу в нашу школу

Учитель-новичок,

Учитель, писавший стихи,

Учитель, дружелюбный как старший брат,

Учитель корейского языка, моего любимого

                                               предмета,

Учитель, сиявший молодостью и свежестью!


В официальном месте под названием «школа» я себя чувствовал рядом с ним как рыба в воде. Я уважал, любил его и подражал ему. Этот учитель и есть господин Ли Чон Хи, автор сборника стихов «Еду в Пушкин навстречу Новому году», а я, тогдашний школьник, пишу этот комментарий.

Нас связывает очень многое, и наши узы, как и любые другие, можно намотать словно нити на катушки – и каждая из них будет обозначать что-то свое.

На меня произвело очень сильное впечатление стихотворение господина Ли Чон Хи, которое он написал как пробную работу, и это впечатление сохранилось у меня до сих пор, спустя более сорока лет. Вот это стихотворение:


Раннее лето. Однажды после полудня

В гостинице «Н» находились:

В номере 1 — наркоман,
В номере 2 — большеротый политик,
В номере 3 — толстый юноша и юная девушка,
В номере 5 — урод, проклинаемый родственниками
И озабоченный желаниями, не выходящими
                                    за пределы стен,
В номере 6 — сотрудник фирмы «Куребод»,
В номере 7 — опрятная и скромная женщина,
В номере 8 — худенький маклер,
В номере 9 — штабной офицер, укравший деньги
                                    из воинской кассы,
В номере 10 — обманутый бизнесмен.


На крыше гостиницы лежала
Мрачная и влажная тень от подсолнухов,
А в номерах дремал
Душный воздух.


На следующий день
После того, как сирена, пригонявшая рассвет,
Разогнала грязную тьму,
Жилец из номера 1 ушел на тот свет,
Жилец из номера 2 — на публичную продажу обещаний,
Жильцы из номера 3 — на встречу с резким
                                    голосом и свирепым взглядом,
Жилец из номера 5 — в бар за утешением,
Жилец из номера 6 — играть на нервах директора,

Жиличка из номера 7 — наблюдать за смешным
поведением сына,
Жилец из номера 8 — на поиски горстки риса,
Жилец из номера 10 — в полицейский участок...

Все они уже разошлись,
А жилец из номера 9
Только наклеивал на задницу последнюю купюру.

*(Гостиница «Н»)*

В этом стихотворении молодой автор критикует общество: он изображает взрослое поколение, растерявшее моральные принципы, и всеобщий нравственный хаос, используя при этом оригинальные символы и метод аллегории.

Это произведение мне надолго запомнилось потому, что на мое подсознание, должно быть, повлияло сильное желание унаследовать восприимчивость молодого учителя. Думаю, в свои юношеские годы я был всецело поглощен упражнениями по стихосложению исключительно благодаря господину Ли Чон Хи.

Через некоторое время я вступил в мир педагогики, стал учителем корейского языка и литературы и начал участвовать в поэтических объединениях. Я до сих пор продолжаю педагогическую и творческую деятельность. Наша связь с господином Ли Чон Хи сделалась

еще теснее, поскольку, помимо наших отношений как учителя и ученика, мы стали заниматься одинаковой деятельностью: писать стихи, работать в средних школах одного населенного пункта; к тому же мы оба преподавали по одной дисциплине.

И сейчас, когда я уже почти не занимаюсь сочинением стихов, меня утешает и подбадривает возможность в любой момент видеть господина Ли Чон Хи и общаться с ним.


Мы легко отвергли те времена,
Когда, мокрые от пота,
Взирали на звезды,
И теперь мы так далеки,
Что меж нами летают птицы,
Словно обиженный зимний ветер.


Мы были довольны и липким запахом тела.
Но скребет по спинным позвонкам ледяной цветок,
И чистый взгляд
Заслоняет крыльями чья-то темная тень,
Нарушая гармонию мира.


В день, когда мы, поднявшись на водопад слез,
Стали островами, нам говорят,
Что все это – узы...

Грустим об оставшихся днях.

*(«Узы»)*

Это стихотворение называется «Узы». В тревожном голосе автора — мысли человека, который никогда не отворачивается от птиц-уз. Некоторые узы могут быть оковами на всю оставшуюся часть жизни человека. Любые узы, добрые или злые, оставляют в жизни человека свои следы. Нельзя, конечно, извлекать из добрых уз злые, но злые узы мы должны заменять добрыми. Такова наша жизнь. Автор говорит:

«Оставшаяся часть нашей жизни — лишь продолжение того времени, когда мы распутываем сплетенные узы».

Птицы — это вестники. Вестники неба, соединяющие в жизни прошлое и настоящее, а также настоящее с будущим. У некоторых народов Тибета есть похоронная традиция: оставлять тело покойника на съедение птицам. Они отдают птицам тела своих предков, должно быть, в надежде, что так души предков наверняка попадут на небо.

Куда же летят птицы уз?

Печально самосознание автора, откровенно рассказывающего об узах, от которых никак нельзя освободиться даже в тот день, когда он, поднявшись на водо-

пад плача, станет островом, таким одиноким на своем жизненном пути.

Что делать? Чем стереть следы уз?

Придется чем-нибудь стирать их всю оставшуюся жизнь, как об этом пишет Дончзю Юн в своем «Автопортрете», где герой постоянно протирал свое единственное бронзовое зеркало. Продолжение жизни — это распутывание уз твоего прошлого.

Сущность его печали — человечность. На отзвуки рыданий обратит внимание именно тот, кто хоть раз сам плакал в совершенном одиночестве. Ведь нет ничего печальнее, когда ты только сам слышишь свой плач. Но, с другой стороны, именно такие слезы помогают человеку проанализировать свое прошлое и очистить душу.

Расскажу о причинах, по которым я тщательно читаю произведения, помещенные в сборнике «Еду в Пушкин навстречу Новому году», и думаю, что в них найду то, чему мне надо научиться, то, что мне необходимо.

Во-первых, хотя для господина Ли Чон Хи стихи одновременно являются и поводом для раздумий, и образом мышления, я неоднократно видел, что он активен и в других областях жизни, а поэтому начинаю его уважать еще сильнее.

Во-вторых, господин Ли Чон Хи — глубоко верую-

щий христианин. Он постоянно совершенствует свою веру с позиции исследователя, он даже с удовольствием и тщательно прочитал «Бог как иллюзия» — книгу об антихристе, которую я ему порекомендовал. С точки зрения веры разве можно считать целью и абсолютом только художественную литературу — поэзию? Воспринимая художественную литературу с точки зрения веры, испытаешь новые ощущения от чтения книги. Вот почему, читая стихи господина Ли Чон Хи, я смотрел на них и с религиозной точки зрения.

В-третьих, у поэта Ли Чон Хи по-настоящему свободная душа. Он открыт для чужих идей, для самой разной информации, он восприимчив к глобализации. У него нет сына, а только четыре дочери. Первую он выдал в Швейцарию, а третью — в Австралию. И для него это совершенно нормально. Кроме того, он совершил поездку в Пушкин, городок неподалеку от Санкт-Петербурга, и там добровольно преподавал русским корейскую письменность — наилучшую письменность в мире — и внедрял на их земле корейский дух. Для таких поэтов, как он, и художественная литература, поэзия – тоже повод для усердной работы с открытым сердцем. Рекомендую читать его стихи, понимая это.

В-четвертых, поэт Ли Чон Хи — гуманист. Он всегда принимает близко к сердцу страдания ближних.

Читая его произведения, мы понимаем, что эти качества и составляют суть его поэтического духа и ядро веры.

Прочитав его 123 стихотворения, мне показалось возможным разделить их примерно так:

— Гуманистические стихи, в которых мы видим человеколюбие на примере различных случаев из жизни автора;

— Стихи, в которых говорится о прелести свободы;

— Религиозные стихи, вооруженные христианской идеологией.


2. Стихи с детским сердцем, стихи о людях, рожденные из гуманизма

Мне не нравится, когда поэтические произведения разделяют по формальным признакам: на стихи, написанные по строгим канонам или без них, на стихи современные и сиджо, на стихи взрослых авторов и детских; также не нравится сравнение женских стихов со стихами авторов-мужчин.

Какую бы форму и цель не имело стихотворение, оно есть плод лирического настроения, и не может выйти из категории поэзии, развивающей эстетическую сторону человека. Такая роль стихов имеет гораздо

большее значение, чем их форма — соблюдаются строгие правила или нет. Разделение стихов по формальным признакам может вызвать у читателей предубеждение, которое помешало бы им обратить внимание на более существенное — на эстетические достоинства стихотворных произведений.

Среди стихотворений Ли Чон Хи есть такие, которые рождены из самой глубины чистой детской души; их и читать нужно с открытой детской душой. Если учесть, что чистота души – главное условие истинной поэзии, то это может показаться естественным. Но это качество — один из ключей для постижения мира стихов Ли Чон Хи, автора, который имеет, как говорилось выше, одну важную особенность: у него глубокие христианские убеждения.

Где же бродит сумка,
Которую я жду?
Что же лежит в ней?


Веер!
Хочу, чтобы в ней был веер,
Который летним днем,
Качался в руке бабушки,
И легкий ветерок от него,
Ласково скользя по животу,
Уводил меня в сладкий сон.

Где же бродит сумка,
Которую я жду?
Что же положили в нее?

Огонек!
Хочу, чтобы в ней был огонек,
Который зимней ночью
Плясал на угольках среди пепла,
Сторожил мрак в печи,
По которой постукивала бабушка,
И ждал моих родных,
Ушедших в гости к соседям.

(«Жду сумку»)

Сумка — обычный бытовой предмет, она нужна, чтобы в нее что-нибудь складывать. Что бы вы положили в нее? На этот вопрос нельзя найти ответ, если не иметь детскую душу. В эту сумку Ли Чон Хи помещает человеческие достоинства и искренность, которые никак нельзя потерять или от них отказаться. Став взрослым, легко забыть мечту, но автор, который ждет свою сумку, хочет как можно дольше оставаться ребенком — хотя бы в душе.

Человек живет, ожидая, что его мечта исполнится.

Может быть, ему вполне достаточно мечтать о том, что он получит откуда-то в подарок сумку. Имея такую мечту, человек чувствует себя счастливым, а если он потеряет ее, жизнь его сохнет. Автор мечтает о сумке и ждет ее. И в этом скрыт очень глубокий смысл — суть детской души, ее скромных радостей.

Если в сумке окажутся веер и огонь, этого будет достаточно. Нечего больше и желать. Для автора идеал, надежда и счастье — это семейная любовь, теплота души и человечность. Веер, который, вызывая ветерок, помогает автору сладко заснуть, и горящий уголь в печи, которая ждет членов семьи, ушедших к соседям в гости, обозначают любовь бабушки. Любовь, которая дает прохладу летом и тепло зимой. Автор не ждет и не желает какой-нибудь большей ценности.

Люди, потеряв такую скромную мечту, обманывают себя. Вернее, они живут, даже не понимая, какую они потеряли мечту. За свою мечту они принимают нечто пустое или идеалистическое.

Это и объясняет автор, четко и ясно, с детской душой, подобно Иисусу, Который сказал своим ученикам, осуждая их за то, что они отгоняли детей от окружавших Его: «Если (...) не будете как дети, не войдете в Царство Небесное» («Как веер, гуляющий по холмику пупка летом, и как бабушкины руки, постукивающие зимой по печи с горящим углем, счастье

близко»).

Есть в сборнике и другие произведения, описывающие человеческую жизнь с позиции детской души.

В стихотворении «Где я хочу жить» мы видим стремление к тому месту, где муж и жена могут просто улыбаться друг другу, а в стихотворении «Будь я ветром» описывается селение с соломенными крышами, которое отражается в глазах бабушки. Такой полет ветра возможен только из детской души. Автор видит в палке, которая поддерживает веревку для сушки белья, командира во главе чистой армии. А стихотворение «Сион» — это монолог, обращенный к девочке, с которой автор разговаривает, присев на уровень ее глаз.

Есть в сборнике ряд произведений, эмоционально несколько отличающихся от стихов, рожденных детской душой. Они — о разных людях. Если стихотворения «с детской душой» — это чистая лирика, то стихотворения о людях отличаются тем, что они представляют собой эпические рассказы в поэтической форме, написанные с гуманистических позиций.

Ее губы дрожали,
И тонкая струйка крови
Текла по желтым зубам.
Она собирала с ресниц слезы
И смазывала ими трещины на тыльной стороне ладони.

Из далекой горной провинции,
Что в пятнадцати ли от материнского дома,
Который охраняет краснолицая хурма,
Вершиной достигающая неба,
Пришла Огсун в город,
С надеждой заработать приданое для свадьбы,
Преодолев в лаптях шестьдесят ли.

Как трудно было девчонке
Служить домработницей!

Она скучала по дому, затерянному в горах,
Где стоял горьковатый запах кипящих трав и кореньев,
Где она открывала плетеную дверь,
Выходила на тропинку и шла в гости к соседям.

Она долго-долго болела
И в конце концов ушла
По дороге, проложенной вдоль длинной канавы,
Откуда голубой зимородок
Улетел в поисках своей суженой.

*(«Огсун»)*

Семантический контекст этого произведения целиком

можно найти на черно-белых фотографиях, на которых снято корейское общество того периода, когда люди готовы были заниматься любой работой, лишь бы иметь возможность три раза в день хоть что-то поесть. В то время женскую рабочую силу эксплуатировали особенно жестоко. За несколько лет труда обещали оплатить свадебные расходы. Для девочки, оказавшейся в таком положении, тоска — роскошь. Хотя она не могла откровенно говорить, что тоскует по родной деревне, она, наверное, утешалась, когда ощущала ее запахи. Время шло, девочка росла. Когда человек созревает физически, он ищет свою половину. Такова его природа. Это относилось, наверное, и к Огсун.

Она долго-долго болела/ И в конце концов ушла...

Сочувствие автора к ней есть начало любви. Как же можно любить человека, не сочувствуя ему? Но сочувствовать умеет не каждый. Животная страсть присуща любому человеку, но такие эмоции, как сострадание и чувство справедливости, появляются при помощи воспитания и образования. Для этого нужны школа и религия.

Эти воспоминания об одной девочке, которой автор искренне сочувствует, эти осколки жизни, вырванные из памяти, словно из старых фотоальбомов, вызывают у читателей сострадание и умиление.

В стихотворении «Дорога к «Тэгымгадыну», или

Проводы Чонэ Щим» автор, используя метод рефрена, описывает свою грусть по поводу того, что ему придется отпустить нить судьбы одного человека — не важно, какого. Он расстается с ним, похоронив тоску на дороге, где цветет сакура, оставив свой вздох по пути к гребню горы, привязав к хвосту красной стрекозы будущие дни... И в конце говорит: «Эта дорога — мой жизненный путь, /И мне не свернуть с нее», поясняя таким образом причину своих чувств в момент расставания с Чонэ Щим. Никто не сможет отказаться от этого пути разлуки.

В стихотворении «Руки жены» автор выражает сожаление по поводу мелких морщинок, появившихся на них в конце времени страданий, и говорит, что теперь он будет считать жену солнцем внутри дома.

В стихотворении «Стирая номер телефона» поэт описывает свое настроение в тот момент, когда он зачеркивает номер телефона старшего брата, ушедшего из жизни. Он ожидает, что они с братом когда-нибудь снова увидятся: «Как две параллельные прямые, уходящие в бесконечность, / Когда-нибудь / Непременно встретятся / Друг с другом в одной точке, / Так и наши дороги сойдутся в конце концов».

В стихотворении «Чонму» автор рассказывает, как он потерял своего младшего брата, когда учился в восьмом классе. И с горечью говорит, что кладбище, на

котором был похоронен брат, превращается в новый жилой район, то есть, исчезают даже следы уз.

Поэма «Чхунбог» оформлена как произведение эпической поэзии. Она отличается напряженным, драматичным действием, ее даже можно использовать как сценарий для исполнения пхансори. Элементы эпоса можно найти и в стихотворении «Как старшая сестра», где автор сожалеет о смерти Одри Хепберн, актрисы с мировым именем, вспоминает факты, подтверждающие ее человеколюбие, восхищается ее искренними и гуманными поступками.

В своих произведениях автор говорит о людях, которые вызывают у него сочувствие, с которыми он, к сожалению, расстался, которые умерли в цвете лет; о близких, что ушли навсегда, но остались в уголках его памяти и оказывают влияние на него в важные моменты жизни. Говоря о них, автор показывает их искренность в отношении к жизни. Он и сам стремится жить именно так − открыто и искренне.

Прочитав стихи автора о людях (как и стихи, рожденные детской душой, которые мы уже рассматривали), еще раз убеждаешься, что его мировоззрение исходит из христианской любви и гуманизма.

## 3. Стихи эпические, стихи с юмором, рожденные из открытой души

Еще одной особенностью стихотворений Ли Чон Хи является открытость души. Он работал директором средней школы, а после ухода на пенсию в течение некоторого времени работал миссионером, отвечающим за христианское образование, в городе Пушкине близ Санкт-Петербурга, названном в честь Александра Сергеевича Пушкина, народного поэта, сыгравшего огромную роль в интернационализации русской художественной литературы. Господин Ли Чон Хи совершенно легко справляется с такими делами, которыми нельзя заниматься, не имея широких взглядов «гражданина мира» и уверенности в своей правоте.

Как сказано выше, он спокойно относится к тому, что его драгоценная дочь выходит замуж за швейцарца, и морально поддерживает другую дочь, переселяющуюся в Австралию. Когда я слышу от него об этом, убеждаюсь, что он — человек с открытой душой.

Человек с такой душой — оптимист, и его главным «оружием» является преданность своим делам. Все равно удача в делах невозможна без веры в то, что ее приносит промысел Божий.

Человек с таким мировоззрением, сталкиваясь с про-

блемами, обычно действует быстро, а не сомневается и не раздумывает. Благодаря этой особенности он в своих стихах, которые посвящены осмыслению художественных произведений на исторические темы, или в стихах с юмористическими сюжетами, размышляет свободно и увлекательно, не боится посмотреть на исторические события под неожиданным углом, поскольку главное для него здесь — иметь верный критический взгляд.

Откуда же возникает лиризм в новом истолковании исторических событий, которые традиционно не воспринимаются в романтическом ореоле? Откуда берется уверенный тон при изложении юмористических и шутливых сюжетов? Видимо, ответ на эти вопросы очень прост: причина именно в открытости мышления и широте взглядов автора.

Ностальгию
Сплели с мелодией —
И вот выходит из бамбуковой рощи Чхунхян.

Волнующийся мир
Успокоили бекаром —
И вот уходит едкий дым,
Проясняется осеннее небо.

Словно склеивая кинокадры,
Собрали заготовки строк в единый сюжет,
Напечатали стройные нотные знаки —
И вот взялись за руки добрые души,
Утешают больные сердца
И открывают путь к бабушке.

Прекрасны руки твои!
Щедрыми плодами
Наполняют они наш сад.

(«Идите, слушайте!»)

Это сравнительно короткое стихотворение среди тех, что написаны на основе исторических сюжетов. Чаще подобные произведения бывают длинными, у них серьезная вдумчивая интонация. Особенно ярко выражены взгляды поэта на далекое прошлое в стихотворениях, где описываются события, зафиксированные на страницах корейской или мировой истории.

Стихотворение «Идите, слушайте!» опубликовано как прелюдия к сборнику песен, сочиненных композитором Чунбогом Ли на слова Ли Чон Хи. Неважно, является ли классический роман плодом авторского вымысла или он написан на основе реальных событий. Значение Чхунхян и «Повести о Чхунхян» в истории корейской культуры уже невозможно переоценить.

Могу догадаться, что стихотворение «Идите, слушайте!» было написано с целью использовать его как текст, приглашающий слушателей окунуться в волшебный мир музыки. Оно изображает чудесную страну, в которой царствует союз стихов и музыки. Для этого автор и вызывает Чхунхян из классического эпоса, а также приглашает бабушку, самого родного человека, выйти на время из мира духов.

Музыка — это поющие стихи, а стихи — рассказывающая музыка. То общее, что есть у музыки и стихов, не позволяет легко отделить их друг от друга. Сидя как слушатель в концертном зале, где исполняли новые песни, я никак не мог найти разницу между этими двумя видами искусства, когда стихи «одевались» в музыку или музыка обретала «дух» стихов.

Рассматривая стихотворение «Спрошу волны и ветер», написанное с соблюдением музыкальных правил стихов или поэтических правил музыки, мы можем увидеть, как исторический факт обретает поэтическую «плоть».


Встретившись с волнами Ёчона,
Ласкавшими нагую Чхунхян,
Спрошу: правда ли ее тело
Было таким гармоничным, как о нем говорят?
Встретившись на рассвете
Со стаей птиц, приносящих на крыльях утро,

Спрошу: правда ли от кожи Чхунхян
Исходил чудесный аромат
Самых пахучих горных цветов?


*(Первые две строфы стихотворения «Спрошу волны
и ветер»)*


Хотя в этом стихотворении можно увидеть и юмор, жизнелюбивую шутку автора, но на самом деле он таким способом одушевляет свое стихотворение, вызывая из глубины веков легендарный образ.

Уже давно Чхунхян — бренд Кореи. В стихотворении «Спрошу волны и ветер» участвует не только Чхунхян, но и Намуон, как географический фон классической повести. Китайский иероглиф, корейское звучание которого — /ё/ — представляет первый слог названия речки, текущей по центру Намуона — Ёчон, и обозначает цветок горца перечного. В стихотворении автор объединяет личность Чхунхян, региональные особенности Намуона и течение реки в образе «самых пахучих горных цветов».

Добавлю еще один важный момент. Если посмотреть, каким взволнованным слогом написано стихотворение «Кебэг», в котором рассказывается о гибели Пэгте, одного из корейских трех древних государств, как в стихотворении «Токто, о, Токто!» автор излагает проблему территориальных притязаний японцев на ко-

рейские острова Токто, то можно увидеть, насколько ясно и горячо историческое сознание автора.

Исторические сюжеты не ограничиваются Кореей. Действие одного, например, происходит в Швейцарии (стихотворение «Памятник льву»).

А в стихотворении «Масада, мы тебя больше никогда не отдадим!» автор вспоминает национальную историю израильтян, описывает чувства солдата на священной войне против неверных. В этом протяженном стихотворении, требующем длинного дыхания, простым языком комментируется военная история тех, кто своей смертью противостоял врагам в Масаде, чтобы сохранить независимость Израиля. Это стихотворение дает читателям возможность вспомнить важные исторические факты, задуматься о том, почему справедливость и национальное самоуважение считались важнее самой жизни.

Заглянуть в мир открытых мыслей автора нам помогают не только стихи на исторические темы, но и его юмористичные произведения. Их читать легко и весело, и радостно наблюдать, как неожиданно и парадоксально «работает» воображение автора, с улыбкой всматривающегося в окружающий мир.

Из всех способов развеять скуку обыденной жизни сегодня больше всего ценится именно юмор. В наше время стало модным отдавать предпочтение легким и комическим жанрам, а не серьезным и драматическим.

Автор охотно принимает такие особенности эпохи, идет навстречу любителям такого чтения. Юмористические стихи, в том числе и написанные Ли Чон Хи, помогают преодолеть закоснелое представление о художественной литературе как об исключительно серьезном и скучноватом поприще, и о поэзии как о «заумных» текстах, особенно сложных для восприятия.

У жены беда:
Не может зачать ребенка.

Попросили помочь свояченицу,
Все-таки не чужая кровь,
Взяли у нее яйцеклетку,
Оплодотворили в пробирке,
Имплантировали в матку жены –
И получился здоровый ребенок.

Но возник один сложный вопрос:

Кого
Регистрировать как родную мать?
Что важнее:
Яйцеклетка или матка?
Курица или яйцо?

Не на шутку сложный вопрос...

*(«Сложный вопрос»)*

Благодаря развитию медицины человечество решило проблему бездетности. Но когда оно сделало шаг навстречу промыслу Творца, возник непростой вопрос, который автор и описывает в юмористичном тоне. Причем, «не на шутку сложные вопросы» не ограничиваются лишь нравственной дилеммой оплодотворения вне организма. Поэтому мы должны понять это произведение как предупреждение о возможности возникновения страшных противоречий из-за развития не только медицины, но и вообще науки и техники.

Хотим мы того или нет, но в современном мире людям постоянно приходится делать выбор – какой образ жизни предпочесть: экологический или технологический. Первый вариант, наверное, несколько отсталый, некомфортный и неэлегантный, но зато он естественный и гарантирует гармоничное будущее. Второй вариант выглядит передовым, комфортным и элегантным, но в нем нельзя не заметить отрицательные побочные эффекты. Нам не выжить, если погибнет природа на нашей единственной Земле. А чрезмерное увлечение развитием технологий становится причиной загрязнения планеты, серьезного ущерба природе — источнику нашей жизни. Этого мы не можем допустить.

Технологические успехи серьезно изменяют нравственные устои людей, и это не на шутку, а по-настоящему беспокоит нас. Хотя в стихотворении об

этом говорится в юмористическом тоне, но семантический контекст стихотворения абсолютно серьезен.

Тем не менее, автор не отказывает себе в праве говорить о таких серьезных и реальных проблемах в шутливом тоне. Для юмористического описания проблем он не использует какие-то специальные методы. Нам представляется интересным прочесть еще ряд стихотворений, обращая внимание на то, как воздействуют на читателя поэтические эффекты, «приправленные» порцией юмора.

Кап,

Кап —

Кровь королевской семьи

Наполняется скорбью и растекается со слезами.

(«!»)

Глядя на текущее время,

Добираешься до лестницы жизни, и неспешно

размышляешь о вечном.

(«,»)

Лишь избранный

Способен идти к вершине

Дорогой сомнений.

(«...»)

Француженка,

В паутине утренних лучей,

Подойдя к окошку с ночным горшком,

Плавно машет руками

И кричит, выглядывая на улицу:

«Осторожно! Жидкость!».

*(1—я строфа 2—й части стихотворения
«История культуры (I) — Эволюция туалета»)*

Целься лучше,

Сделав еще один шаг вперед.

Ведь ты отлично умел это делать

Каждый день по несколько раз,

Год за годом, десятки лет.

Неужели не понимаешь фразу

На высоте глаз:

«Красивые люди оставляют красивое место»

*(1—я строфа стихотворения «Один шаг вперед»)*

Для первого, второго и третьего из приведенных выше стихотворений заглавиями служат знаки препинания.

Впечатления от восклицательного знака, наверное,

очень разные у разных людей, и зависят только от широты их воображения. Возможно, этот знак напоминает струйку капающей крови, а, может быть, слезы от горькой обиды. Оригинально воображение автора, который предлагает не только увидеть, но и «услышать» знак препинания, а также связывает его образ с историей королевской династии. В зависимости от широты диапазона поэтического взгляда и воображения любой знак может быть истоком поэтического вдохновения. Вообще-то, восклицательный знак можно и не замечать, не обращать на него особого внимания. Но он стал сюжетом стихотворения; так неизвестный актер, который всегда играл в эпизодах, вдруг становится исполнителем главной роли. Разве это не весело?

Заглавием второго из приведенных выше стихотворений служит запятая. Возникновение такой интересной идеи — уловить простой знак препинания семантической «сеткой» поэтики и описать его — стало возможным благодаря тому, что автор умеет думать открыто и неординарно. Возможно, внешний вид запятой чем-то напомнил ему известную статую Родена «Мыслитель». Согласитесь, забавно разглядеть в обыкновенной запятой такую мысль: каждый человек старательно поднимается по своей жизненной лестнице,

но иногда ему надо остановиться, заняться самоанализом, спокойно поразмышлять.

В третьем из вышеприведенных стихотворений говорится о многоточии: «Лишь избранный / Способен идти к вершине / Дорогой сомнений». Многоточие можно истолковать как молчаливое шествие или как очередь, в которой все чем-то похожи. Но о каких избранных тут идет речь? Может быть, о том, что каждый человек — существо, избранное Творцом, и как бы он ни старался быть лучше других, с точки зрения Творца он не может сильно выделиться в лучшую сторону? А паломничество в какое святое место и с какой целью имеет в виду автор? Может быть, он хочет сказать, что как бы ни гордился собой человек, считая себя существом космическим, с высоты Творца он не больше точки или крохотного следа? В общем, не важно, каков будет ответ. В любом случае, забавно видеть в каждой точке многоточия след человека — существа, которое появляется на короткое время и исчезает.

В стихотворении «История культуры» показана история эволюции туалета. «Осторожно! Жидкость!», «Да будет вам милость!» и «Уберите керосиновые лампы!» — это фразы, которые произносили европейцы XV—XVIII веков, по древнеримской традиции выливая за окно содержимое ночного горшка. Первую фразу упо-

требляли француженки, вторую — англичанки, третью — итальянки. Так они вежливо предупреждали пешеходов, шедших под окном, о том, что опустошают ночной горшок, выливая из него жидкость на улицу. По сравнению с примитивностью процесса избавления от дурно пахнущих человеческих отходов фразы звучат весьма элегантно. С жидкостью, тем более грязной, действительно надо было быть осторожным. Чтобы она не попала на голову человека, ему нужна Божья милость, хотя бы и небольшая. И если вдруг эта жидкость попадет на человека, то керосиновая лампа тоже пострадает. Конечно, эти «элегантные» предупредительные фразы не снижают примитивность подобных действий. И очень весело звучит насмешка над бытовой культурой тех наций и стран, чьи представители очень гордятся собой, называя свои страны культурными и передовыми. В то же время некоторые историки утверждают, что европейцы ходили по улицам в длинных сапогах для того, чтобы не замочить ноги грязной жидкостью, которой были полны улицы. Значит, насмешка над европейцами, звучащая в «Эволюции туалета» — это не насмешка ради насмешки. Такое толкование традиций в сочетании с юмористическим тоном этого стихотворения позволяет сделать следующий культурологический вывод: не бывает культуры лучшей или худшей, а есть просто разные

культуры.

В стихотворении «Один шаг вперед» автор обращает наше внимание на один из элементов бытовой культуры корейцев. Качество общественных туалетов в Корее резко повысилось в ходе организации таких международных мероприятий, как Олимпийские Игры и Кубок мира по футболу. Сегодня качество туалетов в Корее так высоко, что она могла бы занять место страны-председателя Международной туалетной ассоциации. И большую роль в этом сыграла именно надпись в туалетах, о которой говорится в стихотворении «Один шаг вперед». Автор выделяет один аспект бытовой культуры, который, в общем, легко можно и не заметить, и описывает его ясным поэтическим языком.

Человек среди других живых существ выделяется тем, что умеет смеяться. Люди смеются потому, что им весело, но порой веселье возникает и от чужого смеха. Смех, безусловно, выделяет эндорфины, которые лечат болезни. И автор дарит смех читателям, используя шутливый поэтический тон.


4. Стихи-молитвы, рожденные из веры


Автор является глубоко верующим христианином. В конце сборника есть ряд стихотворений, которые можно назвать религиозными. Каждое из них наполнено

благоговением. Их насчитывается 31, начиная с «Помоги нам жить просто» и заканчивая «Ханыльче». Их общая тема — благоговение и самоанализ. Источник поэтического вдохновения он нашел в церкви «Чонджу Андыог» — это колыбель веры автора, а возможно, этим источником стал духовный опыт, связанный с христианскими праздниками.

Материалом для стихов-молитв послужили также ситуации, когда человеческие и религиозные чувства как бы сливаются воедино. В любом случае, эти стихи — как показатель веры поэта — увеличивают его творческий диапазон.


Простота!
Помоги нам жить просто.


Сделай жалкими мысли
О преходящем,
А помыслы о Тебе –
Высокими и мудрыми.


Помоги нам осознать,
Что, хотя в жизни много путей,


В конечном итоге,
Все они приводят к Тебе,
Дай услышать Твой голос

Даже в бушующем ветре с моря.


Только усталость, от которой
Капли пота сливаются
В реку почтения к Тебе,
Учит взирать на Тебя с надеждой и верой.


Сделай так, чтобы дни страдания
Превратились в бесценные жемчуга,
Из которых сплетем
Ожерелье чистой любви к Тебе, Господи!


(«Помоги нам жить просто»)


Решение автора жить в простоте отражается в строчках:
Сделай жалкими мысли / о преходящем,
А помыслы о Тебе – / высокими и мудрыми.

Здесь автор провозглашает, что он стремится к тому, чтобы жить по Божьему наставлению, презирая мирскую тщету. Автор обещает, что, несмотря на суету, которую неизбежно вызывают различные предметы и явления — «даже в бушующем ветре с моря» — он будет поклоняться Господу, чтобы через напряженный труд души прийти к просветлению. Он не хочет достичь благоговения и высшей любви, освобождаясь от страданий и прячась от реальности. Он обещает про-

должать чистую жизнь в реальном мире, сохранив благочестие и глубокую веру в Господа. Его вера не слепая. Она позволяет ему по собственной воле принять Господне учение — абсолютную правду и образец истины.

Исчезновение истины и отсутствие у людей желания обрести ее — общая патология современного общества. В эпоху искажения ценностей, когда материальные блага обожествляются, а качество жизни отождествляется с уровнем потребления, провозглашение преданности воле Абсолюта идет от простоты — блага, позволяющего автору постичь истину.

Простота в отношении к жизни — рецепт современникам для лечения хронической болезни, называемой потерей своего «я».

В своей книге «Simplify your life» Кустенмахер и Зайверт утверждают, что простота в отношении к жизни — ключ к более легкому и счастливому существованию:

«Если живешь просто, то обеспечиваешь себе легкую жизнь.

Это верно не только на словах, но и в реальности. Многие люди не могут найти смысл жизни из-за того, что у них слишком сложные мысли. Они не знают, насколько просто все».

От этого мнения недалека идея о простоте в отношении к жизни, которой следует автор. Сегодня многие считают, что сложный образ мыслей и жизни — это атрибут современности, и боятся, что если они станут вести себя иначе, то они отстанут от общества. Поэтому они уклоняются от пути к истине, который уже указали святые праведники, и бродят в поисках другого пути.

Но автор провозглашает, что единственно верный путь — это придерживаться мудрости Бога и подчиняться Его учению; этот простой образ жизни легче и быстрее приведет тебя к счастью.

Если мы будем молиться, используя высокий стиль художественной литературы, если настроимся на волну автора, выразившего свою идею так образно и поэтично, то сможем ясно увидеть нашего современника, принявшего важное решение: с чистой душой и религиозным благочестием и желающего приблизиться к звукам истины.

У Чжуан-цзы есть подобные афоризмы:

«Что просто, то верно. Если начать верно, то все будет просто. Продвигайся вперед простым путем. Это верный путь. Верный путь найти простое — забыть о верном пути и о том, что он прост».

Суждения Ли Чон Хи и Чжуан-цзы приводят нас к выводу, что простое есть легкое, и чистое есть вер-

ное. Ни любовь к Богу, ни стремление к истине
сильно не отличаются от чистой веры. Если человек
не будет ни сомневаться, ни колебаться, а будет
усердно продолжать свой путь, не думая о том, что
просто, что верно, то этого будет достаточно. Простое
и верное автор упрощенно называет чистотой любви к
Богу.

Автор использует стихи и как инструмент для превращения слепой религиозной веры в попытку приблизиться к истине. Например, в стихотворении «Ты (IV)» автор говорит: «Ты — источник вопросов». И начинает задавать вопросы о том, в чем промысел Бога: «О, Господи, / Со страхом в душе осмелюсь спросить».

Вера автора не слепая, а с такой верой он не боится сомнений о воле Бога по отношению к миру, полному противоречий и иррациональности, и осмеливается задать вопросы. Естественно, человек может сомневаться и спрашивать.

Ведь и Иисус не раз упрекал своих учеников, которые бесконечно сомневались.

Автор крепко стоит на такой позиции, и со страхом задает вопрос по поводу ужасающего факта, скрывающегося в истории человечества.

В стихотворении «Стану камнем» автор мечтает стать камнем, который выполняет свою жизненную

роль молчаливо и неподвижно. Безмолвная и непоколебимая вера воплощается в камне. И в стихотворениях «На двух ногах», «Как вода из подземного источника» и «Оправдание» автор продолжает рассказывать, каким должен быть образ жизни верующего, и просить у Неба помощи. Решительность и искренность веры автора, а также его исследование в сфере поэтики воплощаются в стихотворении «Пасхальное утро»:

Ты показал,
Что в смерти кроется иная жизнь.
Ниспошли нам крохотную щелку,
Из которой пробьется лучик света
В земную жизнь, закованную тьмой!


А когда миллионы лучей осветят мир,
Мы познаем принцип Слова,
Определяющий, кому и какая будет награда
За веру в Тебя, за дела во славу Твою.


Своей смертью Ты попрал саму смерть!


*(«Пасхальное утро»)*


И в самом конце жизни есть выход. Религией мы называем установление правил Слова Божьего. Религия — главное учение, оно представляет собой порядок,

который провозглашает Слово. Умирая на кресте, распятый на нем Иисус дал главное учение, т. е., религию. Через него Ли Чон Хи устанавливает и укрепляет еще один порядок Слова. Если Писание представляет собой свод Слова, дающего человечеству учение, то стихи Ли Чон Хи — свод признаний и молитв верующего автора, который хочет дать порядок Слову, распространенному по миру.

Во многих местах сборника стихов «Еду в Пушкин навстречу Новому году» явственна духовность, которая звучит в нем подобно контрабасу, поддерживающему исполнение музыки камерным оркестром. Это естественно, поскольку по тому, как пишет человек, можно узнать, каков он; и поэзия, как итог внутреннего лирического «горения», всемерно отражает личность поэта.


## 5. Сплетение уз

Крепкие связи с господином Ли Чон Хи дали мне толчок к началу творческой деятельности. Думаю, что узы, связывающие нас, помогают наполнить и мою жизнь искренностью, которая нужна, чтобы писать стихи.

Для девяностолетнего отца сын, которому семьдесят лет, все равно является предметом забот. Но я часто

слышу, что мы оба — учитель и ученик — стареем, и разница между нами в возрасте почти не чувствуется. И все же я не могу сразу согласиться со своим учителем, когда он хочет быть со мной «наравне». Я долго думал о том, почему он попросил, чтобы я написал критический отзыв на его сборник. И пришел к выводу, что он, видимо, хотел дать мне урок, как это делал в школе — чтобы я тщательно читал стихи с позиции исследователя. И за это я его благодарю. В конце концов, прочитав сборник стихов «Еду в Пушкин навстречу Новому году», я увидел веру, которая отражает внутренний мир поэта, человека чистой души. Но дело не в том, что я знаю индивидуальные особенности господина Ли Чон Хи как христианина, и вижу, как они отражаются в его стихах. Не это помогло мне увидеть такую веру. Наоборот, чтение его произведений, в которых воплощена вера, дало мне возможность еще раз убедиться, как безграничны возможности художественной литературы.

Гуманизм может быть у многих. Но гуманизм господина Ли Чон Хи воплощается в жизни, в реальных делах. Это и отражается в его стихах, чтение которых дало мне особый опыт.

Для того, кто постиг истину, особо не нужны жизненные рамки. Они бы мешали ему жить свободно. Это относится и к художественной литературе, осо-

бенно к поэзии. Сущностью поэзии должна быть совершенная свобода. В стихах господина Ли Чон Хи эта сущность поэзии соседствует с искренним юмором.

В стихах-молитвах, где отражается его чистая духовность, я увидел его старание преодолеть опасность слепой веры. Религия, которая представляет собой главное учение и строгий канон слов, сочетается с поэзией — утонченным порядком слов, и таким образом тоже характеризует поэта.

Новое есть результат изменений. Изменения — это исток нового сотворения. Я уверен, что глубокая вера господина Ли Чон Хи придает поэзии жизненность, и его поэзия обогащает его духовную жизнь. С этой уверенностью я должен буду тщательно сплетать наши с ним узы, которые завязались между учителем и учеником и которые я расплетаю всю жизнь. Хочу поставить точку именно здесь, где я сплетаю эти дорогие узы, и благодарю его за то, что он поручил мне написать о его поэзии критический отзыв.

# Ветер, колышущий в ясный день цветы лотоса

*Стихотворение посвящается Пуёну,*
*моему учителю Ли Чон Хи*

Где бы Вы ни были,
Стоит Вам приказать зеленым листьям лотоса
раскрыться,
Как Ваши слова оседают на них и летят мне навстречу.


Ваша чистая и добрая душа
В дыхании ветра, колышущего цветы лотоса,
Передает мне мысль, что и бедность может иметь
волшебный запах.
Как драгоценны дни, когда мы были вместе!


Капризы недостойного ученика
Вы великодушно терпели.


Мокрые облака, лежавшие на воротах в будущее,

Вы снимали и сушили,
Обещая ясные дни.


Каждый день, словно флюгер на метеостанции,
Вы без устали показывали, куда летит ветер,
Ежедневно переписывали карту погоды,
Руководствуясь мудрыми словами из Священного Писания.


Как беззащитный рогоз на берегу озера посреди бурного
мира
Не сдается вечным ударам волн
И не поддается печали,
Так и Вы со своей премудрой музой
Закрываете от напастей лотос, чтобы он стоял прямо,
И находите силы направлять в реки спасительную воду
из озера.


Небеса порой насылают бурю,
Чтобы проверить на прочность вдохновение поэта,
И сажают рогоз, чтобы избавить озеро от темноты.


В ясный день
Ветер треплет подол моей старой рубахи
И раскачивает цветы лотоса.
Я внимаю Вашим словам, оживающим на зеленых
листьях,

И мое дремавшее вдохновение просыпается
От волшебного аромата в ладонях ветра.


Ли Дон Хи
Поэт, доктор филологических наук,
экс-президент ассоциации писателей провинции
Чоллабукто

# Экзотический цветок для русских читателей

— Отзыв переводчика на книгу Ли Чон Хи
«Еду в Пушкин навстречу Новому году»

Истинная поэзия похожа на цветок, прелесть которого невозможно объяснить и описать, а гармоничные пропорции нельзя измерить и воспроизвести. Именно поэтому я не стану в этом отзыве анализировать книгу Ли Чон Хи, а лишь расскажу о своих ощущениях от нее. Ощущениях человека, которому попало в руки семечко экзотического растения, он посадил его у себя на родине, в саду, и постарался вырастить прекрасный цветок, чтобы им могли любоваться жители его страны.

Когда я работал над переводом поэтических произведений Ли Чон Хи, мне то и дело казалось, что я взмываю высоко в синее небо и оттуда наблюдаю незнакомую, но близкую и понятную жизнь, полную удивительных открытий, переживаний, страстей и философских размышлений. Как человеку, воспитанному в европейской культурной традиции, знающему лишь кириллицу и латиницу, мне казалось настоящим чудом само похожее на иероглифы письмо, которым написаны в оригинале стихи Ли Чон Хи. Красивые, загадочные письмена будили воображение — я вглядывался в них, пытаясь перевоплотиться в человека, записывающего свои мысли и чувства этой волшебной вязью. И

когда удавалось настроиться на эту волну, русские слова перевода приходили сами, словно их кто-то диктовал. И это казалось таким же чудом, как рождение дивного экзотического цветка из созревшего бутона.

Искренние чувства не требуют перевода. Улыбка понятна всем, слезы вызывают сострадание без объяснений.

Лучшие образцы русской поэзии живут в народе именно благодаря искренней интонации в сочетании с глубокой образностью и мелодичностью поэтического языка. Мне радостно было осознавать, что одно из главных достоинств творчества корейского поэта Ли Чон Хи – как раз искренность, помноженная на ясную и глубокую метафоричность. Значит, его произведения будут близки и понятны русскоязычной аудитории.

Подкреплю этот тезис несколькими примерами.

Мне очень понравилось короткое стихотворение «Время прощаться». В нем речь – о чувствах, которые наверняка испытывали в зрелом возрасте многие люди.


Чем упрямее и быстрее
Уходит время,
Тем чаще в груди
Сердечная боль.


Когда тяжело жить вместе,
Не лучше ли распрощаться

Двум ветрам,
Летящим по миру врозь...
Чем меньше остается дней
До самой последней минуты,
Тем меньше радости
От того, что удалось совершить.
...
Когда тяжело жить вместе,
Не лучше ли распрощаться

Двум мелодиям,
Звучащим так далеко
Одна от другой...

Какие восхитительные образы! Простыми и ясными словами поэт выразил чувство разочарованности жизнью, которое неизбежно хотя бы однажды настигает каждого человека. В такой ситуации, как говорят русские, свет не мил, и лучше всего остаться в одиночестве, чтобы переосмыслить пройденный путь. Даже родной человек здесь кажется лишним... Это чувство, безусловно, будет понятно и русским читателям.

На мой взгляд, в сборнике особенно проникновенно звучат строки о близких людях автора – бабушке, жене, дочерях, внучке, братьях... Поэт замечательно сумел передать радость от общения с ними, стремление отдать им все,

что можно, и даже больше. Его память о тех, кто ушел навсегда, прозрачна и немного горька на вкус – как воздух в осеннем лесу. Здесь единственное утешение – надежда на встречу в ином мире. Пожалуй, лучше всего это отражено в стихотворении «Стирая номер телефона».

Старший брат
Умел вытащить меня из угла,
Куда я сам себя загонял неотложными делами.
Он создавал просветы
В потоке суетной жизни,
И я,
Расширяя их,
Мог шире открыть глаза на мир.
...
На вопрос старшего брата о том,
Что означают две параллельные линии,
Перечеркнувшие его имя и телефонный номер,
Я отвечаю:
«Эти две линии —
Наши с тобой дороги.
Как две параллельные прямые, уходящие
                                в бесконечность,
Когда-нибудь
Непременно встретятся
Друг с другом в одной точке,

Так и наши дороги сойдутся в конце концов...»

Трогательно описан младший брат поэта – Чонму – трагически погибший в детстве. Нельзя без слез читать такие строки:

Прижавшись вспученным животом

И тощими бедрами

К низкому кухонному шкафу,

Ты тайком от родных

Обманывал голод солеными приправами.

А однажды, возле пожарного бака,

Во дворе деревенской управы,

Ты играл с жуком-плавунцом,

Схватил его за заднюю лапку,

И свалился в бак, и вода накрыла тебя.

...

Кладбище, где ты спал,

Превратили в район новостроек.

Где же теперь можно

Потрогать твой холмик, Чонму,

И траву, которой ты укрывался?

Еще раз повторю: стихи «семейной» тематики будут понятны и близки многим. Особенно дороги стали они и мне. Например, стихотворение «Весенний голод», навеян-

ное воспоминаниями автора о голодном детстве, напомнило мне рассказы мамы и отца об их детстве в оккупированной фашистами Белоруссии в 1941—44 годах.

Во время работы над переводом меня удивлял и восхищал широкий диапазон тем, которые автор смело берет для поэтического творчества. Такое впечатление, что для него нет преград — ни во времени, ни в пространстве. Он умеет вознести хвалу солдатам швейцарского наемного отряда, верно защищавшим французского короля Людовика XVI («Памятник льву»). Умеет блестяще поведать печальную судьбу короля Шоу из китайской династии Тан, жившего в 8 веке н.э., и трагическую историю обороны древнееврейской крепости от римлян («Масада, мы тебя больше никогда не отдадим!»). Он легко переносит читателя в государство ацтеков, где процветало страшное явление — людоедство («Ты (IV)»), и облекает это описание в форму вопросов к Создателю. Пусть на эти вопросы нет ответов — здесь тот случай, когда важнее сам вопрос, чем ответ на него. Это очень уместный прием в данном случае.

Мне понравилось, что гражданская лирика Ли Чон Хи пронизана гордостью за свою страну, ее богатую историю и культуру («Кебэг», «Токто, о, Токто!», «Сеул, Корея», «Тобой вышьют тысячелетие»). Интересны стихи, где автор выражает свою политическую позицию («Какой президент мне нужен», «Причина (IV), или Условия богатства»). Философские стихотворения поражают глубиной и неор-

динарностью мысли, неожиданными и очень точными метафорами («Отделительные слои», «Узы» и др.). Например, мне показалась подлинным поэтическим открытием строфа из стихотворения «Надо фотографироваться»:

Чтобы постоять среди близких в виде портрета
И дать повод для рассказа о том,
Как думал и поступал при жизни,
Надо фотографироваться с лицом, свободным от лжи.

Как мудро и точно сказано! Ведь все мы большую часть жизни носим маски, скрывающие наши истинные лица. Но готовясь к встрече с вечностью, напоминает поэт, нужно оставить память о себе настоящем. Это чувствует каждый, и поэтому наверняка запомнит такую мудрую мысль.

Отдельным циклом в сборнике стоят «стихи-молитвы». Хотя я бы определил этот жанр немного иначе — как беседы с Богом, который живет в твоей душе. Поэт не только просит Господа о милости, не только возносит Ему хвалы — он пытается приблизиться к Нему, стремится разобраться в сущности веры, в том, что есть добро, благо, в чем заключается подлинная красота человека, как Божьего творения. Такая вера, глубокая, осознанная, искренняя, рождает удивительные по силе строки:

Господи!

Не упрекай меня за нерешительность.
Ведь лучше понимаешь,
Как дорог тебе твой дом
И как тебе в нем уютно,
Когда вернешься из долгого путешествия.
Так же истину в Слове
Глубже постигаешь после сомнений,
И чувствуешь себя счастливым
Вернувшись в Твои объятия.

Уверен, творчество Ли Чон Хи придется по душе многим россиянам, потому что в нем есть главное — вещество подлинной поэзии. Его стихам и поэмам присуща особая восточная метафоричность, проникновенная мелодичность, доверительная интонация и мудрость глубоко верующего человека. Искренне рад, что мое скромное участие поможет русским читателям открыть для себя замечательного корейского поэта.

Владимир Семенчик,
поэт, прозаик,
член Союза писателей России,
член международного ПЕН-клуба.

# Об авторе и переводчиках

# Об авторе и переводчиках

Поэт Ли Чон Хи окончил корейский университет «Чунан» по специальности «Корейский язык и литература» и Институт педагогики при Университете «Уонгуан» по специальности «Методика преподавания корейского языка как родного». Работал учителем, завучем, директором средней школы. После 38 лет педагогической деятельности ушел на пенсию. Награжден Президентской наградой и орденом «За отличную службу» с красными полосами. Является членом Корейского центра Международного PEN-клуба, Ассоциации корейских писателей, Совета директоров Ассоциации корейских христианских писателей, Совета Ассоциации корейских современных поэтов и Совета директоров Ассоциации писателей провинции Чоллабукто. Живет в г. Чонджу (Республика Корея).

Переводчик Ким Хван окончил корейский университет «Корё» по специальности «Русский язык и литература», Институт перевода при Университете иностранных исследований «Хангук» по специальности «Русско-корейский и корейско-русский перевод» и РГПУ им А.И.Герцена. Кандидат филологических наук. Более 10 лет преподавал корейский и русский языки в СПбГУ и РГПУ им. А.И.Герцена; работал как свободный переводчик. Сейчас работает в Генеральном кон-сульстве Республики Корея в Санкт-Петербурге.

Владимир Владимирович Семенчик — поэт, прозаик, журналист. Родился в 1962 году на Украине. Детские и юношеские годы прошли в Белоруссии. В 1984 году закончил факультет журналистики Белорус-ского государственного университета, после чего уехал в Россию, на остров Сахалин. Работал корреспонден- том газеты, редактором Сахалинского книжного изда- тельства, директором частных издательских фирм, ре- дактором газет «Регион» и «Наши острова». Сейчас — директор государственного медиахолдинга «Губернские ведомости». Стихи и рассказы публиковались во мно- гих российских журналах и альманахах. Автор поэти- ческих книг «Первое дыхание», «Инкогнито», «На вольную тему», книг прозы «Город на колесах» и «Супер-мупер». Лауреат премии Сахалинского фонда культуры, номинант всероссийской литературной пре- мии «Ясная поляна» им. Льва Толстого. Член Союза писателей России, Член международного ПЕН-клуба. Рассказы переведены на сербский и украинский языки.

이종희
EX·LIBRIS